Qiu Huadong
Collection

邱华栋文集

长篇小说

时间的囚徒

邱华栋 著

江苏凤凰文艺出版社
JIANGSU PHOENIX LITERATURE AND ART PUBLISHING, LTD

图书在版编目（CIP）数据

时间的囚徒 / 邱华栋著 . -- 南京 : 江苏凤凰文艺出版社 , 2018.6
（邱华栋文集）
ISBN 978-7-5594-0529-6

Ⅰ . ①时… Ⅱ . ①邱… Ⅲ . ①长篇小说 - 中国 - 当代
Ⅳ . ① I247.5

中国版本图书馆 CIP 数据核字 (2017) 第 126248 号

书　　名	时间的囚徒
著　　者	邱华栋
责任编辑	黄孝阳　王　青
出版发行	江苏凤凰文艺出版社
出版社地址	南京市中央路 165 号，邮编：210009
出版社网址	http://www.jswenyi.com
印　　刷	三河市人民印务有限公司
开　　本	690 × 960 毫米　1/16
印　　张	26.25
字　　数	320 千字
版　　次	2018 年 6 月第 1 版　2021 年 6 月第 3 次印刷
标准书号	ISBN　978-7-5594-0529-6
定　　价	58.00 元

目　　录

时间就像牢笼，

将我们固定在琥珀一样的东西里。

我们无法选择，

唯有承受，

然后，努力地活出自己。

第一章　己亥年

你想知道你爷爷的事情？老实讲，我也不是很了解他。但我知道，他是一个天生的冒险家。你爷爷很早就死了，死在了北京城，你是没有见过他的。这是他的照片，你瞧瞧，他是不是像我？是吧，是有点像我，我是他儿子，我当然像他。但你，你这个孙子就不怎么像他，或者说，那是因为隔代又加上混血，你就不像你爷爷了。你还是像你妈一些，像个中国人，你妈是个中国人。

你爷爷可是个地道的法国人，可他怎么来到了中国，并且最终死在了北京呢？这事儿说起来话就长了。让我慢慢告诉你。当然，这些也都是他告诉我的。你爷爷，我的爸爸，他叫菲利普。我们家三代人都叫菲利普，这样就好记了，对不对？你爷爷、我父亲是在地中海的科西嘉岛上长大的。你看看地图就知道了，科西嘉岛在地中海上，它的南面是撒丁岛。撒丁岛和科西嘉岛是地中海靠近法国和意大利海岸的、最有名的两座岛屿。撒丁岛早就属于意大利了，科西嘉距离意大利也非常近，从岛上坐船出发，顺着洋流，不用扬帆，很快就能到达罗马，而前往法国的尼斯和马赛，则要扬帆前行。假如不会驾驶帆船，那古怪的地中海风就会把你吹回到你出发的地方。

我父亲、你爷爷告诉我，科西嘉人讲的话和法国大陆上的人讲的不一样，发音、用词都不一样，习俗也不一样。科西嘉岛上都是山民和渔民，他们依靠征服和向大海索取来生活，跟那些在陆地上种葡萄和农作物过活的法国人不一样。岛上资源匮乏，人口却很多，所以，科西嘉人历来喜欢外出闯荡，尤其喜欢去意大利、希腊等地谋生。你爷爷告诉我，在过去，在罗马、热那亚、威尼斯、托斯卡纳、雅典，到处都有科西嘉人的身影，还有远到北非阿尔及尔和东部大陆上那座横跨欧亚大陆的君士坦丁堡的科西嘉人，所以，到处都有浪游的科西嘉人。

从历史上看，科西嘉被意大利的城邦热那亚控制的时间最长。后来，法国拥有了科西嘉。但科西嘉人认为自己不是法国人，而是地道的科西嘉人。他们为什么这么想，我就不清楚了。人是很奇怪的动物，尤其是小地方的人，非常顽固，总是觉得他们和别人不一样。其实，他们和别人一样，甚至还不如别人呢。可既然科西嘉人这么想，那就会有自我意识的不断滋长，他们最希望建立一个独立的岛国。科西嘉人势单力孤，无法独立，可无论附近的意大利还是希腊，虽然觊觎科西嘉，但都吞不下它，只有法国势力强大，拥有了科西嘉岛。拥有就拥有吧，但很长时间里，科西嘉人就是不以自己是法国人而感到满意。科西嘉岛就这么孤悬在大海之上，科西嘉人则漂洋过海，四处谋生。

儿子，我告诉你，法国的普罗旺斯有一句谚语，说："赞美海洋吧！但要留在陆地上！"这句话是什么意思？它说的意思是，人，只有在陆地上才能获得足够的生存空间，只有土地里才会不断地长出粮食。人可以赞美海洋，但海洋是居心叵测的，是无法彻底征服的，就如同鱼是洄游的，有时候有，有时候没有，鱼不会生长在树上，渔民有时候会一无所获。而陆地上有树，有森林、植物、粮食，还有各种动物。所以，陆地是丰富的，大地会带给人类所有的东西。人，就应该"赞美海洋，但要留在陆地上"。

当然，这是一种十分保守和要机灵的说法。儿子，我知道你会反驳我，你说，海洋也是另外一种陆地，海洋里面什么都有，各类的鱼虾、海生动物，种类比陆地动物更多，海洋才是真正的农田，肥沃的、取之不尽的农田。

是的，我看可以这么说。科西嘉人就这么认为的。但是，去问狂暴的大海要粮食，那是非常不容易的，科西嘉人是尝尽了苦头的。

作为一个科西嘉人，我父亲、你爷爷的性格里，天生就有一种强悍的、渴望冒险的因素。这是大海赋予他的。他曾告诉我，在科西嘉长大，为了谋生，要不断地出海，出海去打鱼。每次出海，都要遇到大大小小的风浪，好几次险些葬身鱼腹，丧命于大海，但他却意志坚强，不为所动。我父亲、你爷爷曾经从一幅地图上看到，在大海的东边，从意大利登陆后一直往东，有一块巨大的欧亚大陆，能够一直延伸到中国，那是一片带给人想象的巨大的土地。他当年就猜想，自己是不是能跑到那足够远的中国去，过一种无法想象的生活，后来，他果真做到了。怎么做到的，让我慢慢讲。

我们菲利普家的祖籍在科西嘉岛上的卡尔维村。你记住了，卡尔维村。那是科西嘉岛西北部的一个小村子，往岛上走，不远就是连绵的山峦了。由于家里缺乏劳力，你爷爷、我父亲菲利普是家里的男丁，他有一个姐姐一个妹妹，她们很早就出嫁了。家里需要他这个男丁干活，在岛上的山区牧羊，在大海上撒网捕鱼。你爷爷、我父亲他身体强壮，后来在北京，我记得他还经常给我展露他的大块肌肉，虽然他当时的年纪越来越大，却依旧非常强壮。

就这样，你爷爷、我父亲在科西嘉岛上长大了。成年之后，他不断地感受到血液里有一种强烈的呼唤，要他到远方去。那地方一定是比科西嘉岛到巴黎的距离还要长，只有那远方，才有美妙的新生活。我的父亲、你爷爷，从小喜欢看地图，地图召唤他使他很想去新奇的地方，那遥远的所在也在不断地召唤他。那时候，他很年轻，可这个菲利普，他就心怀梦想，觉得只有遥远的生活才是他向往的，是他想追求的。实际上，不过是他对过于贫瘠的科西嘉岛上的生活不满意罢了。

我想象着，那个时候的你爷爷，是一个浑身带着鱼腥气和杀气的人。他在岛上过着沉闷的、一成不变的生活，内心里闪耀着时刻想逃走的想法。结果，机会果然来了。

那是在一八九九年夏天，连日的风暴席卷了科西嘉岛的卡尔维村，把卡尔维的很多渔民的船和房屋都损坏了。地中海一般都是风平浪静的，可你爷爷、我的父亲老菲利普告诉我，那一年就很奇怪，海上忽然刮来了黑风暴，带来了狂暴的雨水和闪电，以及大风，迅速毁坏了人们的生活。

等到暴风雨停了之后，岛上遭到了灾害，房倒屋塌，财产损失巨大。岛上的渔民们需要出海打鱼维持生活。你爷爷、我的父亲就来到码头，寻找自家的船。他看到，此刻，一些渔船完全被风暴毁坏了，无法出海，岛上的渔民们骂骂咧咧，商议着怎么办。大家其实是一筹莫展，不知道怎么应付这可怕的天灾。

有个叫朗贝尔的家伙，他比我父亲、你爷爷大几岁，从小到大，一向是你爷爷的死敌，他欺负他很多年了，常常和你爷爷打架。这一次，看到我父亲、你爷爷菲利普家的渔船受损比较轻微，稍微修理一下就能够出海，而他的渔船受损严重，就找到我父亲菲利普，提出来一个要求："喂，菲利普，我要借用你家渔船一天。我的船坏了。"

我的父亲、你的爷爷想了想，说："可以，但要等到明天，我才能借给你。今天我要出海打鱼。家里人等着吃鱼呢。家里没有吃的了。"

他说的没错，他的父母亲，我的爷爷奶奶，你的曾祖父曾祖母，不巧在那时都得了病，卧病在床，非常需要新鲜的鱼汤。

朗贝尔在嘴里翻转着嚼着的烟丝，他那死鱼眼里放射着怒火。他一把扭住了你爷爷、我的父亲菲利普的胳膊："不行，就今天。必须借给我！"

"今天，不可能。"我父亲菲利普看着已经纷纷出海的其他渔船的影子，漂逝在大海的波涛之上，形成一个个波动的点，说，"朗贝尔，今天，我不能把船借给你。"

"你不借也得借。"朗贝尔一副流氓相出来了。他过去总是能够把菲利普打倒在地，他欺负他很多年，菲利普都忍着。

"为什么？为什么你一定要借我的船？那么多人都有船。"我父亲说。

朗贝尔干笑着："因为，你是个蠢蛋，你根本就打不来鱼，所以，你出去打鱼也是徒劳的，不如借给我，今天你就得借给我。"他说的虽然不是事实，但每一次我父亲去打鱼，确实比很多人少，但他还是能打到鱼的。

"因为风暴和洋流的原因，今天的鱼肯定多，我不可能借给你—我必须去打鱼了—你—"

我父亲菲利普的话没有说完，朗贝尔就一拳打了过来，你的爷爷立即躲闪开，他们旋即扭打在了一起。他们这一架打得很凶，人们看到两个人都把对方打倒在地了，然后，他们抱着滚在一起，互相扭打。

过了一阵子，其中一个男人站了起来，身上沾满了海边的碎贝壳和沙子，人们看清了—他是朗贝尔。

"妈的，跟我打，你还不行。真不行。呸。"他吐了一口带血的吐沫，然后踩了菲利普一脚，走过去，上了我父亲、你爷爷的那艘渔船，策动船帆，扬帆出海了。

我父亲，你的爷爷菲利普，他半天才站起来，喘着气，咳嗽着，揉着胸脯和肚腹，那里刚才遭受了朗贝尔的几下重击，他被击溃了。他吐出来一口痰，里面带着血，还有一颗牙齿。他坐在岸边，看着其他的人或者在修补渔船，或者出海。人们不再关心这场打架，它已经结束了。人们各归其位，各忙各的了。

到了傍晚，打鱼的船纷纷回来了。由于风暴席卷了洋流，洋流也带来了丰富的鱼群，今天，他们的收获很丰富。所以，有时候，事物总是有两面性。你一开始以为风暴是不好的，但风暴却能带来一些改变，带来洋流里更加丰富的鱼虾。这也是风暴给自己的破坏力造成的危害所给予的补偿。这是大自然的逻辑。

朗贝尔也回来了，船上还有一个助手，那人是个非常会打鱼的哑巴。他很高兴。别人问他："怎么样，朗贝尔—"

朗贝尔干笑着，"鱼很多，很多，鱼满舱了。"他说得对，他和那个哑巴打来了很多鱼，满舱了。

这时，我的父亲站了起来，他走过去，他说："朗贝尔—"

朗贝尔回过头，"干吗？"

"你今天打的鱼，得给我一半。你借我的船，你得给我一半的鱼。这样才公平。"我父亲菲利普平静地说。

朗贝尔的眼神变得有些惶惑和不解，接着，就有些愤怒了。他一定以为我父亲、你的爷爷菲利普发疯了："给你一半的鱼？好吧，那你自己去拿吧。"

他以为我父亲、你的爷爷菲利普不敢、也不会去拿他朗贝尔捕来的鱼。但我父亲走过去，开始在船舱里收拾那些鱼。他有一个很大的袋子，可以装一些鱼。

他把鱼按照收获，装满了一袋子。

然后，朗贝尔就从他身后发动了袭击。他拿出了一把刀，直接刺向了我父亲、你爷爷的肩膀，可局面很快发生了变化，我父亲侧身躲开了，他这一次是有备而来。可能他在内心里已经多次想象了这一次的角斗，他轻松地闪开了那把刀，然后，他们都跳到了陆地上。

两个人不说话了，弯下腰，对峙起来。

人们都在观察着他们俩。他们觉得有好戏看了，就欢呼起来。但立刻又觉得不应该欢呼，因为他们感觉今天兴许会出什么事情。

朗贝尔和我父亲看着对方的眼睛，用眼神在较量，许久都没有动。人们一开始非常紧张，毕竟他们动刀子了。可渐渐的，他们感到有些焦躁了，他们觉得，这出戏可能并不精彩。正在这时，朗贝尔和我父亲就撞向了对方。人们轰的一下散开，看着他们打架。

这场架打得比较漫长，两个人有些势均力敌。朗贝尔身材高大，壮硕，我父亲、你的爷爷菲利普相对比较灵巧。他们忽而抱在一起，忽而分开，忽而倒地，忽而又站起来，只有一把刀，一把闪亮的匕首—那本来是朗贝尔的，闪着雪亮的寒光，现在在两个人的手里交替着过着手，看得人眼花缭乱。有时候，是朗贝尔手里的匕首眼看着要扎进我父亲、你爷爷的胸膛了，可是不知道怎么回事，他们的手腕一翻转，匕首又到了我父亲、你爷爷的手里。等到那匕首眼看着要扎进朗贝尔的肚子时，忽然，匕首一下子又到了朗贝尔的手里，险象环生。

两个人的这场架，打得天昏地暗，一直打到了太阳忽然落了下去，天幕一下子变得暧昧黯黑了，才终于结束。最终的结果是，我的父亲，你的爷爷菲利普把朗贝尔打死了。

实际上，我父亲后来回忆，他们那一场架，也就打了五分钟，就在那五分钟的时间里，太阳就落到了大海里。朗贝尔的那把刀，最终割开的，是他自己的喉咙。或者说，是我的父亲、你的爷爷菲利普用朗贝尔自己的那把刀，割开了匕首主人的喉咙。

菲利普胜利了。

大家目瞪口呆，这个时候才想到，科西嘉岛的这个小渔村，已经很久没有杀人事件发生了。于是，大家惊慌失措，各自奔逃回家。

渔民之间发生了械斗和命案，在科西嘉岛民之间，过去常有。后来不多了。科西嘉人主要是同法国人、意大利人打架，互相之间不怎么打了。所以，我父亲、你的爷爷菲利普打死了挑衅者朗贝尔，他回到了家里，将袋子里的鱼交给他父亲。他那病弱的父亲和母亲，都已经知道了儿子杀死了朗贝尔，有女人早就跑来告诉他们了。

他父亲、我的爷爷当时患感冒了，可他还在沉默地抽着烟，咳嗽着。过了一会儿，他对儿子菲利普说："朗贝尔的家族势力很大，你不是不知道。"

母亲过来拥抱住他："儿子，你要赶紧逃跑！他们会很快来抓你的。他们已经去找保安官了。"

说到了逃跑，我父亲、你的爷爷菲利普的眼睛忽然一亮。他内心的火苗一下子点燃了。他想起了他看到的地图，以及对地图上很多陌生地名的想象。是的，现在就跑，现在就跑！他看到母亲已经给他准备了一个包袱，里面都是食物和衣物，他明白了，父母亲都希望他赶紧逃跑！

他必须逃跑，朗贝尔尽管是个流氓无赖，但他被打死了。朗贝尔的家族在这片渔村里势力比较大，肯定不会放过他。我父亲、你的爷爷杀死了人，尽管他占着一些理，但他毕竟杀了朗贝尔，他就要付出代价。

“那我走了，我走了！”我的父亲、你的爷爷菲利普拿起了包裹，拥抱了自己的父母亲，转身就隐入了夜幕中。

就这样，为了躲避牢狱之灾，菲利普离开了家，趁着夜色，来到了岸边，划着渔船，前往科西嘉岛西北部的法国大陆。

他没有停留，连夜逃离了科西嘉岛。这天晚上，海面上刮起了一阵风，风里有着咸腥味儿。我父亲、你爷爷那一年还不到二十岁，但他的胆子很大，在与大海的搏斗中积累了一些经验。海风将船帆吹得异常鼓胀，风带着船在跑。在黑暗的大海上，我父亲、你的爷爷菲利普眼望天空中那密布的星星，寻找着他熟悉的星座，判断着方向。夏天里，北极星非常明亮，一些他熟悉的星座在天空中呈现，指示着方向。这是他从那些成年的船夫那里学到的，现在都派上用场了。

他感觉船是一直在向西北方向，也就是法国大陆的方向行走。他觉得，自己最好逃到法国去，因为朗贝尔家族在热那亚和罗马都有亲戚或熟人，很容易找到他。所以，必须逃到法国去，逃到科西嘉人都痛恨的法国去，这样就不容易找到他了。在船上，他感觉有一阵子，船被怪风裹挟了，那奇怪的风是从各个方向刮来的，刮一阵子南风，刮一阵子北风，刮一阵子西风，再刮一阵子东风。等到天亮了，我父亲在船上一看，还能远远地看到科西嘉岛的形状。

原来，一个晚上都因为那怪风的原因，船在原地打转。我父亲傻眼了，转了半天，原来遇到了鬼打墙。而且，远望科西嘉岛，但见渔船竞发，帆影点点，正在向这边驶来。其中，有没有保安官带领的警察来抓他，是他无法确认的。很有可能那些帆船里就有来抓他的人。

他沉住气，观察着洋流，默默地回想着那些经验丰富的船夫告诉他的技巧，观察方向、风向、洋流的速度，然后调整船帆，找到了感觉。他的船开始沿着向西北方向进发的路线，在洋流的带动下，在风的鼓动下，一路向着法国大陆而去。这一次，帆船没有再出现鬼打墙的现象，洋流和风带着船，船带着我父亲，一路西行。

他在船上储存的淡水够用了。到了傍晚，尼斯附近的海岸线就出现了。他继续沿着海岸线进发，洋流靠近大陆的时候会与海岸线一起向西北方向顺着走，这很有利于他尽快到达马赛港。夜幕降临了，船还在走，我父亲感到十分困倦。走了一个白天，一个夜晚，再加一个白昼，如今又是夜晚了，大陆的轮廓线在半明半昧的夜晚光线中，如同一头巨兽在睡眠的身体曲线，这也是法国在他内心里唤起的奇异的感觉。船又走了一阵子，远远地，可以看见马赛港的一些灯火。他终于靠近了目的地。

马赛港是法国南部的大港，这里大船来来往往，川流不息。开始有大船经过他的小船身边，他感到了兴奋，调整航向，尽快靠岸。

在距离马赛港口不远处的一个荒滩上，他登岸了，丢弃了帆船，带着自己的包裹，来到了马赛港。

这天晚上，他是在树林里睡的。蚊虫叮咬他，他感觉不到疼痛和痒，因为他太累了。此时，他梦见了科西嘉岛卡尔维村那个杂货店老板的女儿嘉尔曼姑娘。这是他后来在北京告诉我的。

他说，那个叫嘉尔曼的姑娘长得很丰满，而且非常风骚和早熟，她早就跟一些水手乱搞过。她只有十六岁，比他还小一点，却十分成熟。她打算勾引他，每次他去她家开的杂货店买盐和面包，一旦碰到没有人的时候，她都冲着他挤眼睛，揉着自己的丰胸，让她看那两坨肉的缓慢运动。这个时候，我父亲、你的爷爷、少年菲利普就脸红心跳，赶紧逃走，背后是她发出的放荡的笑声。

有一次，他终于鼓起勇气靠近她，在她的诱惑和鼓励下，伸出手去摸她的胸。忽然，背后有只大手拎住了他的衣领：“小流氓，给我滚！”

原来，是嘉尔曼的爸爸，那个专门贩卖羊皮到热那亚的商人抓住了他，真倒霉。他挣脱之后，跑了。可嘉尔曼她爸竟然带着她，在傍晚的时候找到了他家，非说他猥亵和骚扰了她，她在那里掩面假装哭泣，那样子好像是她受到了多么大的委屈和侮辱。

菲利普有苦难言，他父亲、我的爷爷恼怒地打了他一顿，赔了嘉尔曼父亲一袋鱼干作为补偿，才算了事。这让他看清了一些女人的诡诈和男人的无耻。

那一天晚上，在马赛港附近的树林里，疲倦而睡着的我父亲菲利普，因为梦见嘉尔曼姑娘而梦遗了。身体的异样动弹，使他惊醒了，他感到马赛的凌晨天气很凉。海边非常潮湿，天已经蒙蒙亮了。他醒过来，非常恼怒，嘉尔曼后来还和朗贝尔有一腿，他们在一艘搁浅的破船上乱搞，被嘉尔曼的未婚夫——一个脸上长满了雀斑的渔夫发现，追打了她半天。

想到了这些，“呸—”他吐了一口痰，心情恶劣。

他吃了一点母亲给他准备的鱼干，鱼干非常硬，难以下咽。没有淡水了，重要的是要喝水。他向马赛港走去。

他后来告诉我，那一天，他看到了一八九九年的马赛的光景。那是一个热情的、奔放而凌乱的城市，马赛非常躁动。因为是港口城市，到处都是人在活动。南来北往，哪里的人都有。起先他担心被人看出来他是科西嘉人，会遭到歧视，但他发现根本就没有这回事。没有人关心他是从哪里来的，别人关心的只是他能干什么，有什么利用价值。马赛的人多得让他眼花缭乱，心情激动。

他很快找了一个店铺，干起了伙计，负责搬运货物。港口的大船小船来来往往，货物很多，装卸、售卖、运送，都需要身强力壮的年轻人。安顿下来之后，他就开始寻找机会，到更远的地方。这时，他想的是去英国，传说那里的羊肉很多，吃都吃不完。

有一天，他在街头溜达，碰到了一个征兵站，几个法国士兵穿着模样滑稽但也算漂亮的军服，在那里征兵。他探头探脑地走过去，被注意到了，一个长着夸张的两撇胡子、头戴高帽子的军士长问他：

“来吧，年轻人，当兵最好了，法兰西万岁！我们去远方打仗啊，为了法国的荣耀！法兰西万岁！”

他走过去，问那个军士长：“当兵，能去哪里啊？去的地方远吗？”他现在有些心潮澎湃了。

军士长吹着自己的两撇胡子：“年轻人，你要是加入这支部队，很快就出发了。下周就开拔！我们要去的地方远得很！我们这支部队，将在下个星期离开马赛，到遥远的印度支那去换防！印度支那！你知道那个地方吗？到处都是芒果和姑娘，鱼和大米！参加部队吧，为了法国的荣耀！”

我父亲听到军士长这么说，眼睛一下子亮了：“印度支那？我是听说过。那太好了，我参加，可印度支那在哪里啊？”

“印度支那在哪里？小伙子，我也说不清楚，我也没有去过，我也只是在一张地图上见到过，那里遥远得让我感到头晕。但是，小伙子，那里是法国人的地盘，赶紧加入我们的部队，那里有叛乱，需要我们去收拾那帮亚洲猴子！你这个年轻人，我一看就知道你很勇敢，是不是？”

我父亲菲利普不仅勇敢，他还敢于冒险。何况，他那时一无所有，这对于他也是一个机会。我父亲就这么加入了法国的远征军。一周之后，新兵训练没有结束，他就登上了大船，前往遥远的东方印度支那。过去，那里叫安南，是中国的藩属国，一八八七年之后成了法国的殖民地。走的时候，我父亲的怀里揣着一张地图，地图上显示，印度支那是一片狭长的土地，从亚洲大陆上伸展出去的一块立锥之地。

我父亲、你的爷爷菲利普乘坐的运兵大帆船在大海上整整走了三个月，才抵达了印度支那。他在一八九九年的下半年，在那潮湿的天气里，登上了新大陆。

登陆之后，我父亲发现这里有山峦，有河流，有森林，有村庄，有人和动物，云彩和植物，但人的说话和鸟的鸣叫，都和别的地方不一样。这就是大千世界的千差万别，这就是人世间的风云变幻。

我父亲经常说，一个人命运的改变，可能会影响很多人。比如，他从科西嘉岛跑到了马赛，从马赛又跑向了印度支那，最终，他改变了自己的命运，也改变了他的儿子—我，以及他未曾见过的你，这个孙子，改变了我们所有人的命运。

一八九九年这一年，我父亲后来告诉我，按照中国的历法是已亥年，猪年。已亥年的秋天，我的父亲来到了亚洲大陆南端的印度支那，去那里换防，在那里有了新的故事。

第二章　一九五七年

“爸爸，你要到哪里去？”我跟在他后面喊他。

我忘记了他听不见我，也看不见我，他就根本不知道我的存在。我赶紧飞在空中，追上他的脚步。

那是一九五七年冬天的某一天，我记得那一天天气很不好，阴沉沉的，我看见我爸爸正穿越北京钟鼓楼南面的一条胡同回家去。我跟在他后面飞，他照旧无法察觉。我很心疼我爸爸，有时候，我会降落在他的肩膀上，感受他的体温。我爸爸很消瘦，一种彻骨的寒冷让他很难耐，我可以感觉到衣着单薄的他在轻微地哆嗦。爸爸，爸爸，你是身体感到寒冷还是心里也很寒冷？你女儿咪咪什么都不能帮你分担，咪咪我已经死了，我不过是一个轻飘飘的灵魂，还在陪伴你而已。

人死了，变成灵魂了，重量轻得几乎不存在，个头也很小了，就像是一个婴儿那么大。但这些你都不知道，你永远都不会知道。

爸爸，你的故事由我这个你永远都看不见的女儿咪咪来讲述吧。因为，我对于你来说，死了之后就是不存在的。咪咪是一个不存在的女儿。就让我来讲述吧。

那一天，我飞过去，蹲在你的肩膀上，转过一个街角，和你一起看见了在黑灰色的云彩映衬下的北京钟鼓楼那巍峨的身影，感到了时间的力量。你自言自语说，人是时间的囚徒，人挣脱不了时间的枷锁和控制。

时间是过得很快，转眼之间，我也有十多岁了。时间的流逝使我也产生了记忆。人不可能活在时间的前面，人可以主导属于自己的时间，但最终，一个人失去了生命之后，这个人度过的时间就会被封闭起来。就像我一样，我在父亲的记忆里，一定只是那个襁褓里的、不到一岁的小女孩，我死了，就像琥珀一样，被封闭在时间和父母记忆的牢笼里，成了囚徒。人战胜不了时间。时间让死亡带走了生命，但会留下记忆，使人成为传说中的烟尘和沙砾。我爸爸经常这么说。

可是，他不知道我现在是一个自由轻灵的灵魂，可以陪伴他左右，我看得见他，我还知道他脑子里在想什么，我能知道他的一切，但他看不见我。这多么有意思，我即使想让他知道他也感觉不到。

我站在爸爸的肩膀上，跟着他转过一个胡同。在一九五七年的天空下，我看到了钟鼓楼那巍峨的躯体。爸爸很喜欢老北京那灰墙灰瓦的建筑、胡同和四合院。现在，爸爸在仰头看天，看到了乌云翻滚，一种灰黑的气息在聚拢。在一九五七年的天空下，他感觉到风云正在聚集和变幻，我爸爸疑惑地想：这一年，会发生些什么呢？

说起来，我爸爸菲利普，包括我，听说还有我爷爷—也叫菲利普，我们的血液里，都有喜欢冒险的因子存在，就像我蹲在父亲的肩膀上左摇右晃，就是不会掉下来一样。我死了之后，像活着一样，十三岁之后，身体里就有月经了。

每个月都流，但是谁都看不见。我也有一种想和男孩子亲近的愿望，可是茫茫的世界上，只有我在飘浮，看不到一个我喜欢的男孩。因此，我就陪伴着我的父亲，一刻也不离开。

我爸爸是我的法国爷爷菲利普和中国奶奶生下的唯一一个孩子。听说，我奶奶性格泼辣，但难以怀孕，流产过一次，我爸爸是第二个，安全地降生了。我爸爸出生于一九二〇年的北京，生下来之后，他住在医院那孤独的小房间内，由教会的修女照顾，还受到了法国大使馆的监护。在那个动荡的时代里，我的中国血统的奶奶，在我爸爸只有几岁的时候去世了。后来，爷爷就把我爸爸送到北京和天津的教会学校去学习。

在很小的时候，我爸爸就知道自己是一个混血儿，当时，混血儿的处境挺尴尬的。因为混血儿参与了两个社会和两个民族，但面对哪一个社会和民族时，都会感到不自在。不过，我爸爸上教会学校的时候，发现学校里的很多孩子都是混血儿，他们一半是中国人血统，而另一半则是俄罗斯、德国、英国、法国、犹太人、波兰和捷克人的血统。我爸爸就高兴起来了，就不再感到不自在了，还很快熟悉了四种语言：法语、英语、意大利语和北京话。我爸爸在语言方面很有天赋，很聪明，很快成了大家都喜欢的人。虽然后来我的奶奶和爷爷先后去世了，但是我爸爸却顽强地长大了。

“那些年月，也是中国最混乱的时期，先是北洋军阀混战，然后，是国民党军北伐成功，逐渐统一了中国。可是突然之间，日本人又打进来了，打算吞并中国，中国人又面临了亡国的危险。日本人没有像他们想象的那样几个月就占领中国，中国实在太大了。后来，胜利的天平开始向中国倾斜，当时，美国人支持国民党政府进行抗战，他们武装了不少国民党军队。一些精锐部队里都有美国顾问，也需要懂得英语的人。

“一九四五年九月，第二次世界大战结束了。这一年，我才二十几岁，报名参加了美军驻北平的海军陆战队第五团。一开始，我驾驶一辆军用吉普车送文件，后来，一个美军上校发现我竟然懂得四种语言，就立即提拔我，让我到美军师部的宪兵队担任翻译。等到日本人被赶走了，抗战胜利了，我以为可以喘口气了，国民党和共产党的军队又打起来了，最终，共产党人以不可思议的、摧枯拉朽的力量战胜了国民党军队，把他们赶到台湾去了。然后，一个新的政权，中华人民共和国就诞生了。”

我爸爸曾经这么对我妈妈说。这些话，都是大人的话，我是半懂不懂的。

当时，能在美国军队里找到工作，是一件很幸运的事情，我爸爸才二十多岁就过上了让别人羡慕不已的生活。他是享有特权的文职人员，食品和生活用品的供给充足，收入丰厚，还和那些大大咧咧的美国士兵相处得很好—他发现美国兵大都豪爽、真诚、直率，把他这个中法混血儿当作好朋友，使我爸爸受宠若惊。

我爸爸告诉我妈妈，当时，他在北平还有一份第二职业，这是法国大使馆给他找的。他们让他在北平的一家电车公司担任稽查员。混上这个职位，中国人需要努力二十年，而我爸爸的混血身份帮了他。于是，白天里，我爸爸就去美国海军陆战队师部翻译和传递文件，其他时间就在北平电车公司当稽查员，监督员工的劳动纪律和出勤情况，还进行财务检查。

我爸爸在电车公司上班的第一天，就看到了一群穿着带补丁衣服的中国职员。那些电车公司的司机、维修工、司炉和售票员们神情委顿地挤在一起，有的人还有肺病，不断地咳嗽。他们吃着饼子，喝着茶，每人每个月的工资是四美元。而我爸爸的收入每个月则有一百美元，比他们高二十多倍。

我爸爸很想和他们熟悉起来，就从美军合作社买了一些消炎类的药物，比如磺胺和青霉素，还有维生素和消毒剂，大方地送给他们。

他们很欣喜地接受了，也很快就接纳他了。这说明我爸爸很会搞关系。

“你为什么长得既像中国人，又像外国人？你的北京话说得又这么好。”一个瘦子问他。

“因为，我的爸爸是法国人，我妈妈是一个中国人啊。”我爸爸说。

于是，他们就给我爸爸起了一个外号，叫“半个美国人”。他们很敬畏美国人，所以他们用“半个美国人”这个外号来表达对我爸爸的喜爱和尊重。

我爸爸还给我妈妈讲了一个故事，是那个我还没有出生的年代里发生的。电车公司里的中国人很能吃苦耐劳，可由于收入太低，他们总是觉得生活无望。我爸爸对我妈妈说，一九四五年十二月的一天，天气特别寒冷，傍晚时分，我爸爸坐电车回家。车上没有别的乘客，他有些困，正在打盹，忽然看见男售票员趁人不注意，把手伸到了卖票的铁柜子里，往外掏票钱。

这可是监守自盗啊，我爸爸站起来大声呵斥：“住手！你这个贼！”

那个售票员吓坏了，哭了起来。这时，开车的老司机不知道发生了什么事情，他把电车停在了路边，拿着一根铁棍从驾驶室站起来，等到他看清楚我爸爸的时候，说：“原来是你啊，‘半个美国人’！我当是谁呢。你吓唬人家干什么？”

“他偷票钱！偷窃是犯罪，他偷电车公司的公款！”我爸爸义愤填膺地说，“我必须制止他，这是我的职责！”

司机拍了拍那个在座位上的男人，让他别哭了，然后，对我爸爸说：“我带你去一个地方。”

电车开到车场之后，他带领我爸爸，后面跟着那个倒霉的售票员，一起向北京一片杂乱的贫民居住区走。走进贫民区，有很多人在打量我爸爸，他们觉得这个高鼻子、深眼窝的黄种人很有些古怪。

那条胡同并不是直的，而是弯曲的。我爸爸看到了北平繁华之外的生活场景：贫穷和缺乏安全感，使住在这里的每一个人的脸上都弥漫着茫然无助。他们从我爸爸身边穿行的时候，就像是幽灵一样的悄无声息。

我爸爸感到有些疑惑，问："我们到哪里去？"

老司机说："就快到了，你不用狐疑。"

我爸爸对我妈妈说，他扭头看到那个表情惶恐的售票员还跟在后面，就不再紧张了。他们来到了一个胡同，进到一个没有灯的院子，院子里还有一间木棚子。老司机推开木棚子的门，里面亮着煤油灯。昏暗的灯光照亮了围坐在一张桌子边的所有人的脸。他们全都仰着脸看着我爸爸—他们是两个老人、一个女人和五个孩子，他们的眼睛里闪现的，都是惊慌和迷惑。

老司机让我爸爸看清楚了他们。大概过了五六秒，老司机把门关上，然后转身指着羞愧地站着的售票员说："他靠每个月四美元的工资养活里面的所有人。你看，怎么办好？"

我爸爸看着老司机，明白了，说："我想，我已经下班了。在车上，我什么都没有看到。"然后，我爸爸拉着老司机转身向贫民窟外面走了。

那个倒霉的售票员感激地目送着他们。

我爸爸对我妈妈说，他当时就想，稽查员的工作他不能再干了。在一个连起码的生存都谈不上的国家，为了养活全家人而发生的偷窃，就不算是一桩罪过了。但是，我爸爸又是一个很负责的人，他不能继续“失察”，他只能辞掉那份工作。

我爸爸说到这里，又笑了，我记得很清楚，他说：这事儿还有下文呢。几年之后，共产党人取得了胜利，建立了新国家，他心情忐忑地走在北京的大街上，结果，他竟然碰到了那个男售票员。

现在，他已经是新政府里的一名警察了，穿着崭新的制服在值勤。我爸爸害怕双方都尴尬，就赶紧躲开了。现在，是爸爸的处境不妙了。可是，那个警察看见了他，他拨开人群，走到了我爸爸身边，一把抓住他的手，说：“喂，‘半个美国人’，远远地看着就像你，果然是你呀。我还以为你跑到台湾去了呢。你不要怕，你给大家留下的印象很好，你做的好事，我们不会忘记的。今后有难处，你可以来找我！”

我爸爸很感激地点了点头，然后，赶紧消失在人群中了。

我虽然死了，但我还要说说我是怎么来的。我爸爸少年时期在杨老太爷的那些大宅子里度过，和杨老太爷的孙女杨瑾关系很好，经常在一起玩游戏，后来，她就成了我的妈妈。那是在一九四六年，抗战结束不久，我爷爷得了严重的病，去世了。

我爸爸没有了父亲。这时，杨老太爷在他家那间到处都是钟表的屋子里，把他叫去，问他：“你喜欢不喜欢我的孙女，你的小妹妹杨瑾？”

他说：“我当然喜欢她啊，我和她相识那么多年了。”

杨老太爷说：“你看，你已经二十多岁了，她也十八岁了，你的父母亲都不在了。我是你父亲的好朋友，也是你的长辈，他把你托付给我了，我就能做主。我现在问你，你想和她结婚不？这件事，我说了算。”

我爸爸一定感到兴奋和突然，他很紧张："结婚？可我没有多少积蓄，才开始给美国人当翻译挣钱—"

杨老太爷很不以为然："我嫁我的孙女，自然有丰厚的嫁妆，这个你就不用发愁了。我看你小子人还不错，我那外孙女也喜欢你。再说，我都问过她了，她可是愿意的。"

我爸爸感到高兴和忐忑："那，我也愿意。"

杨老太爷满意地摸着他的长胡须："孩子，菲利普，好，就这么定了，你们结婚时，我再送你们一套漂亮的房子。好不好？"

我爸爸想，那当然很好了，但他随即就意识到，杨老太爷一定感觉到快变天了。为保护自身的安全，他想出了这个两全其美的交易：把孙女嫁给我爸爸这个混血儿，获得一种安全符号。当时的中国人觉得，能为美国人工作，就像披上了一张老虎皮，谁也不敢碰。就这样，那年夏天，在北京，我爸爸菲利普和我妈妈杨瑾结婚了。婚后，我爸妈就搬到了前马厂胡同，这是一套三间中国式的平房，坐北朝南，有着灰色的砖墙和尖屋顶，就这样开始了他们简单、平凡的家庭生活。第二年，我妈妈就生下了我，给我取名叫咪咪，但在我才半岁的时候，我就得了伤寒，夭折了。

我就是这么死的。我变成了灵魂，飘在空中，蹲在父亲的肩膀上，谁也看不见我，可是，我还能继续生活在他们的生活里。

我父母生的第二个孩子是一个男孩，他就是我的弟弟，出生于一九四八年。他虽然身体很弱，但顽强地活了下来。

那些年，国民党军队在和共产党军队的战斗中节节败退，驻扎在北平的美国海军陆战队第五团也很快撤走了，我爸爸就被转到了美国陆军部队去工作。

起初，他在通讯连里当一名技术员，然后，他成为刑侦队的一个文职联络员，在那里发挥他的语言特长。就这样，一直到一九四八年十一月，全部美军在匆忙间撤离了北平。十二月中旬，共产党军队兵临城下，开始围困北平。我爸爸和所有的人一样，惊惶了一阵子，发现战斗没有打响，就在城内照常生活了。

我那个时候，就像现在一样，喜欢蹲在父亲的肩膀上。我爸爸去哪里，我就到哪里。我和爸爸不分开。我和爸爸都看见，北平城内沿着城墙到处都分布着国民党军队，但他们被包围了，人心惶惶。见不到面的共产党军队在城外阵地上耐心地等待着城内投降。他们允许对北平市内的居民供应生活必需品，那些物资可以穿过他们的战线，运往城内。

我爸爸看到国民党军队的绝望情绪在扩展，士兵们不再敲诈市民的钱财了，国民党守城司令在一辆卡车上设置了流动法庭，可以开到发生抢劫案的现场，当场审判违反军纪的士兵，还可以判决罪犯死刑，由行刑队立即执行。很快，传来消息说，城外的飞机场也落入了共产党军队手中。国民党政权已奄奄一息了，他们自己也知道这一点，大部分人只想尽快逃出去。

我爸爸说，十二月的一天，天空飘着灰黑的雪花，一架超载的运输飞机满载着北平那些要逃走的达官贵人，起飞后不久，飞机发动机忽然停转，一下子栽入了市区南部的人口密集区，结果几百米的道路上撒满了纸币、财物，还有金条。许多抢到金条的穷人兴奋异常，达官贵人则失去了他们的性命和财宝。

一九四九年一月三十日，北平解放了。因为两方面都不想流血，也不想破坏这座伟大城市里的伟大建筑，驻守北平的部队就投降了。那一天，我和爸爸都看到，各国外交官们在他们的居所屋顶挂出了他们的国旗。此时，共产党的先头部队穿着棉冬服，井然有序地大举进城。

我蹲在爸爸的肩膀上，看到围城的共产党部队到达了永定门，步兵们戴着大皮帽，装甲部队驾驶着缴获的日本坦克，大卡车后面牵引着美式榴弹炮。士兵们斗志昂扬，高举着毛泽东和朱德的画像，列队入城。这是一个寒冷的日子，爸爸和北平市民一起夹道欢迎，高兴地挥舞着小红旗，大声喊："欢迎欢迎，热烈欢迎，欢迎人民解放军，解放北平！"

北平解放了，我爸爸一开始在美联社驻北平记者站当口译员，到了六月底，美国记者也撤离了，我爸爸就失业了。此后，我爸爸坐吃山空，依靠我妈妈家的积蓄过活。

他常常在钟鼓楼附近的胡同里转悠，没有人去管我爸爸这样的外国人，他们还顾不上他。十月一日，中华人民共和国宣告成立，获得了苏联的承认。城市的名字也叫作北京了。我爸爸对我妈妈说，现在，世界上人口最多的国家与最大的国家结成了同盟，一批批的技术顾问从莫斯科来到了新中国，中国人叫苏联人为"老大哥"。

不过，一些年之后，苏联和中国却反目成仇，我完全不懂这是怎么了。那都是大人们关心的事情，我这个小孩子，只有在爸爸给妈妈说这些的时候，才听到了一些。

我爸爸很担心，他对妈妈说，马上要倒霉的是那些过去政权的帮凶。他很担心杨老太爷。果然，杨老太爷作为"地主和坏分子"，很快被逮捕判刑了。在服刑期间，年迈的老太爷，我的曾外祖父，每天要去挖沟、种地，这是养尊处优的他从来没有做过的。没有几年，他就病死在监狱里。

有一天，我蹲在爸爸肩膀上，和他一起溜达。我们看到，北京城里的一些妓女也被召集起来，去观看处决拉皮条的鸨母的场面。

在外城的城根处，行刑队处决了她们。我看到，很多妓女当场吓得都尿了裤子，她们的脸色好难看。

不久，一场场的运动就开始了。一九五一年发起了“镇压反革命”运动，在北京，每天都要进行很多次公审，并鼓励市民去观看。有的被立即拉去刑场枪毙了。的确有些是坏蛋，过去干过坏事。

我爸爸感到很害怕，尽量不去看，但是外面的喧闹声还是可以听到，我能感到他很害怕。法院公审的实况通过扩音器传播出来，所有的人都听得见。几个月之后，暗藏的反革命基本被肃清了。我爸爸的一些外国朋友，因为自己的身份而开始被捕。那时，我爸爸感到很恐惧，他只拜访一些可信赖的朋友，或者就在北京的图书馆阅读，哪里也不去，为的是不引人注目，只有我陪伴他，但是他却不知道。

后来，我爸爸感到越来越危险了，他就到法国使馆，去申请出国签证，要求全家人回到法国。但是，他的申请被拒绝了。

我还记得，每一次，我蹲在爸爸的肩膀上和他一起去询问有关签证的事，总是被使馆告知：“签证还没有批下来。”就这样拖了好几年，一直到“肃反运动”开始，我爸爸有更多的朋友被逮捕了，使馆仍然没有答复。

一九五三年，我爸爸在一个西方国家的使馆找到了一份工作，他给一名外交官做私人助理。但是，我爸爸因此很容易被当作间谍。第二年，北京开始对外国人进行人口普查时，爸爸才知道，他早被盯上了。

这一年的十一月，为了换发身份证和居住证，我爸妈被叫到公安局，填写两张很大的履历表，要报告自己做的每一件事，要列举全家的经济来源和财产。他们让我妈妈先回去，然后，我爸爸被带到一间舒适的接待室里。

那一天，我就是目击者。趴在爸爸肩膀上，我看见房间里有沙发，茶几上有热茶及水果。三名穿着灰色制服的人员坐在那里。其中一个年纪最大的人与他谈话："菲利普，我们想了解你最近的生活和工作情况怎么样？现在，有些生活物品很短缺。这只是暂时的。你如果有什么特殊要求，就提出来。"

"谢谢您，"我爸爸惶恐地说，"我们家一切都好。我是在这里出生的。"

"我们了解这一点。你家里人，你的老婆和孩子都好吧？"他继续问。

"是的，"我爸爸说，"我的家里人现在也很好，还能吃饱饭。"

"好，但愿如此。"他开始话中有话地说，"菲利普，你是个法国人。可你有中国血统。我们不计较你的过去，那时还是国民党当权嘛。但是，你应该明白，我们不会容忍坏人干任何坏事。你不要以为你很机灵，不要小看我们，我们对你的了解，比你想象的要多。这不是恐吓你。我是在讲事实。群众的眼睛是雪亮的，他们把可疑的情况都向我们报告了。你要守法，要遵守规定，这样的话，你就可以与家人一起待在这里。我们是非常宽宏大量的！"

他说这些话，我感觉像是在威胁我父亲，我感到很不满，冲过去使劲吹他的眼睛，一阵风将沙子带入他的眼帘，他赶紧揉了起来，"怪了，这屋子里还有风！"

"多谢您善意的忠告，"我爸爸诚惶诚恐，"我保证：我没有做任何坏事……"

我又回到了爸爸的肩膀上。他揉着眼睛，没有让我爸爸把话说完，不耐烦地说："不要这样说，你不要再犯新罪了。今天，我已经警告过你了，好，就谈到这儿。"

离开那幢楼时，我感到爸爸的心情很沉重。

又过了一年，这一年，"双百"运动开始了。一开始，在上半年，我爸爸很激动，他和我妈妈在议论着，拿着报纸，上面有很多争论文章。我爸爸说，他看到街上还有大字报，都在批评政府。有人要求降低物价和终止定量配给，大学教授也提出了批评，大学生在传播着苏联领导人赫鲁晓夫批判斯大林的一些话。

我爸爸是先知先觉的，他对我妈妈说，很多人不知道危险来临了，他们很傻。到了这年的六月份，“双百”运动变成了整风运动，最后，转变成了“反右斗争”。情况直转而下，就像我爸爸预感的那样。

我记得，我爸爸也记得，一九五七年的十二月二十七日，那天晚上很冷，滴水成冰，我爸爸被逮捕了。由于我爸爸曾经受雇于美国军队，很简单，他就是帝国主义的走狗和特务。而我都知道，我爸爸不过是个被雇佣的文职人员而已。早在几个星期前，派出所就通知我爸爸，他必须待在房子里，哪里都不许去。

我很担心地问爸爸：“为什么不许你出门呀？”但他听不见，也不会回答我。我就蹲在我爸爸肩膀上，陪伴他度过那些日子。从那时起，我爸爸就一直在家里。警察来的那一天，我记得很清楚。那时，爸爸和我听到了一点声响，是轻轻的、有礼貌的叩门声。这时，正是晚上，我爸爸在床上看书，我偎依在他的身边，和他一起看，而我妈妈已进入梦乡。

听到了敲门声，我爸爸穿着一双旧拖鞋，来到了门口，问：“谁？”

“我是附近的片警，我姓谢。”

我站在爸爸的肩膀上。我们听见屋外的人的口气是很友好的。我感觉爸爸并不紧张了，他知道那个姓谢的片警。他打开了门，一股寒气袭来。我看见眼前有五个表情严肃的人，他们似乎是把我爸爸倒推着推进了屋子。其中，三个身穿蓝色棉制服的警察，我看见他们的腰间都挎着手枪。站在最前面的，就是负责这一片居民的片警谢公安，还有一个是街道委员会的女人。她板着面孔，很难看，脸上毫无表情。

他们进到屋里，杂沓的脚步声一下惊醒了我妈妈，她惊慌地起来，问我爸爸："出了什么事？"

我爸爸又惊又怕，他不知所措，似乎又觉得这一天终于来临。他嘟囔着说："没啥事。你不用着急。"

一个高个子警察表情严厉，他站在我爸爸对面，另两个警察站在左右，似乎是为了防止我爸爸逃跑。可是我知道，他是不会跑的。谢公安关上了门。高个子问我爸爸："你叫什么？"

"菲利普。"我蹲在他的肩膀上，听到爸爸的声音很低沉。

"你的国籍？"他明知故问。

"法国。"我爸爸回答。他的声音有些颤抖了。

那个警察要问的就是这些，他迅速打开公文包，抽出一张印了字的纸，将纸打开，纸的一角夹有一张我爸爸的照片。他大声说："菲利普，你长期进行各种反革命活动，触犯了我国法律。我现在宣布，你被依法逮捕。这是逮捕证。"

他说完，两个警察就猛地抓住我爸爸的手腕，将一副钢手铐"啪"的一声扣在了爸爸的手腕上。高个子警察将逮捕证递过来，让我爸爸签名。

我爸爸戴着手铐，艰难地签了名。我吓坏了，蹲在爸爸肩膀上，低头看我爸爸签字。我哭了。但是我的哭声，谁都听不见。

高个子警察对我爸爸进行了搜身，找到了他的护照，将它装进了公文包。

“带走！”高个子警察命令说。

他们将我爸爸推出去时，爸爸看了我妈妈一眼。妈妈吓傻了，一句话都说不出来。“去吧，菲利普，你要好好学习！”她惊恐地、词不达意地喊。

天啊，我妈妈肯定是吓傻了，匆忙中说了这么一句话。

我一直跟着我爸爸。我和爸爸不分开。不管他到哪里，我都是他的女儿，我都要跟着他。即使他看不见我，即使我无能为力，但是，我是他的贴心小棉袄，我是不会离开他的，虽然我死了。

我记得，那天，他是坐一辆黑色轿车进入监牢的。爸爸坐在车后座上，我蹲在他肩膀上，感觉车子里的空气很沉闷。他的两边各坐着一名警察，挟持着他。往外面看，马路上没有什么车子，我们的车驶过了鼓楼，走过了故宫边的护城河，最后，来到了一条狭窄而弯曲的小路上。

这里是一条胡同的入口，胡同里有一个草岚子监狱。“草岚子”这个名字富有诗意，但监狱可一点都不诗意。汽车过了边门，我们下车，然后，来到铺有地板的接待室。

他们将我爸爸一个人留在那里，就离开了。

有一个年轻的警卫看着我爸爸。我爸爸第一次尝到了屈辱的味道。“蹲下！”他大声命令说，“把头低下！”他粗暴地将爸爸的头按下去，直到他的下巴碰到胸前为止。五分钟过去了，屋子里静得像是在坟墓里一样。然后，年轻的警卫吹了个口哨，打个手势，叫我爸爸站起来。他又仔细地搜查了一遍，将他的圆珠笔和身份证件都拿走了，堆成一堆，开列了清单，让我爸爸在清单上用他的笔签了名。然后，他又要我爸爸蹲下。

我爸爸和我只好看着地板，直到另一名警卫前来，赶着我爸爸快步走过院子。

我发现，这里是真正的监牢。我大声尖叫，但没有人听见。我们在走廊里往前走，走廊两旁各有一排厚厚的门，每个门后面应该都关着犯人。很快，警卫停在一扇门旁，拉开了门闩，盯着我爸爸："进去！"

我爸爸和我进了屋子。屋子的天花板上点着一盏昏暗的灯泡。我看到，沿墙是一张大通铺，上面睡着一长溜人。看守将一名犯人推醒，叫他给我爸爸腾出个位置。那人又推又挤，让出了一块宽不足一尺半的地方。看守转身走了出去。

我安静了下来，开始飘过去，帮助爸爸了解环境。我看到，这号子很小，一张大通铺占满了房间。通铺前只有一条狭窄的走道，装有铁栅栏的两扇小窗户，镶嵌在刷着白粉的砖墙上。我看到，窗框上结着一层厚厚的冰，窗台上有两摞整齐的书和报纸。在远处的墙角，摞着两只涂着漆的铁桶，散发着臭味儿。睡在我爸爸前面的人，头发有些乱，但是很干净。每个人都睡在床垫上，身上盖着薄棉被。

那个被推醒的犯人将手指放在嘴唇上，示意我爸爸保持安静，打手势叫我爸爸躺下。我爸爸脱了鞋，爬上了通铺。我就趴在他的耳朵旁边。我现在也很安静，我是一团看不见的空气。

我爸爸刚睡下时，看守又进来了，将一床被子扔在我爸爸身上，就走了。我爸爸躺在那里，瞪着眼，盯着天花板，脑子里一片混乱，我看到他神情沮丧，难以入睡。

我知道他在想什么。他在想，我妈妈的日子一定会很艰难，也许，她还能找到一份工作，但最让他担心的，是我的那个弟弟。从现在起，我弟弟必须担着"反革命分子儿子"的污名与同学相处了，没有人能保护他了。

我躺在爸爸的脑袋边，我能听见窗外寒风呼啸，室内越来越冷。我爸爸蜷缩在被子里。我看见，门上面有一根烟筒穿墙越过我们的头顶，又穿过窗子上的一个洞伸出去了。我很好奇，飘过去摸了摸，发现号子里唯一的热气就来自这烟筒。因为睡不着，我爸爸坐起来，爬到刷有漆的铁桶去小便。在便桶叮咚作响时，我爸爸身后响起了一片嘘声。显然，在夜间小便是不对的。我爸爸内疚地回到铺上，拉上了被子。

他的新生活就这样开始了。我不知道如何安慰爸爸，我只是陪伴他。渐渐地，我发现爸爸昏沉沉地睡着了。当走廊里哨音大作的时候，他还没有醒过神，号子里的每个人，都已经笔直地站在地上了。

我和爸爸吃惊地目睹了监牢里作息时间的精确和准时。我看到，有两个人站在通铺的两头，将被子和褥子折成整齐的三角形，另一个人蹲下去，从通铺下面拉出一个瓷盆，用勺子将冷水舀在几个搪瓷脸盆里。除了吐痰声和溅水声外，屋内鸦雀无声。

我爸爸不知道该干什么，只得在床边站着。每个人漱洗完毕后，洗脸盆里的水都倒在便桶里，有两个人将它拎到门旁，在便桶后面排成整齐的一队。

我爸爸自动入列，猜测这是列队去上厕所。然后，队伍开始蠕动了。

我飘在半空，看见他们安静地穿过走廊门，出了边门，经过了一个院子，进入到对面的一幢房子，又走到一条沿着监牢外墙的小道上。在小道尽头，有两长排很干净的水泥坑。在坑的另一头，有一座瞭望塔，警察在上面毫无表情地向下看着他们。

我和他们保持了距离，飘在半空，远远地看着父亲。这原来是放风时刻。拎着便桶的两个人干净利落地用碎砖头清扫了便桶。

我爸爸他们回到号子里，一个个爬上床，盘脚坐着，开始反省自己的事。我重新蹲在了爸爸的肩膀上，听着他缓慢的心跳。

“你叫什么？”坐在我爸爸旁边的人说话了。

爸爸抬头看，原来是昨天夜里被警卫叫醒的那个人。“我叫菲利普。”

他问：“你知道你为什么被捕吗？”

我爸爸愣了一下，说：“嗯，实际上，我并不清楚。”

他平静地看着我爸爸，然后以长辈的口气说：“你是个反革命分子，菲利普，我们俩都是。要不我们就不会在这里了。你知道这里是什么地方吗？”

我爸爸耸了耸肩膀，假装不知道这是哪里。

他说：“这里是拘留所。门牌是西城区草岚子胡同十三号。只有反革命分子和罪犯才会到这里来。有些人是在新中国成立前，就干了很多坏事，这些人是历史反革命分子。新中国成立后做坏事的人，叫现行反革命分子。有些人，既是历史反革命，又是现行反革命。但不管是哪一种反革命分子，我们，现在都是罪人。”

他扫视着大家，说话的声音很响，周围的人都能听到。他接着说：“菲利普，你必须改造坏思想，重新做人。你被捕二十四小时以后，就会受审。他们来叫你时，马上就去，不要让看守等着你。到了号子外面，要快步走，低下头眼睛看着地，不要乱看。审问时，你不要给政府制造麻烦，一定要坦白交代，你是否得到宽大，就看你的态度了。你一定要记住房间号码。最后，你的书面报告和交代，都是要交到那个房间去的。”

他说话时，我爸爸心情复杂。我知道，他在少年时第一次进教会学校的时候，就是想着要学习很多规则，又有那么多的事不应该做。

那个显然是犯人头领的人接着小声对我爸爸说："菲利普，告诉你，一会儿就要吃早饭了。咱们一天吃两顿饭，一顿是在早上八点，另一顿在下午四点。每人有一个窝头，一块咸菜和一碗玉米粥。我姓龙，是这个号子的班长。在这里，都是为了一个目的：在政府监督下我们努力改造自己，相互学习。"

龙号长小心翼翼地打开一小张纸，递给了我爸爸。爸爸耐心看着纸上的字，读着："政府的政策是—坦白从宽，抗拒从严，将功赎罪，立功受奖。"

我看到龙号长微笑着看着我父亲念完，然后将字条收回去。他的面部表情既严肃、又松弛。

这时，早餐时间到了。我看见两名犯人下床，从铺下拿出两个大陶盆，站在门旁等待看守开门。我虽然不用吃饭，但是看到别人吃饭，我还是咽口水，还是觉得馋。我看到领早饭的人回来时，我爸爸领的窝头小得可怜，还没有我们家吃的一半大。每个人只有一片炒萝卜，玉米粥稀得像清水。我想，天啊，我爸爸一定会挨饿的。但我看见他和所有人都吃得很香，他们都饿坏了。

饭后，龙号长将我爸爸叫到一旁："有些同号对你提出了批评。昨天夜里，你起来小便时把每个人都吵醒了。你在夜里起来的时候，要慢，要轻。便桶盖要轻轻地拿下来，小便要尿在桶边上，不要直接尿在桶当中哗哗响，更不要尿到地上。"

我看到我爸爸尴尬地点点头。龙号长转身对其他人说："新来的这个菲利普，他不知道我们的规矩，我已批评了他。他接受了批评。我建议，这一次就原谅他。"

我看见大家都点了点头。他们原谅并接受我爸爸了。

我爸爸有些感激眼前这个姓龙的号长了。他外表厉害，实际上人却很厚道。

到了上午九点钟，我正在爸爸肩膀上睡觉。忽然听到走廊里又响起了哨音，号子里的每个人都盘腿坐在床上。原来是学习时间到了。学习时间很有趣，大家坐在那里听龙号长大声地朗读《人民日报》。读着读着，门闩被人拉开了。我飘起来，看见一个高个子警察站在门口，他就是逮捕我爸爸的那个人。

“菲利普！”他喊道，“跟我走！”

“到！”我爸爸立即跳下地，伸脚穿上鞋子，快步走了出去。我爸爸没有想到这样快就来提审他了。这时，我有些紧张，我爸爸走得很快，我只好飘在空中察看四周。那个大个子警察将我爸爸带着，交给一个穿着黄绿色棉制服的狱警。

我爸爸走近他时，狱警从身后的枪套里抽出一支很大的手枪，将枪栓拉了一下，哗啦一声，顶上了一颗子弹。我猜，他是装样子给我爸爸看的，但我爸爸还是怕得要命，他开始发抖了。

“低头！”他喊道，“再低些！快走！向左！继续走！向右！”我爸爸吓坏了，就赶紧按照他说的做，向前迈着大步，一边喘着气一边跑。我就使劲地飞，为了跟上爸爸。

我们经过一长排房门，听到其他审讯员在审讯别人时发出的叫喊和威吓声。我们又穿过一个院子，最后，他带我爸爸来到一个深绿色的门前，门中间有一个结了冰的窗框，窗框上有一个木板，上面写着“第四十一室”。我撞在门上了，然后弹回了爸爸的肩膀上站定。

“报告—”我爸爸喊了一声，声音不太响。狱警很不满意：“大声点！再喊一次，声音响亮些！”这一次，我爸爸大声喊了，“报告—！”声音尖得出奇，让我觉得好笑。

屋子里有一个声音平静地说："进来。"我爸爸走进去，我也跟着进去，蹲在爸爸肩膀上。进屋后，我发现，房间很大，屋顶很高，像是医院的房间，荧光灯把粉白的墙照得很刺眼，屋里有两张书桌，还有一个木柜，木柜上面有一个大红五角星。在侧面的墙上，有一张毛主席的彩色画像。

我和父亲都看到，在书桌后面坐着两个年轻人，他们都穿着深蓝色的法兰绒标准干部服。我飞到他们跟前观察。我看到，两个人看上去都不到三十岁。一个人穿着黑皮鞋，手里玩转着一支派克钢笔，这是有地位的象征，他就是我爸爸的审讯员。另一个是记录员，脚上穿的是棉鞋。

那个审讯员对着屋子里一张小矮凳做了个手势，示意我爸爸坐下。爸爸坐下时，我发现，在凳子的两条前腿之间，放有一支粉笔。我很奇怪为什么这里有这支粉笔。

那个审讯员注视着我爸爸，问道：

"你的名字？"

"菲利普。"

"用那支粉笔，把你的名字写在地板上。"然后，是老套的问话：我爸爸被逮捕前的住址、工作单位、国籍……他有些麻木地问着，显得懒洋洋的："你的号长，龙号长是不是已经告诉过你，政府会怎么对待因反革命活动被逮捕的人？"

"是的，坦白从宽……"

"你能阅读汉语吗？"

“不能。”我爸爸说。我知道，虽然他的普通话说得和北京人一样好，可教会学校里学的是法语、英语等等，没有怎么教他读写中文。

那个年轻的审讯者指着墙上的标语，一个字一个字念给他听：“‘坦白从宽，抗拒从严，将功赎罪，立功受奖。’这是政府的政策。菲利普，在你面前，有两条路，一条是彻底坦白，这样你就可以有新的生活；另一条是抗拒政府，坚持与人民为敌。这会有最坏的后果。你选择吧。你认罪越快，就越能早回家，就能更快地与妻儿团聚。你不用担心你的妻子和儿子。你是有罪的，他们没罪。反革命分子的家属不受歧视。如果他们有困难，当地政府部门会帮助他们的。所以，你放心好了，你要彻底坦白自己的罪行，到时候，我们会提出对你实行宽大。但如果你是个顽固、死硬的坏分子，拒不悔改，后果是很可怕的。你听懂我的话了吗？”

我爸爸点了点头。我知道，听到他说政府会照顾我妈妈和我弟弟，我爸爸就放心了。

审讯员微笑了，他接着说：“坦白有两种。我们称之为挤牙膏式和水龙头式。挤牙膏式的犯人，要时常去挤，否则他就不肯彻底坦白。水龙头式的犯人，开始的时候要费很大力气去拧开水龙头，但后来就什么都说出来了。你很聪明，我想，我们用不着来压你。你听懂我的话了吗？”

沉默了一会儿。我爸爸又点点头，等着他说下去。

“好，我们开始吧。你知道你为什么到这里来的？”

我爸爸犯了第一个错误：“逮捕我的时候，他们说，我是反革命分子。”我感到很紧张，我都觉得他说错了。

果然，审讯者十分生气，他在椅子上将身子向前探，目光炯炯地看着我爸爸:

“人家说你是反革命分子？！你，菲利普，我们很了解你的情况。你的父亲参加了八国联军入侵中国的军队，手上沾着中国人民的鲜血。你是个反革命分子！你是帝国主义雇佣的间谍！用不着别人告诉你，这就是个事实！你要老老实实地交代，否则，后果很严重！”

但他的粗暴态度使得我爸爸仅有的一点脾气忽然爆发出来了。我爸爸委屈地嘟囔：“我又不是中国人，我怎么会是一个反革命分子呢？”

他瞪眼看着我爸爸，语塞了。我看到有一会儿，他什么话也说不出来，然后，他勃然大怒：“你竟敢这么问？你父亲过去干的坏事，是旧社会的事情，他已经死了，不去算账了。但是，你给美国军队当走狗，你的活动已经损害了我们国家，给人民造成了损失。你是个地地道道的反革命分子。我们有许多证据可以证明。”很快，他平静下来了，“好了，现在，从头开始，你好好讲讲你的过去。”

“从哪里开始呢？”我父亲还是很纳闷。

“从新中国成立前，你为美帝国主义干事儿的时候开始说。”他提示到。我和爸爸都明白了，他什么都知道。

爸爸，老实交代吧，我大声说。爸爸似乎感觉到了。于是，他开始从头讲起，从他在美国海军陆战队担任文职人员，到当通信兵和翻译，以及合众社记者助理等等，我爸爸一一讲了这些履历。

奇怪的是，我爸爸说这些真实情况的时候，那个审讯员越来越不耐烦了。他后来打断了我父亲的陈述，说：“不用你来说你的工作履历，这些我们都有档案。我们要你坦白你的罪行。你知道你是什么人吗？你的爸爸是侵略者，你是帝国主义的特务，是美国的忠实走狗。把你为他们干的肮脏事都说出来。我们有过去受你迫害的人的控告。把你在美国海军陆战队宪兵队里当翻译的事说一说吧。你做的事，难道仅仅只是当翻译吗？”

我发现，我爸爸遇到麻烦了。不管他怎样缩小他作为文职译员的作用，他是免不了间谍罪的罪名的。因为，审讯者认为，美国军队的宪兵队，肯定是镇压人民的组织，是搜集情报的单位。而我爸爸不仅领了他们的薪水，听从他们的命令，还参加了他们的活动。比如，我爸爸参加了袭击黑市帮会、充公、取缔赌博、查处违纪警察队的活动，还有在审讯北京市民时充当翻译，等等。

我猜想，一定有许多从事黑市交易的人，还有北平解放前那些夜总会老板、妓院老板、妓女，天知道都是些什么人，都可能编造各种受我爸爸迫害的故事，然后放到他头上。

我爸爸只好开始重新谈他在美军陆战队里的情况，一直谈到十二点半，我看着一只闹钟的时间是这样。这时，他叫我爸爸停下，然后由一名警卫把他送回号子去。我蹲在爸爸的肩膀上，跟随他一起回去。看得出，爸爸的精神状况很不好。

他进了号子，不想和任何人说话。

“怎么样啊？”龙号长问他。

“我不知道，好像还没有完。他们说，还要叫我去交代的。”我爸爸咕哝说。

“当然还会叫你的，”龙号长说，“可能要叫你去几十次。其实，审问你是一件好事。越是坦白交代，越能尽快离开这里。你一定要努力，早点离开这里。”

后来，对我爸爸的审讯长达一年多，那时，我爸爸说起话来也像龙号长一样了。

我爸爸明白，此时已经没有人能帮助他了。我妈妈在外面怕得要命，她自己也有被抓起来的危险。那时，法国与中国还没有建立外交关系，我爸爸只不过是一个拥有一张法国护照的混血儿罢了。可以说你是法国人，也可以说你是中国人—甚至，什么都不是。

这天晚上，半夜的时候，警卫忽然又叫他去接受第二次审讯。那时候，我在他的头发里面钻过来钻过去地玩。我爸爸大吃一惊，他想，为什么在晚上八点钟又来审讯我？

我爸爸猜，看来他早上的供词不能令他们满意，他们准备再审一次。我爸爸猜得一点都不错。一个警察带着大手枪，带着我爸爸穿过曲折的走廊时，天已全黑了。沉默地穿过院子，我爸爸越来越害怕。他担心被枪毙，他不知道我在他的肩膀上，正在亲切地抚摸他。后来，看到印着“第四十一室”的绿色小门时，他反倒有一种亲切感了。

他大声喊：“报告！”接着，低着头走了进去，像乖巧的猫那样小心走向墙角的小凳子。

“不要坐下，”审讯员说，“这一次，我们到另一个地方去。”

我看到，他们几个人又一起走出去。这一次，我爸爸被四名带着手枪的警卫护送着。黑暗中，我爸爸茫然地走在前面，每个人都是黑色的影子，在黑夜里晃动。最后，他们来到一幢三层楼跟前。

我比我爸爸还紧张，因为据说只有晚上的时候才枪毙人。他们走进去，穿过一间空荡荡的大会议室，来到了一段红砖砌成的楼梯前，旁边的灯光很昏暗。我爸爸前后都是警察，他走下楼梯。一道铁门拦住了他们，我也很紧张。

这时，一名警卫拿着钥匙走到前面来。门打开后，我爸爸又看到有另一段楼梯，比前面的一段更加昏暗可怕，楼梯投下了半圈阴影，我在阴影里飞动，我害怕。走廊十分狭窄，每走一步，里面的空气就更加潮湿、闷热、令人窒息。我觉得，他们带着我爸爸在往地狱里面走。我能感觉到我爸爸的口发干，怕得要死。

接着，他们走到了走廊尽头，那里有一扇木门关着，还包着铁皮。这里太幽闭、太神秘了。

“喊报告！”有人给我爸爸下命令说。

我爸爸大声喊着他的姓名，“报告！”

门打开了。两名穿着蓝色棉制服的人将我爸爸拉了进去，将他的双臂拧向后背。他们又向下走了十级楼梯，我吓坏了。过了入口处，我和爸爸发现，现在，大家站在一个可怕的刑讯室里了。

我想尖叫，但是谁都听不见。这时，人的本能反应，就是待住不动。我爸爸呆住了。他在汗流浃背，心想，会不会对他施加严厉刑罚？在我爸爸面前，确实有一个老虎凳在那里闪闪发光。我爸爸看着它，浑身一会儿发冷，一会儿发热。老虎凳是一种简单的、两节相连的木板，受刑者一般会被紧紧地捆在木板上，然后将一节木板抬起，最先折断的是人的股骨。在老虎凳旁边，是一盆水和毛巾，这是水刑必不可少的用具：将毛巾盖在犯人脸上，慢慢地将水倒在毛巾上，犯人不是窒息而死，就是被水呛死。

我爸爸毛骨悚然，他还看到了旁边有尖利的竹片和沉重的大榔头，甚至在煤火上，还烧着一节火红的链条。如果没有两名警察抓着我爸爸的胳膊，我想他会瘫在地上的。

那个审讯者的面孔像铁板一样，他走到我爸爸的面前，记录员跟在他后面，手里拿着笔记本。这时，有一段很长时间的沉默。然后，审讯员开口缓慢地说：“这只是个博物馆，你不要害怕。我们叫你来看看这个地方，你就知道国民党反动派是怎样审讯犯人的了。现在，时代不同了。我们生活在社会主义社会里，不会用这些残酷的、不人道的方法审讯犯人。相反，我们有充分的信心，得到你的配合。”

他厌恶地环顾了四周，然后命令警卫：“把他带走！”

我和爸爸安全出来了。原来，这不过是一次对他的教育。他激动地小声喊：“毛主席万岁！”

从那以后，审讯就进行得很顺利了。我爸爸再次看到那个审讯员时，他说：“你那天晚上那么害怕，是因为你中了帝国主义宣传的毒。我们就是让你知道，只有罪恶的旧政权才使用酷刑对待犯人。现在，你知道，你的唯一出路就是坦白。这样对大家都能节约时间。”

“你要我坦白什么呢？”我爸爸还是不很明白。我觉得我爸爸有时候就是很傻很傻。

审讯员看起来有点难过了：“我们不告诉一个人应该坦白什么。如果我们告诉他，那就是控诉，就不是坦白了。这是在给你一个机会啊，我们对你的一切都已经了解了。要你坦白，只是为了给你一个争取宽大的机会。如果你说的与我们所掌握的相符，我可以保证你会得到宽大处理。如果你只说出百分之五，你就永远回不了家了。”

“那么，我从哪儿开始呢？我愿意坦白啊。”我爸爸忽然急切地问。

审讯员感觉到我父亲的急切心情了，他微笑了：“有些人的记忆力很差，只能谈最近的事，不愿谈过去的事。有的人喜欢先讲最重要的事，然后，再讲小细节。但很多人刚好相反，他们喜欢先讲一些小事，然后一点点地，讲到最重要。其实，这对我们来说，都无所谓。因为，我们最后什么都会知道的。这就全由你自己决定了。我们有的是时间，但是有一点：不要想要弄我们，这是办不到的。”

于是，我爸爸开始从他八岁时讲起了他的历史。他还回顾了他的父亲和杨老太爷之间的那些交易，关于钟表店，还有毛皮生意，以及他父亲、我爷爷可能的犯罪情况，在上海的一些事情。这一次，那个审讯员很少打断他，因为说到了我爷爷、他父亲，审讯员觉得饶有兴味。他很耐心地听我爸爸说。记录员在用中文记录。

我爸爸一共谈了六个小时。以后，每一次审讯的间隔越来越长了，我爸爸有时间观察他的新居所，熟悉这里的规矩了。

在草岚子胡同监狱，每个人都有打扫卫生的任务和时间。我爸爸听人说，这里原来是一座和尚庙，后来被国民党改建成了监狱。我也喜欢到处看看，我看到，这一大块方形的地块，被分为了四个小方块，每一块就是一个院子，分别叫东、南、西和新院。整个监狱由一堵刷了白粉的砖墙围护着，墙上面有电网。

我看到，每个院又分成小块，每一块又分成号子、办公室、储藏室等。我爸爸受审的西院里，每个号子里住了二十个人。地是水泥的，窗上有木栅栏，木头很结实。窗框外面有东西遮着，使人看不到外面，似乎完全与世隔绝。

我能知道爸爸在想什么。他的心情非常低沉。后来，随着时间的推移，他渐渐地习惯了这里的生活。

第三章 1968年5月1—3日

那一天……到底发生了什么？是怎么开始的？我想不起来了。我头晕，脑袋里像是有一条咆哮的河流在奔涌。我什么都不记得了。是谁把我打倒了？最后一幕，我记得是一个警察向我冲过来。催泪瓦斯非常刺鼻，我流眼泪了，腿也迈不动，摔倒了。那个警察狠命地用警棍击打我的脑袋。然后我……

那是在1968年的5月。那个5月发生了好多事情。那么，我在那个5月干了什么？现在我在哪里？我好像躺在床上，我为什么躺在这里？

等等，我有一点印象了，对了，我想起来最开始的时候，我和爸爸在屋子里。那时，他正坐在家里的布面沙发上，在看一本关于时间的著作《文化中的时间》。看到我从餐桌边站起来，来到了客厅的窗户边上，对我说了这样的一句话："儿子，人，就是时间的囚徒。人是很难越出时间的牢笼的。"

我当时并没有认真去想他关心的时间问题，我说："爸爸，街上已经有人在走动了。今天可是5月1日，国际劳动节。"我掀开靠近街道那间窗帘的一角说。我的声音里有些兴奋。

这时，我爸爸看到我穿着的印有毛泽东头像的圆领衫，忽然有一种紧张的、恍如隔世的感觉：“你要干什么？你想到大街上去？”

我说：“是的，爸爸，我想到街上看看，今天大街上一定很热闹。”

我父亲的口吻变得低沉了起来：“最好不要太热闹。热闹的事情我见多了，最后，倒霉的事情总要在热闹之后接连发生。这是规律。”我爸爸说完，站起来，放下了手中的书，走到了我的身边，把窗帘掀开得更大一些。我家楼下那条巴黎的大街上，几条路交会的路口处，有人在陆续地汇集到一起，就像小溪汇聚成江河那样，在慢慢地变成一条人的河流。这些人在这个特殊的日子里，准备了一场庆祝国际劳动节的游行。

我爸爸冷冷地看着这一天游行的人群，忽然说：“中国人说‘人多力量大。’人多了，力量真的很大吗？你看他们，他们想干什么呢？他们自己知道吗？”

我说：“爸爸，你看那些人，他们不是大学生，他们是工人，他们也来到了街上。爸爸，我们出去转转吧，今天的大街上一定很热闹。”

我知道我爸爸一直在等待他的女朋友芭贝里的到来。他和芭贝里交往已经有几个月了，我估计她在两个方面让他特别满意：烹饪手艺和床上功夫，也就是食物和做爱。我爸爸自从 1964 年中法建交之后，从中国回到了法国，他最热衷的事情就是食物和女人。可能这是他那些年在中国最缺乏的东西。他几乎吃遍了巴黎所有的餐馆，只要手里有点钱，那他一定先把钱花在吃上面，然后，就是恋爱。性的饥饿对我爸爸来说，也是如此。回到了巴黎，他就想尽办法去接触女人，女朋友换了不少。最后，他认识了一家花店的女店主芭贝里。

我理解他，作为他的儿子，我们在中国都经历了那些最饥饿的年头——1958 到 1961 年。那是我最需要营养的时候，我却根本吃不饱。好在我母亲那个时候是想尽办法让十多岁的我吃饱饭，她做到了。吃饱了就干，“闲时吃稀，忙时吃干。”我的脑海里交替出现了这些十分幽默的、法国人根本就不大明白的中国人的说法。

我也很喜欢芭贝里，这个女人非常擅长烹饪法国南部海滨地区的海鲜，还有焗法国蜗牛，用葡萄酒炖北部地区出产的上等小牛肉。她喜欢在一个大盘子里放上很多东西，尤其是海鲜拼盘，大虾、文蛤、扇贝，还有烤小鱼。如果浇上一点柠檬汁，就最好了，那味道非常棒。而且，对于我爸爸来说，柠檬的清新、酸涩的味道，更能刺激他的性欲，使他对芭贝里的身体充满了探索的兴趣。她变换各种花样来做吃的，满足我爸爸对食物，尤其是他向往的法国美食的贪婪欲望，她床上功夫估计也叫我老爸十分满意。芭贝里就依靠这两项手艺，在最近的日子，牢牢地控制了我爸爸的心和身体，让他做了她的俘虏，不再想其他女人了。

因此，在美食上面，我这个儿子也跟着沾光了。我正是长身体的时候，二十岁，我很需要美味和营养。当然，我爸爸和芭贝里的床上生活，那只有他们自己才清楚，他是不会和我这个儿子交流的。我只是这么感觉而已。

我有自己的女朋友玛丽，她的父母亲都是出版社的编辑，他们说动了我爸爸写回忆录，我就这么认识了他们，也认识了他们的女儿玛丽。老实交代，我和玛丽也上过床，有过性经验了，我爸爸也知道这一点。因为，有时候我不回家，和玛丽在外面过夜，他也没有说什么。这不是他感兴趣的，他只是希望我这个儿子能够安稳地从法国的大学里毕业，然后在巴黎找到一份工作，这期间最好不出什么乱子。因为，巴黎是一个越来越乱的地方，谁都说不清楚这里会出什么大事情。大学里更是如此，各种暗流都在大学里涌动。

“我想等芭贝里来，她今天要给我们烧葡萄酒柑橘皮炖小牛肉。”爸爸对我说。但是这个时候，我内心里闪耀的已经不是什么食物了，而是外面街上那广大的世界和人群，以及正在发生的事情。

“爸爸，我们还是到街上去吧。你看，外面多热闹。你已经几天都没有下去了。你那回忆录，晚上再接着写吧。”

我爸爸想了想，可能他想到了在中国时候的“五一”节游行，他动心了，说：“好吧，那我们出去走走吧。可我总觉得有什么不对劲儿。真的，有一种奇怪的气息。”

我说：“爸爸，那是你的鼻子出了问题。什么味道都没有，只有国际劳动节的喜庆气息。你看，街上的人都是很散漫和喜气洋洋的。”

我们父子俩走过巴黎共和广场，看到今天例行的游行已经开始了。这一天是“五一”节，国际劳动节，因此，每年的今天，在巴黎都会有一场例行的大游行，工会出面组织这场盛大的游行。按道理说，全世界的劳动者在这一天都应该放假，都应该放松心情去休息，假如在大街上游行也算休息的话。

我今年已经二十岁了，留着一头淡褐色的长发。我正在巴黎第八大学上三年级。我看到，这一天的巴黎，虽然云层很厚，但是天气预报说，到中午的时候，巴黎就是大晴天了。这样的天气里，在大街上走一走，来这么一个悠闲的游行，不是示威，不是反抗，是纪念性的、散步式的游行，是多么好的一件事情啊。但是，奇怪的是，我和爸爸一到大街上，都感觉到了在巴黎街头的空气里，竟然悄然弥漫着一种不安的气息。那种气息到底是什么，我却说不出来。好像是一种青春的、暴力的、反叛的气息，要和保守的、僵化的、资产阶级沉闷的气息对抗。

现在，我们父子俩都看到了一股阳光正在非常勉强地从云层中挤出来，挤破了那些厚厚的云层的棉被，然后，像一束麦芒一样，打在了我们的脸上。

爸爸眯起了眼睛，我想，爸爸在这个时候，会不会想起了遥远的、或者说并不遥远的那些艰难岁月，他在北京的草岚子监狱或者是清河劳改农场劳动的时候，抬起头，把腰直起来的那一刻，被一束阳光打在脸上的感觉？那么，这时的巴黎和那时中国的阳光，是不是一样的？他的心理感受，会告诉我这个儿子吗？我一直对他在中国监狱里的那些年的经历感兴趣，可回到法国已经快四年了，他还是不能向我详细讲述他在中国监狱里的那些日子。他说，他会告诉我的。我对一切都那么的好奇，那么，他一定会告诉我的，他至少已经开始写回忆录了。

五月一日，这一天，在苏联的首都莫斯科，在中国北京，在捷克斯洛伐克的首都布拉格，在古巴的哈瓦那，在越南河内，都会有“五一”劳动节的游行和庆祝活动。可这些国家都是社会主义国家。

我们法国怎么也有这样的游行呢？“‘五一’节是怎么回事啊？它是纪念谁而设立的？”我问我爸爸。

他告诉我：“这个节日，是为了纪念一八九九年五月一日那一天，被警察杀害的芝加哥罢工工人而设立的一个全世界劳动者的节日。那一天，游行的工人在芝加哥街头被杀害，引起了美国社会的广泛关注和剧烈动荡，可这一天成为一个国际性的劳动者的节日，并不是一开始就形成了的。芝加哥惨案之后，很多年里，各个国家的工人们都在这一天里自发地组织起来，纪念芝加哥那些为了争取自己的权益而被美国警察杀害的工人。慢慢地，就成了一个国际性的节日了。”

我觉得很兴奋，“那我们法国人呢？法国的工人也会在每一年的这个时候，都上街来纪念吗？”

“估计会，”我爸爸有点担心地说，“巴黎和全世界各大城市的工人一样，年年都自发地纪念这个日子，就是为了显示工人的团结。工人们不团结，就是一盘散沙。工人是沙子，不聚集在一起，就没有任何力量对付资本家。”

我想起一句中国成语“一盘散沙”来。一个盘子里都是沙子，每一颗细小的沙粒单独待在那里，就形不成力量。如果中国人不是一盘散沙，那么，法国人也不是。忽然，我看到在我眼前，游行的队伍走过来了。我爸爸拉着我也走进了游行的队伍。有人立即递给他两面小旗子，是法国国旗。爸爸递给了我一面。我挥舞了几下，那面法国小国旗迎风摆动。我们父子俩开始在不断加人进来的游行队伍里行走。

“啊，今天的人真的很多。爸爸，我闻到了一种荷尔蒙的味道，你看，那边的年轻人都过来了。他们体内的荷尔蒙都在骚动，爸爸，我可以感觉到这一点。你看，他们就像过圣诞节一样高兴。”我很兴奋。

爸爸在观察着我这个儿子，可能他在想，儿子很想和那些年轻人走在一起。他也许觉得，在这样一个日子里，我和他这个老爸一起走在街上，一定特别没有意思。一定是这样的。

我的女朋友玛丽一周以前回南部老家尼斯了，要过几天才回来。我很想念女朋友，我们在同一所大学里上课，是同学。平时我都在学校里住着，不愿意回家，但玛丽走了之后，我就不得不回到家里，和父亲在一起。但看到爸爸和芭贝里亲热和打情骂俏的时候，我总是有些不自在，虽然我喜欢吃她做的饭。我对很多事情的看法，和爸爸都不一样，我总想着要和他辩论，我认为，我们之间产生了代沟。

我父亲不认为他和我之间有代沟，只存在年龄的差距。他说，每一代人经历不一样，但生命的过程都是一样的。因为，每个人在每个年龄段想的事情，都是一样的，他说，谁都年轻过，谁也都会老，谁最后都会死，这生命不过就是一个过程。所以，年轻人不要觉得你年轻了你就骄傲，实际上，你年轻的躯体很快就会衰老，心灵则老得更快。

我认为时代正要发生某种变革，但是爸爸并不理解我："越变越乱，最好不变。"可年轻人谁都想变化。父亲和儿子的关系，有时候是很亲密，但有时候是复杂的，甚至会是敌人的关系。

"你是不是想和他们走在一起？他们里面，有你的大学同学吗？"他看着斜刺里冲进来的一群闹哄哄的大学生队伍，皱着眉头问我。

我看了看涌过来的那一群说说笑笑的年轻人，说："我一个也不认识，但他们的确是大学生，和我一样的学生。"看来，很多学校今天也放假了，所以，他们没有什么事情，就来到这里游行了。

路过一家商店的时候，爸爸拉着我停下来。透过橱窗，我们都看见了在房间里的电视机屏幕上，出现了苏联莫斯科和中国北京的大阅兵场面。这两个国家都是社会主义国家，在莫斯科的红场上，在北京的天安门广场上，电视机屏幕交替出现了两国的军队列着方阵走过广场的镜头。

我看到爸爸的眉头动了一下。他也许心头一紧。我们看到了苏联制造的导弹车上那巨大的导弹，还有苏联的制式坦克方阵，轰隆隆地、威武雄壮地开过了红场。当年，斯大林和希特勒决战的时候，在红场上阅兵之后，部队就是这么直接开到了战场上，最终打败了德国纳粹，这是谁都知道的事情。电视屏幕上，围观的苏联人在欢呼，在热烈地探头探脑，人头攒动，使这一天成了一个特别的、盛大的节日。还有北京天安门广场上的阅兵方阵，如同挪动着的团块状的棋子，在广场上威武地走过去，使观看者血脉贲张，使他们萌生了民族和国家自豪感，也使所有涌出工厂举行欢庆游行的工人队伍立即黯然失色了。

根据我爸爸的脸色，我知道，他心里在想，像苏联莫斯科和中国北京举行的这场精心筹划的劳动节的庆典活动，是在向他们的冷战对手美国和欧洲国家公开地炫耀武力。我爸爸就是这么认为的，因为，这一幕会使他联想起他在中国的那些“右派”岁月，那些日子是烙印，留在他的血肉和脑海里，让他永远无法忘却。

我抓住他的手：“爸爸，我们走吧，那些阅兵仪式的镜头有什么可看的？”

我爸爸没有说话，但我从他的眼神里，似乎看到了这些话：儿子，我们都是法国人，但是，你和我一样，都是有中国人血统的。我现在必须强调这一点。接着，他说话了：“儿子，今天是 1968 年的 5 月 1 日。巴黎的 5 月是最美丽的季节，现在，有一种躁动的气息，让我感到有些焦虑。”

我说：“可能你总是会想起我们在中国的那些日子的原因吧。”

爸爸说:“最近,我会给你讲讲当年的那些事情,现在,我已经在写回忆录了。你女朋友的爸爸正在帮助我，他们的出版社想出版这本书。这对你理解我的生活、理解人类的一部分当代历史有好处。”

我说：“早点写出来，你就轻松了。”

我爸爸说：“回到法国，我已经轻松了很多啊。你看，这不，有些巴黎的年轻人喜欢拿着毛泽东的像章和语录书，穿着中国人民解放军的衣服在街上走，这对于我来说，会勾起我那些年的记忆。好了，我们走吧。”

爸爸和我重新回到了游行的队伍中，和其他人一样在走动。人群热闹、喧哗，我们变得和他们一样，几乎看不出来了。

我们父子俩虽然不知道，但是可以想象到的是，在今天，世界各地虽然有着很大的时差，但在很多国家的城市里，都在举行着相似的“五一”劳动节的大游行。这是我后来看报纸的时候了解到的。

《费加罗报》这么说：

在巴西，全国工会组织了盛大的游行，虽然巴西全国工会已经被军政府暗地里控制住了，里面安插的都是军政府信任的人，包括领导人和负责联络工人分支组织的负责人，都是巴西军政府的密探。虽然不用担心巴西工人会借机闹出什么大事情，但是，巴西的独裁军政府还是十分的紧张。因为任何群体聚集在一起，总是有可能发生些什么难以预料和控制的事情。不过军政府也不能搞得太过分，已经有人在散布巴西工会被军政府的人把持的消息了。因此，这一天的游行还是出了娄子。

当时，圣保罗州的州长出现在集会上，作为当权者的代表发表讲话。可是，工人们一看到他那张脑满肠肥的脸，就愤怒了。那就是一张资产阶级当权者的典型的脸，每个毛孔都流淌着贪婪、腐败和权力拥有者的骄横气息。这一天，州长站在高高的讲台上，刚开始讲话，那数不清楚的鸡蛋、西红柿和其他杂物，就朝他扔了过去，砸到了讲台上，如同被弹雨袭击一样，产生了声音和颜色的奇特效果—西红柿和鸡蛋的爆炸不亚于子弹的爆炸，而且带着黄色、红色和白色的汁液在讲台上溅开来，引起了台下人群的高呼和骚动。

那个州长十分狼狈，他没有预料到会遭到群众这样的无礼反应，就对着话筒愤怒地谴责袭击他的人。但是，他随即遭遇到了更多的西红柿和鸡蛋的袭击，而且，人群开始高喊：“滚下去，你这个走狗！滚下去！你这个资产阶级的走狗！”眼看着事态在朝着混乱的方向发展，州长就下了台，赶紧和其他被军政府收买、操纵和豢养的工会头子们，狼狈地跑了。他们逃到附近的大教堂里躲藏了起来，打算歇息一下再悄悄离开。这一天，真的是他这个州长最狼狈、最丢脸的一天，他想象着自己动员了国民警卫队，前来镇压了学生和工人的集会，但是，也只是想象一下而已。他无法让国民警卫队的人对学生挥动棍棒，或者开枪镇压。他害怕导致更加混乱的局面。

州长滚蛋了，工人们决定自己组织一场小游行，来对抗军政府安排的大游行。这个时候，几百名工人和学生则冲到了空无一人的讲台前，聚拢起来，由学生和工人的领袖开始依次上台，对着广大的、喧闹的人群，一个个开始了他们的演讲，慷慨激昂。他们讲的那些话比较多，也比较乱，听的人基本上只能记得一些词语，这些词语涉及了他们每个人的权利和利益。但是，当时的气氛过于喧闹，谁都想发言，没有人想真正去倾听，他们被一种热闹的、亢奋过节的气氛所感染和俘获，被眼前梦一样非现实的、自己可以做主人的幻觉所俘获。每个人都跃跃欲试，每个人都在骚动不安，却都不知道最终要表达的是什么。

《解放报》这么说：

在社会主义国家捷克斯洛伐克的首都布拉格，1968年的“五一”节这一天，情况稍有不同。这一天，国家领导人没有像过去那样举行一个阅兵式，来显现他们对权力的控制很稳固，而是低调地举行了一次真正的市民大游行，让群众来表达对执政的改革派领袖杜布切克和他的伙伴们组成的新政府的支持。这是一次不怎么经意的检验，但却有着测试群众反应的作用。杜布切克这么干，是为了让苏联老大哥看看，虽然他不是他们喜欢的捷克斯洛伐克领导人，但他的国家的人民群众却是多么地欢迎他。

布拉格这一天的天气非常好。在灿烂的、如同花束一样明亮的阳光下，站在检阅台上的、身材高大俊朗的杜布切克看到，在检阅台下面的大街上，穿着整洁的成年人身边，都簇拥着他们的孩子。大家就像是去参加婚礼，或者一个大的节日聚会那样，轻松地、有说有笑地通过他们这些国家领导人站立着的主席台。而且，他们在走过台前的时候，还纷纷地朝主席台上投去一束束的鲜花。那些鲜花带着露水和香气，带着娇艳欲滴的颤抖的感觉，让对花粉过敏的杜布切克连打了几个喷嚏。他动情地擦去了脸上的泪水，觉得捷克斯洛伐克的人民真的是太好了，他们衷心拥护他这个被苏联感到是个威胁的人。

而在群众中间，在不容易察觉的街道的角落里，在附近大楼的屋角，在一些房间的窗帘后面，监视着这一幕的那些苏联派来的克格勃们，则冷若冰霜地盘算着如何写一个能让上司满意的报告。此时苏联的当政者是勃列日涅夫，他是一个头脑顽固不化的官僚，他的手下也是这样的人，他们很担心杜布切克领导的捷克斯洛伐克新政权，有可能将这个国家引向欧洲式的民主。他们正准备着发动一场“道理上站得住”的政变式占领，把杜布切克一伙赶下台，以杀鸡给猴看的方式，让危险的、企图脱离苏联老大哥控制的东欧国家的某种倾向被严格制止。

在加勒比海地区的社会主义国家古巴的首都哈瓦那，这个国家的第一号人物、执政的菲德尔•卡斯特罗将军，在这一天里，向参加广场大集会的五十万群众宣告：前一年，拉丁美洲的反动派对他最密切的战友切•格瓦拉的谋杀，是吓不倒古巴和拉丁美洲革命的，也束缚不住革命的国际主义精神。革命的火种将继续在拉丁美洲传递，并且将传递到世界上大多数贫穷、落后但被资产阶级政权把持的国家。最终，革命将推翻那些资产阶级政权，把他们踩在脚下。

《共和报》这么说：

在越南的首都河内，美国人继续对北越共产党的军队发动残酷的战斗。代表越共发言的武元甲将军声称，如果美国不主动从越南撤军，它最终将在越南战场上遭到军事挫败。当然，没有一个美国人和欧洲白人认为，这个越南将军的话是值得重视的。因为美国军队的力量太强大了，谁都无法阻挡他们对越南共产党的军事行动。燃烧弹、地雷、汽油弹，各类轻重武器已经把越南打得千疮百孔、七零八落。可是，从丛林里、从水田边的稻草屋子里，越南人还在顽强地向美国士兵开枪。而美国国内的大学生和反战的民众一起，开始了新一轮的反战示威。

5月1日劳动节这一天，巴黎却显得平淡无奇。虽然各大工会出面组织了传统的游行活动，但是，由法国共产党控制的总工会牢牢把握着局势。巴黎的游行路线从共和广场到巴士底狱遗址，这一条路线已经成为工会组织游行的一个传统了。在巴黎，几乎见不到自发的群众活动，游行的人像尽义务似的呼喊着“五一万岁！劳动者万岁和光荣！”的口号。游行照常进行，人们非常有秩序地在街上行走，漫步，就像过节一样散漫，开心，没有任何威胁。因为在政府的人看来，这种游行自1954年开始，到如今已经14年了，每年都一样，毫无变化。是的，表面上看，毫无变化。

是真的毫无变化吗？后来，我才明白了，什么事情都不好说，变化都在孕育，大风起于青萍之末—这是中国人的一句老话。

那天，我和父亲在街上的游行队伍中游走了一阵子，我和爸爸都看到了芭贝里，她正从街道的另一边走过来。她的左手拿着裹了黄色油纸的长棍面包，那是法国人最爱吃的东西，右手还提着一个袋子。不用说，里面装的都是她准备大显身手，要做给我爸爸和我吃的食物原料，小牛肉和各种作料。

“嗨，芭贝里！芭贝里！”我爸爸大声喊，人声嘈杂中，他的声音显得不是那么的大，但是他喊到第三声的时候，她还是听见了。她看见了我们父子俩，脸上露出了美丽而爽朗的微笑。

我们出来，走到了她的跟前，在人行道上，爸爸和她拥抱了。我过来和她行了贴面礼，帮助她提着那个袋子。爸爸则挽着她的胳膊，离开了游行队伍，打算沿着一条斜街抄小路回家去了。

我听见芭贝里对我爸爸说："你儿子似乎还没有过瘾呢。他喜欢游行的感觉。他喜欢大街。"

我的确感到了不满足，我说："爸爸，我还想再在队伍里走一阵子，今天的气氛特别好。刚才，我好像看到我的几个同学了。他们一闪就不见了。"

“回家去吧，也许，你的玛丽已经从尼斯回来了，正在家门口等你呢。”我爸爸说。他这么一说，我的精神头儿马上就不一样了，乖乖地跟在他们身边，沿着斜街开始往家的方向走去。

我看到，今天的芭贝里很漂亮，她穿着一件开胸很低的碎花衬衣和一条淡蓝色的裙子。我爸爸一定闻到了她脖颈那里喷的香水味儿，这也刺激了爸爸内心的欲望。今天，她要给我们做一顿好吃的，还要喝上好的红酒。爸爸要慢慢地享受美食，美酒，还有她这个美人。爸爸眼前的这个美人，三十多岁，正是身体最饱满、最成熟的时候。我爸爸揽着芭贝里的腰，一定觉得她的腰肢是那么的柔软，随着走路的步子，还有一种轻微的、如同风把水面吹皱的波纹那样的摆动，会让爸爸的手感受到一种调情般的甜蜜。

“我今天给你们炖小牛肉，小家伙有口福了。”我听见她说。

“小牛肉，很好。可你就是我的小母牛。”我爸爸恬不知耻地说。

芭贝里亲热地用她热乎乎的嘴唇亲吻了我爸爸，“母牛浑身都散发着热气呢，小母牛会让你这头公牛兴奋得发抖。”

“可我更想吃的是你。”爸爸说。他传达出的是性的意思，她明白了：“你想吃掉我？你这么大的胃口啊，你这头种牛。”她笑了。

去年，我爸爸认识了芭贝里。她虽然是一家花店的店主，但是她很关心阿尔及利亚的事情，对北部非洲法语地区的作家作品十分欣赏。她有着一颗善良的同情心，对那些受到压迫的民族和个人都满怀同情。她对我爸爸在中国那些年的日子也很好奇，总是希望爸爸能够给她说一些。是的，我爸爸在中国的劳改营里待了七年，现在，他自由了，有好几年，都还没有从一种混沌的记忆里走出来，什么也不想多说。

我跟在他们的后面左顾右盼，心不在焉。我觉得外面的世界非常精彩，到处都是人。似乎有什么事情要发生了。其实，我对父亲和他的女朋友的亲热感到了腻烦。我并不讨厌、甚至挺喜欢芭贝里的，但是，我很害怕她那样过于成熟的女人。我都不敢和她的目光长久对视，因为，她太火热了，胸大臀肥，那目光里带有让所有男人融化的东西，就像巧克力遇到了热水一样。像她这个年龄的女人，对男人太有经验了，我还年少无知，算是一个小公鸡呢。她根本不像我的玛丽那样，清纯自然，如春天里的微风，美丽如湖水里的白天鹅，爽利如夏天开放的花朵。我的玛丽，她现在会不会真的回来了，在我家附近等我回家呢？想到了这里，我这才兴奋了起来。

我们转过一条或两条大街，直接穿插过一条小街，又走过一个十字交叉的路口，然后，就到家了。

远远地，我就看见在我家单元门口外面的小门台阶上，坐着一个女孩子，穿着一条花格子裙子，长发飘飘，旁边放着一个大背包。那个姑娘正是我的玛丽！

“啊，你看，你的玛丽。她果然回来了。今天可真热闹啊。”我爸爸说。

芭贝里说：“玛丽可能也想你的儿子了，要不然，她怎么能在尼斯蓝色海岸边的家里待不下去，这么快就回来了呢？”

我飞奔过去，和玛丽拥抱。然后，我们四个人互相问候，亲密如同一家人。

我感觉到玛丽的身体散发出一种成熟的气息，那是女人求爱，或者被爱的分泌物所包围的气息。她的胸脯起伏，乳房小巧，嘴唇像杏仁一样带点苦涩。她一定是累了，从南边回来，路上也很辛苦。

玛丽说：“我很想你，小菲利普，我就提前回来了。你很高兴，对不对？”

我当然高兴了。现在，父亲在前面，穿过走道来到三楼我家门口，打开门，我们说说笑笑地回到了家里。然后，芭贝里很快走进厨房，我和玛丽躲进旁边另一间屋子，接吻去了。听着隔壁的动静，我能想象到爸爸走到厨房里，从后面抱住了正在收拾食物的芭贝里。我爸爸的下腹部一定可以感觉到她的臀部就像苹果的弧面那样柔软、浑圆，生动地贴紧了他的胯部，于是，他就硬了起来。我估计芭贝里一定喜欢和我那个性饥渴的爸爸做爱。想到了这里，在屋子里，拥抱着我的玛丽，我感到自己的生殖器像鳗鱼一样摇动着上升了。我也欲望升腾了。

我让她把手放到我的小腹部，让她感觉我的欲望奔腾。

“沉住气，傻瓜，还没有吃饭呢，你哪里来的那么大劲啊。”玛丽把手拿开，以免刺激我的欲望，“别像你爸爸一样那么饥饿。”

我笑了，和她拥抱，接吻，舌头在一起舞蹈，彼此的气味渗透进对方的五脏六腑。我们是相爱的，在这个美好的、劳动者全体放假的日子里。

我们几个人享用了芭贝里做的美好的大餐，喝了好几瓶法国红酒。然后，两对男女—父亲和他的女朋友芭贝里，我和玛丽，都进了各自的屋子。谁都可以猜测到接下来会发生什么，既然是劳动者休息的一天，那么，休息时最好的活动，就是爱人们互相拥抱，然后，做爱。

这是最平常的一天。在这一天过后，从 5 月 2 日开始，巴黎的情况就开始不一样了。

事情是从农泰尔文学院开始的。法国巴黎的农泰尔文学院是一座具有新思想的学院，位置有些偏僻，在巴黎郊区的贫民窟旁边矗立着。校园里大树很多，最近一年，树下面总是有思想激进的、精力充沛的学生在聚集。由于对政府的教育改革方案不满，农泰尔文学院的学生们从 1957 年 12 月开始就罢课了。

虽然罢课了，可学生大部分还在校园里，该干什么就干什么，就是不上课。

这样，学校的管理方很着急，一直到 1968 年的 5 月 2 日这一天，农泰尔文学院宣布关闭，要求那些发起罢课的主要组织者和参与者，必须于 5 月 6 日前往学校的纪律委员会去解释说明。

就是这个决定，成了整个 1968 年 5 月巴黎大动乱的一个导火索。农泰尔文学院的学生们马上组织了一场抗议的集会，这个集会改在另外一所著名的大学—巴黎索邦大学里举行。可当时其他大学，包括索邦大学的学生并不太在意这个事情，参加这场抗议活动的学生人数并不多。

问题出在下午。集会还在进行中的时候，忽然，上百名全副武装的警察冲进了索邦大学的集会场所，逮捕了在场的五百名学生。于是，消息像霍乱病菌一样迅速地传开来了。巴黎的大学生愤怒了，在一所所大学里骚动了起来。一开始，有学生一伙伙地聚集在一起，谈论发生在索邦大学的事情，有一种压抑和要爆发的情绪在聚集和漫溢。

教育部长阿兰•佩列菲特赶紧来到了索邦大学，和校长让•罗什紧急见面，商量可能发生的学潮事件，因为，出动警察就是他们的决定。他们两个人很害怕导致农泰尔文学院关闭的学潮事件，会在巴黎索邦大学—法国最古老的大学里产生连锁反应。因为，巴黎索邦大学一向是巴黎大学生活动的中心，按照过去的传统，警察是从不涉足大学领地的。但是这一次，当农泰尔文学院的学生来到了巴黎索邦大学集会，罗什校长还是向警察求助了，认为只有警察帮忙，才可以平息掉一场可能的骚乱。

那天，警察抓捕那几百个学生足足花了三个小时，才把他们分批地装上警车拉走了，并粗暴地驱散了其他围观者。就是在这个时候，围观的学生群中出现了愤怒的情绪。人群开始呼喊口号："释放我们的同学！""停止镇压学生运动！"

很快，流传开来的是对警察的新称呼—"纳粹褐衫党"，这就标志着"五月风暴"的正式开始。于是，更多的学生出来集会，和抓捕学生的警察对抗。警察不由分说，不分青红皂白地投掷催泪瓦斯，挥舞警棒，前去驱赶学生。

巴黎索邦大学的学生没有退却，他们用卵石还击，接着，有更多的大学生从其他学校赶过来支援，加入到他们的队列里，和警察展开了对抗。他们推翻汽车，砸毁一些栏杆，并在卢森堡宫前面建起了 1968 年"五月风暴"的第一个街垒。

局面就这么发生重大变化了。大学生通过词语、口号和标语的暴力，以及迅速升温的肢体暴力，宣泄出被压抑很久的能量，和对野蛮的警察所施加的威吓的拒绝，在互不相识的青年人中间一下子形成了团结的力量。

一场席卷巴黎乃至全世界的"五月风暴"，在五月初的这几天形成了。而法国政府措手不及。这时，总理乔治•蓬皮杜正在伊朗和阿富汗进行国事访问，他与总统戴高乐不和，因此没有人能够迅速地对大学生的骚乱商议出对策，只是派出更多的警察，结果，就引发了更大的骚乱。

到这个时候，局面就失去控制了。法国的学生组织—全法学联开始介入，进入到行动的中心，成为实际的领导者。他们和全法中等和高等学校教师工会一起，面对警察的暴行，立即发出了举行全体罢课的号召，法国就这么陷入一场大动荡的边缘。

我记得，5 月 2 日，在巴黎僻静的一条小街上的三楼的房间里，在客厅那温馨的气氛包裹下，我们四个人，爸爸、他的女朋友芭贝里，我、我的女朋友玛丽，吃完了饭。

芭贝里到卧室去了，其他三个人坐在电视面前。爸爸不经意地换动电视频道，结果，电视上马上出现了索邦大学里的骚乱场景。我们紧张地看着电视画面上警察和学生的对抗，以及索邦大学里对峙的局面。

芭贝里从房间里换了更舒服的衣服出来，站在那里喝苏打水，“亲爱的，你们三个人怎么了？怎么脸色那么凝重？”

我爸爸说：“过来，亲爱的，你看，索邦大学里有好戏上演了。你的花店离那里不远啊。”

我们在 5 月 2 日这一天晚上，从电视机里看到了巴黎大学生和警察对抗的一幕。这一幕将成为凝固的影像，被定格在时间的刻度上，成为永远的瞬间。而那一刻，巴黎像一锅开水那样，开始沸腾了。

现在，我什么都记不得了，我的脑袋很疼，我遭受了重击……不不，我又想起来了，是 5 月 3 日的中午，那一刻，我来到了巴黎索邦大学的天井院里。

在那里，有一个声援农泰尔文学院的聚会。法国全国学生联合会组织的，我和他们没有关系，但是，我想去看看热闹。我是觉得气氛很压抑。和我爸爸在一起生活，气氛很压抑。他已经完全变了，在中国被改变了。回到了法国，他只想着过安稳的日子。他不让我去看热闹，但我听从了自己内心的召唤，偷偷地跑出来了。

这是 5 月 3 号的早晨，这个时候，他还搂着他的女朋友芭贝里睡觉呢。

我坐在地铁里买了一份报纸看，报纸上说，美国和越南民主共和国之间的"和平谈判"将于下周在巴黎举行。这让我瞠目结舌。因为，越南战争打了不少年了，可是美国就是打不赢。他们是西方阵营里面最强大的，什么都有，可他们就是打不赢。他们都快用炸弹和燃烧弹把越南的整个地皮都掀翻了，但他们就是打不赢。除非他们像用除草剂杀掉所有的虫子那样，把所有的越南人都杀死。可是，他们做不到，美国人做不到，这个有史以来最强大的、核力量正处于顶峰的大国，现在却不得不和一个弱小、落后、内部分裂的国家坐到谈判桌前，商讨和平可能的条件。这让我觉得很滑稽。

你一定好奇，我，一个二十岁的大学生，为什么开始关心政治了呢？从中国回来之后，我就变得关心政治了。因为，我懂事之后，就饱受政治的压力，因为血缘的关系，我受到了爸爸的牵连，在中国没有人看得起我，他们看我的眼光都是鄙视的。我妈妈也在屈辱中生活着。这些我后来都没有告诉我爸爸。

我是在 1965 年春天来到巴黎的，我的回国手续办理得很顺利，因为我爸爸和我妈妈离婚了。听说，我还有一个姐姐，但她生下来没有多久就死了。她只有一个小名，叫咪咪，偶尔在我爸爸和我妈妈的嘴上被提起。我妈妈和我爸爸离婚之后，在北京很快嫁给了一个中国工人，建立了新的家庭。就这样，我和爸爸，两个男人—如果说我现在也是一个男人的话，那么我们两个男人，内心里带着在中国生活了那么多年的痕迹，回到了法国，重建了自己的生活。

我们过去从来没有在法国巴黎生活过一天，现在，却带着大半部分的中国人的面孔，在巴黎生活了。这其中的艰难说给谁听呢？谁会了解呢？这几年是怎么过来的？我和爸爸一点点地适应了法国的生活。他还好，他的法语是在教会学校里就学会了，中文对他是陌生的，但我就不一样了，我的中文很好，我的法语必须从头学习。好在我年轻，还有点法语基础，我的脑子灵光，很快就学会了。而且，我发现巴黎的中学学习的课程都比较宽松，很容易混。就这么我混进了巴黎第八大学，在大学里，我读书读得还不错。

很多同学很想了解我和爸爸在中国的生活，还有一个美国记者来找爸爸，说想和他合作写一本关于他在中国的书。我爸爸没有答应，因为他答应玛丽的爸爸了。在玛丽爸爸的出版社出版一本他在中国当“右派”的书，一定可以给他带来很多钱，带来很大的名声，这让他很高兴。

我到巴黎索邦大学的时候，就听说农泰尔文学院都闹了几个月了，他们的核心组织是一个学生组织，叫作“三•二二运动”，其中一个学生头头我认识，这小子叫达尼埃尔•科恩－本迪，是从德国到法国来留学的学生。

这个时候，他正带着几百个学生出现在巴黎索邦大学的纪律委员会委员面前，要求这些衣着体面的教授们和中产阶级知识分子：“你们应该以巴黎大学的名义，支持和声援农泰尔文学院学生的要求，并反对警察对待学生的暴行和法西斯恐怖行为。”

我听见一个矮胖的委员说：“他们到底想要什么？我们都不清楚他们到底想要什么，我们怎么去声援他们？而且，如果有骚乱，警察的职责就是制止骚乱。”

学生中间有人在骚动了，但聚会的场面还是稳定的。接着，其他一些演讲者继续演讲，他们说得五花八门的，我都听不明白他们要表达什么。什么资产阶级，共产主义，都是他们要反对的对象。可他知道什么是资产阶级？他自己不是出身于资产阶级吗？共产主义在苏联和中国的情况，他们懂得吗？他们都是不明白的。

我也不大明白，我只是想看看热闹。场面的确有些乱哄哄，不成体统。忽然，有一帮子革命共产主义青年和学生联合会的纠察队员们上台开始唱歌了，他们唱的是无产阶级歌曲，让我顿时想起来我看过的关于法国大革命的那些书。

就是我从中学到大学这几年里，我在巴黎的中学生和大学生中间感觉到，革命的炽热情绪与日俱增。巴黎，眼下已经是一座左翼引领新思潮的城市了。产生这个局面的原因比较复杂，一方面，是由于法国共产党和社会主义者在二战反法西斯抵抗运动中所起的作用很大，他们让很多法国人看到了右翼资产阶级的虚伪、出卖民族利益和与纳粹媾和的行为令人唾弃。因此，自二战结束之后，一直十分活跃的"左岸派"知识分子—他们往往在塞纳河的左边那些咖啡馆里面聚集，包括萨特这些人，他们强调知识分子要介入到当下世界里去，其影响就与日俱增。

我知道，另一个方面，还有更悠久的革命传统，在法国早就深入人心了。只要翻开我们的中学和大学的课本，那就会看到，法国这个国家的历史，已经被1789、1793、1848、1871和1936年的多次革命，打下了深刻的激进的烙印。我忽然感觉，也许，1968年也将成为这样铭刻历史的一年。因为在这一年里，由让·保罗·萨特等人领导的、反对法国在八年阿尔及利亚战争期间所犯暴行的抗议活动，鼓起了一帮子左翼青年的热情。甚至在阿尔及利亚于1962年赢得独立之后，人们对法国政府曾是怎样一副可憎嘴脸，仍然记忆犹新，因而，既不相信太平盛世的神话，也不肯对政府无条件地服从。

不仅如此，我在法国的中学和大学里，和很多同学都发现，我们的校园过于拥挤和陈旧了。和其他国家来的孩子一样，像我这样来到法国的人很多，而巴黎的学生人数在二战后迅速增长，但院校设施却很少有所改善。大多数学校的管理部门和戴高乐政府本身一样，冷漠、严格而且专断。他们的那副冷漠的感觉让我们都受不了，学生早就想要闹一闹了。

我的同学当中，很多学生很贫穷，甚至有时还要忍受饥饿，但同其他人相比，他们还有自由。他们有时间去生活，去思考辩论，去谈情说爱，但是他们住在拥挤的大宿舍里，在学生食堂一起吃饭，这也使他们有机会为他们所面对的问题寻找解决办法。有没有这样的办法呢？在5月3日这一天，似乎要出现一个苗头了，我是感觉到了。

我注意到，下午三点的时候，突然，讲台上出现了一个气喘吁吁的人，他说：“有上百个新法西斯分子正准备开过来，一路上他们见到左翼学生就打！”

他的话立即让学生们骚动了起来。他们从自己随身携带的包里拿出了防护面罩，这样的面罩可以保护脸部在遭受石头和木棒的击打下不会受伤，或者受点轻伤。

我却什么都没有带，但是我看见达尼埃尔•科恩–本迪在这个时候悄悄地溜了。他去干什么了？他害怕了吗？不不，他不会害怕的，那么，他是去搬救兵了吗？很可能是这样。因为，这里聚集了三四百人，开始往四下走，并动员其他教室里的学生，加入到他们的队伍里来。

我记得，整个场面就是从这个时候开始变得控制不住了。一个学生领袖下令：“关闭阶梯教室！疏散里面的学生！”但这些学生出来之后，却汇集成更为广大的人群。

忽然，我听到在巴黎索邦大学校园的上空传来了一阵直升机螺旋桨的轰鸣声。

“警察的直升机！”有学生在喊，我看见了那架直升机，飞得非常低，掠过了我们这些人的上空，机身上涂着的“警察”字样非常明显，难道警察要在巴黎索邦大学采取行动了吗？我感到了一丝紧张，如同那架直升机的机翼扇动空气的时候带动了巨大的气流的波纹一样，在我的内心里扩展。

在广场上聚集的学生们越来越多了。很快，从校门口过来的学生告诉我们：“学校门口已经被警察堵住了！是罗什校长签字要求警察来的，他说，‘请求警察局驱逐捣乱分子，以稳定巴黎大学的内部秩序。’我们已经出不去了，出去的人，要一个个地检查学生证。”

糟了，我想，我就没有带我的学生证。我不是巴黎索邦大学的学生，我是外校的学生，第八大学的，等到警察来的时候，我要怎么说呢？

“把地上的石头撬起来，抓在手里。”一个家伙提醒我。

我们立即动手，开始在地上找石头。而且附近还有一堆，是没有竣工的一座房屋的外墙留下来的。都是鹅卵石，圆圆的，看着很可爱，做武器就有些可惜了。不过这个时候，我们和警察还没有发生冲突，大家听说警察封锁了路口，只是准备好了迎接对抗，都还没有动手。

我想起来刚才有人说法西斯青年有一百多人要过来的话了。那个说话的人跑到哪里去了？现在，谣言很多，人越多的时候，也就是谣言最容易散布的时候。那帮子法西斯在哪里？我倒真想跟他们干上一仗。因为有一天，我走在校园里，他们看到我的脸和拉丁人、和法国人有些像但不是全像，有个小流氓就问我：“喂，你是哪个国家的？日本人？我看你像一个日本人。日本瘪三。”

我说：“我是法国人，而且，现在是巴黎人。”

那几个家伙互相推搡着说：“嘎嘎，他他他妈的说，他是法国人，而且是巴黎人。哈哈哈——”

我走开了，我希望有一天自己亲自动手，把他们的鼻子揍扁。但当时我克制住了。

今天是星期五，寄宿的学生很多要回家了，可现在出现这种状况，回不去了。事后，我听说，那天，在校园外面，的确有一群新法西斯分子在拉丁区闲逛，在寻找左翼学生作为殴打的目标。我想如果他们碰上我了，他们很可能会打我的。在过去的几个月里，类似的袭击事件已经在校园里发生了很多起。

“警察真的来啦！”有人在嚷嚷。

我看到，越来越多的学生聚集在索邦大学的外面，他们都拒绝疏散。我看了一下表，这个时候是5月3日的下午4点45分。我看到，人群熙熙攘攘的尽头，在那里，出现了一群头戴钢盔、身着黑色制服、全副武装的警察，他们冲进校园了。他们显然是国家警察局派遣的一队安全警察。

我们都站在那里没有动。这时，我认识的一个叫贝纳克的家伙发现了我，他过来拉住我，小声在我耳边说：“你小子别在这里待着了，你是外校的，会倒霉的。跟我走，我知道一个出去的地方。”

我就跟着他走开了。人群的骚动距离我渐渐地遥远了，我们在校园里复杂的道路里穿行，最后，他带着我，还有几个人，我们一起从居亚街跑了出去。

这样，我们又从外面来到了索邦大学的门口，果然看到了在那里排列开来几辆警察调过来的大卡车，尽管集会的学生都没有动手，可警察却开始抓捕在场的几百名学生。

事情是这样的：听说，达尼埃尔•科恩－本迪等几个学生领袖，他们和警察达成了口头协议，只要学生撤退，那么“条子”们就不抓学生，警察用人墙排列出一条通道，让里面的几百个学生像乖巧的羔羊那样，沿着两组警察隔开的人墙通道中走出来，而且学生必须沿着这么一条通道走出来。学生们听从了，可他们受骗上当了。从里面走出来的人，在校门口被一个个地堵住，然后被警察抓起来，扔到了旁边的大客车上。

我就站在校门口，我眼看着这些被捕的学生被塞进那些大客车里，有的学生想赶紧逃走，但立即遭到了强制对待，被按在木头长凳上，然后束缚住两只手，被强行带到了车上。是的，我在不远处悄悄地看着这一幕。透过拉着铁丝网的大客车的车窗，可以看见那些学生的脸，被吓得煞白。我又看见，聚在校园外广场上的其他学生，一看见有学生被捕，立即涌上前来，堵住了警车的去路，并用拳头击砸警车的车体。

这时，有人喊起了口号，接着，口号声越来越响，最后，整个人群一起有节奏地喊着响亮的口号：“打倒压迫！打倒压迫！打倒压迫！”口号声引来了更多的人，包括一些年轻的老师和附近的居民。

其中一个老师大声说：“警察为什么要带走学生，为什么？”

此时，没有人能回答他。我看到，一些学生把停在一旁的汽车拉到街上来，阻断了道路。事后我回忆，这应该是 1968 年 5 月学潮中的第一个路障。一个穿牛仔裤的大学生，跳到了一辆小汽车的引擎罩上，喊着战斗口号。

人群越来越拥挤，场面沸腾了。国家安全警察戴上防毒面具，冲上前来向人群发射了催泪弹。辛辣的浓烟立即在人行道上腾起，学生们惊叫着、流着泪，咒骂着警察，开始朝咖啡店门前跑去。他们很快从这个小广场拥到了圣•米歇尔大道上。这时，我看到，在整个的拉丁区，从几条道路都涌过来更多的人，这些人像河流一样在汇聚。

就是在这个时候，我从口袋里掏出来了一块石头。那是我放在口袋里已经有半天的石头，它都被我的身体暖热了。实际上，这块石头被我的手都攥出汗水来了，或者说，是我手上出的汗把它变湿了。我看到，在催泪弹的烟雾升腾之间，几辆警车上的警灯在疯狂地旋转，正在将呐喊声最大的人群驱散，把更多的学生抓到车里去。我现在手里有石头了，我瞅准了一个高个子的警察，他正在拼命地吹着哨子，指挥着其他的警察在抓人。一看他就是一个头儿，那么好吧，我就瞄准了他的脑袋，用力地将那块带着我体温的石头，朝他扔了过去。

后来，我从报纸上看到，有一个记者准确地记述了当时的情况：

在巴黎的老城区，很多街道都是用小方块石头铺成的。巴黎的革命从历史上看，就有撬铺路石的传统。我看到，一个头发很长，脚穿克拉克皮鞋，衣领有些皱巴巴的男青年，他把一块铺路石扔向了一辆警车边站着的那个威风八面的警察队长。那个学生姿势优美，像一只大鸟，他那宽松的衬衫的衣襟一瞬间飘起来，随着他手臂的伸展，猛地向后拉伸，又向前忽然甩过去。那条在空中划过的线条，是那块石头的弧线，显得特别的完美，仿佛是慢动作一样，所有的人都看着那块石头飞过去。警察队长的脑袋被击中了，他应声倒下的同时，他身边的警车的车窗玻璃的碎片，顿时四下横飞了起来。更多的石头开始飞了过去。场面陷入了不可收拾的混乱。

“有人打倒了队长！”警察们在喊叫。的确，是我干的。我呆住了。

“共和国保安队该死！”更多的学生和支持他们的市民开始喊叫了。

忽然，一阵催泪瓦斯的烟雾飘了过来，我被烟雾裹胁了，我闻到了一阵刺鼻的味道，我剧烈地咳嗽着，忘记了逃跑。这时，我感到自己的脑袋上挨了一棍子。我晕了，有人拖着我的躯体在走。人群的冲击和脚步的杂沓声，在这个时候都成为我看不见但是我的意识可以感觉到的信息。我被打倒了，被警察拖着走。我的意识混乱，但还有活动，我似乎感觉到更多的警察来到了，催泪弹不断地施放着。到处都是烟雾，喊叫，哭泣，奔跑，辱骂，愤怒的嘶吼。还有一些过路人、游客和从咖啡馆里走出来的人也被当作骚乱分子，给抓起来了。警察不管三七二十一，先把在索邦大学附近出现的人全部抓起来再说。但更多的学生和市民冲向了他们。

后来，我想到这些的时候，感到我的记忆出现了短路。但是，那些影子，那些身着黑衣的警察气势汹汹的影子，还在我的脑子里拥挤着，奔跑着，叫喊着。各类气味也是空前的丰富：催泪弹的刺鼻气息、石头的气息、青草的气息、皮革的味道、钢铁的腥味和塑料那种没有味道的味道，都在我的脑子里旋转，在我的鼻子跟前滑过。一些刺目的光线在我的眼睑里面游走，那些不会被我遗忘的梦魇，就在我的眼前奔涌。我看见，有的学生脸上掩人耳目的面具被警察扯下来。一时间，恐惧的表情在每个人脸上闪现，甚至是警察也感到了一丝恐惧，当局面失控的时候，学生和警察互相都不知道对方到底要怎么样。人越抓越多了，连警察也不知道应该抓多少人，还有更多的学生从四面八方赶过来声援。可达尼埃尔•科恩－本迪跑到哪里去了？

我的嘴里是甜腻的、令人作呕的味道。我干裂的唇腭感到生疼。我看到，在我前面，一个学生倒在那里，他的屁股的位置湿了，估计他是吓尿了。不是所有的人都是胆大包天，胆小鬼也很多，吓尿的人肯定不止他一个。

这天晚上，第一次运动对抗导致的混乱浪潮，就这么掀起来了。

身着黑衣的保安警察部队，像是由黑衣人组成的潮水，用白色的大棒在挥舞。他们的冲击训练有素，给学生造成很大打击。学生一旦落单，就意味着被抓住，然后被这些家伙一顿棒打，要是你摔倒在地，就会被抓起来像死狗一样给扔到车上。而学生的反击也是凶狠的，我不断地听到石头砸在警察的身上和脑袋上发出的闷响。于是，不管你是学生还是警察，只要倒下了，就会被一群警察或者学生如饿虎扑食般地猛踢。可达尼埃尔·科恩-本迪跑到哪里去了？

我看到一个女孩倒在地上不省人事了，她翻着白眼，显然是脑袋受到了冲击。可是我无能为力。催泪弹乒乓作响，喷出蓝色的烟雾。大街上的铺路石，以及马路牙子旁边的鹅卵石、树枝和隔离墩，都可以当作武器，能被投掷出去的东西，都在空中飞舞着。这个时候，我忽然想起了我的童年，那还是当年，刚解放不久的北京，在城外，我们一群孩子和对面一群孩子打石头仗。石头在空中飞起来，总是有一道转瞬即逝的影子的。那个嗖一下飞逝的影子就那么飞过来划过去，最后，砸在我们中间某个人的脑袋上，然后，“哇”的一声，有人就大声哭了起来。

可是，在这天晚上，在索邦大学内外，没有人哭，只有尖叫和撕打，只有愤怒和喧嚣。我没有看见人流泪，人人都很激动，但却并不伤心，只有愤怒。还有，人们像过节一样快活。法国人好久没有这么激动了，呛人的毒气在街道上弥漫，被吸进人们的胸腔里。更多的铺路石被撬了起来，交通灯杆也被人拔了起来。学生们重新列队，继续冲击警察。警察们训练有素，迅速整队，继续攻击学生。很多市民在帮助学生，他们用一些东西构成路障，我看到了，这一年，1968 年 5 月，巴黎街头的街垒，它的雏形就这么形成了。有人推过来几辆停靠在路边的车子，掀翻它，堆上树枝，就形成了街垒。

我被拖着走，我的脑袋很疼，我看见了所有的场景。我后来被扔到了车上，我晕了。但我能感觉到车子在飞快地驶离骚乱的地区。可达尼埃尔·科恩-本迪跑到哪里去了？

那一天晚上，我和其他被捕的学生一起，被关押在圣母院附近警察局后院的看守所里。这一天晚上 10 点钟，开始下雨了。雨并不大，但我估计足够冲刷掉索邦大学校园里，那些警察和学生们冲突的痕迹了。

后来，我知道了，在我被抓之后的那天晚上 11 点钟，警察继续横行，将更多懵懂的、不知道发生了什么事的、从各个方向赶过来增援的学生抓起来。

夜幕很深了，索邦大学里已经变得安静了。在学校周围，警车的警灯在旋转着。激进的学生都被抓走了。我想，达尼埃尔•科恩－本迪跑到哪里去了？

我不知道我爸爸会不会从电视画面上看到那些穿着黑色制服的安全警察，在索邦大学殴打示威的年轻学生的场面。我不知道我爸爸会怎么想，他也许会想，为什么我没有在晚上该回家的时候回家？他想没想到，当他变得对任何政治非常漠然的时候，他的儿子却变得十分关心社会了？

我们被抓起来，我们在拘留所里小声地议论着，他们会把我们关多久。我说："我觉得他们在琢磨怎么对待我们，是宽容还是严厉。他们在徘徊，我们会被关上几天，然后就放了我们。"

"也许明天一早就会释放我们了，警察的压力很大。谁抓学生，谁就没有好下场！"一个学生说。说是这么说，我还是希望不要让爸爸担心。

凌晨 3 点，忽然，铁门开了，我们大部分人被放了出来。据说，最后还关了几十个人，警察要详细地审问我们这些人的领袖。

出来了，我在黑暗的巴黎大街上，步行往家里走。我走了两个多小时，才到了家门口，我打开了门，谁都没有看见，连我的女朋友玛丽我都没有看见。所有的人都不在家，他们到哪里去了呢？看不见我，他们难道不着急吗？我进了屋子，倒头就睡。

天亮之后，我正在睡觉，我爸爸带着他的女朋友芭贝里，还有我的女朋友玛丽一起回来了。原来，他们知道我被警察带走了，一直在警察局交涉，等着释放我呢。警察释放我们之后几个小时，才通知了那些聚集在警察局的家长们。

玛丽告诉我说："我们在警察局听说，这一天警察一共抓了 574 个学生，最后放了大部分，还有 27 个关在里面。据说他们要起诉 13 个人，罪名是用石头袭击、打伤了警察，有几个带头的，最终要被判处几个月的监禁。"

我爸爸看着我，多少有些忧郁，但他什么都没有说，他只是说："明天开始，你哪里也不要去。"

我只好在家里待着，和我的女朋友玛丽在一起。但是，5 月 3 日下午到晚上在索邦大学发生的事情，通过电视台、电台以及报纸和口碑，已经在法国人中间一石激起千层浪。那些对政府不满的人，对警察暴行的反感情绪正在急剧膨胀起来。从 5 月 4 日开始，甚至一些激进的中学生也上街罢课，支持他们的学长。

我后来知道了，第二天，索邦大学校园被关闭了。有几千个警察在随后的两天里，进入到索邦大学校园，严密监视着学生的举动。在拉丁区一带的狭窄街道上，到处都是警察，随时准备盘查任何留长发和穿牛仔裤的年轻人。

学生运动领导人也开始联合起来，商议对策。他们决定了下一场行动，公开呼吁市民给予支持：一场浩大的游行示威，将在 5 月 6 日星期一这一天举行。

第四章　庚子年

我父亲、你的爷爷常说，一个人的命运，从出生的时候起，就不是自己决定的，而是被父母抛到这个世界上来的，是由血缘—自己的生身父母亲决定。比如，你的出生，是我，菲利普，和你妈杨瑾决定的，即使你自己不想出生，那也没有办法，是我们让你出生了。这就是你的命运，也许是悲剧，也许是你的喜剧。目前看你的运气还不坏，起码跟着我回到了法国。从这一点上说，人生就是这个样，这个是没得选择的。

那我呢？你的父亲、菲利普—我呢？那也一样，我的出生，是我父亲老菲利普和我母亲决定的，他们的法国血统和中国血缘最终影响了我的命运。我之所以后来在中国坐了那么多年牢，就与我的这血缘有关。当然，也与历史和现实政治有关。所以，我是不喜欢你去参与那些激进的街头运动的。

还是把话题回到你爷爷的身上，我知道你对他的生平一直很好奇。这事说来话长了。你奶奶、我的母亲是中国人，她在很久以前就去世了。那个时候我很小，记忆是模糊的，关于她，我知道的也很少，只有一点发黄的印象。所以，我对我父亲比对我母亲的印象要深刻得多，一直到成年，可以说他都在陪伴我，影响着我。

一个人逐渐成年之后，命运会随着这个人的抉择而发生改变。命是命中注定，而运则掌握在自己的手里，有时候在别人手里，会影响到你，只要你抓住机会，运气会改变命定的轨迹。我父亲、你的爷爷就是这样。他参加了法国远征军，选择了去更远的地方，到他不了解的地方去冒险。于是，他在马赛就参加了法国军队，然后，就登上大船出发了。

我猜想，我父亲、你的爷爷梦想去遥远的地方，除了他的出生地科西嘉岛实在是没有出路、不值得留恋之外，年轻人的那种狂热和冒险的气质，起到了决定作用。当年，他就像一块顽固的石头一样，被他的父母生下来，抛到了这个世界上，这个世界是那么狂暴、荒芜、贫瘠。人为了混口饭吃，都要努力挣扎，人如同荒草一样，在大地上生长，各种打击都会袭来。那怎么办？只有顽强迎接人生的挑战，才能活出自己来。

我接着说我父亲、你爷爷的故事吧。你想想，他跟着一帮新兵蛋子—其中有些就是流氓地痞和逃犯，还有好吃懒做的家伙，坐了几个月的船，跑到了热病横行、疟疾遍地的亚洲、印度支那的西贡，那是一种什么感觉？我想，一路上，在大船的颠簸中，他仰望着大洋上的星空，忍受着晕船的呕吐之后的空虚，伴随着新奇、兴奋、绝望、幸运感和无所适从感，就这么一点点地从海洋上远离法国，从大海上向亚洲进发，那种心情，你能体会到吗？他可不像你，来到法国，受到了很多的优待，无论上学、医疗、住房，法国人都帮助了我们，帮助了你，你现在在巴黎第八大学不是上得好好的吗？可是，当年我父亲、你的爷爷就没有这么好的运气了，他内心里是孤独的，没有人知道他的秘密，他是一个杀了人的人，背负着血债，隐藏着身份。这种寂寞和潜伏的焦虑，促使他逃得更远，远到了亚洲印度支那的西贡，那里长满了芒果、枇杷、火龙果、香蕉、菠萝和菠萝蜜。此外，还有说话像小鸟叽叽喳喳的印度支那人。

是的，登岸之后，我想，他一定会发现，自己竟然出现在这么遥远的国度里，成了貌似主人的人。那时，印度支那是法国的殖民地，法国人可以在印度支那高人一等，耀武扬威，随心所欲，具有支配权。我父亲、你的爷爷看到，印度支那人普遍比较矮小，消瘦，男人瘦骨嶙峋，但韧劲十足，表面很谦和，但倔强，不容易服输，他们的女人则面目清秀，善良温柔，可是骨子里也有着一种奇特的刚强。从一八五九年左右起，法国以保护传教士和天主教徒为名，占领湄公河三角洲的西贡，一八八四年控制了整个印度支那，法国传教士设计了一套拼音文字，作为拉丁化的印度支那—越南新文字。

这是他后来才知道的，印度支那不是那么好征服的，最终，法国还是灰溜溜地退出了这个殖民地，使这个国家独立了。这当然是后来的事情了。

那一年，我父亲他们登陆之后，先是来到了西贡的法军总部，由于他们是新兵，马上被送到了距离西贡不远的郊区兵营，在那里接受适应性训练。在郊区的兵营里，驻扎了不少的老兵，他们早就期盼着新兵的到来了。他们盼得眼睛都快瞎了，忍受着疾病、失眠、神经错乱的折磨。所以，我父亲他们的到来让他们欢呼雀跃，因为，他们可以换防，回到法国了，很快能见到他们的父母爹娘、老婆孩子了。

其中一个被疟疾和失眠折磨了好几年的法国老兵，把他保存的金鸡纳霜、驱蚊药、防蛇咬的解药和一些其他古怪的东西，比如金鸡的羽毛、蜥蜴皮、棕榈叶包着的佛像，那些印度支那玩意儿统统都送给了我父亲，还神色诡秘地说："伙计，菲利普，我看你这家伙很顽强，我估计，这些东西你都用得上。这里蚊子、老鼠、蟑螂、蚂蚁、蛇，到处都是，还有鬼魂和神灵，都会骚扰你，让你发狂，让你精神错乱和崩溃。所以你要做好准备，不要在回到法国之前疯掉了。嘎嘎—"他狂笑着，让我父亲、你的爷爷惊愕不已。然后，他最后说，"你来到这里还算容易，但你要活着回到法国，我觉得就不那么容易了。"

我父亲、你的爷爷听到这里，心里一沉，“您是什么意思？难道我还能死在这印度支那？我的运气就那么坏？我不相信。”

那个老家伙挤着眼睛：“你去兵营附近看看吧，有一个墓地，专门埋死在这里的法国人，神甫和士兵都有，上帝是公平的！每个人最终都是死！他们就埋在那里，再也回不到法国了！你去看看就知道了。欧文告诉你，印度支那就是大坟场，就是倒霉蛋才来的地方，在这里，光是拉稀都能拉死人，何况，还有那些混蛋的印度支那人不断在捣乱！他们要独立，要吃饭，什么都怪罪你！”

那个老家伙念念叨叨，神神叨叨地说了很多，我父亲、你的爷爷觉得这个人实际上神经已经有点不正常了，他接受了那个老兵的馈赠，然后离开了他。

十几天之后，由于我父亲他们的到来，包括那个神经病老兵在内的一队法国老兵换防回家了。他们欢天喜地地登上了满载着印度支那的香料、水果、丝绸、大米和土特产的大船，离开印度支那，返回法国了。

我父亲他们这些新兵蛋子，开始过上了法国远征军的生活。他们在部分老兵的带领下，进行了艰苦训练。一些流氓地痞很快在严格训练下露出了马脚，有的人企图逃跑，但被抓回来军法从事，当场枪毙了。这震慑了所有的人，大家不再想着逃跑了。

其实，这一时期的印度支那，局势很平静，没有大的叛乱和反抗发生，他们接受了被法国殖民的现实。虽然内心里很不满，但他们知道，文明是从高处流向低处的，文明分高等的和低等的，现在，法国人的文明要高于他们。他们觉得，在法国人的殖民统治和合理管理下，过着一种平静的日常生活也很好。因为，他们自己的统治者过去对他们的人民要更坏，更恶劣，压榨更加凶狠。他们长脑子了，知道好坏之分。虽然那些印度支那人，或者，过去叫安南人，他们大多数人说话的声音和长相，都和我父亲这样的欧洲白人、也是拉丁人和科西嘉人不一样，但人性是相同的，人的欲望、渴求和梦想，都是一样的。所以，我父亲暗自下决心，尽管那些印度支那人害怕他们这些拿枪的法国兵，他还是决定对他们友好，善意，尽量不去伤害当地人。

经过一个阶段的训练之后，我父亲他们开始执行各种任务。有时候，他们会被派去给法国总督担任护卫，有时候，则去一些村庄搜索犯罪分子。有些犯罪分子会袭击法国人，虽然很个别，但依旧存在。有个法国妇女在西贡就被强奸了，强奸犯是一个二十多岁的家伙，我父亲他们抓住他的时候，他躲在一片香蕉树林里。

印度支那人里面的警察是不被信任的，要想抓捕罪犯，还得依靠法国人。

在印度支那，那段时间里我父亲根本就不想家，他从来都不谈论科西嘉，尽管后来那些士兵知道了他是科西嘉人。在法国大陆人的眼里，科西嘉人不好惹，贫穷而固执，这一点他们都明白，所以，他们都不怎么招惹他。

这时是印度支那的冬天，这样的季节并不好过，天气转换很快，阴凉中夹杂着古怪的闷热，一天从早到晚天气变化无常，一会儿下雨，一会儿刮风，一会儿起雾，一会儿烈日炎炎。两个月刚过去，我的父亲就得了严重的疟疾。

据说，疟疾是由蚊子传染的。我父亲、你的爷爷他发烧，打摆子，浑身忽冷忽热，躺在那里不能动，拉稀，还接连出现了幻觉。他拉稀拉得昏天黑地，他觉得很纳闷，自己没有吃多少东西，怎么能拉那么多？拉的都是稀汤，以至于他都担心要把自己的肠子也给拉出来了。他就回头看，看见草地上，他拉出来的东西都是稀汤，没有肠子，一段段的肠子不过是他想象中的幻觉。

好在还有随军医生，在热带地区和亚热带地区，他们治疗疟疾是有经验的。最后终于把他给治好了。然后，他发现，这个部队里的法国士兵，其实各有各的病。有的半夜梦游，到附近的村庄里去转悠，清晨才回到驻地，拿回来的，是印度支那人养的鸡鸭。有的人彻夜失眠，濒临崩溃，甚至对蚊子开枪，枪声惊扰了整个驻地。有的人喜欢说梦话，最后嗜睡，怎么叫都叫不醒。最离奇的，是一个来自法国北部的士兵，他认为自己看到了耶稣出现在丛林里，他在那里大惊小怪地大喊大叫，让人觉得他疯了。还有的士兵，因为想女人，每天手淫，对着从法国带过来的女人裸体画手淫，导致精神衰弱，自杀身亡。另外，精神病士兵开始出现了，其中有一个士兵，老是怀疑营地附近的丛林里有人，他就经常对着丛林开枪，最后被诊断为精神失常，遣送回了法国。

我父亲、你的爷爷认为，这些士兵的表现，都是热带地区的瘴气，一种毒气惹的祸，也是作为殖民者被被殖民者、印度支那人的诅咒导致的报应结果。

其实，印度支那对于我父亲来说，有一个非常重要的意义，那就是，这里还是他一次爱情事件的发生地。我这么说，你不要吃惊，你想想，那个时候，我父亲、你的爷爷二十岁左右，他那么年轻，他肯定会爱上一个女人，不管这个女人是什么女人，在何时出现，这是一定要发生的，对不对？

相对于那些行为有些古怪的士兵来说，他所做的就更加惊人了。你猜他干了什么？当一个偶然的机会来临的时候，他竟然藏起来了一个女人。那个女人不是法国人，她是一个安南姑娘，一个印度支那人。

他藏起来了一个女人？这事儿你听着觉得很荒唐，是不是儿子？可这就是你爷爷当年干过的事情。他是真勇敢，才干了这件事。

情况是这样的。有一天清晨，他去厕所拉屎，忽然看见厕所后面的一簇剑兰旁边，有个人影在晃动。他很警觉，就悄悄地走过去，在清晨的朦胧光线里，他看到了一个女人，她吓坏了，正躲在剑兰的后面瑟瑟发抖。

“你是谁？”他用安南话问她。他已经学了安南的一般会话了。

“我叫秋兰，我是逃婚的。”她哆嗦着，神色慌乱地告诉他。

他的眼神变得柔和了。他明白了，她需要帮助。这个叫秋兰的印度支那姑娘，看上去不到二十岁，与我父亲那时的年龄相当。经过了短暂的沟通，他知道她就来自附近的村镇，不想嫁给一个父母指定的商人，逃跑了。他们在追捕她，情急之下，她藏到了法国军营的附近。这样那些当地人就不敢到附近搜索。

“你想怎么样？”我父亲那时有些拿不定主意。他感觉自己一瞬间有点喜欢这个姑娘了。她的大胆、果决，她的出走和逃跑，怎么和他从科西嘉逃走那么相像呢？不同的是，眼前的这个女人所逃避的，是无望的婚姻。

“把我藏起来！你把我藏起来！”秋兰的目光里有着一种恳求，她是急切的，也是坚定的。

他感觉和这个女人似乎有一种缘分，是命运让他看到了她，他觉得，他应该帮助她。他说，“好，那你跟我来吧。”

我父亲、你的爷爷就这么把这个叫秋兰的印度支那姑娘藏到了部队驻地的仓库里。他那时刚好是负责仓库的保卫的，熟悉仓库房屋的结构和物品的摆放。那个驻军仓库，是几排木头和竹子搭建的平房，法国远征军需要的军需物资—枪炮弹药、军服衣被、食物干粮，都在这个仓库里。仓库由一个小队的法国士兵把守。他把秋兰藏在了仓库里的一间屋子中，在那些摆放整齐的物品中，给她找了一个空间。

把一个女人藏在兵营里，也就只有我父亲、你的爷爷能够干得出来，对吧？谁让他是一个什么都敢干的科西嘉人呢？他的性格促使他干出来这个事情。他就这样把印度支那姑娘秋兰藏起来了。

他后来告诉我，他当时藏起来这个女人，当然是他第一眼就喜欢上了她。要是他不喜欢她，他肯定不会这么做，这是需要冒很大风险的，是违反部队纪律的，是一定会受到惩罚的。但他还是把她藏在了仓库里。

就这样，我爸爸藏起来了一个印度支那女人秋兰。我曾经让他给我描述秋兰长什么样，他说："很美丽，很清秀。亚洲的印度支那女人，我看长得都差不多，但是那个秋兰，我是越看越美丽。她的身材很苗条，乳房也很小巧，可是，非常整洁清爽。即使在库房里藏着，她也是非常安静，从来都不发出声音。"

"那，你是怎么把她藏得那么好？你平时怎么和她联系？"我当时问我父亲，你的爷爷。

他告诉我："我每天都要给她送吃的。主要是吃的，此外，我还去镇上给她买她需要的东西，女人需要的衣服或者别的什么。比如，印度支那女人用的一种月经带。"

"月经带？"我很好奇，我问我父亲，你的爷爷。"你连这个也给她买？"

他有些尴尬了。"是的，女人用的月经带。我也买来给她。还有什么衣服，香粉，都是我去买来给她。这没有什么奇怪的，不过是女人用的东西罢了。是吧？"

儿子，你是不是要问我了，"那我爷爷把她藏起来，是要干什么啊？难道是要娶她做老婆吗？"

是的，我当时也问他："你把她藏起来，就是为了娶她做老婆吗？"

他告诉我："不是啊，先藏起来，不要被逼婚的人找到她。关键是，我喜欢她。我还不能肯定会娶她。我得把她藏起来，让她渡过难关。"

“可是，您喜欢她，但她是印度支那女人。再说了，我和她好像没有关系—我妈最后不是她，是个中国女人，对不对？”我当时问我父亲、你的爷爷，他看着我，眼珠不转了，停了好久，叹了一口气：“是的，她，秋兰，不是你妈。但我希望她是你妈。”

你看，儿子，你的奶奶最终不是她，这是事实，但我父亲、你的爷爷希望秋兰是我妈，是你的奶奶。那个印度支那女人秋兰，她差点成了我的母亲、你的奶奶。这是我父亲、你的爷爷当时希望的事情。

“但为什么秋兰她没有成为我的奶奶呢？后来发生了什么事情？难道是个悲剧吗？”儿子，你这么问，我必须告诉你，是的，肯定是个悲剧。我当时也问过你的爷爷、我父亲这个问题。我记得他沉默了。这触动了他内心里的伤心往事。他陷入了沉思，陷入了对秋兰姑娘的无限怀念当中。

“看来，你把她藏在那里，藏在那个军需仓库里，最终，也还是无济于事。她被抓到了，带走了对不对？”我问我的父亲，“你把她藏在仓库里，藏了多久？”我问他。

我父亲骄傲地说：“藏了几个月。转眼就是一九〇〇年的春天了。”

“她就一直在那个军需仓库里，被你藏着？”我很吃惊。

我的父亲，你的爷爷阴郁地说，“是的，可是，她总是要出来啊。总是要出去的。当她走出来的时候，就再也回不去了。”

慢慢地，有几个我爸爸的好朋友也知道了，他们和我父亲一起瞒着长官这个事情。有一段时间，她家族里的人也来军营找过，问法军的军官，有没有看到一个女孩子在这附近出现过。因为那些人寻找她是一筹莫展，完全没有任何头绪。自然，法国军官也没有看到那姑娘，那姑娘被我父亲藏起来了，只有几个知情者知道，他们都是我父亲、你爷爷的死党，他们谁都不会说出去。我父亲就这样在仓库里和秋兰谈起了恋爱。

“他们是怎么谈恋爱的？”儿子，你现在问我，你很好奇，跟我一样，这个问题我当时就问他了。

我父亲告诉我，就是两人待在一起呗，拥抱，接吻，做爱。一个男人喜欢一个女人，一个女人喜欢一个男人，都是成年人，在仓库里，山野中，丛林里，他们当然要做爱了。我的父亲、你的爷爷就这样和秋兰谈恋爱。跟你后来回到法国和你女朋友玛丽干的事情是一样的。有时候，深夜里，他们俩相拥着醒来，会觉得憋闷，就出去走走。当然，那是在你爷爷、我父亲值夜班的时候，他让她也穿上法军制服，端上枪，像个男人那样出去站岗，巡逻，甚至一起出去跑很远，跑到她所在的村子附近去看看。一直没有人发现她，因为她脸上抹了东西，有伪装，加上穿着男人的军服，一般看不出是个女人。再说了，天色又黑暗，这些都是掩护。

他们就是这么谈恋爱的。就这么简单，他把她藏起来，她也喜欢上了我父亲、你的爷爷，他们就那样在丛林里，在月黑风高的夜晚，在蚊子肆虐的日子里，在冬天到春天最难熬的时光里，在奇特的相遇中，在逃跑者和逃跑者心照不宣的惺惺相惜里，他们恋爱了。

就这样过了好几个月。传来的消息是，那个想娶秋兰姑娘的男人，得一种急病死了。秋兰姑娘听说后，觉得危机解除了，她就决定回去看看。

“她不应该回去。”儿子，你说得对，这就是事情在起变化了。但女人总是离不开自己的爹娘的，不像你的爷爷、我的父亲，他是能够离开爹娘的，到处闯荡的，男人和女人不一样，男人属于广阔的世界，男人要走得越远越好。

秋兰姑娘后来想念爹娘了，在这一年的春天，她决定回去看看爹娘了。

“她回去就不会再回来了吧？爸爸。”儿子，你很聪明，你问我，我当时也问了我的父亲。

他当时就沉默了，“不，她回家之后，又回来了，又到军营里来找我了。”

我当时听到我父亲、你的爷爷这么说，感到很诧异，也很欣喜：“她，那个秋兰姑娘又回来找你了？”

“是的，她回来找我了。但是，她是被一大群人领着来找我的。那都是她家族里的印度支那人。他们是来找我算账的。”

事情是这样的，秋兰姑娘回去，两个月没有动静。我父亲急得像热锅上的蚂蚁，但也毫无办法。有一天，忽然，军营外面十分嘈杂，一群印度支那人在那里吵架。他们说要找我的父亲、你的爷爷。军官把他带出来，然后，他看见了秋兰。这时的秋兰，眼神非常迷离，可怜，她看着我父亲、你的爷爷的眼神，那么无助、哀怨和自责。哎呀，我父亲、你爷爷一看，现在秋兰变成了一个大肚子的女人—就是他把她的肚子搞大的，现在，她回来了，大着肚子，她的族人也跟着一起来了。

他们来是要查证，秋兰的肚子是谁搞大的，这下大家都知道了，就是我父亲、你的爷爷干的事情。秋兰楚楚可怜，秋兰瑟瑟发抖，秋兰羞愧难当，秋兰爱着我的父亲，她说出了真相—就是我父亲，和她在一起搞大了肚子。事情昭然若揭了，自然，所有人都知道了，是我父亲干的，是他把她藏起来的。

这事情很明了，法国军官立即就明白这是怎么回事了。我父亲恳求司令，让他把秋兰留下来，他要把她带回到法国去，因为，她怀了他的孩子，他认账，这就是他的。但军官下令，把我父亲绑起来，关进了禁闭室，监禁起来了。

然后，秋兰的族人把她带回了村子。

没有多久，应该是那一年、一九〇〇年的五月下旬，秋兰的族人对她实施了最为严厉的惩罚。那些野蛮的印度支那人，用他们对付毁坏家族名誉的通奸者的惯常办法，把她，怀孕的秋兰装在了笼子里，沉到了水潭里，把她淹死了。

“把她淹死了？然后呢？我爷爷他—后来呢？”儿子，你很惊愕，是的，我听到这里也很惊愕。

“你爷爷他心灰意冷，接着，他就被派到了中国。他来到了中国。”

“我爷爷被派到了中国？他就是这么来到了中国？”儿子，你诧异的表情和我当时听到这一结果的表情，是一样的。是的，等到禁闭期结束，我父亲被放出来，军官向他宣布了处理结果：要么回马赛，退伍并被罚一年苦役，要么被立即派往北京，跟随远征军的部队，去保护北京的法国使馆人员和法国侨民，平息那里爆发的义和团暴乱。

“就这样，你的爷爷，我父亲来到了中国。他心如死灰，因为，除了科西嘉岛上那个骚货嘉尔曼让她吃了苦头，与秋兰的相遇，是他第一次感受到爱情，他爱上了这个逃跑的印度支那女人。可她死了，被淹死在了水潭里，连同她肚子里的他们的孩子。可能这就是她和他的命运，他们都无法摆脱，她必须死，连同她肚子里的孽种，那个由我父亲、你的爷爷留下来的种子，最终没有发芽结果。为了家族荣誉，她被族人处死了。听说秋兰死了，这个事情就自然结束了。我父亲、你的爷爷也就无所谓了。但是，他不想回到法国，他更愿意前往北京。因为，一九〇〇年六月，在大清国的首都北京，发生了义和团包围使馆的大事件，法国人必须要去那里保卫使馆人员的安全。能够增援的法国士兵，那个时候只能从印度支那抽调。”

“什么是义和团？他们要干什么？”儿子，你的困惑可真多。

我父亲、你的爷爷当时也不知道什么叫义和团，他被告知，那是一些脑子里充斥着幻觉的疯子，他们在大清国的最高统治者慈禧太后——一个可怕的、顽固和保守的老女人的默许下，驱逐和杀害外国传教士和教民。一九〇〇年六月，这一年是中国人的农历庚子年，鼠年。鼠年，总是有很多老鼠出来捣乱—义和团的人像鼠群一样，包围了北京的所有外国使馆，要杀掉包括法国使节在内的所有外国人。法国政府很着急，决定立即从西贡派出六百名水兵，组成增援部队，前往中国的天津大沽，打算从那里登岸，再前往北京火速增援，保护在北京的法国教民、侨民和使馆人员。因为，那一年北京的局势非常紧张。就这样，我父亲、你的爷爷带着被惩罚的性质，降级使用，被重新编入远征部队，出发了。他跟随远征部队，被紧急派遣来到了中国。

那一夜，离开印度支那，我父亲、你的爷爷心情很坏。在夜幕中，大船离岸，海水一次次吞没了船和月亮的影子，海水也在缓慢地抚摸着他那受伤的心灵。他内心的情绪一定十分复杂。眼下，前往盛产瓷器的中国，他一定是茫然的，也是悲哀的，因为，他失去了秋兰。他知道，这个世界上，从此再也没有秋兰这个女人了。她带给他的全部温热的、女人的柔和回忆，都化为乌有了。

在大海上，夜晚睡不着的时候，他会来到甲板上，来回走动，眼望着星空，感受着大船向中国的行走，内心里的水流也在涌动。他不知道是什么样的命运在等待他。

第五章　一九五八年

作为小幽灵，我是不用吃饭的，我从来不饿，但是，食物是我爸爸他们最大的期盼、烦恼和快乐。监狱里给的食物能让人活下去，让人忘了饥饿，但却吃不饱。那是清汤似的玉米粥、一小块硬窝头和一片蔬菜，成为我爸爸的食物，是他们最为关心的东西。随着粮食定量制度的执行，他们越来越瘦。

爸爸每次吃饭，我都在模仿他，和他一起咀嚼，转动嘴巴，我看他每吃一口，都很小心，让它在嘴里尽量多待一会，去品赏那本来就寡淡的香味儿。为了食物，我爸爸他们什么都愿意干。由于关在这里的人都处于审讯期，大家都想尽快结束对自己的审讯，每个人都想申请到传说中伙食更好的地方去。

即使作为小幽灵，我也感觉到外面的世界在发生巨大的变化。一九五八年，我爸爸被关在草岚子胡同监狱里，伙食在缓慢地变少、变差。我记得，在我爸爸待在草岚子胡同的十几个月里，他只吃过一次米饭，从未见过肉。几个月后，他的肚子瘪了进去，他的视力模糊了，注意力集中不起来。爸爸的脚趾甲不用夹子就可以折断，一擦皮肤，就能擦下一堆干皮，头发也开始脱落。而且，他身上还有一种味道，很难闻。不过我从来都不嫌弃他。

“以前，这里的伙食没有这么糟，”龙号长告诉我爸爸，“每隔十五天，大家能吃一顿米饭，每个月底，还能吃一顿白馒头。在新春佳节、‘五一’和‘十一’这一天，还能吃到肉。从去年开始，即使在节日里，犯人也没有大米、碎肉和馒头吃了。”

我发现人的适应能力很强。再糟糕的环境，只要适应一段时间，就会熟悉了。我爸爸和我渐渐地习惯了这里，习惯把草岚子胡同监狱当作一个新家了。再说，我陪伴着爸爸，我感到了满足。爸爸不知道我的存在也不要紧，我觉得他心里有我。

在这个新家，有很多规矩，印在小卡片上，钉在墙上。我爸爸小声地念，我跟在他后面学着念：

一、必须遵守政府的各项命令。

二、在号子里说话必须大声，至少能使两三个人听到。严禁用外语或黑话交谈。

三、严禁犯人私自交换或借用物品。特殊情况必须得到看守的同意。

四、犯人不得谈论各自的案情并不得隐瞒罪行。犯人应随时相互监督，应提高依靠政府的认识。

五、犯人可书面或口头向政府提出要求，在口头提出要求时，犯人应距离与之谈话的看守至少三米远。

六、犯人应牢记，在处理案情时，将考虑犯人在审讯期间的良好态度。

我不大懂得这些规矩是什么意思，我爸爸懂，我看到他一遍遍地念，希望记住这些拗口的规矩。

时间飞跑，过得真快，一天天一周周过去了，我爸爸对环境也习惯了。号子里每个星期都要开一次检讨会，在会上，大家都纷纷发言，说要互相和睦相处，与审讯员配合，并依靠政府。结束时，龙号长一般都会总结，然后他再分配每个人的工作。

我发现，那个龙号长的警惕性很高，他经常偷听我爸爸和其他人的谈话；在闲谈时，他也总是注意大家的各种想法；在无话可谈时，他就引导大家集体讨论，目的就是为了搜集情况和大家的动态。

我老想提醒爸爸，有人偷听他说话，可是，他听不见我说话。对于他，我本来就是不存在的。其实，我爸爸他们平时就饿得软弱无力，根本不可能想到女人、自由等禁忌话题。我能看到他在脑子里说："我宁愿多要一块窝头，也不要女人。"他肯定都忘记我妈妈了。他们的感情过去那么好，可现在，他都快忘记她了。

每天有半小时，他们被领到外面去活动，在大墙里的狭小空地中围着小圈子跑步。这个时候，在爸爸肩膀上蹲着，我被颠得飞了起来。我可以听到大墙外的一所小学里，很多孩子的叫喊声和笑声。我很好奇，一次，在我爸爸他们跑步的时候，我就飞到了那高高的墙头，观看隔壁小学里孩子们的情况。

啊，真的有一大群自由自在的孩子们，看不到一个家长，只有一个老师在操场上带着他们嬉戏，打闹，上体育课，他们显得那么的自由和快乐，和我这么一个轻飘飘的、谁都看不见的灵魂相比，真的很幸福。于是，我心情立即就不好了，我觉得只有爸爸是我的依靠，我就赶紧飞到父亲的肩膀上，再抱住他的脖子，趴下来。

我爸爸他们经常要学习。每个人都必须参加学习。学习会一般在下午开始，那时，监牢都很安静，我爸爸他们盘着腿，围着龙号长坐在通铺上。读《人民日报》

是最常见的，那张报纸上都是大大小小的黑字，我看不懂，龙号长能看得懂，报纸都是他来读，读完了，他用目光扫视大家，让我爸爸他们讨论。他说，“每个人都必须发言。”他读着报纸上的社论，读得很慢，然后问，“都清楚了吧？我读得快吗？”没有人回答。只有我大声说：“念得太快，我听不明白！”但他也看不见我的存在。

学习会还介绍了人民公社、总路线和大跃进的正确，它们统称为“三面红旗”。有一个犯人在那里负责记录每个人的发言，他写的钢笔字很漂亮，非常整齐，不过，我也看不懂。有些人很不会说话，这种时候还在为自己辩解，连我这个不存在的小孩子都知道，他要吃苦头了，比如，他会被关禁闭。

我看到，大人们很会用空洞的口号来说话和思维。每当外面发生了重要事件，学习课就改成了全体会议。比如，当台湾的国民党用美国卖的导弹打下一架中国侦察飞机时，大家就愤怒地批判美国人向台湾卖武器，来对付中国。这些东西我都不大懂，听那些人说话，我就觉得乏味，我就趴在爸爸的肩膀上睡着了。

过了一会儿，我醒过来，看到每个人都在举手要求发言。我觉得很奇怪，怎么有那么多人想说话。龙号长点头示意，于是，那些大男人们一个接一个地发言，对一个落后分子进行批判。因为，每个犯人参加这个活动的目的，既是为了帮助有罪的号友，也为了表现自己有悔过赎罪的决心。

我爸爸说，每个人都知道档案里有这样的发言是有好处的，就发言踊跃。我记得他们说了这些话：

“他是想要搞特殊化。”

“他是在破坏合作化运动！不参加就是搞破坏！”

“凡是不参加合作化运动的人，就是反对这场运动，就是反对政府！”

“他很自私，只想着自己发财！”

“地主富农阶级是一定要消灭的，他就是其中之一，这是列宁同志对我们的教导！”

有人提到了列宁，这个人是谁呀？他不在现场啊，我很纳闷。

龙号长向一个小老头做了个手势。那是一个肥胖、秃顶，还有灰白胡子的老头。我爸爸认识他，他叫魏理德，是基督教教会的中国牧师。

我听见他沙哑着嗓子说：“我先介绍一下。我是新教教会的牧师，二十几岁的时候我就加入教会了，四十多年来，我一直在教会里工作。”

“你是帝国主义的走狗！乏走狗！”一个人大声喊道。

我听不明白，人为什么是走狗呢？乏走狗又是什么呢？我想问爸爸，但是，我知道他不会告诉我。

这个老头继续说：“有些事，我一直搞不明白。刚解放的时候，政府说，允许有宗教自由。后来，他们说，为了让教会摆脱外国殖民者的影响，他们决定改组教会。我拥护，我也不希望看到中国人再被外国人欺负了。我是第一个‘三自爱国运动委员会’的成员。后来，他们派了一个非教徒来委员会工作，我就有些担心了，因为，他没有资格担任那个职务，应该由牧师来担任。后来不久，就不准我们向孩子们传道了。可如果不传道，那要我们教会干什么？”魏牧师觉得很委屈。

我看到，气氛立即紧张起来了。大家都用警惕的目光看着魏牧师，没有人回答他。

我看到，我爸爸也变得谨慎了，他沉默着，一言不发。

那个老头接着说："在一次开会的时候，我对他们说，既然允许有宗教自由，你们就不能做违反宗教自由的事情。那个不信教的主任告诉我，我这是对他们的诬蔑。第二天，他们就逮捕了我，我就来到了这里。可直到现在，我也不理解，为什么说我是美国间谍？因为我从来也没有向任何人打听过什么，尤其是没有向美国人打听什么。我怎么是美国间谍呢？"

老头的话很温和，可我爸爸很担心地看着这个倔强的、天真的老头。

一名犯人大声喊："不准他再说下去！他这是在诬蔑人民政府！"

龙号长摆了摆手，"不要怕。到目前，魏牧师还没有坦白过，他还不承认他的错误。这就要靠我们大家帮助他了。"

周围响起了一片愤怒的叫嚷声。我感到害怕了，担心大家去揍魏牧师，但又没有人动手。我觉得很奇怪。

龙号长接着说："魏牧师，你的问题很大。你到现在都不明白，你拒绝政府对你的挽救。你说你不是美帝国主义的走狗和间谍，但你好好想一想，四十年来，你不是执行了外国宗教势力的指示吗？你不是走狗，又是什么？你就是鲁迅先生说过的，乏走狗！好了，你好好想想，你到底是什么人？政府进行宗教改革，它完全有权这样做，但是你不愿看到这些，是吧？你是好日子过得太长了。在教会里，你有钱，又吃得那么肥胖，可外面的人民却在吃糠咽菜，饱受欺凌。不要以为你会是一个殉道者，连你自己的人民，现在都在反对你。所以，你到这里来，是一点也不用奇怪的。"

说到这里，龙号长啪地合上笔记本，宣告了这次学习会的结束，然后，那个老头脸色灰白，被带领着回到了他的号子。

我发现，学习会的气氛有时候轻松，有时候又像斗争魏牧师那么紧张。他们这些大人，在监狱里还开斗争会。开斗争会就有意思了。我喜欢斗争会，我觉得斗争会更像是一个儿童游戏。参加斗争会就像过节一样热闹。对于大人们干的事情，我都不大明白，我只是根据爸爸的反应，来观察这个事情的好坏。斗争会是很多人参加，有时是上千人对一个人进行批判。在斗争会上，被批判的人不能自我辩护，他一个人低着头，大家都冲着他喊叫，人人都很兴奋，有提问，有发言，有喊口号的，很像是话剧演出，每个人都有自己的角色。除了学习会、斗争会，那个时候，诉苦会也很流行。有些翻身解放的农民，以开诉苦会的方式，来证明他们受到了地主的压迫，如何饱受苦难。

我爸爸发现，斗争会成了大家生活的一部分。一个人会因为几个星期或几个月以前讲的一句话而被斗争。因为，在生活中，有人会偷偷记录下他所说的话，写信投到检举箱里检举。我爸爸曾经将检举箱误以为是个邮筒，它们被漆成了鲜红色，上部有个投信口，并上了锁，上面写着“检举箱”三个字。

监牢里也有检举箱。我和爸爸都明白，如果一个人被检举了，被开了斗争会，最好还是尽快承认错误和罪行，因为，斗争会是没有时间限制的。如果斗争会的主持人认为被斗争的人悔罪得还不够彻底，那斗争会就可以一直进行下去。

有一天，他们给我爸爸的号子分配了一个任务：斗争一个偷吃了东西的犯人。于是，我爸爸他们从田里收工以后，就在休息时间里斗争他，一连斗了三天，我觉得十分开心。那几天，从下午五点半到晚上九点熄灯的时候为止，我爸爸他们是又喊又叫，斗得很认真，也很假装。而其他号子里的人则在休息或悠闲地打牌。

最后，我爸爸向看守报告：“报告！在三天里，我们已经连续斗了他十几个小时了。他承认他偷了窝头。他是因为饥饿才这样干的。他以沉默来对待我们对他的批判。我们的斗争可以结束了吗？”

看守表情严肃，他问我爸爸：“如果他不知道自己真的错在哪里，他为什么犯偷吃东西的错误，他不可能改正。”看守伸手取过一个插有野花的瓶子，把花拿走，将瓶子里的水倒掉，递给我爸爸：“把茶壶里的水直接倒进去，看看有什么。”

我爸爸把瓶子装满了，瓶底一层厚厚的渣子翻了上来，干净的水又浑浊了。

“你看，只要瓶子里还有脏东西，水就不会干净。是吧？这家伙就是这样。他脑子里有脏东西，他自己都不知道。只要这些东西还在他脑子里，你们的批评就没有用。继续批斗！”

因此，我爸爸他们继续进行批斗，一直到那个小偷困倦、疲乏和感到了恐惧，他认识到偷东西是他思想上的最大罪恶为止，他承认了自己的思想和行为的罪恶。

一九五八年，外面似乎正在发生一些大事情。我爸爸他感觉到了，这使他有很多疑惑。我虽然是一个小幽灵，但我也感觉到了爸爸的情绪变化，和外面的变化。因为我可以自由地出入大墙内外。

我爸爸他们念报纸的时候，我听到了一个词汇—“大跃进”。在那些日子里，报纸上报道，有的地方亩产水稻几千斤，上万斤，报纸还刊登了这样的照片：一个人站在长得密密麻麻的庄稼上，不掉下来。其实，我爸爸的思维显示，那都是骗人的。紧接着，报纸上又出现了另一个词—“大炼钢铁”。报纸上说，每个小村庄都有了炼铁炉，他们用那样的炉子大炼钢铁。农民将铁锅铁盆送进了熔铁炉，炉子里很快流出来很像钢铁的涓涓细流。大家欣喜若狂。事实说明，任何人都可以炼出钢铁来，他们要超英赶美，快马加鞭进入共产主义社会。

我爸爸听龙号长说，别的监狱也出现了这样的炼铁炉，犯人们把自己的金属物品都交上去了，然后统统被放到那个炉子里，炼成了黑糊糊的铁疙瘩。

我爸爸当时还处在受审阶段，还没有资格参加生产劳动，也失去了参加“大炼钢铁”的机会。有一天，我爸爸收到了我妈妈的一封信，她告诉他，她已经把我们家里的铁床和餐具全部都拿去交公了，为了给“大炼钢铁”做贡献。看到这个消息，我爸爸觉得不可理解，目瞪口呆。

那段时间，我爸爸学习“大跃进”，学习时间都延长了。爸爸在经历了第五次审讯之后，他们开始让他写交代材料。

一九五八年的二月到四月，我看到我爸爸写了几百页的打字纸，交代了他的全部经历。每星期里，有三次，他低着头快步走，而我蹲在他的肩膀上，被人领着通过一条长廊，来到一间小小的审讯室。那里有一架打字机，有纸，还有一名警卫监视着我爸爸。我害怕他伤害我爸爸，就飞到他肩膀上，看他在干什么。看守其实很放松，他在绘制一张十分详细的香港地图，那张地图上标出了每一盏红绿灯和每个警察岗亭的位置。我觉得很好玩，天知道这个警察为什么要绘制这张地图，难道他想去香港吗？

我爸爸静静地写着，旁边的火炉上坐着一壶热水，在嗞嗞作响。喝水没有限制，想喝多少就喝多少。我爸爸希望他的交代能尽快得到认可，尽早宣判。他想到劳改营去，那里听说伙食很好。

三月底的一天，晚上十点，牢房里的犯人都睡着了。我也梦见了我还在妈妈的怀抱里，我还活着的时候。可是，我爸爸忽然被叫到一个审讯小组的面前，接受突击审问。

我很紧张，蹲在他肩膀上观察。其中有一个人是我爸爸被捕时就认识的。他举止文雅，问我爸爸：“你过得怎么样啊，菲利普？你来这里有好长一段时间了吧？我看你瘦了。”

我爸爸想说伙食太差，但脱口而出的是：“我一切都很好！”

他点了点头，“看了你的交代。我们不满意。我们认为，你还没有交代多少问题。也许，你在写长篇小说呢。我提醒你，菲利普，有许多人的名字，你根本就没有提到。你还记得艾莲娜•刘吗？”

我爸爸愣了一下。艾莲娜•刘是一名教绘画的中国姑娘。我爸爸知道她和几个国外的外交官有过风流韵事。她是爸爸的好朋友。我爸爸没有说话。

他微笑着说：“现在，她也进来了，就离这里不远，你会感到高兴吧。你们现在住在同一个院子里，我想，这可以帮助你回忆一些问题。”

艾莲娜•刘知道我爸爸和一些国家的大使馆的所有来往。显然，她已经将她知道的我爸爸的情况，全部告诉了审讯员。审讯员只不过想叫我爸爸明白，他想要隐瞒，是没有一点用的。但我爸爸还是想隐瞒他在美国刑侦队里的工作。我爸爸觉得，除了美国人，没人知道这件事。所以，他没有写上这一点。

这一天，我爸爸没有交代更多的事情。

六月四日晚上，他们突然又让我爸爸过去。这一次我看到，审讯室里很暗，只有一只昏黄的灯泡照着审讯员的脸。屋子里的气氛很压抑。

审讯员漫不经心地翻动着我爸爸那几百页打字纸，问：“你还有什么要补充的？”

我爸爸回答说：“我没有什么要补充的了。我都交代完了。”

这时，就像一出戏似的，从我爸爸背后的黑暗处响起一个人的声音，他说的是英语。我听出来了，我爸爸也听到了。

“转过身，菲利普。”审讯员将他头上的灯泡转向第三者，灯光下，我爸爸看见了艾瑞克•李站在他面前。

啊，我爸爸记得，在刑侦队办公室，他就坐在我爸爸的对面。他曾经是我爸爸的好朋友。艾瑞克•李身穿警察制服，看来，他一直就是地下工作者。我爸爸被彻底地击垮了。他只得和盘托出。最终，他们得到了我爸爸的彻底坦白。

以后三个月里，我爸爸没有再和审讯员见面，我感觉，那几个月，时光大都在无所事事中挨过。我也很郁闷，因为，每一天都和另外一天一样，十分枯燥乏味。

我爸爸天天渴望着去劳改营。在龙号长召开的学习会上，我爸爸开始变得积极了，每一次都很高调地发言。每当召开斗争会，我爸爸就大声地辱骂并威吓他人，而人人都习惯了。

一九五八年六月，看守忽然宣布，所有的犯人要午睡两小时，任何人都不能例外。即使你睡不着，也要躺在铺位上闭上眼睛。看守不时地通过窥视孔朝牢房里盯上一眼，检查睡觉的情况。原来，他们是为了减轻号子里的人的运动量，因为，粮食越来越少了。

我爸爸他们都表现很好，都是好孩子，都闭上眼睛。我也闭上眼睛睡觉。

到了这一年九月中旬，看守把我爸爸叫去，说，他的问题已经结束了，现在，是他写自我交代的时候了。如果犯人写的材料被通过了，那么，依据这材料，法官就可以做出适当的判决。

我爸爸用了四个小时，写了十六页的交代，很快就有了答复：通过了。第二天，我爸爸被叫去和书记员做最后一次谈话，他曾参加了对我爸爸的所有审讯。

“你还有什么要补充的吗？”他问道。

“也许，我可能遗忘了一些小细节，但所有大事情，我都已经交代了。”

“你能绝对肯定吗？”他看着我爸爸。

“是的，绝对肯定。”我爸爸坚定地回答。

“好，起立。”他庄重地说，“我特此通知你，你的审讯期结束了。你还想说什么吗？”

我爸爸早已准备好了标准的话。这句话口口相传，每个人都知道。我爸爸说：“我希望，得到人民政府的，宽大处理！”他顿了三次，说完了这句铿锵有力的话。

书记员：“很好！如果你表现好，自然会得到宽大处理，到时候我们会考虑的，如果你表现不好，提再多的请求，也不会得到一丝一毫的宽大。”接着，他转换了话题，说：“菲利普，你是不是觉得你交代了一些你本不必告诉我们的事情？或者，你认为我们对你的起诉没有任何事实根据？是不是认为你说得太多了？”

“没有，根本没有。”我爸爸立即回答。我站在肩膀上，也能感受到他的果断。

但他却说：“不要这么快地回答。这对你极其重要。它会影响到你以后接受劳动改造的态度。所以，你要如实回答：你是不是这样想过？”

我爸爸承认了，“去年的某一天，我觉得，自己交代得可能过头了。”

他很满意。“很好。现在，你过来，看看这个。”他从抽屉里拿出一个厚厚的文件夹：“你读读这个，菲利普。你会看到别人对你的检举和控告。而你的交代，与这些材料几乎完全一致。我们给你看这些材料，是向你证明，我们对你进行立案侦查是有根据的。现在，你可以坐下来读了。”

我爸爸傻眼了，有些不知所措。他谨慎地说：“不必读了，我相信你。”

“你以后会有疑虑的。现在，从头至尾，你把每一份材料都读一遍。”

我爸爸拿起这一大堆材料。他不怎么能阅读中文，所以，书记员坐在他的身旁，为他朗读。阅读那些材料花了好几个小时，时间好长啊，我都累了。

那是些令人胆战心惊的揭发。这几百页揭发材料出自我爸爸的同事、朋友和只见过一两次面的各种各样的人之手。我爸爸的心凉透了。

回到牢房，我爸爸在庆幸，他终于到了一个重要时刻，但也有些头昏脑涨。那些检举材料，都是他认识的人写的。曾经信任的他们，可他们都背弃了他。我爸爸陷入了深深的怨恨中，因为，他自己从未写过一张揭发单，去揭发别人。

我知道，我爸爸一直想着离开这里，去劳改营劳动，那里能吃饱肚子。现在，他的头发掉了很多，肚子都成了一个凹面。这里传说，东北的劳改营吃的东西很多，鱼和野味应有尽有，蔬菜像魔术一样自己从土地里钻出来，到处都是。最好尽快离开这里吧。

一九五八年十一月，我爸爸从西院搬了出来。我记得，这是一个下着小雪的寒冷日子，上午九点，一位看守跑了进来，命令他们把东西收拾好。我爸爸他们一共有十八个人，低着头走了六百米，到了东院，在大门口蹲了下来。一名警卫走来，他念着手里的名单，这时，我发现爸爸感到很失望，因为，他们这帮人完全分开了。

我爸爸和另外五个人被安排在一间小牢房里。号长还不到三十岁，是一个东北人，姓刘。他在通铺上指了一下，说：“你住在那里。你的问题解决了，我很高兴。既然来到这里，尽量不让政府失望。”

两天后，我爸爸又转到了另一间牢房，认识了一个新朋友，他叫艾罗兹哈德，他是我爸爸在监狱中见到的第一个白人，而那个老头魏牧师是中外混血儿。我看到，艾罗兹哈德五十多岁的样子，长着棕色的头发和胡须。他微笑时，一双深厚的蓝眼睛会闪烁在那一堆皱纹中，显得很好笑。

他对我爸爸说：“欢迎你来我们号子！”头一次见面，他就快活地对我爸爸喊了起来，说的是标准的北京话。他穿着棉背心、蓝棉裤和中国布鞋，鼻子上架着一副厚厚的眼镜，正在浏览一份英文版《北京周报》。因为他是外国人，被准许阅读非中文读物。

对我爸爸来说，这就像发现了一块绿洲。寒暄过后，爸爸就像饿鬼一样，一头扎进了艾罗兹哈德的书堆里。

我知道，对我爸爸来说，读书是一种短暂的休息，使他暂时从套话和检讨中摆脱出来，使自己的精神获得自由。艾罗兹哈德的书，除了《北京周报》《苏联文学》杂志和英文版的《双城记》以外，还有小说《孤星血泪》，这些书都很棒。

日子慢慢地逝去。在东院，我爸爸他们整天无所事事，基本没有运动和娱乐。他们呆呆地盯着墙壁，翘首盼望一天两顿菜汤和窝头。

我发现，他们喝的汤越来越清淡，窝头也越来越小了。

爸爸实在熬不住了。为了填饱肚子，他铤而走险。第二天，到食堂取饭时，趁警卫不注意，多拿了两个窝头。当他把这份意外之财分了一个给刘号长时，老刘目不转睛地盯了我爸爸好一阵，但他守口如瓶了。

第二天，我爸爸又干了一回。但这一次，在返回号子的路上，看守叫住了我爸爸，他要检查他的饭盒。看到两个多余的窝头，他很惊讶，斥责我爸爸偷窃了政府的粮食。我爸爸毫不在意，冷漠地耸了耸肩膀。

看守命令我爸爸写一个交代和悔过书，我爸爸都照办了。偷窃是一码事，而拒绝交代，则是更大的罪状。我爸爸写了两份简短的材料，我看到他在写："今天吃饭时，我偷了两个馍，这是盗窃政府财产的行为。我保证不再重犯。恳求领导帮助我。当时，我的情绪很不正常。因此，我保证，我将不再犯错。"

这天晚上，我爸爸被叫了出去，看守只是简单地批评了他几句，就完了。爸爸对看守说："空着肚皮，我很难控制自己。"

"不要急，菲利普，你在这里时间不会长了。"他这么说，好像很有把握似的。

平时，不读书的时候，我爸爸就和艾罗兹哈德一起维护着炉火，不让它熄灭。监狱供应的煤球，是一种经过混合与压缩的混合物，得有一个人小心翼翼地守护。

他们围着火炉而坐，喝着开水，说说话。就在一个漫长的，寒气袭人的冬日，我爸爸问他："你是怎么进来的？"

艾罗兹哈德说："我是波兰人，是一名虔诚的天主教徒。我出生在哈尔滨一个富商家庭。长大后，我自己经营生意，偶尔也涉足不动产投资，生活很富裕。后来，我和一个白俄姑娘结了婚，然后我到了上海做生意。国共内战逼近上海，美国军队仓促撤离时，和我达成协议，使用了我的一个空仓库。一九五三年，警察决定搜查我的仓库。我给警察出示了仓库的存货单，存货单上注明，几十个大木箱中装的全是古董、衣服和机器零件。"

我爸爸很聪明："我猜，是那些木箱子出问题了。"

艾罗兹哈德深深地吸了一口气，“是的，当他们撬开那些箱盖时，我第一眼看见的，竟然是一堆堆上好了油的美式步枪。接着，他们在仓库里又发现了成箱的美元纸币、四十根金条，还有几箱手榴弹。”

我爸爸说：“你这是帮助美军私藏武器和资金。”

艾罗兹哈德双手抱住了脑袋，“是啊，我就这样陷入了大麻烦。他们把我押到北京，关在高级监狱里。我在那里待了一个月，最开始，生活还算平静。我听说，和我关在一起的，还有费克图和唐尼这两个美国中情局的特务。他们这两个倒霉蛋，是在朝鲜战争期间，在东北上空被击落飞机后捕获的。那所监狱的伙食很好，一日三餐，早餐是英国果酱、黄油面包，再加上油炸花生、米饭、腌菜；中餐有馒头，有肉或者鱼。晚餐和中餐一样。后来，我被转到草岚子胡同，和你们关在一起,我才降低到住在这冰凉混凝土地板上了。我就这么和你碰见了。”

我爸爸说：“明白了，咱们在这里相遇，偶然中也有必然。”

艾罗兹哈德接着说：“说实话，我并不了解箱子里的货物为什么是武器和黄金，但是，那些审讯员不相信我的话。他们指控我是间谍和潜伏的特务头子。我倒霉了。都怪美国人！我经历了十五次审讯，一九五七年下半年，对我开庭审判。一开始，判处我五年徒刑，并没收我的全部财产。我不想失去毕生经营的一切，就提出了上诉。我还没有吸取教训。复审时，法官出示了一个证据：一张旧照片。这张照片是我一九三四年在哈尔滨照的，照片上的我，身上配有日本军刀。因为，拍照的地点当时由日本人控制，是一个日本军官邀请我和他的几个朋友到某处去玩，可就在那个地方，不久前，日本人和中国抗日游击队发生了一场小规模的战斗。我没有考虑后果，就拿起一把日本军刀，摆了一个姿势，照了一张相片。于是，我被指控参与了日本人对中国人的大屠杀。”

我爸爸哭笑不得：“你怎么解释都解释不清的。”

“是啊,这一次,对我的判决,就改成了无期徒刑。”艾罗兹哈德欲哭无泪了。

我爸爸默然无语。很长一段时间后,他说:“你呀,从另外的角度看,你是很可疑,也有充分的证据能证明你是个间谍和特务。谁让你的仓库里藏了美军留下来的武器、弹药、美元、金条?你说不清楚的。还有照片证明,你佩戴日本军刀,与日本侵略者有关系,你是无法辩解的。谁都无法辩解,不抓你抓谁?只好自认倒霉了,假如你说的都是真的。”

艾罗兹哈德和我父亲陷入了长久的静默。有时候,命运是很戏弄人。

一九五八年十二月下旬,我爸爸终于得到了他期盼已久的审判。一天,他被紧急召回审讯处,参加最后的聆讯。在“大跃进”时期,宣判犯人也明显简化了。临时法庭设在一间空房子里,一张大桌子上堆满了档案材料,给人一种十分忙碌的气氛。我发现参与聆讯的中国人,一个个也是面黄肌瘦。他们也遭受了饥饿。

我趴在爸爸肩膀上,能感受到爸爸内心里的激动。看来,他的命运有一个结果了。他坐在那里,然后,被命令起立。

检察官宣布:“菲利普,现在,你不用说话。只有要你回答时,你才能回答问题。我们选了一个律师为你辩护。”

这场聆讯按照规矩来。一开头,照例是询问我爸爸的姓名、地址等等。紧接着,检察官大声宣读了我爸爸的那份交代和对他的正式指控。最后,我听到面黄肌瘦的检察官,依旧用清亮的声音说:

“菲利普!经过严格审讯,你被指控犯有下列罪行:为帝国主义国家收集情报;从事非法活动和损害国家经济的非法交易;散播谣言,企图蛊惑群众;诽谤、诬蔑、攻击我们国家的领导人;替帝国主义宣传;企图损害中国和社会主义阵营人民民主的声誉；枉费心机地腐蚀中国青年；破坏中国和各个友好国家之间的良好关系。宣读完毕。现在，菲利普，你还有什么要说的吗？”

我爸爸说：“我没有什么要说的。检察官对我的指控，是真实的、公正的。”

接着，那个神情严肃、偶尔咳嗽的检察官，要求给我爸爸指定的一个辩护律师发言。那个辩护律师穿着一身有四个口袋的蓝色衣服，戴着眼镜，是一位三十岁左右的青年小伙子。他的辩护词简单扼要：“被告菲利普，现在自愿承认上述所有罪状，因此，无需任何辩护。辩护结束。”

听到律师这么说，检察官下令，要警卫把我爸爸送回号子，鼓励我爸爸在宣判之前，继续加强学习。

我感觉到我爸爸松了一口气。他的这场漫长的等待，快有一个结果了。他快要离开这里了。

可是，后面等待他的，是什么样的生活呢？

我这个看不见的女儿，真的为爸爸担心啊。好在我一直陪着他，我飞呀，跳呀，我和爸爸在一起，我觉得他似乎感觉到我的存在了。

第六章　1968 年 5 月 6 日

从警察局被放出来之后，我回到了家里，我爸爸叮嘱玛丽和芭贝里，让她们看住我，不让我随便出门去了。

“我感觉法国即将陷入混乱。在巴黎，有人要弄事情。所以，现在最好就是待在家里，哪里也别去。”他说。

我对他的说法耸耸肩。这一天，巴黎的报纸对索邦大学的学生事件做了详细报道，还说，有 4 个人被警察宣布判处两个月监禁。这么快就把几个学生监禁了！这个判处的结果，一定会让学生们酝酿更大的行动。报纸上还说，法国全国学生联合会提出了三项要求：一、警方必须立即释放被监禁的几名学生；二、警察全部撤出拉丁区；三、索邦大学立即重新开放。

在《解放报》的第三版上还出现了我的身影，是我爸爸先发现了那个身影，那个拉长了胳膊，把一块石头投掷出去的那个人。尽管看上去有点面目不清，可他一眼就看出来那个人是我。

是的，真的是我。不知道是谁拍摄了我扔出去一块石头那一瞬间的动作。

是的，就是我，我看了半天，确认了这一点。我手里抓的，就是从街面上撬下来的一块鹅卵石，那块石头飞出去，砸中了警察队长的头。是我点燃了那场局部混乱的导火索。我爸爸把报纸亮给我看："你看，这个人，就是你吧？警察最后没有发现是你扔出的那块石头，砸中了警察队长的脑袋？"

我说："石头扔出去的时候，正好有一阵催泪弹的烟雾飘了过来，我没有看清楚。场面当时就很混乱了。"

我爸爸表情很凝重，他说："反正，你不要再出去了。玛丽，等一会儿我们出去一下，芭贝里的花店需要去打理，现在我请求你把他看住，不要让他出门。你能做到吗？"

玛丽温柔地拉住我的手，说："我当然能做到，让他在家里不出去。你说，你会不会出去？"她转脸问我。

我沉默了一阵子，问："爸爸，我想和你谈谈。我有个问题—你对眼前发生的事情怎么看？"

我爸爸沉思了片刻："很简单，一片混乱。眼前的狂热，难道我们在中国看的还少吗？任何狂暴的、发疯所导致的结果，必然是混乱一片。这是我不愿意看到的，我要躲得远远的，不去理会。等事情过去了，你会发现废墟之上，什么都没有建立起来，而激情也好，希望也好，却都成了一堆灰烬，什么都不会改变。"

我很不服气，说："爸爸，法国眼前发生的事情，是反对那些无能的官僚阶层，他们正在滑向全面腐败，我支持我们的学生。"

我爸爸淡然地一笑："你呀，二十岁的年纪，把握不了这个世界。你们大多数人，其实不过是身体里积蓄了一些荷尔蒙，需要释放。你可以找找别的渠道。

你现在应该像我一样，等到事情过去了，你会发现，一切都没有改变。大地上的规则，是不会轻易改变的，即使改变了，也和我们的关系，和你，和我的关系不大。”

我有些生气了：“爸爸，你的脑子坏掉了，你是不是在中国监狱待的时间太长了？你心灰意冷了？爸爸，眼下发生的事情，正在吸引很多法国人的关注，和每个法国人有关。尤其是那些受到了资产阶级压迫的人，底层的人，他们要去争取自己的权益。我们要帮助他们争取权益。”

我爸爸笑了，说：“好，你说说，你们到底想要什么？”

我愣了一下，“我们就是想要这个社会变得更加合理。”

我父亲的表情很凝重，他说，“谁都可以这样要求，但能不能达到，是历史决定的。法国的现状，已经很合理了。一切人，一切事，都应该各归其位。混乱的结果是大家都完蛋。我想，你最好去做一个旁观者。这个事情很快就过去了，最后，总是那些厚颜无耻的政客出来收拾残局，也总是他们获取了最大的利益。你们什么都得不到，难道，你连这一点都不明白吗？”

我很愤怒，我爸爸的保守和僵化让我吃惊。我们快要吵架了。这时，芭贝里安慰似的拍了拍我的肩膀：“别吵了，这些话题，在我看来都比较没意思。等我晚上回来给你做好吃的，我们用丰盛的晚餐来度过这美好的一天，而不是去想那些街垒、警察和冒烟的催泪弹。”

我爸爸和他的女朋友芭贝里挽着手出去了。

我感到很气闷，不想再说话。好在还有玛丽。玛丽过来和我一起偎依在沙发上，吻我。我们的嘴唇都是热的，虽然我心里很气闷，但是我怀抱着玛丽的时候就开心多了。我抱住她，我闻到了她身上淡淡的香气。法国女人真的是很奇妙的，她们总是很香。过去，在中国，我很少能从女人的身上闻到香味儿。我的妈妈身上有一点—那个现在还在中国不知道她嫁给了另外一个中国男人过着什么样日子的女人，我小时候记得她的身上总是散发着香皂的气味。只要一想起妈妈来，我首先想到的就是她身上的那种香皂的味道。好了，现在，玛丽在我的怀里，也散发着香气。她身上的香气，像是从她的皮肤里渗透出来的，一点点，一丝丝，无形，无影，你看不见，捉不到，但是你闻得到。

我在想，这是什么样的香味呢？玛丽的家在西南方靠近大海的地方，大普罗旺斯地区，那里有很多葡萄园，沐浴着海风，海风是从大海上吹过来的，一直吹，就把葡萄吹熟了，让累累的果实缀满了葡萄藤。那么，她身上的气味儿，是不是就是葡萄酒的味道呢？我从玛丽的嘴唇上品尝到了葡萄酒的味道，一点点，其实，是她嘴里的奶酪的味道。早晨我们吃的是一样的东西，牛奶，长角面包，葡萄干和奶酪。我的心情忽然变好了，因为，我抱着我的玛丽，她是鲜活的，身体散发着我喜欢的热量和香气。我们拥抱，接吻，我真的像我爸爸说的，就是体内有着积蓄的太多的力比多、荷尔蒙吗？

好了，我被点燃了，我着火了，我像街上那些学生一样，我的那些同伴们，对着警察的时候被点燃了一样。也许，玛丽现在就想像警察一样地看管住我，她还像任何一个女人那样，想拴住男人的心。

我忽然来了力量，猛地翻身，把玛丽压在了我的身体下面。我们凌乱地拥抱在一起，身上的衣服就像多余的零碎那样飞了起来，落到了地板上。那些衣服像束缚我们的垂死的动物被打败那样不动了，而我们两个，则像是刚刚出生的婴儿，光洁的身体就像亚当和夏娃在伊甸园里初次相见。可实际上，玛丽已经委身于我了。三个月前，我第一次和她做爱，做得那么的激情四射。

但是，她可不是第一次了。后来，她告诉我，她的第一次是和一个比她大二十岁的男人，在她十六岁的时候发生的。那个男人是他父亲的一个老相识。法国女孩子的初夜或者第一次都比较早。

我觉得玛丽对我很好，我们的关系在1968年元旦开始，就迅速地升温了。其实，我们就是在学校里认识的，她对我长着一张中国人的脸、法语的发音多少也显得奇怪而十分好奇，渐渐地，对我的这种好奇，就变成了对我的靠近和亲善，然后就是我们的互相了解。

她对我在中国长大很感兴趣，希望我告诉她关于中国的一切。我说，“1968年的中国？现在，那里的人肯定又陷入狂热的政治运动里了。你看，咱们的报纸上有报道。”

“中国和我们完全不一样吗？”

“当然了，和法国相比，中国是一个封闭的、到处都是禁忌的国家。要不然，我就不会回来。”

玛丽问了我一个很怪的问题：“中国的那些官僚怎么样？是比现在法国执政的那些家伙好，还是坏？”

我想了想说：“法国的政客肯定更坏。因为中国的政客，从来不在电视上出现。他们还没有电视呢，人们只是在报纸上见到他们。他们大部分来自贫民，没有贵族世袭，资产阶级也被消灭了，所以，法国官僚最腐败。他们都是资产阶级。”

现在，我反过来压住了她，我们在沙发上折腾着，像水里不甘心被渔网捕获的鱼一样使劲地蹦跳着，但是我们的身体始终是连在一起的。我们紧密地拥抱着，像某段海浪那样在涌动，有时候我们安静下来了，似乎是在等待着更加遥远的风暴来临。我们品尝着青春的、甜美如同酒酿的吻，我们的身体那么年轻，皮肤那么新鲜光滑，我和她拥抱、交接在一起，我的身体在她的体内膨胀着，一直到爆炸。忽然之间，一阵硝烟弥漫，我看到她粉红色的嘴唇因为高潮而发紫，她在哭，我在叫，就是因为我们一起品尝到了情欲风暴席卷我们的年龄的最后时刻。之后，风暴平息了，我们安静地躺在那里，我轻轻地抚摩她的身体，抹去那些细密的汗珠。我抱着我的玛丽，安静地入睡了。

等到我醒过来的时候，已经是中午了。我也不觉得饿，摇了摇玛丽，把她弄醒："走，我们去巴黎大学那边看看去。"

"你爸爸不让你出去啊。我得听他的，看着你，不许你出门。"玛丽说。可我听出来，她的语气已经很柔软了。她肯定是我的同谋。

"走吧，亲爱的，难道你是看押我的警察？巴黎大学那边一定有新的情况。警察在集结呢。咱们去看看。"

玛丽也兴奋了，"好吧，我跟你走，我也想看看催泪弹发射过来是一个什么样子。走吧。"

我们来到了巴黎大学，正赶上巴黎大学纪律委员会在大楼里开会，商量如何处理达尼埃尔•科恩-本迪，因为他的德国身份，很可能把他开除学籍，然后再驱逐出法国。在巴黎大学设立的临时法庭的外面，已经聚集了很多人，他们在等待结果。到处都是"条子"，他们拿着警棍和别的吓人的玩意儿，在我们四周晃动。

学生们正从四面八方赶过来，前来声援的人里，包括了达尼埃尔•科恩-本迪在内的好几个学生领袖。我总是觉得这家伙有些哗众取宠，可是，有时候，历史选择了他，没有选择我，那么，他就是学生领袖。

我拉着玛丽挤在人群中间，玛丽的身体紧紧地贴着我，她显得有些紧张，"今天会不会发生混战？”她小声地在我的耳朵边问。

“发生了也不怕。你就跟着我。”我说。

一个警察队长站在高高的台阶上喊：“大家都走开，不要聚集在这里。全部都走开，下面要清场！”警察们排成了长列，开始驱赶学生离开。

人群骚动了起来。几百人开始从法庭外面的空地上后退。等到他们退到了后面，学生们开始向警察投掷了一阵石头雨。

警察也不示弱，或者，正在等待着这一波学生投掷石块，好立即有所反应呢。果然，他们立即施放了催泪弹。“砰砰”的声音响起来，催泪弹被警察扔了过来，飞到了我们这边的人群中，然后，轻微地炸开，接着，蓝色的烟雾混合着刺鼻的辛辣气息就散发了开来。

玛丽和我立即捂住鼻子，我们都感觉到眼睛干涩、嗓子冒火，那味道辛辣得想要呕吐，但是呕吐不出来。警察拿着黑色的棍子冲了过来，示威的人群赶紧逃跑了。

为了聚合更多的力量，学生们跑到了城区的大街上。人们从很多方向聚拢了过来。我看到，在莫贝尔广场上，示威的人群有好几万了，警察很紧密地站成了一条黑蓝色的线，围拢着示威的人群，不希望示威的人群发生激烈的行动。但这是不可能的，只要警察发射了催泪弹，事情就会变得更糟糕。忽然，示威的人群中爆发了一阵密集的石头雨，石头像蝗虫一样飞向了警察。

警察们立即用手中的钢化玻璃盾牌抵挡着石头雨，并向示威人群投掷着催泪弹。

“战斗开始了！”我很兴奋地拉着玛丽，快速奔跑。玛丽拿着一块手帕，捂住了自己的鼻子，拉着我的手，在人群的聚散中前进，或者后退。

我感到这一刻很刺激，“玛丽，你感觉怎么样？”玛丽说，“很好，就是有点害怕，有你在我会好很多。我们应该怎么办？”

“不知道，总之，把警察赶跑，让他们离开巴黎大学！让他们滚蛋！”

“警察滚蛋！警察滚蛋！”示威的人群爆发着叫嚷声。

这个时候，已经是下午了，整个巴黎大学附近的大街小巷里，就像是一股股的水流那样，很多前来支援的学生们，开始汇聚在一起，大家排成了一列列的人墙。因为法国全国学生联合会已经在动员了，要学生们前往费尔－罗施罗广场。很多学生已经很有经验地不知道从哪里弄到了头盔，有的还在脖子上围了一条围巾，都是为了对付警察的催泪弹和警棍的。而周围到处都是巡逻的警察，他们手拿枪支、警棍、水龙头，还有催泪弹。

据说，警察对付罢工示威的工人，内部有一个潜规则，可以开枪射杀。而面对学生，就只能使用催泪瓦斯和警棍。因此，当我们排着人墙，波浪般前行的时候，我并不害怕。忽然，前面的队伍似乎停了下来，我看到有大批警察，身穿深蓝色的制服，像一团乌云，在街道前面拦住了我们的去路。

队伍短暂地停止了一会儿前进的步伐。接着，有学生领袖在前面紧急下达了指示：冲垮他们！于是，队伍立即展开了行动。我们每个人的口袋里装的都是大大小小的石头，我拉着玛丽，玛丽紧紧地跟着我，在人堆里面穿梭，很快来到了队伍的最前面，走在突击队的前面。

这个时候，我看到了，在前面，勒内大街和圣日耳曼大街的交叉口，那里的警察堆放了障碍物，警察们服装一致，武装到了牙齿，还穿着长筒靴子。他们的头盔比我们一些人戴的五花八门的头盔，显得森严和整齐，坚固和抗击打。

忽然，学生突击队最先开始投掷石头了。石头像蝗虫和盲目的飞鸟一样飞向了警察。警察的队伍纹丝不动，但玻璃盾牌举了起来，他们迅速地放低了身段。石头砸在盾牌上，落在地上，发出了狂风暴雨般响亮的声音。等到石头阵雨停歇，他们马上扔过来一些催泪弹，催泪弹爆炸之后，在蓝色的烟雾中，在阵阵咳嗽和四下逃窜中，我们的人散开来，又重新地聚拢到了一起。但奇怪的是，警察开始后退了。他们拉开了散兵线，整体缓慢地后退。

“他们可能得到命令了，尽量不和我们发生激烈冲突。”我听到一个学生领袖说。

“那我们怎么办？继续前进？”我问他。我看到玛丽很兴奋，也很紧张。

“对，我们要迅速前进，占据有利地形，在前面的大街建立街垒，不能大意。”

这时，我看见，后面的人把街边的路牌摘下来，把地面的石块撬起来，然后，传递给走在前面的突击队员们。突击队员的装备主要是头盔和防护催泪瓦斯的毛巾。学生前进得比较快，双方迅速地靠近了。一场对抗必将发生。

这个场景我怎么描述呢？学生们人很多，衣服都是杂色的，学生扔出去的石头那么多，可警察训练有素，基本抵御了石头，在不断地后退中向学生投掷催泪弹，催泪瓦斯接连爆炸。我看到，有的学生开始掀翻了停在路边的汽车，就地制造路障。有的街边的栅栏被取下来了，纷纷变成了学生们手中的武器。

这一刻我很勇敢。我身形矫健，我看到了一枚警察扔过来的催泪弹还没有炸开，就捡了起来，飞快地扔回去。催泪弹在警察队伍里爆炸开来了。他们的阵营乱了开来。这时，天已经黑了下来，昏黄的街灯下，四下乱窜的人造成了十分奇异的战斗效果，也是我过去从来都没有见过的。

很快，警察和示威的学生短兵相接了。来声援的不知道是什么身份的人，总之都是一些年轻人，他们和警察扭打在一起，混战在一起。人们在呼喊，催泪弹在爆炸，汽车被掀翻在地，有的地方玻璃被打碎了，一阵阵哗啦哗啦的响声。

我看到消防车来了，转动的红灯告诉我，附近可能会起火。石头雨在下着，不知道从哪里飞过来一块，玛丽的脑袋被砸中了，鲜血从她的左颊流了下来。很可能就是自己人抛掷的石头砸中了她。场面太混乱了，混乱得让人觉得心慌意乱了。这个场面真的很像是在战斗，但对手却老奸巨猾，看不出他们的意图。

我赶紧把她抱到了一个街角，在那里，四面八方的石头都砸不中我们。我检查了一下，她是皮外伤："亲爱的，你没事，只是擦破了一点皮。"玛丽点了点头，用手绢擦了擦。

我放眼看去，只见在大街上，街面铺的路石都被撬了起来，露出了地下那如同内脏一样的地面。我没有想到巴黎街道上的铺路石被揭开之后，呈现的是这副肮脏的表情。警察在前面的街口封锁了道路。接着，突击队怎么冲都冲不过去。天色越来越黑了，刺鼻的催泪瓦斯在弥漫，警察开始反击了，他们形成纵队进行突击，用警棍殴打那些落单的或冲到最前面的人。很多学生都受伤了。我想我们应该赶紧撤退。

"他妈的，现在太混乱了，'条子'肯定会趁机追捕学生，我们走吧。"我对玛丽说。我知道受伤的玛丽感到了一些害怕，她有些晕血。

我们就乘着黑夜的掩护，往我家的方向赶过去了。

回到了家里，我爸爸和芭贝里已经在家里等着我们了，而且，他们把饭菜都做好了。看到玛丽的额头上有伤口，我爸爸并没有责备我出门，而是很关切地问："怎么样？伤情严重吗？"

我给他形容我们刚才经历的街头对抗的情况。我爸爸这一次出奇的平静，没有责备我们。很简单，我们已经去了，又安全地回来了，他就不说什么了。

芭贝里做饭的手艺特别好，我在前面都说了。这天晚上，我们吃了很好的海鲜—牡蛎，鱼，照例，还有好的葡萄酒。玛丽的家族在法国南部有一个中型葡萄酒庄园，她对喝酒很在行。我们的晚餐进行得很轻松，但似乎每个人都有心事。人人都心神不宁的，就是因为外面的世界正在发生变化。

大家有意识地不去碰触街上正在发生的事情。但是，独立的民间媒体卢森堡电台和欧洲电台通过收音机传出来的消息，还是让我们感到了吃惊：

今天是 5 月 6 日，在巴黎和全国，一共有二十几个城市都爆发了大规模的游行示威，抗议安全警察在巴黎索邦大学的暴行。其中，巴黎的示威人数达到了 3 万。他们的要求是撤出拉丁区的警察，重开索邦大学，释放被捕的学生。在这一天里，学生被拘留的有 81 个人，另外还有 202 个警察和 279 个学生受伤。法国政府无情地拒绝了学生们的请求。坐镇爱丽舍宫的戴高乐总统铁青着脸，发出命令：国家安全局要负责平息上街的那些人的聒噪。

在这几天里，形势正在发生变化。游行的队伍在迅速扩大，成千上万的示威群众涌到了大街上。民意调查显示，五分之四的巴黎市民支持学生的行动。很多电台现场直播了学生的示威活动，青年们从巴黎的各个角落赶来加入他们的队伍。他们的呼喊声盖过了他们周围拉丁区街头上打斗的声音—示威者受催泪弹袭击后的尖叫声，跑动的脚步声，石头的撞击声。从学生们中间涌起阵阵整齐的口号，一浪高过一浪：“释放我们的同志！”

随着挥舞着大棒的安全警察再次进逼，学生的口号声向后退去，像是丛林中连绵不断的回响：“国家安全局，就是党卫军！”

我爸爸的脸色很凝重。吃完了饭，我们坐在旁边的沙发上，我爸爸沉默了一会儿，他说："儿子，我知道你的观点，我也知道你在想什么。但是，法国眼下发生的事，我们最好不要去参与。因为，我在中国的劳改营里面待了七年，现在，我们全家在巴黎。在这里，我们安稳地吃着海鲜，喝着葡萄酒，我们能够舒服地做任何事情，这都是我过去难以想象的。而外面的那些学生里面，尤其是那些要向中国的'文化大革命'学习的人，那些戴着红袖章，戴着毛主席像章的法国青年，你的一些同学，他们连他们在干什么都不知道。他们到底想要干什么？什么是左派、右派、无产阶级？什么是反对资产阶级官僚？你们真的能反对得了吗？这些词汇都很漂亮，但内容空洞，结果很虚妄。"

"这些词汇都是中性的，一点都不疯狂。"我说。

"你看你，你是在中国度过了你的童年和少年，你也知道，你经过什么样的贫困和不被尊重的'狗崽子'的生活。我只是希望你不要去上街了，最好，你站在边上，连看也不要看。万一他们把你打伤了，就像玛丽这次受轻伤，我都非常难过。我 1964 年回到了法国，就一直在想，为什么中国后来不断地搞那些激进的运动，导致了内部混乱？为什么他们不采取渐进、改良的办法呢？政治运动，一场又一场的运动，我看都快把那个国家毁掉了。可是，我想起来了，中国的老师之一，恰恰是法国啊。是法国的大革命，带给了中国很多借鉴。当然，还有俄国。俄国革命也是中国的老师。可是，在法国大革命时期，接连上了断头台的那些人，他们彼此之间，有多大的区别吗？他们为什么要除掉对方才解决问题？我看他们都差不多。所以，激进的社会行为最终都要付出代价。"

我不以为然，"对腐败的东西开战，必须要摧枯拉朽，必须要雷霆万钧。"

我爸爸激动起来了，"那你说说，这样下去，有什么好？社会乱了，我们连面包都买不到了。就是在今天下午，在回家的路上，我和芭贝里去我们最喜欢的那家面包店，结果听说面包店被人砸坏了窗户和门面，关门了。于是，我们只好改吃别的了。没有面包吃了！一个社会运动再合理，总得让我们吃上面包，对吧？你说呢，对不对？”

我看了看我爸爸：“爸爸，咱们还没有到那个地步，不像在中国那几年。太贫困饥饿了。”

他说：“是的，我怎么会忘记呢。但你知道吗？现在的法国是百业兴旺，就业充足，你们的前途很好，你们根本就没有必要来反对这个丰衣足食的社会和它所有的一切！”

我说：“爸爸，这就是我们之间的根本冲突了。法国是丰衣足食的社会，可是，这个社会也是失落和空虚的！”

他惊诧地问：“失落和空虚？你怎么能说这个社会是失落和空虚的呢？这两个词汇本身多么的空虚啊。”

我说：“爸爸，你真的不了解学生们在怎么想，我们在学校里面感受到的是什么。是的，法国这几年变化很快，工业、农业、教育、大学生数量，移民和人口激增，都是好的，蓬勃发展的。但是，精英阶层、中产阶级、工人阶级和学生之间泾渭分明，社会发生了那么大的变化，可是，法国的统治机器和社会伦理依然停滞不前，腐朽万端。”

我爸爸讥笑道：“伦理道德也停滞不前了？这倒是一个很新鲜的说法。”

我说：“你可能真的不知道，在我们学校，按照新任教育部长阿兰·佩雷菲特的大学管理办法规定执行，男生是不准去女生宿舍的。”

他惊诧了：“按照规定，你不能到玛丽的宿舍去找她吗？”

“对，我不能去找她。这是不是很荒唐啊？难道我们是小孩子，难道我们会在宿舍里干什么不要脸的事情吗？玛丽，是不是不让我们男生去你们女生宿舍？”

玛丽说：“是的，是不让他们来我们的宿舍。”

我爸爸问：“那你们怎么约会？”

玛丽说：“我去找他，女生到男生宿舍是可以的。”

我说：“你看，这不是很荒谬吗？”

这时，芭贝里插话了：“亲爱的，我告诉你一个花絮。法国国家电视台最近解雇了一个在电视转播中露出了膝盖的女播音员。”

我爸爸更加诧异了：“就是因为她露出了膝盖，不是为了别的？比如，她的播音水平很差，她念错了稿子？”

“亲爱的，就是因为她露出了她的膝盖，对观众来说，那是有伤风化的。”

我爸爸沉吟了一会儿，说：“在电视上露出膝盖，当然不好，可是，倒真的是不至于解雇她。虽然，露出膝盖，等于是你可以往她的两腿之间看。”

芭贝里乐了：“哈哈，你的想象力开始打开了。可孩子们是对的，我站在孩子们一面。现在的大学教育，很有问题。问题来自戴高乐总统个人的道德伦理观，他的夫人是一个狂热的天主教徒。你知道吗，她是不能忍受和任何一个离婚的人同桌野餐的。像你，假如在现场，她就无法和你同桌吃饭，因为，你离过婚了。”

我爸爸迟疑了：“戴高乐夫人是这么的……保守？”

我说：“爸爸，戴高乐不光是保守，他还一直在透支他作为法国伟大的解放者和将军所积累的那些光荣与人们对他的信任。他总在说，要社会稳定和不断进步，不要社会混乱。可我们大学里设置的课程，都很老旧，都是些陈年旧货。老师们就像有些家长一样可恶，像戴高乐总统一样可恶。”

我爸爸笑了：“像我这么可恶？”

玛丽说：“您非常可爱，但我们有的老师，就是非常可恶。”

我爸爸点了点头，说：“你们这么说，我多少懂了点外面的事情。但是，我还是希望你们保持冷静的头脑，不要做傻子，成为被人利用的对象。”

第七章　庚子年

我父亲、你的爷爷与其他六百名法国远征军士兵，于一九〇〇年夏天，乘坐几条大船前往中国天津的大沽口。在船上，这天夜晚，我父亲的心情十分缭乱，他睡不着，就一个人来到了甲板上。他无法忘怀印度支那的那个女人，那个被装在了笼子里，已经沉到水塘里淹死的秋兰。她留给他的记忆虽然短暂，但却深刻，是他自己与女人温情交往的第一次。无论是肉体记忆，还是情感体验，都是深刻的。他感受到了失去女人和爱情的那种痛楚。但没有办法，这就是命中注定的事。

法国远征军的船离开印度支那的海岸码头不久，向着东南方向进发，就进入到了中国南海的海域。茫茫大海上，到处都危机四伏，夜晚的大海十分神秘。不久，船就遇到了风浪。因此，远征军的旗舰船船长决定，船队要向北方调整航向，沿着距离海岸线不远的航线，再向东北方向航行。

在甲板上，飘摇在风浪里的船十分渺小无助。我父亲看到，前后几条帆船亮着灯火，排成三角形的队列，跟在旗舰的后面在大海上浮动，迎着风浪在前进。

你的爷爷、我的父亲站在甲板上，萌生了一个念头，他一度想跳海逃走。因为，他不知道前往中国的命运会是怎么样的。他想念秋兰，那个喜欢穿淡绿色和粉色旗袍—奥黛的西贡女孩，是那么漂亮、清秀和苗条。脱去奥黛，她穿着红色的肚兜，是那么性感迷人。秋兰走路的样子也是非常生动，有时候，她吃完了芒果，会带着一点芒果味儿和他接吻，香甜的味道在舌尖上弥漫。

想到了这些，我父亲大叫着。面对黑暗的大海，他感到了迷茫，想跳海重新回到西贡的念头也一直在闪烁，直到一个指挥官发现了他，大声说：

“士兵！你在那里干什么？难道你想跳海吗？”

我父亲、你的爷爷打了一个冷战，因为船头激荡过来一阵海水的浪花，刚好打在了他单薄的身上。

“报告长官！我只是喜欢大海，我在这里看看海！”

那个指挥官走过来，他也有一撇非常好看的胡子，就像一艘漂亮的帆船游走在他的嘴唇上面。他很像那个招他加入这支部队的马赛的胡子中尉，但不是那个人。他看出来我父亲的心神不宁，他说：“胡说，我觉得你是想跳海逃走。士兵！你叫什么？”

“我叫菲利普，长官！我是心情有点郁闷，所以在这里散散心。”我父亲、你的爷爷语调低沉地说。

那个军官靠近他：“菲利普！法兰西需要你！你知道吗，在中国的首都北京，出了一场乱子，我们在那里的使馆遭到了攻击，这是非常严重的事件，我们必须要尽快赶到那里增援，为了法兰西的荣耀，菲利普！你必须振作，必须和我们一起，打到北京去！去消灭那里的匪徒，他们无恶不作，竟然攻击使馆和教民，残杀儿童和妇女，我们的驻华公使斯蒂芬•毕盛公使向法国总部发出了请求，我们要立即增援！立即增援！法兰西需要我们为荣耀的祖国而贡献生命！士兵菲利普，振作起来！”

我父亲、你的爷爷听到这个指挥官这么说，内心有点作呕，感觉很复杂。因为，他是科西嘉人，是有着独立精神的科西嘉人。但是，自从在马赛参加了法国部队之后，他逐渐对法兰西有了认同感。他觉得，法国军队给了他新生命，要是没有法兰西，他怎么可能到这么遥远和神奇的东方，见识了那么多东西，包括了孔雀和大象，蚁巢和一天就能长到一人高的热带植物呢？印度支那的一些鲜艳的蘑菇吃了之后，也很容易让人陷入奇怪的幻觉，就跟吸毒了似的。在亚洲，看来到处都是新鲜的玩意儿和新鲜的感觉。跑到这里感觉太棒了！我父亲的心情开始振作了。

“法兰西万岁！”我父亲高声喊道，“为了法兰西的荣耀，向北京进军！”他们互相立正敬礼，在黑暗的大海上像是两个傻子那样站不稳，一个浪过来，把他们击倒在了甲板上。

他们的船走得并不快，沿着海岸行走，要走很大的曲线。因此，等到他们最终在天津大沽口登岸之后，听到了很多互相矛盾的消息。

那一天，登陆古老的国家中国，我父亲、你的爷爷在天津大沽口港口，看到了让他目瞪口呆而又兴奋异常的景象。在他们这六百名法国远征军的海军陆战队士兵到来之前，已经有大量其他国家的水兵抵达了。在岸上扎营的远征军部队，除了他们这支法国军队，还有英国、俄国、德国、日本、意大利等国家的部队。每个国家的士兵的装束都是不一样的。我父亲看到，日本兵的绑腿很有趣，他们戴的帽子是圆形的桶形帽，看着十分滑稽。俄国水兵的长枪上都配备了长长的刺刀，他们的腰间还有子弹带，并个个挎着马刺。还有一些哥萨克骑兵，外表十分凶悍，脑袋上的黑色皮帽子非常高，在夏天里穿这么厚，显得更加可笑了。意大利士兵的军帽是平的，像个玳瑁壳子，非常有趣。他们的腰间一般都挎有两个盒子，子弹带和皮带在胸前交叉而过。后来到达北京之后，喜欢装扮的意大利士兵很快就换上了漂亮的白色军服，模样好看多了。

大英帝国的士兵完全是大杂烩，他们的士兵里既有黑人，还有一些包着红头巾的棕色皮肤印度士兵。这些家伙的装扮太丰富了，简直就是乌合之众，他们都由一个白人军官指挥。士兵们来来往往，整队声、吆喝声，结合了当地那些中国人的呼唤和说话声，在天津大沽口，我父亲、你的爷爷看到了一幅十分热闹的景象，感到十分开眼。而且，向港口望去，船只密布，仍然不断地有各个国家的军舰—大都是一些配备了大炮的船，大大小小地接连到达，很多是从非洲和欧洲本土驰援抵达这里的。

在法国士兵驻扎地，传来了消息：半个月之前，多国联军已经攻占了天津的大沽口炮台，将那里驻扎的中国士兵全部消灭了，占据了有利地形，这才使得联军的增援部队能够不断登陆。否则，中国的炮兵会击溃登陆的增援部队，让大家都喂了鱼。

也有坏消息，那就是，由西摩尔将军带领的几千名士兵，此前前往北京增援，但在这一过程中，被阻击在一个叫廊坊的地方。大量的义和团团民和中国的正规军对西摩尔率领的联军进行了围攻。西摩尔的部队完全不能继续前进，损兵折将之后，花了几天的时间才退回到了天津。北京的局势则更加危险，听说，已经有几十个使馆外交人员和几百名教民被杀害了。他们的脑袋就悬挂在北京城大街小巷的树枝上，十分恐怖。

在军营里，我父亲、你的爷爷新鲜和兴奋之余，问他的指挥官：

“北京到底发生了什么？我们到这里来，我知道是要去救援使馆人员的，可是，我们具体要执行什么任务？是去和那些中国的义和团作战吗？”

指挥官说："菲利普！是的，很简单，打到北京去，去占领他们的皇宫！这个国家的统治者非常狂妄，竟然对法国宣战，杀害外交人员，简直疯了。我们要占领他们的皇宫，让他们彻底完蛋！"

法国士兵们听了这话，开始躁动起来，可能中国的神秘而华丽的皇宫太让他们期待了，这激发了所有人的想象，多么诱人啊！我父亲、你的爷爷从大家的脸上，看到了一种贪婪的期待。他们都知道，四十年之前，一八六〇年，英法联军也是从天津登岸，然后一路打到了北京去，摧毁了一个叫圆明园的皇家园林。那是皇帝休息和办公的地方，很多法国人和英国人在那里抢到了好东西。那里瓷器、金银器和各种宝物应有尽有，个个都发了财，英国人和法国人！欧洲最聪明的人，从中国的皇家园林那些亭台楼阁和宝库里抢到了好东西。如今，机会又来了。

一个下巴尖利的家伙看来喜欢思考，问我父亲，"菲利普，你说，这个国家是怎么得罪了我们法兰西啊？怎么我们就这么大摇大摆地来到了这里，而他们毫无办法？"

我的父亲、你的爷爷觉得很难回答这个问题。他吐了一口唾沫，感到了厌烦："因为他们都是笨蛋。因为政府腐败无能，人民也愚蠢透顶。"

晚上，在军营里，一个来自天津本地教堂的法国天主教神父，前来给大家讲解了当时的形势。要是没有他来告诉远征军这些情况，大家都还不知道在北京和天津到底发生了什么事。他来的太是时候了。

那个神父说，中国当时是大清国，是由一个精明保守、老奸巨猾又头脑顽固的满族老女人慈禧太后统治中国，她十分精明狡诈，但也很愚蠢顽固。首先，她把名义上的最高权力掌握者光绪皇帝软禁起来，然后任用了几个僵化顽固的大臣作为核心领导层，这些家伙的脑袋里想的，都是如何让自己的亲戚和孩子登上高位。其中，有个端王，更是混蛋透顶，主要都是这个家伙在作祟。他的儿子被慈禧太后选为了光绪皇帝的继承者，而光绪皇帝是要推动改革开放的。所以，端王暗中挑拨慈禧太后和外国的关系，导致慈禧太后认为西方各列强要废除慈禧太后的权力，重新扶植光绪皇帝掌权。慈禧太后就开始利用风起云涌的义和团的力量，在今年的六月份，包围和攻打北京的使馆。不久前，德国公使克林德被他们打死，引发了更为严重的外交事件，法国公使斯蒂芬•毕盛向法国发电紧急求援，法国下令立即从西贡派出六百名水兵火速增援。等到其他一些部队，尤其是德国增援大部队到来之后，就会有集体的军事行动。至于今后如何行动，可能需要联合军事指挥部做出决定。

法军指挥官也说，根据联军达成的协议，即将到来的德国统帅瓦德西元帅，将统领所有的远征军部队。但先期抵达的各国部队，要尽快向北京进发，给使馆和教堂解围，给那些滥杀传教士、教民和使馆外交人员的匪徒给予痛击，因此法军将立即开拔。

我父亲、你的爷爷那个时候的确对中国是一无所知，听了这些话，他还是不明白什么是义和团，什么是大清帝国和他们的正规军。他问指挥官："义和团都是些什么人？他们和大清国的正规军是什么关系？"

指挥官笑了："一帮蠢蛋！义和团，都是一些农民，从山东和直隶两个省流窜到北京的。因为去年山东大旱，他们却认为这都是传教士们搞的鬼，就开始攻打教堂了，杀死了传教士和教民，还不过瘾，就跑到北京去围攻各国使馆去了。这些蠢蛋有一个特征，就是脑袋上都包着红头巾，手里拿着大刀和红缨枪。你要是看见了这样的家伙，你就开枪打死他，保准没错。"

"可那些英国的大脑袋印度兵也包着红头巾，我怕打错了。义和团的家伙厉害吗？我可是从来都没有打过仗。"我父亲、你的爷爷很担心，他刚刚来到中国，就要投入一场前途未卜的战争，而这场战争到底是为什么而打，他还是懵懵懂懂。

“义和团，那帮子家伙，都是愚昧的农民，他们根本不知道外面的世界发生了什么，仇视外国人，仇视上帝和传教士。他们竟然相信一些巫师的说法，只要他们念了咒语，子弹就无法打进他们的身体。这怎么可能呢。我们手里有枪，有大炮，他们挡不住子弹的。等着吃我的枪子儿吧，我们马上要向北京进发了。”

我父亲、你的爷爷在部队里，心情开始变得复杂。他不知道前往北京的路是不是一条死亡之路。

入夜了，在大沽口那边，人声嘈杂，还有一阵阵的炮声响起。这是联军在大沽口调转炮口，轰击天津城的炮声。听说已经有联军在攻打天津老城了，那里也有很多义和团在袭击教堂，残杀教民。他们中间还有一些女人，穿着红色的衣裤，举着红灯笼，用沾染了月经的东西袭击联军士兵。各种消息来源很多，也很混乱，有说法国使馆已经被攻克的，天主堂北堂被摧毁了，樊国樑大主教的脑袋已经被割下来，挂在城墙上了。也有传闻说他逃走了，跟着西摩尔的部队退回到了天津。都是些矛盾的、乱七八糟的传闻。

我父亲、你的爷爷在天津休整了几天，很快，那几天，他看到各个国家的增援部队全部到达，总兵力据说达到了二万五千人。传来消息说，德国元帅瓦德西要到九月才能抵达天津，而北京的使馆已经等不及了，需要立即增援。于是，各国部队组成的联军指挥部决定，立即向北京进发。

一天凌晨，他们的部队出发了。我父亲注意到，说是八国联军，实际上只有七国的部队：德国只有一个掌旗兵，象征性地举着德国国旗，他们的统帅瓦德西元帅一个多月后才能率领大部队到来。剩下七国的部队中，日军最多，他们有八千多人，俄军有近五千人，英国和美国的部队加起来也有五千多人。我们法国的军人，除了你的爷爷、我父亲这六百名士兵，是从印度支那紧急调遣过来的，在天津还有一百多人也参加了这次进攻北京的远征行动。意大利和奥匈帝国的士兵最少，他们各自只有五十名水兵参加战斗。

在前往北京的行进计划中，法国、德国、俄国和意大利的部队士兵，沿着那条叫作北河的左岸进军，而英国、美国、日本等国的士兵，沿着北河的右岸进军。我父亲、你的爷爷看见，他们还雇用了不少的中国苦力，都是在天津征召和抓获的本地男人，留着古怪的大辫子，背上背着绳子，使劲拖拉着大炮和装满了军需物资的行李车。骑马走在边上的是指挥官，挥动着手中的军刀，严密监督着每一个人，包括那些苦力。

凌晨，连小鸟都是安静的。我父亲、你的爷爷行走在河岸边，看到了芦苇丛飘起了大片的芦花，一些水鸟和野鸭受惊了，扑棱棱飞起来，也带动了那些洁白的芦花胡乱飞扬，毛茸茸的，被朝阳点染得一片血红。这颜色是鲜血的颜色，不久，他就会在人身上看到，因为，他现在是生平第一次参加真正的战斗。

在北河的左岸，俄国部队走在前面，侧翼是法国和德国部队，走在最后面担任警戒的，是意大利的士兵。他们的部队走了一天，都没有看见有一个人出现。我父亲、你的爷爷觉得很奇怪，从来都没有这种现象。要知道，东亚是地球上人口最密集的地区，无论你去哪个国家，印度、印度支那、婆罗洲，还是日本、中国、朝鲜半岛，到处都是人，可怎么这北河沿岸就没有人呢？只有被惊飞的小鸟和水禽，不断地从河边的芦苇丛中飞起来。

此时，太阳在空中划过了一道弧线，现在开始向西边坠落了。然而就在这个时候，在岸边的小树林里，忽然冲出来一小股穿着红色衣服，脑袋上留着大辫子的义和团团民，嗷嗷叫着向他们冲过来。

远征军的联军士兵走了一天，骄阳似火，盛夏的天气非常暑热，所有的兵士都是汗流浃背的，这时却有敌人突然袭击，大家立刻振作了起来。我父亲听到他的指挥官大声喊道：

“排列开战斗队形，第一队，射击！第二队，准备射击！第三队，准备射击！”

就像是我父亲、你的爷爷想象了很多次的真正的战斗场景那样，全副武装的士兵们立即行动起来。第一队士兵排列好纵队，单腿跪下来，举枪瞄准。那些吹着一种古怪的东方乐器、呜哩哇啦地叫着、赤膊上阵的义和团冲上来，手里拿着闪亮的大刀和长矛，红缨枪穗在飘荡，一下子就冲到了他们跟前。

指挥官手里的指挥刀落了下来：“射击！”第一排单腿跪着的士兵一齐开枪，眼看着那些号称刀枪不入的义和团团民纷纷被击中。他们扭曲着身体，表情诧异地倒下了，全军覆没了。可又有很多像猴子一样敏捷的义和团，从他们早就隐藏好的地方再次冲出来，大喊大叫地、无所畏惧地发动了冲锋。等到距离远征军很近的时候，第二排士兵的枪响了。义和团纷纷倒地了，惨叫声一片。然后，是第二排的联军士兵后退装填弹药，第三排的士兵上前，准备好，然后，继续开枪。

我父亲、你的爷爷回忆说，那第一场战斗在黄昏时分打响，的确是非常的突然而惨烈。敌人很多，但却毫无训练，他们可能真的相信自己是刀枪不入的，冲上来，迎着子弹，迎着他们的炮火，那么勇敢，还有点儿愚蠢。我问他，那你们就没有伤亡吗？他回答，有的，当然有伤亡。有时候，遥远的地方会射来子弹和箭，将他们中的一个士兵击倒，那都是不成章法的，像是偶然的袭击。立刻，医护人员就会前来治疗，将伤员抬到一边的马车上，或者让苦力来看护着，医生紧急治疗。

等到几次义和团的冲锋都被打退了之后，战场上沉寂了一段时间。联军调整了一下队形，继续沿河岸前进。

忽然，在更加隐蔽的地方，冲出来一支马队，马匹飞奔，马上骑着的是大清国的正规军。他们嘶喊着，举着闪亮的弯刀发动了冲锋，显然是精心准备好了。但他们的冲锋似乎也是凌乱的，虽然他们是在马背上训练有素的满族人，在马上那么颠簸，他们照样能开枪射击、投掷标枪、射出弓箭，但不知道为什么，他们的枪射程不远，那些子弹飞过来，到了我父亲的跟前，就显得飘飘然软弱无力了。

我父亲说，他曾经伸手将一枚缓慢下降的子弹给拨开，就像拨开一枚落叶一样。这种感觉很奇怪，你的爷爷说，在夕阳如血的悲伤里，这一场战斗非常漫长，似乎又很迅速。最终是他们击退了所有的中国骑兵。我父亲说，他那个时候非常紧张，就瞄准了马匹的肚子射击。马被打中了，马背上的人就掉落下来，然后，那个人开始向回跑，可这下他跑不了了，子弹会追上他的脑袋，让他脑袋开花的。

有时候，岸边会忽然安静下来。我父亲说，好像大家都还没有准备好，战斗就突然之间结束了，一个敌人都没有了。四周陷入了安静。在安静中，多国联军的部队稍事休整，就继续开拔。

此时，场面依然是壮观的：在河道中，不少于二百艘木船上，拉着的都是军需物资，纤夫拉动装满了东西的木船，喊着号子前行，一步一步地走。俄国军队依靠骆驼拉着很多东西，日本人则用牛车，其余的都是由中国苦力在拉车前行。队伍非常庞大，我父亲回头看着那几万人的队形，不知道沿着河的两岸会延伸出去多少里。

后来的几天里，一直是日本兵走在最前面。听说，在一八九四年他们打败了大清国，大清国给他们赔款两亿两白银，日本人得到了那么多的白银！那帮家伙，是发了战争财了。我父亲明白了，大清国现在是一块大肥肉，各个国家，只要你是列强，都想来咬一口，然后满嘴流油。

我父亲注意到，日本兵的个子普遍不高，长的和中国人一模一样，但是他们最能吃苦耐劳。在后面的行军路途中，他们都是打前站，遇到敌人就率先发动攻击，等到后面的军队赶上来，就看到日本兵已经在整理缴获的帐篷、大刀、炊具和马匹了。

很快，大家发现他们来到了一片沼泽地。这里的树木开始变得稀少，到处都是泥泞，队伍陷入了混乱，需要每个国家的指挥官想出对策。接下来，每一天里，都有小股的义和团团民骚扰着这支庞大的、火力强劲的多国联合远征军，就是没有看到装备精良的中国正规军的出现。

后来，我父亲、你的爷爷对我说，假如有一支训练有素的中国军队，只需要几万人，就能在沼泽地那片地域将他们全部包围，然后发起进攻，肯定可以将这支远征军全部消灭。但是，他们根本没有这样的部署。

又过了几天，多国联军部队推进到了杨村。在那里，我父亲、你的爷爷印象里，发生了一次中等规模的战斗。这一次，是与装备整齐的大清国军队正面作战，但很快就被他们的炮火和密集的枪声给压住了，那些大清的兵勇被击败，四散逃跑了。

到了中午，河两岸的两支纵队，在一座城墙前面汇合了，这座城池叫作通州，是通往北京的东大门。

我父亲记得很清楚，他们到达通州城下的日子是在这一年的八月十一日的中午。通州城墙比天津城墙还要高大。城墙是中国特有的一种建筑，他们建筑有箭垛的城墙，锯齿状的城墙垛口连着垛口，城墙内部则是城市街区，有街巷、闹市、商店、酒楼等等。

通州挡在前往北京内城的道路上，必须要对之进行攻打。对通州发起的战斗立即就开始了，先是俄国部队的大炮进行轰击，城墙被轰开了缺口。接着，日本人发起了冲锋。守城的中国军队这一次十分顽强，他们的还击很有力。

城墙缺口处，战斗变得惨烈了，不断有中国士兵冲出来，与试图冲进去的多国联军发生短兵相接。这场战斗持续了一天，到了晚上，通州依旧没有拿下来，天黑之后，战斗停止了下来。

在运河边，多国联军扎营休息。忽然，就在他们宿营地的外围，仿佛是来了成千上万的义和团援军，喊杀声一阵阵的，火把在燃烧，整个军营被包围了。我父亲、你的爷爷那一刻非常慌乱，因为他们的确是完全被包围了。可是，很快，他们发现，那些包围他们的义和团群龙无首，人数也许有好几万，但竟然不会发动有组织的进攻，都是虚张声势和小股的袭扰，靠近他们的军营投下了火把、标枪，然后就跑了。结果，却是我父亲他们枪里的子弹不长眼睛，嗖嗖地钻入了那些相信妖术和刀枪不入的义和团团民的身体，把他们都打死了。

公历一九〇〇年八月十二日夜晚，多国联军派出工兵，采取了爆破的方法，将通州城墙炸开了一个更大的口子，他们冲进了城，通州终于被拿下了。

我父亲、你的爷爷回忆说，中国的庚子年、鼠年的夏天，他们进入通州城的时候，发现除了几个当地官吏跪地投降，通州城已经人去城空了。联军开始了抢劫，我父亲、你的爷爷跟随联军搜查隐藏的敌人，发现一些空屋子里没有活人，到处都是尸体，水井里也塞满了尸体。死人中女人和老人居多，可能是害怕受到凌辱，自杀身亡的。战争的残酷和血腥，在我父亲的眼前真实地呈现了。死人是多么的可怕啊，但却又那么平常。

第二天天亮，我父亲登上了城墙。在通州城内有一条大道，可以通行四轮马车，直通北京城。城外，一条通往中国南方富庶地区的运河上，联军运送军需物资的船都开进来了。他们休整了一下就继续进发。

一九〇〇年八月十三日下午，前方的日军联络官回来告诉后续部队，在北京城的东便门附近，日本士兵与中国军队展开了激战，局面僵持不下。

到了傍晚，中国士兵的最后抵抗被摧毁，日本人率先从下水道进入北京城内，打开了东便门大门。而那个地方离被围困的英国使馆，距离很近。

这天晚上，我父亲、你的爷爷的法军部队随后抵达了东便门。他看见，城门大开，城头上那中国的龙旗残破、飘摇，而各国联军则耀武扬威地列队进入了硝烟弥漫、凄风苦雨的北京城。

第八章 一九五九年

时间很快就跨入到一九五九年，我记得元旦那一天，我爸爸他们在号子里吃得不错，竟然有菜包子，馅里还有肉渣。

我陪伴爸爸，感到心满意足，虽然我死了，可是我活着，我爸爸他们活着，虽然活得不怎么好。号子里很平静，没有发生什么大事，在监牢里待闷了，我就跑到外面去看看。外面的人都在搞“大跃进”和人民公社，他们要“跑步进入共产主义”，到处都是乱哄哄的气息。每个家庭都是贫穷的，生活十分单调。我去看过我妈妈和弟弟，他们的生活也是十分简单和单调，虽然有些自由，但却不如爸爸过得特别。

我知道爸爸心里在怎么想，他想着早点到真正的劳改农场去，那里传说有足够的吃食，可以免除他的饥饿感。

有一天，一个看守把我爸爸叫到办公室，给他出示了一个文件，说他可以正式要求去劳改农场，不用再待在这里了。

我爸爸很兴奋，为了尽早离开这里，他签了字。几天后，他就被转送到了移交处。

要换地方啦！我莫名地高兴起来，在空中腾跃。因为，我知道我爸爸想离开，现在，他如愿了，而我，也能跟着他去更远的地方了。

那天，我爸爸和一个姓汪的犯人，乘着一辆密封平板卡车，前往移交处。一路上，前面有吉普警车开道，穿越了北京城区。移交处被他们叫作“南院”，其实就是北京拘留中心，门口挂了一个“北京实验科学仪器厂”的牌子，在北京南城风景秀丽的陶然亭公园边上。已经完成审讯、等待宣判的囚犯，都要在那里停留一段时间。

这一天，上午十一点，车子到了目的地，我爸爸他们从卡车上爬下来，在院子里集合。我也跟着打量四周。一栋四层大楼是主建筑，旁边延伸出两幢灰白色砖楼。从一堵围墙望去，可以隐隐看见旁边的一栋大楼，那是少年管教所，收容十七岁以下的少年犯。这是我爸爸后来才知道的。主楼后面是三层红砖大楼，给所有在这里等待宣判的囚犯居住。

我飞来飞去，自由地观察，希望尽早了解这里的布局。我看到，除了商店、库房和职工宿舍以外，还有一栋特殊建筑，那就是中心食堂。啊，我看到了大团的水蒸气从排气孔中滚滚涌出，我还闻到了食物散发出的香气，不用说，这会是我爸爸见到过的最大的食堂。我感觉到我爸爸闻到了食堂的香味儿了，他的目光十分饥饿，久久地凝视着炊烟冒出来的地方。

在食堂旁边，有一栋小楼，坐落在墙脚。那是死刑犯的牢房。旁边是一排禁闭牢房。不久以后，我爸爸就尝到了被关禁闭的滋味。

那天，我爸爸和老汪站在一个四面透风的中央大厅里，闻到了空气中弥漫着食堂的气味，看到了一幅很热闹的景象。人们来去匆匆，手里搬着一捆捆的纸张，一会儿消失在门洞里，一会儿又突然出现在各层楼的楼梯上。一时间，锤击声、水泥楼道里的脚步声在大楼里回响，还有一个尖尖的男高音的声音在说话。我很好奇，飞过去，发现那是一个拿着铁皮喇叭的男人。他从一层楼跑到另一层，站在凳子上，一手拿着笔记本，一手拿着喇叭筒高声喊：“十七号已经向一号提出了挑战！”

一位看守把我爸爸带到了第三层，另一名看守打开铁门，一名犯人带着我爸爸和老汪在通道上走着，我在他们的肩膀上来回跳跃。我看到，通道两旁是一个个的集体牢房的木门。犯人们沿着两面墙根坐着，正在折叠书页。通道里被挤得水泄不通，我们从这些犯人身边经过时小心翼翼，就像走在山路上一样。

没有人说话，牢门全都开着，可以看见大木板床被拆开了，组成了两个大型工作台。每个工作台的一边坐八个人，每个人都在娴熟地折叠着书页。

我对爸爸说：“爸爸，这是个印刷厂啊！这里的工作并不难，你不要怕。”可他听不见，只是站在那里发呆。每个牢房的墙壁上都贴着印刷的告示：

“政府制定的指标是六千页，平均产量是四千五百页。初来者的定额是三千页。每个人都必须努力超额完成指标。”

我爸爸运气太好了。他站在那里发呆的时候，吃饭时间到了，铃声大作。吃饭了！这是天大的事情。这时，炊事班的人来了，工作着的每个人都领到一个粗瓷碗和一双筷子。接着，有人端来一大盆热乎乎的玉米窝窝头，给每个人三个。“这里的窝窝头，做得很瓷实。”我爸爸捏了捏，满意地对老汪说。

“那是为了一个蒸笼中能蒸更多的窝头。”老汪回答。窝头呈圆锥形，怎么看都不会好吃，难道这就是好伙食么？我开始替爸爸怀疑上了。不过，菜汤很丰富，除了土豆皮，还有小块土豆，甚至还有几块肥肉在漂浮着！我爸爸坐在铺盖卷上狼吞虎咽起来。

一位看守给我爸爸指定了号子，十五号。号长说了几句欢迎的话，就在工作台旁给我爸爸指定了一个位置，并让他旁边的一个犯人教他干活。

爸爸拿起了竹条，开始费力地折叠起书页了。一直到下午六点，大家才停下来吃晚饭。饭和中午的一模一样。晚饭后，继续干到七点半钟。这时，通道里的一位看守发出停工、洗手、准备参加学习的命令。

我爸爸把已经折好的书页堆成一堆，标上自己的号码，搬到通道里。我帮他数了数，他只折了三百张。

一名号友对我爸爸说："你才来，伙食标准定量低。定量标准分四个类别：强劳力、弱劳力、初来者和受惩罚者。初来者，也就是你，是达不到折叠三千张的最低指标的犯人，每个月定量二十八斤半。弱劳力每个月三十八斤。强劳力的定量是四十二斤。受惩罚的人的食物定量，由看守来确定多少，反正比初来者还要少。"

的确，由于我爸爸是初来者，头两个星期，我看到他的早餐是两碗玉米糊糊，中餐是菜汤加三个窝窝头，晚餐和中餐一样。犯人们总是像饿鹰一样，在吃饭时盯着别人的那份饭，唯恐别人多吃了一点。

折叠那些书页的时候，我爸爸经常走神，他还不能适应机械的工作，脑子里一片混乱。我很焦急，因为我看到只是一眨眼的工夫，他身边的人已折了十多张，爸爸才刚刚完成第一张。他太笨了！这天收工时，我爸爸只完成了一千五百张。那个每天三千张的标准，对他成了可望而不可即的梦想。

我可以感到他的手臂僵硬，稍动一下就钻心地痛。

三天后，我爸爸被叫去接受常规体检。自从被捕以来，他还是头一次从镜子里看到自己的身影，吓了一大跳：体重都不到一百斤了，他的皮肤松松垮垮地挂在骨架上，与工作台接触的地方磨起了一层硬茧。这天晚上，我爸爸感到虚弱，无法入眠。

但体检之后，因为身体衰弱，我爸爸交了好运，他被转移到三队一组。我看到，这个号子远不那么拥挤，总共才二十二个人。号长很俊秀，二十一岁，姓石，是个山东人，因为在“反右”期间的言行而被判了二十年。他告诉我爸爸，他有一位女朋友在加拿大。他还会唱许多美国歌儿。他们常常一边折叠，一边哼歌，来调节单调枯燥的手头工作。

一九五九年的三月底，我爸爸折叠书页越来越熟练了，达到了每天三千五百张，获得了弱劳力的食物定量。但我爸爸却从来都没有时间阅读折叠着的那些书。那些日子，他们折叠的书籍有《农民词典简明手册》、电子科技教材、侦探小说，还有精装本的《堂•吉诃德》，以及《人民文学》和《红旗》杂志，最后，还有毛主席的著作和诗词。

在那段时间，我印象最深的，是我和爸爸他们第一次观看了一场文艺演出。事情是这样的：为了庆祝“三八”国际妇女节，这天晚上吃罢晚饭，我看到所有的人都穿上了最整洁的衣服，排队来到了院子里，观看一出叫作《水坝》的戏剧，这出戏是关于东北兴凯湖劳改农场的。我看到，所有的人都兴趣盎然，兴高采烈，的确跟过节一样。

我爸爸也很兴奋，他小声跟旁边的人议论着他听来的关于兴凯湖的传说。我爸爸听说，兴凯湖过去是一片不毛之地，自然条件糟糕透顶。日本人侵占了满洲之后，花了十几年时间开垦，战败后就撤离了。新中国成立后，第一批开垦者是四千名劳改犯，他们在一九五四年到达那里。仅仅两年后，这几千人就使那块不毛之地生产出的粮食足够养活几十万人。这听上去简直是一个奇迹了。

“听说，那里吃得很好，有小麦、玉米、大豆，还有野猪肉、鱼、家禽、鸡蛋，还能喝到牛奶呢。而且还允许早先去的犯人携带家属，他们会是将来的居民。但兴凯湖的气候很糟糕，那里大都是沼泽地，夏天特别炎热，还有凶狠的蚊子，一下能够刺透两层衬衫。冬天气温会降到零下四十度，一不小心就会被冻死。”一个号友悄声对我爸爸说。

号友的话让我爸爸浮想联翩，充满了憧憬。

报幕员穿着干净而朴素的蓝衣服，给大家报幕。场面安静了一些，大家都凝神观看，我抱住爸爸的脖子，蜷缩在那里，听到报幕员介绍，在台上演出的，是来自其他监狱的犯人组成的“新生剧团”，一共有上百名演员呢。

忽然，舞台暗了下来。在一小束聚光灯的照射下，解说员走到台前，他穿着一套笔挺的服装，“今晚的戏剧场景，说的是兴凯湖劳改农场的故事，让我们一起回顾那些开垦荒地的艰难历程，一起展望它美好的未来前景！”

我看见，从舞台侧面走出来两个人，他们抬着一本巨大的书籍模型。“书籍”封面上写着两个大字——“水坝”。当两名演员翻开第一页时，灯火通明，舞台上出现了荒芜的、杂草丛生的泥泞沼泽地，然后舞台上出现了一对农民老年夫妇，他们在沼泽地上艰难地跋涉着。到了舞台中心，他们开始向下陷落。老头儿奋力解救他的妻子，她却陷得越深。我听说，在沼泽地上不能挣扎，越挣扎就越陷入泥淖。突然，灯光暗了下去，地面上只剩下了两双饱经风霜的、紧握着的手。我看明白了，那对老夫妇被沼泽吞没了！

紧接着，戏剧的第二场开始了。这一场说的是旧社会活跃在这里的开拓者。可是，恶劣的气候使他们的努力完全失败。这一场结束时，舞台上是一大片暴晒在太阳底下的累累白骨。第三场，讲述了一九三一年之后日本人侵占东北的情况。他们驱赶了十几万中国人，在沼泽地从事劳动。舞台上，凶恶的日本人挥舞着军刀，驱赶中国人像牲口般地犁地。不时的，一些东北人陷入了沼泽。一九四五年，国民党进入东北，场景来到了第四场，出现的都是财主和军阀，他们没有一个人对老百姓的命运感兴趣，他们对这片土地不屑一顾，动也没有动这片土地。这里像荒野似的冷寂，一年四季，风吹日晒，土地荒芜。

就在这时，透过灰蒙蒙的云雾，出现了一个若隐若现的红点。红点逐渐扩散，成为旭日的万道霞光。红色的霞光越来越亮，一轮红日慢慢地从地平线上升起："红太阳，在东方升起了！我们获得了解放！"

"这是什么样的解放呢？"一个演员问道，"这块富庶的土地尚未耕种、任其荒芜么？不！这块土地必须解放，人民必须解放！但是，谁能解放这块土地呢？当时，中国人民正在经受着抗美援朝的困苦，国民经济还在奋力摆脱帝国主义的压迫。这时，政府给了我们改过自新的机会！因此，一九五四年，第一批四千名犯人，来到了这个前人开垦多次失败的地方。"

爸爸兴奋了起来。我能感觉到他情绪的变化。紧接着，一场场戏都很威武雄壮了。第一批犯人住在冰天雪地的地窖里，夜里就用树枝盖着身体。勘探队分头出动、农学家抽取土样、工程师做出结论：这里有修筑水坝的坚实基础，水坝能治理沼泽地的水患，形成一个人工湖，排出地面上的积水，使这里的土地能耕种大豆、玉米和高粱。经过八个月的奋战，大坝竣工了。但三十多人献出了生命。他们是在土坝坍塌、洪水泛滥力图堵截水流时，被洪水吞没了。这些人死后都获得了特殊的荣誉，从坏分子变成了劳动模范。他们在村子里的家属也摘掉了帽子，变成了"社会主义建设英雄的家属"。后面一场表演的，是水坝一竣工，人们就开始了保持土壤肥力的工作。他们将麦秆撒在地里燃烧，形成了丰富的草木灰。这时，因为风突然转向，十几个人被吞没在火海之中。

同样，这些死难者也成了劳动英雄。

下面一场，讲述的是一九五五年的下半年，建设大队到来的情况。这个建设大队由四五百名建筑师、管理人员、勘测员、运输专家、工程师、木匠、石匠等专业技术人员组成，他们也全部都是犯人。每完成一项任务，他们就收拾起行李、野外炊具和工具，转移到另一个地方，在那块不毛之地上开垦。他们在四个多月里就建造了一千块种植土地，形成了六十四个村庄。最后一场戏，则把大家带到了那六十四个村庄，这些村庄给兴凯湖带来了活力和生气。每个村子都居住着面带微笑的、热情的和吃得很好的犯人，他们正在建设新生活，为自己，也为他们的家庭努力工作。

表演完了，我爸爸他们拖着沉重的脚步，沉默着回到了拥挤的号子，心里都希望离开北京，与东北的那些英雄一起战天斗地。看来，这次演出获得了预期的成功。

第二天，是休息和反省日。我爸爸听剧团的演员们一个个现身说法，赞美着东北生活的欢乐和好处。当时，兴凯湖正在计划建立新的农场，迫切需要新的人员，仅仅从这个移交处就想抽调两千人。但是大家静心一想，那些演员过分热情的背后，一定是艰苦恶劣的自然条件。有人开始嘀咕了，接着，大家开始害怕了。每个犯人都知道，假如去，就可能是一去不复返了。能够带家属吗？有人问。招募人员很快打破了一些人的这种幻想：在自愿报名以后，只有经过挑选的少数人才允许带家属。

第三天一大早，我爸爸他们几千人在院子里集合，排成了长方形的队列。一位穿黑色制服的人走了过来，他表情严肃，步履从容地走近队伍，一边观察，一边挑选合适的人选：“这个，这个，还有你，你……”

我听他一边走一边说，一名助手迅速记下每一个人的排列位置。由于大家是按牢房中睡觉的铺位次序站列的，所以，过后很容易和名字对上号。偶尔，挑选者也会停下来，问一问那人干过什么农活，然后又继续挑选："行，他很合适，写上他。嗯，这个也行……"

呵，我担心的事情没有发生，他没有选中我爸爸。在他看来，我爸爸太瘦弱了。

这天晚上，夜深了，大家回到牢房。看守大声呼喊着已被选中的人的名字，他们很快被转移到院子里。清晨的三四点钟，大家还没有睡着，就听见汽车开动的声音，这是前来接他们的车辆。爸爸的号子里一下走了十二个人。

爸爸心里稍微有些遗憾。此后，生活一切照常了。在那些日子里，有大量书页需要折叠。几个月后，我爸爸的指甲所剩无几，右手的小拇指像一根涂黑的树枝。他越来越熟练了。

这年的四月一日，看守把我爸爸叫到他的办公室："你爱人给你带来了一个小包裹，里面是三包香烟和一些钱。"

我爸爸掂量了一下包裹，内心有些失望。我知道他埋怨妈妈带来的东西太少了。爸爸可怜地回到了牢房。可我知道，妈妈尽力了。妈妈带着弟弟，也是忍饥挨饿。他后来才知道这个包裹对妈妈来说，意味着付出了多少代价。那是一个物质极度贫乏的时期。

四月十三日，对我爸爸宣布了他的判决结果。这时，我爸爸每天已经能折四千五百张了，并且向着六千张奋力冲刺。那样，他就能得到强劳力的食物定量了。

这天下午，一位警卫大声叫我爸爸，让他去一趟看守的办公室。我爸爸扔掉竹条，奔了过去，也顾不得考虑仪表了。天气热，牢房里人又多，他只穿了一条灰色的短裤头，一件褪色的白汗衫和拖鞋，脖子上还有个毒疖，用旧手帕包起来了。这些我都看在眼里。

在看守的办公室里，我爸爸发现多了一个青年人，他穿一件橄榄色夹克和一条蓝裤子。

"这位是人民法院的代表，他想见见你。"看守对爸爸说。

例行公事的询问之后，确定了我爸爸就是他要找的人，那个年轻人打开公文包，取出一张纸，开始宣读："被告菲利普是由于充当过帝国主义的忠实走狗，参与了欺压中国人民的活动，还从事非法活动和黑市交易，散播谣言，企图蛊惑群众，同时还进行帝国主义的宣传而被捕。被告是在自由意志和无任何压力的情况下，供认上述所有罪行的，人民政府特此判处你—菲利普—有期徒刑十二年，刑期从一九五七年十二月二十七日被捕之日算起。你将在劳改单位服刑。"

中国万岁！我爸爸本来以为他要被判无期徒刑或者至少二十年徒刑，结果只判了十二年，这多么令人宽慰！这一时刻，我爸爸心想，我真的热爱中国，热爱政府，热爱人民法院！

"你对宣判书有什么意见？"那个年轻人问我爸爸。我和爸爸都摇了摇头。

"你希望上诉吗？"他接着问。

绝不。我听见爸爸的脑子里这么说。有些人很傻，上诉后就被加重了刑期。"不，"我爸爸大声说，"我知道我有上诉权，但我对判决很满意。我只想赶快签字。"

"举起右手。"他命令我爸爸，"你接受这个审判和判决公正吗？"

“是的。”

“那么，你签名吧。”年轻的法官代表感到轻松地说。

回到号子时，我感觉到爸爸仍旧沉浸在欢乐中。他告诉号长，他是这个世界上最幸福的人。号长也觉得意外，他认为我爸爸罪行深重。这天晚餐的汤似乎也格外鲜美，爸爸喝得很美，嘴都咧着，合不拢。也许，他觉得十二年刑期真的很好过吗？我觉得诧异。

熄灯以后，我爸爸才猛然想起来，他还剩下十年的刑期呢。十年时间好长啊。他转入了悲伤情绪。爸爸悲伤了，我也难过了。我在想，在接下来的十年里，爸爸每天都要像现在这样，晕头转向地、无休止地重复折叠书页，既没有工间休息，也没有专门的吃饭时间，晚上十一点十五分才上床睡觉，精疲力竭，头昏眼花。这样的日子需要十年啊！我都感到泄气。

可我爸爸继续着他的折叠工作。仅仅一个晚上，他就完全接受了自己的命运。天亮了，我醒了，飞到已经开始劳动的爸爸的肩膀上，看到那些拿到移交处来的，是六英尺宽、四五英尺长的印刷好的大张纸，切纸刀一切两半，按书的章节叠好，捆成捆，贴上标签。

后来，到我爸爸离开移交处时，他每天能叠到一万页以上，变成了劳动能手。

四月三十日这天是假日，明天就是“五一”节，我看到我爸爸他们按照号子顺序，列队到第一监狱去理发。“五一”节是大节日之一，我爸爸急切地盼望着这个节日，这一天意味着额外的食物、休息和娱乐。爸爸很开心，这一天不用工作，下午还让大家到院子里洗衣服。在号子内，他们可以玩扑克牌。晚饭后，五点钟，他们到院子里去看戏。自然，演出之前，首先由监狱长讲话：

“我们在这里庆祝‘五一’国际劳动节。虽然，你们这些人是没有权利参与庆祝的。但是，政府认为，对你们的劳动应该有所回报。生产方面，我可以说，你们干得不错。你们为国家贡献了很多。而你们应该比其他人为国家多创利润。我在此宣布：为承认你们对国家做出的贡献，明天，发给大家每人两块钱的津贴。”

大家心里十分高兴，但现场反应却是沉默的，因为他们是不能鼓掌的。接下来，演的戏叫《林海雪原》，由那个新生剧团演出。我看到他们舒展开来了，坐在临时卷起来的铺盖卷上，吸着烟，等着开演。演员们表演的是一支人民解放军的小分队，他们进入东北山林，通过打入土匪的司令部，消灭了顽固的土匪。这是一出好戏，很好看，爸爸感到很有趣。

“五一”节这一天，早餐有白面馒头、猪肉炖粉条和马铃薯，还有二两粮票。吃完饭后，大家被集合到大厅里，去听北京庆祝“五一”大游行的实况广播。我和爸爸听到，广播里传来了一阵阵的口号声。可以想象，工人们迈着坚定的步伐前进。接着是女工，然后是农民、学生、运动员等等。他们按着音乐节拍在前进着。游行持续了两个半小时，对于我爸爸他们来说，到下午四点晚饭开饭时，整个白天都快乐地过去了。

“五一”节真好！我看到爸爸的晚餐是大米饭、粉条、豆腐和汤，都是好吃的。晚上还放了电影《边寨烽火》，说的是国民党如何压迫少数民族，新中国如何把他们视作兄弟的故事，很好看，我看得津津有味。

在“五一”节后的一个星期天，大家都投入到思想改造运动中了。

星期五的傍晚，一个大胡子监狱指导员宣布说：“为了改造你们自己，你们不但要劳动，还要清除你们的坏思想。为了清除这些坏思想，你们必须把它讲出来。从下星期起，叠书页分队就停止劳动一个星期。机械车间日班下午不劳动，夜班十一点前不劳动。在这些时间里，每个人听好了，都必须写下你们所有的坏思想。从你对判决有什么想法、对你的罪行有什么认识开始。那些还没有判决的，必须讲讲你认为自己应该判多久。记住，这是通过自我教育和改造，来挽救你们自己的事。坏思想留在头脑里，就会腐烂、发臭，它们不利于你们的思想改造。那些不会写字的人，可以由较高文化水平的人帮助写。”

我爸爸像一个书呆子，老实交代了自己的想法：一段时间里，他认为当时政府说的关心大家的思想改造其实是谎言，政府想的只是让犯人变成廉价劳动力，去提高产量。我爸爸太傻了，他怎么能这么写呢。我提醒他，他听不到。开会的时候，他也说了自己的这个坏思想，同号的人都表扬他这个想法很真实，我爸爸还感到了一阵骄傲呢。

一个多月以后，我爸爸就为交代这些想法而付出了代价。

六月十五日傍晚，指导员告诫犯人：“为了使你们都受到教育，我们要开展揭发运动。不要感情用事。揭发同号和别的号子的人，是你们的责任。”

大家列队回到号子里，坐下来想着，整理思路，想着如何揭发他人。慢慢地，大家找到要说的东西了。有人就揭发说，他看见我爸爸在写家信时使用了密码，还用外文书写。空气顿时变得紧张了。我爸爸感到震惊，因为，这太不可思议和不道德了。

一个星期后，我爸爸被叫到看守的办公室去。他脸色阴沉地说，“菲利普，你被挑选出来，做再教育的典型。你有特别坏的思想。我们决定对你采取特殊措施，希望你以正确的态度对待。要记住，你还应该感谢我们对你的关心。”

我爸爸怀着不祥的预感回到号子。傍晚七点，大家都被叫下楼到院子里去。大家坐在地上，脸朝上，看着讲台。讲台上，指导员坐在铺着绿呢子的桌子后面。周围有十五人个同事并排坐着。他们身后有一个标语牌，上面写着：

惩办那些拒绝政府再教育的人！

我爸爸屏住了呼吸，十分紧张。指导员站起来说：“揭发运动很成功，结果很好。它证明你们中的大多数人是关心思想改造的。但是，你们当中有少数人，恶毒攻击党和政府。这些人必须受到严厉的惩罚！”他停了一下，用洪亮的声音说：“菲利普，反革命分子，被判处十二年徒刑的罪犯，你现在站起来！”

我看到，几乎是一瞬间，我爸爸的号友就将他拉起来，强行推着他向前走。我爸爸站在人群中间，而站着的，只有指导员和他。那个指导员说：“这个人恶毒攻击我们伟大的劳动改造政策。而且，他还胆敢污蔑解放军，说平定西藏叛乱是一种帝国主义的侵略行为。”

那一瞬间，我爸爸震惊极了，他不费吹灰之力，就了解到我爸爸早先在号长召开的一次学习会上坦白了的坏思想。爸爸明白了，他所说所做的一切，都会被反映的。大家沉默着，听指导员继续讲下去：“根据以上情况，和菲利普的其他污蔑性言论，我们决定给他戴上镣铐，关入单间，直到他表示悔悟为止！”

那个指导员坐了下来。这似乎是一种信号，此时，院子里立刻爆发出狂潮般的口号声：“打倒顽固分子！”“严厉惩办帝国主义间谍！”“衷心拥护政府的决定！”

我爸爸的号友们不但高呼口号，而且高举着拳头，一张张仇恨的脸对着他，仿佛要把他立即撕成碎片。我很害怕，我看到几个号友扭住了我爸爸的胳膊，并把他推到讲台前面。那里有两个警卫一把把他拉了过去，一边一个，抓住他的胳膊，按下他的头，把他拖向大院里的西北角。那里有一个看守等着他，他不动声色地看着警卫搜了他的身，并拿掉了爸爸的腰带和鞋子。

“戴上手铐。”警卫说。我爸爸的胳膊背在背后，低着头，踉跄着走向单人牢房。现在，我爸爸走在一条长长的、阴暗潮湿的走廊里。一边是高高的、带铁栅栏的窗户，另一边是一排小门，连侏儒都爬不出去。警卫打开一扇门，将我爸爸向前推了一下，我爸爸弯着腰挤进了门洞。我看到，那门槛到门顶高不过三英尺，牢房只有四英尺长，宽约三英尺，房顶高四英尺半，刚好够一个人坐着或蹲着，根本不可能站起来或者躺下去。看守扔给我爸爸一条肮脏的毯子，“砰”的一声关上了铁门。

我爸爸的身体弯成了弓形，胳膊背在背后，一点也不能动。他设法靠墙坐下。环顾四周，可以看到门上开了两个洞。一个靠近顶端，是供警卫监视的窥视孔，另一个接近底端的圆洞，刚够送食物的木勺子伸进来。在屋角，有一个木桶供大小便用，有一盏电灯嵌在天花板里，昼夜长明。

爸爸被关禁闭了。在禁闭室里，我爸爸这才感到了痛苦和绝望。他们叫他讲出脑子里的东西，他做了，却得到了禁闭。爸爸被反铐着的胳膊疼得厉害，这一次，他打着盹度过了第一夜。我很揪心，但不知道怎么安慰爸爸。我在他面前跳舞，他看不见。我是他看不见的女儿，我在他心里，但不在他的眼睛里。

第二天一早，警卫打开了门并弯身进来：“政府决定宽大你。”一瞬间，我和爸爸心里升起了希望。警卫让他靠过去，打开了手铐：“把你的手放到前面，伸出来。”警卫又把手铐重新铐上。原来这就是宽大！但至少，我爸爸现在可以坐得舒服一些了。

半小时后，另一个警卫打开门，扔进来一个罐头盒，看来是当作饭碗用的。九点钟，外面一个声音说：“准备吃饭！”

我爸爸拿着罐头盒，等在圆洞的下面。一把勺子从洞外伸了过来，把滚烫的玉米糊糊倒满盒子，溢出来的粥流到了爸爸的手上。他猝不及防，本能地丢下了滚烫的罐头盒。

“笨蛋！”门外的声音怒吼着，“你这是浪费粮食！粮食是人民的血汗，你会受到惩罚的！我要把你的态度记下来。”警卫骂着，走了。

我看到，怀着狂怒、羞辱和自怜的心情，我爸爸把剩在盒内的糊糊都舔干净了。他饿坏了。五分钟后，警卫回来拿盒子。他后面跟着一个拿钥匙的人，他重新把我爸爸的双手铐到背后。原来，只是在吃饭时才把他的手放到前面来。据说，我爸爸还算好的，有些犯人双手一直被铐在背后，甚至吃饭也不变，他们只能像狗那样地去舔食。我爸爸弓身挪到角落里，并设法靠得舒服一些。他听到隔壁的号子里有呻吟声。

奇怪的是，吃完饭之后，警卫没有把他的手再铐回到背后去。爸爸的情况有了改善。从那时起，只是在白天九点到下午五点才把他的手铐到背后。

这是按着办公时间给他上手铐了。晚上九点钟，一位医生检查了他的手腕，“没有什么，”他对警卫说。然后对我爸爸说：“睡觉去。”

在单人牢房中，虱子问题很严重。我看着那些小虫越长越肥，它们在我爸爸的皮肤上到处爬，他的双手被绑着，无法够着它们。我去扑打，可根本不管用。不过，他长的疖子倒及时地好了。不然，又是虱子又是烂疮，我爸爸怎么能保持他的神智正常？为了摆脱这个处境，我爸爸在紧张地想对策。到了第五天，我爸爸被带到单间区的值日看守那里。看守问他：“你有什么要说的没有？”

“我要见公安部的代表。”

“为什么？”

“因为，是公安部送我到这里来的。”

他们把我爸爸送回牢笼中。三天后，我爸爸如愿以偿。只要犯人愿意改过自新、自我改造，他们什么事都愿做。我爸爸被领到一间会议室，他见到了一位穿制服的公安部的人。

“你怎么啦？”这位官员问道，“我到这里，是专门来听你的意见的，你说吧。”

我爸爸学聪明了，他说：“我上当了。”

“你的同监人都是罪犯，”他很不在意地说，“你肯定会上他们的当。”

我爸爸继续说：“不，我是被人民政府欺骗了。”

他抬起眉毛，睁大了眼睛，让我爸爸继续说下去。我爸爸慢慢地陈述。他引用了指导员的讲话，因为，指导员要求他们把最坏的思想写出来，并保证说老实话一定会受到奖励等等。我爸爸完全信任政府，就按指导员说的做了，最后却被关了禁闭。“我到底什么地方犯了错？我真的不明白。”

那位官员沉默了。离开时，他向我爸爸保证要调查这件事。

他被带回了禁闭室。第二天早晨，警卫去掉我爸爸的手铐，把他带回了原来的号子。肯定是我爸爸对指导员伪善的遣责，在公安部官员那里发生了影响。很快，他们把我爸爸从单间牢房中释放出来。

我爸爸被关的那段时间，是不允许我妈妈来探望他的。按照法律，只允许她每月一次来到监狱门口留下一封信，里面还放有我弟弟的照片。在信里，我妈妈对爸爸说的都是一些乐观的话。每次看信，爸爸尽管有疑虑，还是有一种妈妈和我弟弟一切平安的虚幻感觉。

终于，在这一年的六月，我爸爸第一次看到了我妈妈。这时，距离我爸爸被捕已经有一年半了。爸爸用监狱发的明信片给妈妈写信，要她在探望日前来，还希望她带些香烟和换洗的衣服来。

探望日那天，傍晚五点半，我爸爸和其他接受探监的人走下楼梯。爸爸带了一床被子，准备要她带回家洗一洗。开始点名了。一个看守大声喊，要大家排好队以便检查。检查过后，他们过去面对墙壁立正："不一会儿，你们的家属就要来探亲了。说话要简短。第一次见到家属的犯人，不得激动。说话要大声，要让警卫能听见。不许讲方言，只能说普通话。不要把任何东西偷偷递给家属。否则，看守将当场终止探望。"

爸爸他们向后转，走出过道进入了院子。那里已经摆起一长串下面垫着砖头的宽木板。这些木板齐腰高，我看到每排之间都站着一个警卫。大家顺着这条线来回寻找，我看到了！我妈妈杨瑾正站在木板的另一边，怀里抱着我弟弟东东。东东可是爸爸的宝贝，自从我死了，他就是爸爸妈妈唯一的孩子，因为他们看不见我的存在。弟弟东东看到我爸爸，似乎不认得他了，表情很漠然，他也不知道我爸爸的处境。我妈妈看起来十分憔悴，虽然她穿上了最好的衣服。她瞪大眼睛，看着我爸爸那么瘦弱，然后转过脸去，开始哭了。她浑身颤抖："你怎么变成了这个样子？"

"不许激动！"警卫警告说。

"东东，你好吗？"我爸爸问我弟弟。我弟弟十岁多一点，他懂事了，但面对这么可怕的监狱环境，他害怕得讲不出话来，丢给我爸爸一个小包，但仍然不敢看我爸爸。胆小鬼！我弟弟是个小笨蛋！我飞过去，看到包裹里面是一块手帕、两条香烟、一张报纸以及洗漱用品。

"靠边站好！"警卫喊道。

我弟弟东东吓得哭了起来。我飞过去安慰他，他也看不见我。

我妈妈停止了哭泣，她对爸爸说："我最近接到通知，说你表现很一般。

这使我们很不好过。在学校里，东东的同学都知道，他的父亲是一个反革命。但是，愿意改过自新，与抗拒改造的结果是不一样的。菲利普，我要你听从管教，好好劳动，好好学习，这样他们才会宽大和原谅你的罪行。”

我爸爸明白了，她是在说给看守听。他说“好，我记住你的话，不要担心我。”

妈妈也要爸爸不要担心她和我弟弟东东。“我知道判决结果了，”妈妈说，“十二年。还有十年。十年太长了！我一个人怎么抚养孩子呢？”

“不许谈这个问题！”警卫又大声喊道。

爸爸把被子递给妈妈，探望到此结束，一共六分钟。

妈妈离开时，东东向我们招了招手。我哭了，我想跟着妈妈和东东走，我也想回家看看，就跟着他们飞了出去。一路上，我看到，妈妈连乘公交车的钱都没有，她只能步行，东东走不动路的时候，她还得抱着他，手里还拿着爸爸交给她的被子。当妈妈抱着弟弟艰难行走时，一辆公共汽车的驾驶员看见她了，在中途停车，问她要不要上车。妈妈说：“我没有钱。”售票员是个年轻姑娘，她招手让她上车：“没事，车费我先给你垫上，记住我的车号，等你有钱时再还给我。”汽车一直把妈妈拉到离家门五十码的地方，把他们放下来了。

我放心了，赶紧飞回去陪爸爸了。

一九五九年九月，我爸爸被转到北京的模范监狱第一监狱。在移交处，犯人一直不固定，新犯人不断到来，而一批批老犯人则转移到各个劳改营去。九月五日，一个看守手中拿着一张纸，来到叠书页分队的走廊里，说：“大家注意啦！”他喊道，“下列犯人到大厅集合！”

我爸爸也在这张名单上。在当时，谁也不清楚他们将到哪里去。他们把铺盖摊开，以备检查。看守检查过后，大家重新捆好，并下楼到院子里去，低着头，保持沉默，但心中却暗自欢喜。当他们来到阳光下，看到并没有大客车等着，精神更加振奋了：这表明大家将去一墙之隔的模范监狱，第一监狱！

我很顽皮，有时候会飞越高墙，到第一监狱那边看看。第一监狱的建筑都很古老，是一百年前的清朝时期建造的。它对外叫作清河联合加工厂，坐落在风景秀丽、靠近天坛的地方。整个建筑包括五座三层的八边形工厂主楼，用蜘蛛网一样的走廊相连接。里面有很多囚室、办公室和仓库。

我还看到，囚室的窗户不安铁栅栏，木门不上锁，任何时候都开着，因为，只有疯子才想从这个天堂换到别的监狱里去。这是中国当时最好的监狱，即使有犯人逃走，他也将面对装着电网的、高达七八米的红砖高墙。

我爸爸他们成单行通过大门。在大墙另一边的院子里，有一小队卫兵看着他们。新的看守来检查我爸爸的物品，“你因为什么进来的？”

“我是反革命分子。”

“判了吗？”

“十二年。”

“你不大像中国人。有中国名字吗？”

“我是中法混血儿。我叫菲利普。”我爸爸说。他永远不会忘记，当他在狱中时，法兰西对他是怎么袖手旁观的。对法国政府来说，他不过是拿着法国护照的半个法国人而已。

“我看你有一些香烟。你随时可以抽烟，”警官懒洋洋地翻着他行李中的字典和书籍。“我们还有一个图书馆，书很多，你可以随便看。”他打了一个检查通过的手势。

真没有想到！他们把我爸爸当作人来对待，这使我和爸爸都很吃惊。当他们开始走向宿舍时，另一位看守从容不迫地走过来拿起了爸爸的铺盖，不是为了检查，而是帮着拿！天哪，我爸爸想，真好啊……

新家的走廊比起移交处来，宽敞又令人愉快。走廊的一边是一排囚室，另一边是看守们的办公室、药房、生产办公室和储藏室。我爸爸他们的房间，约长五米，宽四米，有着高架木床，上面还很阔气地放着日本式的“榻榻米”。

我爸爸又疲倦、又饿、又脏，但是他心情愉快。他放好行李，拿着搪瓷脸盆到洗脸间去洗漱。他刚把脸擦干，一个同号过来说：“嗨，同学，看守在走廊的那一头，要见见你们这些新来的人。”

几分钟后，我爸爸被带到了周看守跟前，这是他后来发现他所认识的最好的看守了。我爸爸以为，在这里，他遇到的都是些大头目和黑监工，还有恶狠狠的坏警卫。但恰恰相反，爸爸后来发现，周看守是一个诚实的、道德高尚的好人，是少有的、能够平等对待犯人的看守。他约莫四十岁，高个子，高颧骨，黑皮肤，小眼睛，蒜头鼻，穿一件浅蓝色的上装，下身是蓝裤子和便鞋，看起来很随和。

他对我爸爸他们说：“我不用说什么，你们就知道，自己现在在哪里。”他的口音像是河南人，“在第一监狱，我们要进行劳动。这里的人都被分配到清河塑料厂工作。我们为这个工厂而骄傲，因为，它是中国第一家塑料工厂，开辟了中国的塑料工业。因此，要给你们进行一次身体检查。你们现在还不能去工作，需要休息两三天的时间。如果需要，也可以休息一星期，好好放松一下。两小时后，你们吃饭。今天，还是吃玉米糊糊，抱歉。但是可以尽量吃饱。明天，你们就可以吃些干的。我就讲这些。散会。”

那天下午，我爸爸正在吸烟，一名犯人积极分子走进房间告诉爸爸说，周看守要和他单独谈话。我爸爸猜，这虽然是精心安排的计划，但经历了近两年的痛苦和羞辱之后，周看守的亲善举动，令我爸爸感动。

我爸爸去了周看守的办公室。我看到，屋子里有一张用三块粗糙的木板拼接、两头用木凳支着的床，东西不多，摆放得很得体，也很整洁。在床旁的墙上有一张装饰着流苏式织物的毛主席像。在小小的床头柜上，是一张他妻子和孩子的照片，还有一个塑料的毛主席半身像，被恭敬地放在书桌的中央。在后面墙上的高处，是一张朱德的彩色像。

周看守让我爸爸坐下，进行了一次谈话。谈完后，他对我爸爸说："你不要灰心，政府分配你到这里，你可以用你的技术和才能来弥补过失。你会有机会获得进步，但你必须信任我们。当然，我们不能强迫你信任。我们是帮助你改造的。你有坏思想，犯了罪，这意味着我们必须要看到你开始获得新思想，不再犯罪。如果你有什么问题，你来找我，我的门一天二十四小时都是敞开的。这是我的工作嘛。"

他打开我爸爸的档案，翻到一个地方："从这报告中，我了解到你缺衣服穿。如果你的家庭经济情况不好，政府可以给你一些衣服。你跟积极分子说一下，他会帮你想办法。同时，要抓紧改造自己。这样你可能会尽早出狱。现在，你可以回去了。"

周看守的亲切令我爸爸充满感激。休息了整整三天后，爸爸被分配到塑料厂的维修分队，负责保证机器的运转和零件的供应。与叠书相比，这真是愉快而闲散的劳动。

一晃，几个星期就愉快地过去了。我爸爸觉得，第一监狱就像一所男子工业寄宿学校，每天的活动从六点钟开始：一个犯人积极分子从走廊的一头喊醒大家，六点到七点是上厕所、洗漱和早饭时间，早餐是面糊糊、麦粥加上蔬菜。七点半，他们去工作。午餐时间是十二点整，饭是浓浓的汤和玉米面馒头，用木桶抬到工作地点，有四十五分钟的时间来吃饭、吸烟和休息，根本不必着急。下午六点钟，另一班人来接班，爸爸他们回到号子，洗脸和吃晚饭。七点半，各组集合开“碰头会”，集体讨论如何解决生产问题。晚八点到九点半是学习时间。学习结束时，根据每人的生产情况贴出各种旗帜。一天生活结束时，还有周看守的一次讲话，吸一次烟，在熄灯前可以喝几口茶。

这简直是人过的一种文明的生活！

在令人头晕目眩的那一年“大跃进”的日子里，我和爸爸都发现，似乎到处是标语口号，让我们看不懂。对于普通人，不论他是干什么的，都可以归纳为简单的三句话：“干得快、干得省，干得好。”在第一监狱里的每个工厂、作坊和院子里，也都装饰着相同的大标语牌，那是在红色的底板上粘上用三合板做的金字，牌子经常彻夜用大灯照着：

了解形势　加速改造　勤奋学习　热情劳动

从灵魂深处改造自己　前途一定光明

在爸爸的维修车间，墙上贴着有特点的口号：

感谢政府　如何感谢？忘我地、热情地劳动。

周看守办公室里的口号，是一段毛主席语录：“知无不言，言无不尽。”

每个人都在争取先进，获得奖励的红旗。我爸爸记得，当时，中心厨房的一个炊事员也获得了一面红旗。监狱里的主食一般是蒸馒头，在一口大锅上蒸熟。这种操作很慢，那个炊事员就有了一个新想法：为什么不利用工厂现成的蒸汽来蒸馒头呢？他把这个想法跟看守说了。看守比较谨慎，说怕不成功，馒头和面还会被浪费掉，照老规矩办事更好。但是炊事员给他念了一段毛主席语录，说服了他："要敢想、敢说、敢干。"

接着，那个炊事员走到锅炉房，把这个想法和机械师说了。机械师拆掉了炉子上放锅的那一部分，装上了由六根铁管组成的高架子，又定做了一组方形蒸屉，将它们放在蒸汽的喷嘴上。第一次试验，一共放了四屉馒头。当他打开阀门时，蒸汽把馒头冲飞了。这证明太轻了。他又增加了两屉，换了一个可控制蒸汽流量的新阀门，成为"大跃进"的胜利成果之一：六屉馒头，在十五分钟里就蒸熟了，而过去蒸一屉馒头要半小时。

厨房立刻被授予一面红旗。那个炊事员逐步地增加蒸屉，很快，他有了一套非常有效的办法，达到了十四屉一次完成。他又加上两个铁笼子，蒸一次一共四十二屉！他被表彰为劳动积极分子，还被任命为炊事班长，在墙上还挂上了奖状。

这个月底，我爸爸进行了第一次全面的思想总结。我爸爸趴在那里写啊，写啊。我很好奇他在写些什么东西。我就在他肩膀上往下看。爸爸写道：

> 我有很多小错误，有几次，我单独离开了房间，主要是在上厕所的时间。此外，在学习时间，我不能经常保持坐得端正，有时喜欢斜靠在铺盖卷上。这违反了监狱的规定，也是我追求享乐的一种表现。如果一个人允许享乐思想的侵入，他怎么能很好地汲取教训呢？另外，我在劳动时间里有时说话太多。虽然我讲的内容不是反动的，但是实际上它分散了别人的注意力，从而影响了生产，也对改造不利。因此，我决心在劳动时间内不再讲话。
>
> 我对洋白菜汤和做窝窝头的玉米面的质量不满，埋怨食物不好，实

际上是对政府给我们的待遇的不满。比起旧时代的工人农民，我现在好得多了。我吃的蔬菜和粮食都是农民的劳动和汗水换来的。不满意现在的食物就是对农民的不尊重。作为一个在劳动改造的犯人，我没有权利这样做。

工作上，因为我是维修小队的成员，我没有劳动定额。在过去的一个月中，我都完成了要求我做的工作，但是仍然有一些思想问题需要克服。我对待工作没有正确的态度。首先，我把维修车间看得高人一等，因为我们是唯一没有定额的车间，而所得零用钱与其他车间效率最高的工人一样。我有时不能把我全部的知识用到工作中去，想过“干吗多费力气？”我忘记了把我分配到维修车间，正是因为政府高度重视我的才能。

……我自愿担任了清扫厕所和保持车间清洁卫生的工作。在过去一个月内，这两处都得到了卫生红旗。

我爸爸扫厕所的确很干净，我可以证明。爸爸过去很蔑视说这些话的人，现在，在监狱里进行月度总结，他也这样写了。这不仅仅是为了保护自己，也因为劳动改造成功地使我爸爸写下了这些话。现在，他真心地相信这些话了。

第九章 1968 年 5 月 10 日

我什么都看不见……我好像看到一点白光，一直在我的眼前闪耀。但我使劲睁开眼睛，却看不到一个具体的形象。我的记忆也出了问题，我不知道现在我是在哪里。等等，我要使劲地想，使劲地想……我想起来了，我看到了我和玛丽走在街上的样子，那是 1968 年的 5 月，是的，是那个时间。我父亲不让我去街上，我和他每天都在争辩，最终，他不管我了。随你去吧，我不管你了，你去和那些学生在一起吧。既然现在大家都在街上，那么，你就去吧。

我和玛丽就重新来到了街上。的确是，在巴黎，很多人都来到了街上。1968 年 5 月 6 日之后，我记得，巴黎法国学生联合会的学生领袖，因为警察的镇压和占领了巴黎大学，不撤退，并拒绝与法国政府进行任何形式的谈判，除非他们释放被捕的全部学生，一个都不能羁押。因为还有不少人关在警察局呢。

还有一个替罪羊—在 5 月初那天的下午，扔出第一块石头的那个人是我，但据说被警方认定的是另外一个人。当时，场面混乱，催泪弹硝烟弥漫，谁也没有看清楚到底是谁，除了达尼埃尔•科恩 - 本迪。这小子看见是我了，但他也没有举证，虽然他还在里面呢。学生领袖们还提出来，要求重开已经被法国教育部门关闭的索邦大学，警察全部从拉丁区撤离。但是，法国政府不理会学生的这些要求。于是，我感到，一种愤懑和激情继续在积累和膨胀着。

在那几天，随便你走在巴黎的街头，你都可以看到大大小小的集会和游行。你走在小巷子里，都会有人突然过来，在你的手里塞上一张传单或者一本小册子，你没有走多远，你的口袋里就装满了这些东西。你拿出来那些印刷品看，发现什么样的话都有。说起来，这些句子我怎么那么的熟悉，有的就像是刚刚从北京的大街上拿过来的。他们到底要什么，他们知道吗？我开始有些疑惑了。

玛丽对印刷品上的那些漫画非常感兴趣。漫画上面的头像有格瓦拉、毛泽东、戴高乐，还有穿黑色风衣、戴防护眼镜的法国警察。玛丽很喜欢格瓦拉，很多传单上都有格瓦拉，“你看，菲利普，这个男人很帅。”

我说：“可他在去年就被玻利维亚人杀死了。死得真悲壮。”

玛丽说：“现在，我们去哪儿？”

我说：“当然去人最多的地方。哪里人多，哪里就有意思。”我兴奋了起来。

是的，转眼之间，保守压抑的巴黎，在这年的5月，忽然变成了一个混乱而自由的地方了。到底是怎么回事，置身于1968年的5月，我是说不明白的。也许以后的历史学家可以说明白。一种活泼的、有事发生的气氛在到处洋溢。

我们来到了拉丁广场。中午两点半之后，传来了消息说，索邦大学的罗什校长宣布，暂缓复课，同时也宣布，审查达尼埃尔•科恩－本迪的学校纪律委员会的庭议也推迟进行。等于说没有任何决定。学生们感到十分不满。

在拉丁广场，我看到人群在聚集，各种消息都传来了。另外一个说法说，当局准备撤回警察，下个星期一重开索邦大学。

“真的吗？是谁这么说的？警察局长？教育部长？法国总统？”有人质疑。

“如果不释放被关押的学生，我们绝不改变计划！”一个学生领袖说。

到了下午，这里聚集的人开始多了起来。最新的消息传来，学生联合会的领袖们决定，在这一天下午六点半，学生们将举行一次新的集结和示威。这是在5月6日之后，学生们经过了和政府的艰难的打交道之后，所做的决定。

傍晚，血红的颜色在天边渐渐地黯淡下来。大家的情绪都很高昂。接着，天黑了下来，在当费尔·罗施罗广场上，原先决定就从这里出发的学生聚集在一起，黑压压的。到了傍晚，广场上已经聚集起了黑压压的庞大人群，他们都是从各个区赶过来的学生，即将组成浩浩荡荡的游行队伍。

人群在骚动。我很兴奋，我对玛丽说：“今天一定是一个永远都值得记取的日子。”

“为什么？”玛丽问我。她有时候天真得像一个小笨蛋。

“你看，这么多人，他们人头攒动，像不像在黑暗中涌动的大海？”

“像，黑暗中涌动的大海，你的比喻很棒。”玛丽紧紧地抓住了我的胳膊。她现在觉得和我在一起感到了安全、激情和力量。

这时，从人群中传来一阵阵低沉的口号：“释放我们的同学！释放我们的同学！”

另外一些人喊：“重开索邦大学！”

“警察回家！警察回家！”

这就是学生们的诉求，我想，一定有政府的便衣在我们中间。但黑暗中你无法分辨，也分辨不出来。这时候，几个学生领袖站在一起，其中有达尼埃尔·科恩－本迪。虽然这家伙过于聪明狡诈，但达尼埃尔·科恩－本迪在当时是真正的学生领袖。这个时候，我也看到了达尼埃尔·科恩－本迪，他那么的潇洒。作为农泰尔文学院的同学和学生组织的领袖，这一天晚上，他注定将起决定性的作用。

他大声地问："我们应该去哪里？"

人群中有人说："去安托万医院！那里躺着被瓦斯熏坏眼睛的我们的同学！"

还有人喊："去国家广播公司门口！这家媒体是骗子！他们的报道歪曲侮辱了我们！"

另外，我听见还有人在喊："去圣代监狱，那里关押着我们的兄弟！"

我喊道："听达尼的，他是我们的达尼！达尼万岁！"

"达尼万岁！达尼万岁！"大家都在喊。

听到了这样的口号，学生领袖达尼埃尔·科恩－本迪向大家挥手："好！那我们向索邦大学进军，去占领学校，让警察彻底滚出校园！"

有人在队伍里穿梭，分发一些传单和小旗子，玛丽也拿了一面。有一面更大的、橙色的旗帜在前面带路，我估摸队伍大概有几千人，跟着打旗子的人出发了。队伍很快就来到了圣代监狱的大墙外面，警察在前面封锁了道路，我们过不去。

黑暗中，不知道是谁起头，唱起了《国际歌》。队伍继续前进，但只能是围绕着圣代监狱大墙的外面走。因为，几千名武装警察在保卫着圣代监狱，他们虎视眈眈地看着我们，手里拿着橡皮棍子等各类东西。学生们一边唱着《国际歌》，一边试图通过蒙热街尽头的大桥，但警察已经在大桥上拉上了一道警戒线。

在前面领队旗帜的指挥下，我们的队伍转向了塞纳河右岸，那边有那个我们准备去示威的国家广播公司办公大楼。传说是戴高乐总统下令不许电视台播出学生示威的画面，也不许随便在电台里谈论和支持学生。但前面的道路显然又被警察阻断了。人群中，一个个把前方消息从前面传到了后面。

我们继续在学生前锋的带领下走。走了一阵子，我发现，游行队伍完全被警察拦在圣•米歇尔大街之内，我们转来转去，这才发现，我们被包围了。四下里都是警察，他们将我们可能去示威的任何地方都提前想到了，所以，封锁了要道。我们哪里也去不了。

我拉着玛丽，走到了达尼埃尔•科恩－本迪的跟前，几个学生领袖在那里商量。“怎么办？”有人说，“到处都是警察，他们封锁了很多地方。”

达尼埃尔•科恩－本迪不愧是学生领袖，他头脑清楚，足智多谋。他说：“警察是封锁了要道，但是，你们看看，整个拉丁区有多大，这么多街道，他们封不过来。我们应该占领拉丁区，先不和警察正面冲突。如果警察主动向我们发动攻击的话，我们就进行自卫。那就不是我们的错了。”

于是，低声的命令传递到了后面的每个人耳朵边：“大家散开，占领拉丁区的街道！”

黑暗中，我可以看见，巨大的人群忽然之间就像遇到了滚烫的开水那样，在灯光昏黄的、迷宫般的拉丁区的街道上散开，成为散兵状态。庞大的人群散开之后，分成了三两成群的状态。

玛丽这个时候有些紧张："怎么办？菲利普，你说，我们到哪里去？"

我知道人聚的多的时候，她有安全感。人散开来，她就不知道怎么办了。我说："你看看，他们都在干什么？"

玛丽顺着我指的方向看过去，在我们的四周，刚才聚集在一起的人群，正分头行动，撬起街面上的鹅卵石，拔掉街边的交通标志，有的则从正在修缮的房屋的建筑脚手架上，卸下来钢管和连接榫头，捡起地下的瓦砾。凡是手边一切能够捡到的东西，他们都堆在一起了。没有过多久，在拉丁区的街道上，学生们迅速构筑起防范警察的街垒，这些街垒和阻断道路的警察的警戒线一样，构成了互相对垒的工事。

罗马不是一天建成的，但巴黎的街垒却是在一个晚上就全部建成了。

我在修建街垒的人群中走动。我感受到了这个夜晚，洋溢在身边的人们身上那种团结、友爱和互相帮助的情感。而支持学生们的、住在附近的巴黎市民，走出来发现学生正在修建街垒，竟然也纷纷加入到我们的队列里，帮助学生营建街垒。这些人成分更加复杂，家庭妇女、水果店老板、教师、水管工、洗衣妇等等，都在帮助学生。

我对玛丽说："你看，巴黎市民都在帮助我们，说明他们支持我们，反对警察和政府。"

玛丽说："怎么跟要打仗了似的？我很兴奋，但也很害怕！"

是的，在现场，我们都可以感觉到气氛越来越紧张了。而学生们的热情很高，这一天，就像是一个大派对，好像是有几万个兴奋的人要参加的一个狂欢之夜。在这样的夜晚，仿佛即将到来的不是警察和催泪瓦斯，不是警棍和流血冲突，不是对立的观念和人群，而是一个狂欢大派对！

我在街垒之间走来走去，我拉着玛丽四下里看。在索邦大学南边的街道上，那一道道街垒切断了警察可能冲过来的道路。已经有三四十个街垒，就这么构成了，整个拉丁区成了学生堡垒的阵地！很多学生手里拿着半导体收音机，这个时候，只有半导体收音机可以传来附近的消息。汽车被掀翻了，石块堆积起来了，人们兴奋地谈论着这一切，期待这一切改变戴高乐政府的做法：重新开放索邦大学，释放被关起来的激进学生，警察撤离拉丁区！收音机里，巴黎电台的著名记者让－亚克•里贝尔与学生在一起，不知道是在哪个街垒里，从现场发出了消息，我们都听到了：

现在，是晚上十一点多，我们在哥鲁萨克大街和圣亚克大街的街角设立了路障。我们这一组包括有六名学生、十名工人和一些意大利人，还有几位旁观的群众和四个随后加入的艺术家。大部分人都是素昧平生，我们甚至不知道彼此的姓名。后来，有一百个人帮我们搬东西，堵住了街道。从那一刻起，我就一直在我们的街垒旁边忙着协调大家的工作，无暇顾及其他地方发生的事。据走过来的目击者说，当时，在整个拉丁区，人们都在以几乎相同的方式做着同样的事。

我们的路障分为内外两层：外面一层是三英尺高的鹅卵石围墙，中间则是二十码宽的空白地带，然后，是一道由木头、小汽车、金属杆、垃圾箱堆积成的高墙。我们的武器是从街上捡来的石头、碎金属等等。住在附近的居民主动提供了大量帮助。他们送来了水、白糖和遮挡毒气的布料，并告知我们警察目前的行动。正是由于他们的帮助，使我们高涨的热情没有在看不到尽头的漫长等待中低落下去，而是一直保持到现在。所有人的情绪都很高亢，等待着警察发动一场也许是不可避免的攻击。

我对玛丽说：“我爸爸还和我说巴黎公社呢。你看，这就是巴黎公社，像不像一百年前的历史重演？”

玛丽很不解地问："巴黎公社死了很多人啊，那个革命很残酷，一派上来，马上镇压另外的一派。你爸爸说得对，革命是可怕的，要流血的。不是我们想象的那么平和。我们今天晚上会流血吗？"

我大言不惭地说："死几个人很有可能，要紧的是，法国历史要被改变。你看，1871 年的革命激情和今天并不一样，但热情又再次被点燃。这种力量完全由学生，由我们这些对未来充满了希望和毫无利益的学生所组成。学生是纯洁、激情、饱满和生动的！"

的确，对于我们每一个人来说，这天晚上都是一个终生难忘的时刻。"二战"之后，法国人中间，有多少人曾经如此齐心协力地做同一件事情？我感到了一种强烈的幸福感。秩序在瓦解，规则被打破，纪律不存在，激情在燃烧。

玛丽多少有些不解："但是人们也在搞破坏啊。你看，平整的街道上，现在堆满了路障。人们把街面也破坏了，把鹅卵石撬起来，当作堡垒的材料。亲爱的，我觉得，是不是因为大家太压抑了，所有的人都在释放着他们压抑的一种情绪？这种情绪会不会只是一种毁灭性的情绪呢？"

我说："不会，这就像庆祝节日一样，只会让人精神振奋。难道你没有感觉到我们彼此之间的那种渴望交流、互助互爱的需要？我可感觉到了。"

玛丽感到了忧虑，"你和我交流就可以了啊，和我互助互爱就挺好了，我们为什么不离开这里呢？也许，你爸爸说得对，我们应该置身其外，而不是置身其中。"

我说："玛丽，你什么都不要担心。我们已经置身其中了，我们哪里都去不了，我们已经待在街垒的后面了。"

的确，现在已经是晚上十一点多了，再过一阵子，就是凌晨了。我拉着玛丽在附近走了走，感觉到处都是我们的人。现在，学生们已经占据了拉丁区的大大小小的街道，躲避在街垒的后面，和可能冲过来的警察对峙。不过，我也发现了一个新情况。由于街面上比较混乱，有的学生担心害怕了，有溜号的。我统计了一下，在刚才我在的那条街道上的两个街垒之间，本来有五百多人，现在少了有一百人。

“胆小鬼，溜号了。”我打算去找达尼埃尔•科恩－本迪，告诉他这个新情况，可他现在在哪里？在干什么？我问了几个人，他们说，他和几个学生领袖在王子先生街上的街垒后面。

我拉着玛丽赶到了那里，找到了达尼埃尔•科恩－本迪。我对他说：“我发现有人溜号了，怎么办？”

达尼埃尔•科恩－本迪说：“有溜号的，自然也有新加入进来的，不怕。我们不想和警察发生正面冲突。我们马上接通和大学校长罗什的电话，进行谈判。只要他们答应我们的条件，我们就撤退。”

很快，有人把他叫走了：“达尼，现在可以通话了！”

我看到，借助一辆电台的移动通信车，达尼埃尔•科恩－本迪和其他几个学生领袖，去和罗什校长进行电话磋商。他们的谈话内容将由卢森堡电台现场直播。每个拿着半导体收音机的人，都能听到他们在谈些什么。

“我是巴黎大学校长夏兰，你可以和我说话。”收音机里很快传来了一个声音。

达尼埃尔•科恩－本迪说：“我是达尼埃尔•科恩－本迪。夏兰先生，学生们要求满足三个条件才肯疏散：释放他们的同学，撤离警察，重开索邦大学。”

夏兰校长说："你们的这个要求，我现在不可能马上答复。罗什校长已经决定和你们派来的学生代表一起，商议复课的条件。你可以亲自到校长家里去一趟。"

达尼埃尔•科恩－本迪说："让我现在离开我的同学，去罗什校长家里？"

"校长在家里等着你去呢，谈判结果如果很好，那今天的事情就结束了。"

达尼埃尔•科恩－本迪沉吟了片刻说："好，我去。"

几个学生领袖离开了街垒区，前往索邦大学罗什校长的家谈判去了。

我和玛丽依旧在街垒的边上等待结果。我的预感是，今天晚上一定会有一场和警察的冲突。虽然构筑了这么多的街垒，但这些非专业的构筑，能够阻挡警察的冲击吗？不知道。夜幕黑沉沉的，像一个巨大的盖子从天空上压下来。

我们从收音机里很快获悉，就在我们四周，有大量的警察增援部队正涌向拉丁区。"他们穿着黑色的冲锋风衣，手拿警棍和催泪瓦斯，从几个街区向拉丁区包围了过来。听说，学生领袖和罗什校长的谈判陷入了僵局。警察很可能要动手了。如果今天发生了死亡和流血事件，那么，这一天将是一个最黑暗的日子。"一个不知道在哪个街垒后面做报道的记者这么说。

午夜刚过不久，达尼埃尔•科恩－本迪重新出现在街垒中了。我赶到了他的身边，听见他正对几个电台和报纸的记者说："谈判失败了。一开始，我们告诉罗什校长，今天夜里在巴黎街头所发生的事情，是我们整整一代人在反抗法国乃至欧洲的某种不合理的社会制度。我们还告诉他，警察若不离开拉丁区，今夜就要血溅街头。因为，如果我们所提的三个条件得不到满足，示威人群就会一直坚守在街垒后面，和警察对抗到底。"

记者问："那为什么谈判会失败呢？"

达尼埃尔•科恩－本迪说："罗什校长认为，他可以答应前两个条件。但第三个条件，警察撤出拉丁区，这个问题他没有权力决定。于是，他打电话给内务部，请求允许将和我们的谈判继续下去，但他其实是束手无策的。就在这个时候，显然，是戴高乐的安全和情报顾问、总统助理这些人，向教育部长和内务部长发出了新的指示：不能同意学生的要求，必须采取强硬立场。而对街头的示威，他们认为这是一场由学生引发的骚乱，必须予以尽快的彻底的粉碎。我知道的就是这些。"

"那你想采取什么措施？对你的同学，你想说什么？"

"我们就待在这里，我们的三个条件不满足，不会撤离的，很简单。"达尼埃尔•科恩－本迪语气坚定地说。

我明白了，在这一天晚上，一场和警察的对阵在所难免。因为戴高乐和他的顾问们很强硬，不愿意向学生妥协。那么，学生们以及支持者们会从街垒后面撤退吗？不会的。

午夜来临，警察在哪里？显然，他们就在夜幕下的街道上快速集结。我可以想象到，成排的国家警察局的武装警车一辆辆泛着黑黝黝的光芒，从几个方向驶来。那些安全警察穿着黑蓝色的风衣，腰间扎着皮带，脸上戴着护目镜、面罩和头盔，看起来不像是人，倒很像是当年纳粹的党卫军，或者，干脆就像是一堆甲壳虫。

现在，午夜一点多，我和玛丽都感到了困倦。我们在街垒的后面，谁也睡不着，就互相依靠着，靠在一处沙袋边上打盹。在迷蒙中，我仿佛看见了警察的手里拿着大棒和盾牌，还装备了催泪弹，正在像一群甲虫一样向街垒摸过来。

我睁开眼，发现这不过是我的幻觉，一切照旧，风平浪静。

到深夜两点钟，情况突然变化了。我看到两个领头的警察，大概是警察分局的局长，以发布勒令的方式吆喝着。一排排整齐的警察，全副武装地踏步前进。

他们准备展开进攻了！我说："玛丽，你跟着我，不要走散了，等会儿这里会比较混乱。"

警察整齐地、黑压压地、缓慢地逼近了街垒。警察局长的吆喝声在沉寂的夜晚十分响亮。很多睡在街垒后面的人这时都惊醒了，接着，我听见《国际歌》的歌声在街垒的后面响了起来。不知道是谁唱的，一开始是零星的，几个人在唱，渐渐地变成了合唱。那《国际歌》的沉郁悲壮，与警察们踏步走的声音混合在一起，形成了我关于那个晚上的奇妙记忆。

玛丽不知道从哪里弄了一台小收音机。播音员说，示威者们已经被警察重重包围了，现在是凌晨两点零一分，戴高乐政府已经下令进行攻击。

确实，在我们眼前，警察开始攻击街垒。他们缓慢地踏步前进，在距离我们一百码的距离发射了催泪弹。砰砰的声响过后，一颗颗的催泪弹在我们身边炸开，在街垒的上空像花朵一样开放。蓝色的或者我们根本看不见的烟雾顿时弥漫了开来，催泪瓦斯的刺鼻气味也迅速弥漫起来，让示威的人们顷刻之间流泪并感到窒息。我看到有的人甚至晕倒了。

玛丽向冲上来的警察扔过去了一块石头，而催泪弹在她身边爆炸。我大声喊："快围上防毒头巾！"我拉住她，围上了头巾，她手里的半导体收音机掉到了地上，里面还传出来其他地方的记者现场报道的声音：

警察使用的毒气有梅斯毒气、催泪瓦斯，以及能点燃汽车的磷光手榴弹。警察还使用了小型爆破手榴弹，我旁边有一名学生捡起一枚手榴弹想扔回去，却被炸掉了整只手掌。

警察迅速地冲垮了第一条街垒，一时间尘土飞扬，示威者和警察在街垒后面混战在一起。警察手里的橡皮棍子起落飞舞，而学生们则抱头鼠窜，继续后退到第二道街垒。大家赶忙继续构筑加固着街垒，当警察靠近的时候，忽然，一声令下，我们向警察投掷过去一阵鹅卵石和螺栓。结果，猝不及防的警察纷纷被砸中，他们的队伍大乱，进攻的势头立刻衰减了。稍后，警察重整队伍之后，他们再度向第二道街垒冲了过来。

第二道街垒后面的我们点燃了汽车，熊熊的大火燃烧了起来。

我们继续在街上且战且退，场面的确混乱不堪。经过一个晚上的工作，每隔一百米，就有一堆作为“弹药补给”的石头和其他投掷物堆在那里，后退到那里的人就利用这些东西英勇地还击。每次还击，警察的攻势就被阻止，然后，他们继续发射催泪弹和小型手榴弹，爆炸声非常吓人。有人在哭，有人在叫，还有人找来一面法国国旗，撕掉了旗上蓝色和白色的部分，只把红色的部分悬挂在我们的街垒上方。

红色的旗帜象征着巴黎公社，象征着鲜血，也象征着我们的热血青春。街上现在弥漫着粉尘、煤气、催泪弹的气味，以及燃烧的汽车哔剥爆响的声音。有毒的气体到处弥漫，真的就像是一场战争那样。大家都红眼了。街垒上空，有市民从他们家的阳台上向下面喷水来灭火。我看到更多的人将眼前的小汽车掀翻了，然后向前推，推到了大街上的街垒后面横过来，防止警察用汽车和坦克发起冲锋。因为有电台说，警察驾驶的坦克已经向这里驶来，但我还没有看到。

“要是警察的坦克来了怎么办？”玛丽感到了紧张，快哭了，“现在这么乱，这里的味道真呛人。”

“他们还不敢直接开枪，更别说用坦克压我们了。毛主席说了，凡是镇压学生的，都没有好下场！”

由于警察已经在多个方向发动了全面攻击，示威者陷入了包围和冲击之中。在我周围的街垒之间，到处都是乱跑的人，我没能把他们聚在一起，因为每个逃跑的人后面都追着好几个警察，在挥舞着手中的橡皮棍子。现在是最混乱的时刻，玛丽的那个半导体收音机丢掉了，我们断绝了来自拉丁区其他地方的电台消息。

我看到，即使示威者竭尽全力防守，在警察的攻击下，也难以抵御街垒最终被突破。因为那令人失明和窒息的毒气让我们无法待在街垒后面，也无法坚持到和警察进行面对面肉搏。但即使如此，几乎每个街垒都能阻滞警察至少半个小时，有的甚至坚持到一个小时。

幸运的是，我从地上捡起来一台收音机，里面传出了我想知道的讯息：

> 警察从盖－吕萨克街正面缓缓推进。人群四散奔逃，我们费了好大力气才使他们镇静下来，排着队沿盖－吕萨克街朝警察少的方向撤退。警察同时在三个地点发动进攻：盖－吕萨克大街的两端和我们在乌尔姆大街的街垒。我们这边的伤员剧增，大部分人被毒气熏得不省人事了，还有一些人暂时失明。
>
> 你们听，成千上万个声音在一起喊道：“戴高乐是杀人凶手！释放我们的同志！革命万岁！有的人在做莫洛托夫燃烧弹，我尽量劝阻他们，因为我害怕警察会因此展开屠杀。倒不是害怕屠杀我们，而是怕杀害旁观的无辜群众。旁观的人也已加入进来，整个气氛像是大家都被催眠了一样。我们觉得自己是完全自由的，突然之间，真正成为大写的人。于是，我们大喊：我们存在着，我们就在这里！”

收音机里的消息让我感到了振奋。情况紧急，警察继续在冲击着街垒。四散逃开的人们渐渐地汇聚在了一起，我们又有几百人了。这时，我看到有一个男孩做出了惊人的英雄之举，他拔下一面红旗，站了起来，说：“跟我来，向前冲！”他就这样，带领我们迅速穿过毒气和手榴弹的烟幕，向前冲，向警察挺进。

这真是出乎所有人的意料。我们的人数那么多，我往后看，发现我们的人竟然黑压压的看不到尽头。我们到底有多少人？不知道，我忽然发现了我们的力量，我们的力量是强大的。我们的气势立即压倒了警察，他们没有料到我们会冲击他们，立即开始后撤。我们向他们投掷过去一阵鹅卵石，叮当地在他们的盾牌上砸落，掉在街面上。这一波警察的攻势在我们这里被击退了。

我们都高声欢呼起来。大家又撤回到街垒后面，我迅速清点了一下，只有一个人受了轻伤。玛丽的情绪稳定了，她不感到害怕了。但是她的眼睛是红的，显然是催泪瓦斯造成的结果。可以这么说，警察配备的武器没有包括枪支，他们没有用子弹来对付我们，只有催泪瓦斯、梅斯毒气和磷光手榴弹是我们要面对的，它们让我们无法呼吸，也看不见东西。现在，警察退却了，我们可以松一口气了。

我们立即重新加固街垒，把鹅卵石、螺栓和其他投掷物重新集中起来，把汽车掀翻，堵住了来路。汽车的主人一定就在附近，可是他们也不阻止我们的行动。保险公司会赔吗？难说，遇到了大的社会运动，一切都是白给的了。

我发现，警察退后几百米之后，重新集结，休整了半个小时，再度配备好磷光手榴弹、催泪瓦斯，又卷土重来。

我们感到了疲惫，这个时候已经是凌晨四点多了，我们还在街上，每个人的眼睛都是红的，每个人的脸上、身上都是脏的，每个人的嗓子也都是嘶哑的。

可是，我们依旧有着无穷的战斗力。因为，我们的人真的是很多，打散了，一会儿我们就又重新地聚拢了起来。我们和警察就像互相冲突的两股激流，一会儿我们占上风，一会儿是他们占据了主动。这一次，警察冲过来的时候势头很猛，毕竟他们受过专业的训练，像一阵乌云一样席卷了过来，将我们的街垒冲垮。橡皮棍子像起落的雨点一样，学生们抱头鼠窜。学生散开了，然后再集结，像浪花的重新聚首。又一场战斗打响了。石头、玻璃瓶子、螺栓帽以及各类可以砸向警察的东西，雨点一样飞了过去。黑色的甲虫一样的警察撤退了……然后，警察在几百米之外，又重新站好队，准备再次发起冲锋。

附近的居民在支持我们。一个老太太从她家的阳台上，向一个警察砸过去一盆花—哦！砸中了一个警察的头盔，那个警察应声倒地了。其余的警察展开了报复，他们向阳台上扔了一枚磷光小手榴弹，那颗手榴弹爆炸了，老太太尖叫着退回了屋子，但是窗户的玻璃碎了，哗啦啦掉了下来。

玛丽想冲到楼上去看看那个老太太的情况，被我拉住。我们的街垒又被攻破了一道。这道街垒以废旧的家具构成，都是木头和布料做成的，被点燃了，结果，烈火熊熊燃烧，呛人的烟雾四下弥漫。一些警察的黑影子冲了过来，我刚把玛丽护在身后，脑袋就挨了一棍子，我就昏厥了。

等到我再次醒来的时候，我发现玛丽不见了，只有我一个人躺在一个走廊里。有一个我不认识的女孩在拍打着我的脸，她还把湿毛巾盖在我的眼睛上。冷水让我清醒了过来。我问她：“你是谁？我的女朋友玛丽，你看到了吗？”

“我是梅莉，是索邦大学的，是我的一个男同学把你从街垒那边背到这里的。你昏迷了。我没有看见你的玛丽。也许被警察带走了。警察抓了不少人。”

这个时候已经是凌晨五点多了。我们在一幢公寓楼的走廊里暂时躲避。我问梅莉，“我们的人……就这么多了？我们的街垒呢？”

“我们的人都被打散了，现在就这么多了，都在公寓里。外面到处都是警察，我们的街垒在燃烧。”

没有一个半导体，也不知道外面的消息。坐在那个公共建筑的长廊里面，我可以闻到催泪弹的气味，我的脑袋后面鼓了一个大包。我的头昏昏沉沉的，我的视力模糊，黑暗中什么都看不清楚。

我说：“梅莉，你不用管我，你看看大楼里有多少我们的人？如果人多，我们再组织起来，冲出去。”

梅莉去把公寓大楼里的人数了一下，还有三十多个学生，都是受伤的，还有几个昏迷不醒，显然是被瓦斯弹熏的，或者是被警察的橡皮棍子打的。

梅莉告诉我情况，我多少感到了绝望。看来，外面的街垒基本上都被警察突破了，冲垮了。过了一会儿，从外面又进来两个浑身带着催泪弹的硝烟的学生，我问：“情况怎么样？谁能告诉我？”

其中一个瘦高个儿，他上气不接下气地说：“盖－吕萨克街上的八个街垒都被切断之后，警察就等于把拉丁区给分割成几个小块。然后，他们一个个地清理那些残存的街垒，最后，他们开始冲击一个方形的大街垒。街垒很坚固，但警察在用火烧，这个街垒也快完了，我们就是从那里跑过来的。”

另外一个学生说：“我们先是躲在前面的一幢居民楼的楼梯上，后来警察冲进来，抓住几个学生，把他们打得血肉模糊，还朝楼上扔了三颗催泪弹，呛得我们涕泪横流，也没有敢动。然后他们沿着街道继续追剿学生。”

街上依旧传来了嘈杂的声音。这一刻，气氛是低沉和压抑的。好像我们已经把体内的所有的热情和精力都全部消耗完毕了，我们已经筋疲力尽。为了防止警察冲进来，居民把朝街的大门封住了。

过了一阵子，街上的喧闹声小很多了。不时地有杂沓的脚步声响起来，像是有人在逃跑，后面还有人在追赶。

我坐在那里，担心着玛丽的安危，也不知道她现在在哪里，估计十有八九被警察抓去了。声音安静了下来，我的听觉能力在上升。有人在街对面绝望地按着公寓的门铃，但没有居民敢开门了。我估计。

等到外面的声音少了很多，我站起来，感到脑袋依旧很沉重。我在走廊里走动着，看看我们到底还有多少人。大家都拥挤在楼梯上，情绪低落。似乎革命失败了，人们的热情都降低了。

这时，一个住在三楼的女孩下来。招呼我们："我叫玛格丽特，来，你们到我家喝水吧。"

我们打起了精神，进到她的屋子。我们这么多人挤在她家里，喝着她给我们的水，听着外面接二连三响起的爆炸声。

我问她："你家里有没有收音机？"

玛格丽特打开了她家一台古老的收音机，旋转到了一个公共频率，传出了新消息：

……眼下，法国第五共和国正赤裸裸地挥动着它的武力。斯塔伯格大学的学生整夜都在通过收音机追踪巴黎街头的巷战。早晨五点，他们占领并接管了斯塔伯格的行政大楼。但是，警察很快对他们发动了冲击，将他们赶出了行政大楼。

凌晨六点，筋疲力尽的安全局局长福高特和三个部长来不及梳洗，就驱车赶往爱丽舍宫，报告戴高乐总统，街上的暴乱已经被镇压……

我把收音机的调频转动到了另一个频道，里面是民间电台的记者里贝尔沙哑的声音。他的声音我们都很熟悉，因为，他总是和学生在一起，现场报道所有他看到的情景：

现在是早晨六点，外面的战斗仍在进行。我们决定无论如何要找到红十字会，因为，我们中有个人受了重伤。警察正在挨家挨户地搜查，任何手掌发黑，或带着伤痕，或衣服上粘有催泪弹污渍的人，都遭到殴打和逮捕。我们六十个人决定一起走，以便情况紧急时可以杀出重围。我们把头盔给女孩戴上。

太阳已经升起来了。我们跑到街上，被眼前的景象惊呆了：这是怎样一个场面啊！到处是冒烟的街垒和翻转的汽车，长达半英里的街道一片狼藉。墙上刷着大幅标语：5 月 8 日的公社万岁，打倒警察专制的国家……

我忍不住跑去看我们的街垒。它已被弃守，但并没有塌掉，几个行人正目瞪口呆地望着这个激斗之后的空战场。我们的人在盖 - 吕萨克大街一直坚守到凌晨四点半。我让一个学生从他脏兮兮的红衬衣上撕下一块布，我把这块红布系在一根杆子上，插在我们的街垒后面，然后迅速跑开了，警察正从街的另一端冲过来。

我痛得几乎无法走路。我们绕着乌尔姆大街兜圈子，发现警察在到处抓人，甚至医护中心也难逃劫难。每一条街和每一个角落都有冒着烟的街垒和汽车。行人不断报告我们哪里有警察。许多开车的人和出租车司机都主动提出带我们离开这片警察密布的是非之地。随处可见大量的警车满载着我们的人：他们成了满身疲惫、遍体鳞伤的阶下囚。

我又转换收音机的频率，现在，收音机里传来了达尼埃尔 • 科恩 - 本迪嘶哑的声音，我感到了振奋。

拉丁区成了法国最野蛮的巷战的场所，大家要记住，在5月10日这一天，“街垒之夜”革命达到了高潮，然后被警察扑灭了。我现在号召法国工人支持我们，立即进行全国总罢工！抗议政府在“街垒之夜”的暴行。

天亮了，5月10日的“街垒之夜”，成了我们这些青年永恒的记忆。

第十章　庚子年

这就是北京吗？这就是东方帝国的首都？我父亲、你的爷爷在一九〇〇年八月十四日的下午进入北京城，站在东便门附近的城墙上向四下张望时，产生了疑问。

他后来对我说，当时，他感到疑惑极了。这个古老的国家，幅员辽阔、历史悠久，但眼前的北京给他的印象，却是灰暗和破败不堪的。很多在炮火中毁坏的房屋袒露在那里，就像是被打死的动物暴露了内脏一样令人触目惊心。那些四合院、王府和大衙门建筑，现在都是破败的。街道上看不到行人，整座城市变成了一座死城。这虽然与他们历经了战斗、刚刚占领北京有关，但北京城在夏日里却呈现出一种灰色的阴暗色调，还是让我父亲、你的爷爷感到了失望和沮丧。

眼前的北京城与这个东方帝国曾经的荣耀实在太不相符了。

当时，在北京城区里，流弹还在乱飞，从使馆区西边飘散过来浓重的烟尘，那里的一些房屋还在冒烟。我父亲、你的爷爷充满了好奇心地四下望去，他看到的，都是被战乱摧毁的景象。附近的房屋，屋顶都不存在了，剩下的是断壁残垣，就连断壁残垣，也被烟火熏黑了。可以想见这里曾经发生了多么激烈的战斗。一些大树七扭八歪，树干大部分都折断了，歪着树冠，斜倒在那里。只是他没有看到人的尸体，听说，死了不少人，可能被交战双方迅速收走了吧。再向北边瞭望，可以看到，皇宫紫禁城那金色的、巍峨的建筑的屋顶，在灰蒙蒙的天空下熠熠生辉。我父亲、你爷爷的心情稍微振作了一点，他想，不知道皇宫里面还有谁？太后和被囚禁的光绪皇帝还在那里吗？那个据说一顿饭要吃一百零八个菜的慈禧老太后，现在她会是什么心情？

他端着他那杆带刺刀的长枪，在城墙上巡视。这一段城墙上，已经布置了英国士兵作为守卫，因为这里距离英国使馆最近。城墙下面，就是一条叫作玉河的小河沟，河沟里的水都发臭了，很多杂物壅塞在里面。

忽然，从东边一处民宅里射过来一阵冷枪。我父亲、你的爷爷差点被打中。城墙上所有的士兵都立即卧倒，躲在箭垛的后面。枪声沉寂了，一个英国白人指挥官命令一队印度兵前去搜捕。我父亲观察，枪声的来处，那里有一座废弃的王府建筑，很多参天的古树都是缺胳膊少腿的，在炮火过后显得奄奄一息，却可能还隐藏着义和团团民或是大清国正规军的散兵游勇。

我父亲手拿一柄单筒望远镜，躲在一处城垛后面，向那座残破的王府望去。十多个裹着高高的头巾的印度兵，在那座王府里面仔细搜寻。他们在一个房间一个房间地搜捕，很快就抓出来三个穿着白色衣服、包着红头巾的义和团团民。

在望远镜里，他看见那些印度兵将三个俘虏的长辫子绑在一起，把他们的双手拉到背后也捆起来，让他们跪成了一排。然后，号令响起，印度兵排成了一排，开枪枪毙了他们。他看见那几个俘虏往前面一栽，倒地而死。

我父亲的心情十分混乱。他估计，像这样的搜捕和枪决，在这座城市里，正在到处发生。那么，现在，笼罩在城市上空的，一定是这样的死亡阴云。他找到了一处箭垛子，爬上去，从箭垛口放眼望去，只见北京城一马平川，没有高大的建筑，除了那一片如同海岛一样浮现的皇宫的金色大屋顶略高以外。皇宫北部还有一座小山，山上有一座亭子隐约可见。而其他的建筑，都是灰黑色的，一个个的四合院组成了封闭的空间。院落之间是能够通行马车的巷道，这样的巷道他们叫作胡同。然后，是院落组成了街区，街区之间都是四四方方的，如同一种中国棋盘那样整齐划一。她一定有着静谧安闲的生活，眼下，整座城市正在陷入沦陷之中，被多国联军攻占了。

我父亲走下城墙，重新回到了城内。在那里，各国士兵重新集合整编，统一调配。然后，多国联军迅速进入到被围困的使馆区，开始保护各个使馆。

法国使馆基本被摧毁了，法国驻中国公使斯蒂芬•毕盛先生早就躲在了英国大使馆里。因此，我父亲、你的爷爷这批法国远征军，就没有法国使馆需要保卫了。法军指挥官命令我父亲加入一队法国士兵，前往英国使馆，在那里担任保卫辅助工作。

我父亲一到英国使馆，就被眼前的景象惊呆了，他告诉我说：

“八月的天气非常闷热。在英国大使馆里，当时一共躲藏了八九百人，他们热烈地欢迎远征军的到来。使馆陷入了狂欢，欢天喜地地来欢迎我们的，有使馆人员、教士以及中国教民，一下子就把我们团团围住了。让我感到特别惊讶的是，使馆里外交人员打扮得很整洁，他们个个穿着都很体面，一点不像被围困了五十五天，每天都在生死线上挣扎的、被死亡吓坏了的样子。男人西装革履，穿戴整齐，胸前还有方巾，身上喷洒了香水。女人穿着有裙撑的长裙子，束腰显示着她们的身材，还戴着漂亮的花帽，手拿花扇或者折扇，表情也很亲切自然，就像是刚刚参加了郊游，或者喝了下午茶才回来似的。我们呢？我们这些解救他们的远征军，一个个衣衫褴褛，浑身都是灰尘，汗水湿透了衣服，狼狈不堪，跟残兵败将差不多。我的一只鞋子都开口了，这是意大利公使那位漂亮的夫人走上前来慰问我的时候，我一低头就看到的。”

“爸爸，你当时肯定太窘迫了。”我说。

“是啊，因为，她实在太美丽了，我却穿着一双破烂的鞋子，而我们还是来支援他们的。”

“那她看见你那双破鞋子了吗？”

“没有。好在我的意大利语说得很好，我用意大利语和她交谈了一会儿。我告诉她，我是科西嘉人，她很高兴，因为科西嘉人与意大利人，尤其是热那亚人很热络。她告诉我，她叫卡米拉•萨尔瓦戈•拉吉，她非常期待并欢迎我们的到来。她送给了我一串显然是中国人喜欢的珊瑚项链。我感到很兴奋。后来，我才知道，他们也是特意精心打扮了，就在昨天还是灰头土脸的，我们的到来却使他们容光焕发。”

“你们给他们解围了，他们当然高兴坏了。然后呢，你就在英国使馆留下了？”

“是的，我们马上被安排在英国使馆的各个战斗岗位上，投入了防御工作，为了防止还有不测发生。我注意到，英国使馆的墙上到处都是弹孔，枪林弹雨的场景，此前每天都在这里上演。在英国使馆的一角，我后来发现，还有一座小型墓地，安葬了一些在这次使馆被围困期间死去的人。大部分是传教士和教民。”

“法国使馆被摧毁了，英国使馆为什么这么坚固？”我问我父亲。

“这与英国大使馆的地理位置有关。英国使馆是当时在北京建立的十多个外交机构中建筑面积最大的，相对独立，院落很多，院墙也坚固、高大，往外面看视野开阔。东边是一条玉河，是天然的保护屏障，西边则是连接着一片高墙的大院子，易于防守。我在一处亭子间看到了对面玉河边还有一座王府，听说，义和团的人占领那里很长时间，曾经用德国产克虏伯大炮不停地炮击使馆。”

“这太奇怪了，那么近的距离，德国克虏伯大炮又威力无边，怎么就无法将英国大使馆夷为平地呢？”我问他。

“是啊，我也有这个疑问。假如他们是真的想战斗，并且想摧毁英国使馆的话，他们一定可以做到。这些大清国的拳民和军队士兵，到底是怎么来打这场战役的呢？他们是真心想摧毁这里吗？假如是真的，他们起码可以摧毁英国使馆三十次。”

“那我真是不明白了，除非他们真的是些白痴。”

“后来我明白了，他们可能并不真心想攻破使馆，而是留了后路。中国政府里面有些议和的官员，根本就不想打这场莫名其妙的战役，连包围使馆的举动都不想有。核心的问题是他们内部的权力斗争，和宫廷权力分配不协调有关系的。在天津的时候，一个传教士已经给我们简单分析了。真正的冲突在他们自己内部，而不是我们这些西方人。”

“你对那天的记忆非常深刻，是不是？”我问我爸爸。

“是啊，那天是八月十四日，是我们第一次进入北京的日子。在英国使馆里，那天傍晚的饭菜非常吸引人。吃的东西很多，因为陡然增加了几百名护卫使馆的远道而来的士兵。在英国使馆里吃饭，需要一拨拨地进行。我记得我吃到了鸡蛋、牛肉和蔬菜，吃到了米饭和中国馒头，吃得很饱。但是，我很想吃鱼，我是吃鱼长大的，没有吃到鱼，使我感到郁闷。不过，这已经很好了，我感到十分满意。”

“爸爸，你可真逗，你还想吃鱼，在那样的时刻。”

“呵呵，是啊，不过是一闪念罢了。但我的内心里，有一种挥之不去的忧伤。我忽然十分想念远在天边的科西嘉，想念那个已经沉塘而死的女人、印度支那的秋兰。我不知道我在这东方帝国的首都北京，会遭遇到什么样的生活。后来，进入战斗岗位，我从使馆的瞭望哨向外面看去，这里的残垣断壁让我重新回到了眼前的现实。那就是，这里刚刚发生了惨烈的、残酷的战斗，而我们的到来，将正式宣布，这一场中国与西方列强对抗的战争，以中国的失败告终。”

我父亲那天傍晚吃饭的时候，听说了最新的局势发展。大清国的最高权力拥有者，那个老太后慈禧，带着光绪皇帝一起逃到了西边一座叫作西安的城市。现在，皇宫里已经空无一人了。一个国家的最高权力机构全部逃走了，这是一个什么样的国家？又是一些什么样的统治者？我父亲、你的爷爷感到非常奇怪。把所有的子民都抛弃的最高领导人跑了，这样的国家不再是值得尊敬的国家了。因为，他们竟然让这样愚蠢而不负责任的人统治。

第二天，也就是八月十五日，美国将军沙飞带领着几百名美国士兵，携带大炮，决定攻占皇宫紫禁城。很多人都去围观。他在紫禁城的大门外，下令炮兵炮轰那镶满了巨大铜钉的大门。几声炮响过后，大门被炸开了，美国军队以屠杀印第安人的劲头喊叫着冲进了皇宫，来到了广阔的午门广场上。

忽然，从皇宫的城墙上传来了枪声，沙飞将军率领的美国士兵被打倒了十多个。沙飞将军大怒，命令炮兵继续架好大炮，准备炮轰午门。

这时，在午门广场上，不知道从哪些犄角旮旯，钻出来一些穿着皇宫里衣服的男人，一起跪在美国军队面前。沙飞将军经过询问，才知道他们是一些来不及逃跑的太监，他们磕头作揖，哀求沙飞将军不要炮轰皇宫。

沙飞将军还处于盛怒之中，因为他手下的士兵报告，刚才从附近的宫墙上射过来的子弹，击毙了他手下的士兵一共十五人。这么多美军死亡，他不能善罢甘休。他下令把这些太监全部抓起来，然后把他们当场枪毙了。这是他对打死美国士兵的那些守卫的报复。

然后，他下令："架好大炮！瞄准皇宫大门，准备开炮！"

沙飞将军真的会蛮干吗？多年以前，当我第一次听到我父亲给我描述这一他亲眼见过的场景的时候，我就有些提心吊胆，我很想知道故事的结局。我问我父亲、你的爷爷，沙飞将军真的炮轰午门了吗？他是不是用大炮打开了皇宫的大门，然后，你们这些士兵列队而入，将皇宫占领，你坐上了龙椅，还抢了不少好东西？

你的爷爷、我父亲故意卖关子，先是抽了一根烟，讲了一些别的事情，然后，才告诉了我最终的结局：就在沙飞将军打算炮轰午门的时候，忽然，从天安门外飞驰进来几匹骏马，马上端坐着几个英国人和俄国人。他们是英国驻华公使窦纳乐爵士、俄国驻华公使格尔斯先生，和他们的几个扈从。他们翻身下马，与沙飞将军简单说了几句。沙飞踌躇了一阵子，很生气但也没有办法，最后下令："撤退！"然后，他攻打那个空空如也、只剩下少许守卫太监的皇宫紫禁城的行动，就这么收场了。

"为什么他不炮轰紫禁城，既然紫禁城就在眼前、唾手可得？"

"你知道吗？用大炮轰开中国皇宫的大门，外国军队冲进皇宫，是非常严重的外交事件，涉及一个国家的颜面。中国人是最好面子的。当时，多国联军已经占领了他们的首都北京，假如脾气暴躁、杀过不少印第安人的沙飞将军再用大炮打开大清国皇宫的大门，那么，今后的谈判，就会让大清帝国陷入颜面扫地的绝境，会给中国人的内心造成无可挽回的伤口，也无法阻止多国联军及其他匪徒趁火打劫，趁机进入到皇宫里抢夺珍宝财物。这在全世界看来，都是极其野蛮的行径。何况，当时北京本来就是全世界最为关注的焦点地区，这里的一举一动，都会有记者通过他们的笔和相机，传到世界各地去。而中国人的首脑，那个愚蠢顽固的老太后虽然逃到了西安，他们最终还会回来。假如皇宫被毁坏，他们可能会恼羞成怒，以至于更加不理智。一旦动员了全国的力量围歼我们这些外来者，也不是不可能的，天知道事情会坏到什么程度。”

我父亲、你的爷爷告诉我这些后，我有了一个判断：“父亲，窦纳乐爵士代表英国，而格尔斯代表俄国，在那千钧一发的时刻，飞马前来阻止了沙飞将军的蛮干，还有一个原因，就是不愿意美国人前来搅局。要知道，俄国人这个时候满脑子想的，就是占领东北满族人发祥的大片地区，他们早就把那里当作自己的势力范围了。英国人呢？一定也有自己的算盘，从一八四〇年的鸦片战争之后，他们就在中国获取了很多利益，比如长江流域很多地方，包括一些沿海的口岸，以及香港。利益牵涉面很广，不能在这一时刻，让莽撞的、屠杀印第安人很有经验但对付古老的中国人却缺乏智慧的美国人沙飞去蛮干。所以，英国公使窦纳乐爵士和俄国公使格尔斯，就前来制止了沙飞将军的炮轰紫禁城。是不是？”

我父亲、你的爷爷点头称是。他说：“你分析得很有道理。不管怎么样，那一天，沙飞将军撤兵了。当天下午，多国联军和外交使节在英国大使馆开了一个联席会议，最终决定了每个国家的士兵在北京的执勤范围：北京内城的东部归俄国人控制，北部归日军管辖，西边归法国人掌控，有一部分属于英国人管辖，南面则交给了美国人。因为意大利的部队最少，意大利的增援部队因为受到了海上风浪的影响，八千多人的远征军在贾西尼奥统领的率领下，要到这一年的九月十日才可以到达，他们就在内城的中间部位分到了一小片区域，这使得意大利公使十分不满，但也没有办法。中国的皇室跑了，在北京，谁的兵多，谁就有发言权。当时在北京，俄国人、日本人的兵都很多，英国人在中国经营的时间长，法国人仅次之，都有斩获。意大利人和德国人比较吃亏，控制面积小，要等到瓦德西元帅率领的部队到达后，这个局面才有所改观。”

“这是内城，外城的划分呢？”我问爸爸。我的疑问可不少。

“对北京外城的控制范围，各国列强也达成了瓜分、管辖的协议：美国人在先农坛设立了司令部，英国人将驻军总部设在了天坛。那几天，各个国家的军队立即驻扎到位。使馆区恢复了宁静，而针对义和团团民和大清国正规军的追剿，则非常迅速和残酷。从这一年的八月十五日一直到年底，在北京、直隶、天津和山东、山西，联军都展开了针对义和团团民的清剿。据说，慈禧太后在向西逃跑的半路上，就给那些大臣下了命令：立即追剿那些成事不足、败事有余的义和团团民，借机为自己下台阶做准备。”

“那一个时期中国局势很混乱，好像还有一个什么‘东南互保’协议？”

“是的，当时一些人感到奇怪的是，在中国东南部的几个省份，具有远见的一些汉族大臣控制了各省的局势，他们发起了‘东南互保’行动，既不允许义和团在本省作乱，也不执行皇室发出的排外、袭击洋人的指令，同时，也不允许外国人在本省内进行各种军事活动。东南互保使这个国家变成了一个奇怪的国家—皇室的指令在那些省份是没有用的，相当于一定程度的独立自治。这说明，这个国家的最高统治集团已经手足失措、奄奄一息了。不过，这种东南互保的办法，也使各国列强的势力在进入这些省份的时候遭到了阻碍。这就是当时中国那些汉族大臣想到的办法。”

“我可以想见那几天北京城笼罩着多么可怕的阴云。”我对爸爸说。

“我记得，从八月十五日开始，甚至是从八月十四日的晚上，大批联军士兵进入到北京城开始，这座古老的都城就遭受了血的洗礼。现在，局面完全反过来了，被围攻多日、被屠杀和残害的恐惧笼罩很久的教民，反过来开始对那些仇视他们的义和团和一些市民，以及大清国正规军的士兵进行了追杀。我看到，在路边的树林里，一些树上挂着义和团团民的脑袋，那是不久之前才割下来的。”

“爸爸，你真的看到了人的脑袋挂在那里？”

“是的，是真的人脑袋。这些人的脑袋上还缠着红头巾，身首分家了。我并不害怕，而是靠近观察，我对那被割掉的脑袋脸上残存着什么表情很好奇。我看到，这头颅，脖子部分的鲜血已经凝固了，乌黑一片，一些苍蝇嗡嗡嘤嘤地舔着血痂。头颅的肤色是失血过多的灰黑色，眼睛是半开半闭的，眼神是不存在的。是的，死人的眼神有时候是没有的，空洞无光，半开半闭，仿佛从来就没有过活力，也没有转动过眼球。这样的头颅里，曾经装着什么？他们想过他们现在的命运吗？这些可怜的、愚昧的团民，大部分都曾是善良的中国农民，靠天吃饭，依靠宗族的血缘纽带生活在乡村里。他们本来生活得好好的，怎么卷入了这一场乱局？”

“是啊，他们本来生活得好好的，可怎么就起来造反了呢？”我也觉得很奇怪。

“这也是我的疑问，儿子。一切都是有余地的，总是有余地可留的。不用鱼死网破、你死我活。后来，我听说了，中国农民都是靠天吃饭。就是在庚子年、鼠年之前的那一年，猪年里，忽然天遭大旱，没有雨水，庄稼都旱死了。完了，他们觉得这是上天在惩罚他们。这时，德国、法国的教会势力也在中国山东、山西、直隶、天津的乡村、城镇迅速扩展，天主教教民和这些农民因为各种原因，开始发生了冲突。传教士依仗着西方列强的实力，偏袒教民，就引发了一些血腥的教案，传教士又夸大教案，导致中国政府与西方列强之间产生了难以调和的矛盾。于是，就爆发了更为广大的冲突。最终，慈禧太后听信谣言，认为西方人要支持光绪皇帝归政，让她下台，就仇恨起我们来。她下了命令要求打击西方人，这就导致了北京的使馆被围攻，和最终多国联军占领了北京。你爸爸我就这么因为历史的一个机遇，不远万里来到了北京，目睹了那一时期的情况。”

“爸爸，你目睹了历史中有趣和严峻的时刻。你们当时到达北京的时候，到底有几个国家的军队？”我很疑惑。

“我们从天津出发的时候，的确是八国联军。有几个小国，比如比利时、荷兰没有部队参与，但他们在北京驻扎有驻华外交人员。联军士兵来自八个国家：俄国、英国、法国、美国、日本、奥国、意大利和西班牙。我注意到，很多这次来北京的联军首领，包括来到北京的那些外交人员，大都是从非洲殖民地过来的。他们想用对付非洲殖民地的经验，来对付中国人。可我知道，中国这样一个古老的国家，和非洲不一样。这里的文明是独特的，具有内在的巨大生命力，是不那么容易屈服的。我一边跟着那些四下抢劫的士兵在北京城里到处跑，一边却有这样的想法。”

“当时，北京肯定非常混乱。你参与了抢劫？”

我爸爸的脸上有了一点羞愧的颜色：“是的，非常混乱。沙飞将军虽然没有攻打皇宫，但他却纵容士兵抢劫这座城市。由于每个列强划定了管辖区域，自八月十五日之后，就开始了明目张胆的洗劫。各国士兵在划定的管辖区内明里暗里进行抢劫。这是我看到的事实。你想想，儿子，这些士兵从那么老远来到这么一个衰朽的国家，不抢点东西带回家给老婆孩子亲戚朋友，可能吗？所以，即使指挥官说不能随便强抢民宅，但他们还是借搜查义和团的名义，进入到管辖区的那些民宅里，明抢暗偷。当然，感到惭愧的是，我也拿了一些东西。”

“你拿了什么？”我很好奇，“现在还有吗？”

“后来，我都变卖了。你知道我最后留在北京了，一直到现在。有一段日子，也就是后来的北洋军阀控制北京的那些日子里，我的生活变得很艰难，我就变卖了些东西。都是一些金银制品。这东西，关键的时候能换来钱。”

我父亲、你的爷爷告诉我，中国庚子年七月、公历一九〇〇年八月，他们占领了北京之后，开始了大肆的洗劫、抢掠，这是无法控制的。“你想想，整座北京城都被他们占领了，八国联军、十一国使节们是各怀鬼胎。面对眼前的肥肉，能够捞着大的，就直接去抢占势力范围了，像俄国、日本、德国，从东北、辽东到山东，占了不少地盘，英国则在长江流域有了通商口岸，还拥有了香港治理权。法国呢？法国很衰，因为法国占领了印度支那，在中国就捞不着便宜了。我骨子里痛恨法国，但却长着法国人的脸，代表着法国待在了北京，这就是荒诞和奇妙的事儿！”父亲告诉我。

从八月十五日开始，对北京的抢劫、搜捕、反攻倒算，持续了好多天。那是悲惨的日子，是尸体、鲜血和火焰吞没房屋和生命的日子。

我父亲说，跟在那些士兵的后面，他看到了一座城市的沦陷：北京这座近千年的都城，从他们的金朝开始叫作中都，蒙古人占领这里时叫作大都。这里就开始大规模营建了，四四方方的城市格局十分清楚。四合院相连，王府密布其间。

“我看着西边的太阳落下去，暗红的暮色升起来。那种感觉是沉寂的，令人绝望的。我来到了这个国家，看到的却是这么悲哀的现实。那些天，在这座城市里，我沿着一条条街道行走，到处都是残砖断瓦，很多人都逃走了，都害怕被报复。有时候，可以看到联军士兵押着一队队的义和团俘虏走过来，他们的辫子绑在了一起，手也被捆着，然后，押到街边就地枪毙了。有时候，会忽然从一座宅邸里跑出来一个衣衫不整的年轻女人，疯疯癫癫地奔跑，后面跟着的，是提着裤子刚刚轮奸完她的联军士兵。联军士兵个个满载而归，他们手里拿的、怀里抱的，都是金银器、瓷器、丝绸缎子和各类宝贝。大件的则用马车拉到了使馆区，在那里进行了一场匪夷所思、不知羞耻的拍卖会，这是一个英国人发起的。这真是无耻的行径啊。有很多悲惨景象，我回头再给你讲吧。”

我父亲说到了这里，陷入了长久的沉默。

一九〇〇年，中国的农历庚子年，鼠年，几个月的时间里，在北京那座伟大的城市里，先后上演了情节相反的戏剧。一开始，有一派占了上风，另外一派就被游街、砍头，其中包括了亲西方、主和的大臣。接着，是义和团团民和大清国的正规军围攻使馆和教堂，残杀教民。等到八月份多国联军攻入北京，这局面就反过来了。北京陷入了最悲惨的境地。没有了最高统治者，只有一群野蛮的远征军，包括才从中国索要到两亿两白银的战争赔款的狡诈的日本人，都来割肉了，割大清帝国的肥肉。北京的街巷、胡同、瓦肆，陷入了静悄悄的，死亡一样的寂静。即使屋子里有人，也不敢发出声音。

在庚子年、鼠年的那个八月，我父亲、你的爷爷站在北京的天空下，看着黄昏里黯灭的夕阳，他的内心却非常沉重。

第十一章　一九六〇年

我很不喜欢冬天。作为小灵魂，虽然我感觉不到冬天的寒冷，可是，看到我爸爸感到冷，我就会和他一样打冷战。

一九六〇年到了。这年元月里，我只记得窗户上的冰花，每一朵和另外的一朵朵都不一样。屋檐下的冰溜子长长短短的，很好看。

到了二月，在车间里，我爸爸不慎出了一次事故。当时，他正在锻造一块钢材，他先要把烧红的钢块浸入水中，稍微冷却一下，再浸入油中定型。但我爸爸走神了，他竟然把灼热的钢块直接扔进了墙边的油箱里。油溅出来，燃烧起火焰，蓝黑色的烟也滚滚升起。我爸爸泼过去满满一桶水，油火熄火了。

周看守那天恰好不在，另外一个看守很严厉，他会批评我爸爸企图破坏工厂设备。我爸爸回到号子里，等待处罚。不到半小时，扬声器里就传出对我爸爸的严厉批评。我爸爸怕得要命，不知道该怎么办才好。

这时，爸爸的朋友老董救了他。老董放下工作，匆匆跑回号子：“菲利普，你要赶紧写个检讨，就说是你不当心，没注意油槽就放在那些木椽子下面，你已经认识到你的错误很严重。赶紧写！”

老董的脸型是方的，所以，我爸爸叫他方脸老董，他在第一监狱待了七年了，这里的什么事他都知道。我爸爸写完检讨，就一路小跑着把检讨书送到了那个看守的办公室。我在他的肩膀上趴着，可以感觉到他焦急紧张的心情。

“你能很快认识到你的错误，很好，”那个看守态度粗暴，“但你犯下的错误十分严重，是能造成人死亡的，所以，光写这个检讨，还不行。我们要把你的检讨送交给上级，让他们决定最后怎么处理你。”他严厉地说，“回去等候处理！”

此后的十多天里，我爸爸都惴惴不安，一直生活在恐惧当中，不知道那空中隐形的鞭子何时抽下来。但没有传来任何处罚我爸爸的消息。

老董始终劝慰我爸爸，然而，我爸爸还是感到烦躁不安。终于，一天晚上，周看守把我爸爸叫到了办公室。他看上去心情很好，笑着说：“菲利普，你看来很郁闷？你这个人啊！我一不在，你就惹麻烦。我知道，你对自己的错误感到懊悔。可现在太晚啦！这件事必须按正常程序办理。今天晚上我就要宣布对你的处理结果。你先回去吧！”

我爸爸走回号子。我在他肩膀上飘摇，觉得事情不会很糟糕。果然，那天傍晚，周看守来到了号子的门厅里，说：“今天，大家都很累了，我尽量简短地说。我不在的时候，发生了一件事，就是你们的同号菲利普，他不慎酿成了一起起火事故，幸亏其他人有警惕性，把火扑灭了，才没有酿成大祸。我现在宣布：上级部门认为，他的检讨很及时、诚恳，说明他对自己的错误行为有深刻认识，决定这一次就不处罚他了。”

我爸爸抬起头，心潮澎湃，感动万分。周看守接着说：“他作的检讨，也给你们做出了榜样，你们要记住：政府的宽大绝不是无边的。一定要注意安全！”然后，他就走了。

这件事情就这么过去了。我真为爸爸感到高兴，周看守这个人太好了。

转眼之间，寒冬消逝，一九六〇年的春大来临了，我能闻到空气里弥漫着春天的复苏气息。我感到很快乐，但我爸爸却感到越发虚弱。他一次次地发烧，越来越频繁。有一天下午，他把一块很重的钢块夹到车床上时，这块东西砸到了他的脚趾上。他疼极了，我都在尖叫。他感觉自己骨折了，非得上医院去不可了。

那天，他的胳膊夹着铺盖卷，一瘸一拐地穿过庭院。担心爸爸伤势的周看守陪伴着他。一个护理员把我爸爸领到了一间宽敞整洁的房间，里面有四张铺着草垫的木板床。他放下铺盖卷，坐了下来。我继续蹲在他的肩膀上。我看见一个戴白口罩的护士急匆匆地走进来，告诉我爸爸，他可以睡在床上。

我记得，这是我爸爸被捕以来，第一次躺在被褥里。一个姓唐的大夫前来为他检查。检查完毕，要求他住院治疗，因为，唐医生诊断爸爸得了肺结核。唐医生也是一个犯人。他就读的是法国教会学校。以后，他又在上海震旦大学学过医学。唐医生告诉我爸爸，X 光片子显示他的病是结核病时，我爸爸就问他：“我会死吗？”

他没有正面回答，“我们会照料你的。现在发现你有结核病，算你好运，因为有我这个大夫，还有好药。”

住院期间，爸爸受伤的脚趾恢复得很快，但他的体温一直很高。我爸爸开始服用药物，还搬到了一间大的结核病房，每个人都睡在大的单人床上。

我记得，我爸爸在大病房里住了两个月，身体渐渐好了。那个唐医生的医术精湛，帮助我爸爸迈过了死亡的门槛。

一九六〇年六月十三日那天，我爸爸正在洒满阳光的庭院里坐着。我也蹲在他的肩膀上晒太阳。这时，我看见医院的负责人、两名看守和两个身穿褪色的绿军衣的人，一齐来了。他们谈话的声音很低沉，还记着笔记。

我爸爸想，一定是出了什么事。过了一阵子，一个人跑过来说，“我们要调动了，每次他们一起来，就是要转移犯人了。有消息说，要把我们这些病人转移到别的劳改营。”

第二天，我爸爸被送回号子，开始清理自己的东西。傍晚，大家排队来到了院子里。负责教育与惩罚的许看守来了，他宣布说：“大家听着，由于你们都是病号，政府决定，把你们送到一个更适宜康复的地方。你们需要的是新鲜空气、阳光和新鲜的食品。所以，要把你们送到清河劳改营去，在那里好好劳动改造！”

大家被他的话感动了，人群躁动了起来。我爸爸早就听说过清河劳改营，有小道消息说，那里不仅工作轻松，还可以吃到丰富的食物。清河，顾名思义，就是清澈的河，大家很快就要沐浴在它那清澈的水里了。

我看到，在院子外面，傍晚的光线下，可以看见有十二辆大客车在等着。除一辆空车外，其他的车都已装满了犯人。我爸爸这些伤病号们上了那辆空车。一个看守上来对大家说：“等一下在火车上，你们要守规矩。如果谁要上厕所，就向看守打个手势—四指握紧伸出拇指。可以吸烟和说话。但不规矩的话，警卫会开枪的。”

车队出发了。汽车穿过夜晚的北京市区，抵达永定门火车站是凌晨三点钟。月台上混乱不堪，有近两千个犯人将一起前往清河农场，我看到其中一些人还拄着拐杖。一排排警察面无表情地站在那里警戒。点名后，大家一批批依次排好队，等火车进站后再上车。我看到，火车崭新的绿色车厢很漂亮，我贴着火车周身飞了一圈，嗯，绿皮火车很不错。

那是一九六〇年六月十八日的清晨，我和爸爸都记得很清楚。凌晨四点半钟，一声长笛鸣响过后，在朦胧的晨曦中，火车启动了。火车走了两个小时，到达天津。在天津站停靠了十几分钟。等火车再次启动时，阳光已经普照了大地，火车沿着辽阔的田野飞速前进。我和爸爸的心情都很好，毕竟出门远行，要见到新鲜的人和事。

火车最终停车到站时，我爸爸看到车窗外正对着一个巨大的标志牌，上面用粗红笔写着“禁区”两个字。这里就是茶淀火车站。

大家下车来到平台上，另一个标志牌写着“清河国营农场”。

号友郭大个子和我爸爸站在密密麻麻的犯人中，他们一下火车，就被引导到了铁路路基下面的一块平地上。以前，这里是一片水稻田。阳光很燥热，正值中午，细微的尘土悬浮在空中，涌进了我爸爸的嘴和鼻子，使他很难受，他大声地打了几个喷嚏。

我看见一个穿短裤戴草帽的人，他爬上了从车站里搬出来的一张桌子上，大声地说：“欢迎你们来到清河农场！现在，正赶上麦收，今年，粮食的年景不算好，我们农场没有车子让大家坐。瘸子和截肢的人可以坐车，其他人都要步行到农场去！农场距离这里有四十多里地。路过村子时，你们要低头，眼睛不准乱看。现在，大家排好队伍，准备出发！”

我想，哎呀，我爸爸他们现在必须要长途行军了，四十多里地呢，够远的。他们三人一排，顺序出发了。

我飞起来，能看见他们和铁路基平行着走，路基挡住了视线。后来，他们拐到一条高出来的路面上，大家这才看清了大旱带来的后果：眼前的大地一片焦黄，仿佛被火烤过一样，没有一点翠绿。经过一个葡萄园，我和爸爸看到葡萄叶子已经泛黄和卷曲。在广阔的田野上，玉米秆虽然是浅绿色的，但叶子已经变成棕褐色了。谷物全都发育不良，也不结果实。很明显，大饥荒正在到来。

走啊，走啊，太阳升高了，天气也更热了。我爸爸在头上平铺了一块手帕挡住阳光，天气热得让人受不了。没有看见一只小鸟，似乎也没有昆虫。天太热地也太旱，自然界的生命都动弹不了了。远处，有一排树荫和一些电线杆子。接近中午，队伍才进入一个村庄。村民们创建了人民公社，粉刷了鲜艳夺目的大门。大门是两根红砖柱子，中间有一块木板上写着“清河农场”。

我看到一帮小孩聚集在一起，默不作声地看着我爸爸他们。忽然，一个老人大步走过去，喊小孩回家去。我爸爸感到很羞愧，因为，他们是一些被放逐的犯人，不能靠近孩子们。

在村里的抽水井旁，大家灌满了自己的水壶，又继续前进。

下午三点，他们通过了另一个村庄，但仍然没有什么东西吃。这里的庄稼是水果和麦子，但它们都奄奄一息。大家被炎热和疲劳弄得昏昏沉沉，只好缓慢地走着。路很长，仿佛没有尽头，阳光直射下来，稀稀拉拉而又泛黄的麦子上反射出闪烁的太阳微光，吸一口气，就像吸火一样。我都快热疯了。我就使劲地飞，又怕爸爸晕倒。

下午四点半左右，大家终于看见了远处的农场。远远地，它像一些暗红色的斑点，旁边耸立着一个类似教堂塔尖的细高建筑。越走越近，我爸爸看清了，那是一座红砖水塔。长方形的院子被高大的砖墙围起来，墙上装有电网，被一条壕沟包围着。院墙的四个角都有看守塔。大家整队后过桥，进去后，走到一座未完工的大礼堂的墙边上。我爸爸看到，在礼堂顶上架着一个巨大的红五星。在左上方，还有三条标语挂在水塔的侧面，他默默地念道：

“总路线万岁！”“人民公社万岁！”“大跃进万岁！”

我往四周看，发现周围是一排排平房，像被栏杆围起来了一样。这就是我爸爸他们的住房，每间可容纳二十个人。条件远不如第一监狱！一个看守告诉大家可以坐下来休息，郭大个子和我爸爸四处走动，仔细看了看他们的新居。我很失望：它真是又脏又乱。因为营房是新建的，算是基本完工，还要人去清理干净。

“嗨！看这儿！”郭大个子小声地对我爸爸说。他指着一块宣传黑板，黑板上写：“今年收成不好，须减少口粮的配给。犯人的主食是小米、玉米和白薯干相掺和的食品。”

我爸爸的心情顿时沉重了起来。果然，晚饭时，我看到他们每人分到了两勺面糊糊菜汤和五个小米、玉米面和白薯片相掺和做的小窝头。窝头黏糊糊的，还有点甜味儿。

“他们就指望我们靠吃这个干活啊！”郭大个子饭量大，他吃惊了。这里的伙食比第一监狱差远了。

“也许，明天会多给我们一点吃的吧。”我爸爸也没有信心了。

我爸爸他们就这么在清河劳改农场安顿下来。

他们这一列车的两千名犯人被匆匆送到清河农场，显然是为了帮助抢收。在农场里，要求他们尽可能地从枯萎的庄稼地里多收获一些粮食。我爸爸他们弯腰在麦田里干了十几天。我看到，每天早晨四点，大家就被锤子敲打在一段铁轨上的“叮当叮当”声给弄醒了。大喇叭里高声放出来欢快的、吵闹不堪的音乐，大家都懵懂着醒过来。洗漱完毕，狼吞虎咽地吃完早饭，五点钟就来到了地里。在那里，我爸爸看见一个农业技术员和几个看守在等着他们。他们从装工具的车子里取出镰刀，一一递给大家，然后，我爸爸他们就开始开镰收割。

我发现割麦子的时候，人很辛苦，只能弯着腰沿着一垄麦田一路走到头，不能坐，也不能蹲。割一把是三撮麦秆，十八撮扎成了一捆，还要捆扎整齐。这割麦子的活儿听着很浪漫，实际上非常累人。我爸爸他们都有定额，但第一天，没有一个人能达到定额。

上午休息的时候，炊事员送来了绿汤水，这是伙房用青菜煮的水。我爸爸大口喝着，据说，它还有点营养。午饭，还是那杂面掺和的窝头和菜汤。接着，从十二点到三点，是午睡时间，大家都得闭上眼睛，躺在田埂上、林荫里，任凭蚂蚁在身上乱爬，也呼呼大睡，他们太累了。

由于伙食太差，有一天，我爸爸干着干着，就觉得自己支撑不住了。这时，郭大个子走了过来，弯下腰，假装他也在割麦子，然后从衣服下面拿出一个东西，竟是一个小西瓜！

“老郭，这是从哪儿弄来的？”我爸爸惊喜地问。

郭大个子用他的镰刀把西瓜砍成两半：“别问了，赶紧吃吧。”说着，他已经埋头去吃西瓜了。我也闻到了西瓜的甜润和清香气息。但我飞起来，帮助他们瞭望。还好，没有人注意到他们。他们俩很快吃完，埋掉了剩下的西瓜皮。

“感觉好点了吗？”郭大个子很关心我爸爸，“你的身体太弱了。”

“嗯，好一点了。好像现在到处都有饥荒。”

“是的。这里的情况，比我们想象的要糟糕。要不断地悄悄找到吃的东西。只有找到额外的吃的东西，才可以活下去。你要记住这一点。”

郭大个是我爸爸最好的朋友了。没有他，我爸爸在农场可能无法顽强地活下来。

由于我爸爸身体衰弱，加上郭大个子患了痢疾，那段时间里他一直拉肚子，身体也变坏了。结果，在七月一日这一天，郭大个子和我爸爸，加上其他三十多人被集合起来。

一个瘦瘦的看守说：“把自己的东西收拾好！你们的健康状况，已经不适合留在这个农场继续干活了。现在，要把你们送到一个有医疗设备、口粮也多的农场去！”

郭大个子和我爸爸互相看了一眼，觉得他在撒谎。七点钟，他们排队步行前往新的地方。那个地方并不远，两个小时就可以走到。他们要去的地方叫作元宝村。

那天，我爸爸精神十足地走着，毕竟，他逃脱了艰苦的割麦子劳动。当他们到达元宝村后，我印象最深的，就是那里既没有围墙，也没有看守塔，只有一片红砖平房、一个打谷场和一个地面不平的废弃篮球场。有篮球筐，但许久没有人打球了。

他们进入村子，继续往前走，到了村北头，我爸爸他们被安顿在一个院子里。这时，我爸爸发现，这里只有些老人，没有一个年轻人。那些老人正无精打采地坐着，有人正用苍蝇拍打苍蝇，然后，小心地装进瓶子。当时，正在开展消灭“苍蝇、蚊子、臭虫、麻雀”四害运动，要求每人每天消灭五十只苍蝇。

一个看守半天才从一间房子里走出来迎接我爸爸他们。他是独臂，衣服又脏又乱，像一个当地农民。他表情冷淡，带着郭大个子和我爸爸他们进入一间泥坯的长形房间。我看到，屋内堆满了杂志、报纸和少量书籍。原来，这是一间图书室！我爸爸兴奋起来。

“我姓王，是大队的领导。把你们送到这里来，加入老弱病残队，是为了照顾你们。但并不是说你们就可以不干活了。能干活的，都要干活。”

接着，他把大家带到一排用竹席子搭成的小棚户里。我爸爸他们就住在那里。爸爸把铺盖卷放下，心想，这棚子至少可以挡住太阳吧。然后，他们去伙房吃午饭：一碗菜汤和一小块窝头，窝头是黑豆做的，没熟，黏糊糊的，手拿不起来，只好用勺子挖着吃。

忽然，我看到有一个瘦老头进来了。他穿着脏裤子，皮肤晒得很黑，骨瘦如柴，还露出了一嘴大黄牙。他好奇地盯着我爸爸的吃相，说：“你们这些病号，吃的竟然是头等口粮的定量啊！”他惊奇地说。

我爸爸很生气：“这点口粮，还是头等定量？”

但郭大个子却微笑着说：“来支烟抽吧，伙计？”

那个浑身有臭味儿的老头很高兴地坐了过来。郭大个子给了他一支烟，“你在这多久啦？”

“六个月了。”老头儿回答道，“因为我有病，就被送到这里来了。”

“那你什么时候可以出去呢？”老郭问他。

“都出不去了，伙计，我在这里，就一条道走到头啦！”

郭大个子很吃惊，老头儿继续说：“你们可能不知道，元宝村专门收容在其他农场派不上用场，只吃饭不干活的人。一群被淘汰的废人！你们和我一样，出不去啦！就在这里等死吧！”他大口地抽着烟，“不过，除了吃得太差，这里别的还不错。不干活，可以聊天、休息。直到死掉拉倒……”他笑着用手做了一个进棺材的动作，“你们这几个病号，竟然吃得这么好，真是运气。我猜，这是为了让你们干活。”

老头猜对了。我爸爸他们被送到元宝村，就是因为这里的大部分人不能干活了，有些活儿又非干不可，就需要劳动力。

当天下午，一个大队长就分配我爸爸他们将土运到制砖场。当晚，我爸爸他们开了一个小会，挑出了挖土和抬土筐的人，让十个体弱的人去挖土，其余的两人一对儿，去抬五十公斤重的土筐。

第二天早晨，爸爸一直睡到六点，才被人叫醒。“嗨！睡懒觉的家伙！”我爸爸上伙房拿汤和窝头时，炊事员大声叫着，我去踩了炊事员一脚，他感觉不到。他一定偷吃东西了，要不然，怎么就他最胖。

开始干活了，我爸爸他们两人一对，抬着筐走一百米。初看起来这活儿不难，可时间一长，土筐就变得越来越沉。慢慢地，我爸爸很快发现，这个元宝村纪律不严，也没有定额，警卫人员也很少。大多数犯人不是病号，就是瞎子和跛子，大都很虚弱。而我爸爸这些相对身体较壮的人很快适应了挖土的活儿。

由于这一年大旱，清河农场自产自给自足的粮食供应也陷入了困境。农场管理人员就制定了寻找代用食品的方法。从那以后，我爸爸他们的食物里就加进了野菜，掺和着粮食吃了。而且，有两个班被专门派到地里收集各种可以吃的植物，其余的人则继续干活。

我还记得，爸爸他们喜欢吃马齿苋菜，略带酸味，营养价值不大。他们又把榆树叶都摘下来混到玉米面里，熬成粥，非常黏稠。

我最为忧心的，是爸爸一直没有换洗的衣服。他后来又被派去清理猪粪，这个工作让他浑身又脏又臭。

有一天，图书馆的管理员老熊把我爸爸叫去了。他过去是一个教师，戴眼镜，穿白色衣裤和黑鞋，在元宝村很显眼。老熊就领着我爸爸到图书馆里面的储藏室，说："里面有很多旧衣裤和旧鞋子，你随便挑几件吧，总比没有换洗的强。"

我爸爸每样衣服都抓了一件，他很感谢老熊帮助他。这时，他看到老熊拿出一张纸条，在上面写上了我爸爸的名字，又加上一些数字。

"你这是在干什么？"我爸爸好奇地问。

"这是你下个月的零用钱，两元。你是七月一日来的，七月十五日，你就可以拿到你的津贴了。你的活儿要是干得好，就可以得到这钱。要不，就会扣掉一些。"

"是不是每一个人都有津贴？"我爸爸问。

"不，只有干活儿的人才有。我们这里的规矩是，不劳动者不得食。"

我爸爸还看到墙上挂着的一张表，上面有些纵横的小方格："那是什么表格？"

"那是元宝村死者的墓地记录表，"老熊平静地说，一边整理着材料，"我把死人的名字写进一块小方格里，就可以知道他埋在什么地方了。"

"坟墓是事先挖好的吗？"我爸爸惊恐地问。

"不是呀，如果事先挖好，就会被冬天的雪填满，每一个坑都得现挖。因为，最近这里死了不少人。”

“他们不把尸首送回他们老家吗？”我爸爸又问。难道我爸爸想回他的法国老家？

“噢，可以啊，但只有家属提出要求时才送，但要家属自己花钱。因为一旦人死了，就不再被看成犯人了，骨灰当然可以拿走。但有的人家不要，就埋在这里了。”

我爸爸沉默了，我知道，他可不想作为死者，被填到那个表格里。

七月二十五日，来了一批新犯人，有三百多人。他们有些人躺在担架上，剩下的不是拄着拐棍，就是相互搀扶着。很明显，把他们分配到元宝村，就是来等死的。看来，外面的情况越来越糟糕了。不知道为什么，食物的匮乏成了最严重的现实。

在那年的后半段，郭大个子始终在想办法，帮助我爸爸提高营养。他是一个寻觅食物的高手。有一天，他弄来一只小鸡，还抓到一只刺猬。只见他手脚麻利地取出内脏，在鸡和刺猬的周身裹上黏土，做成一个泥球。在火上烤几个小时，然后才打碎泥球，把土从鸡和刺猬身上剥下来，羽毛和刺猬皮就连土一块去掉了。再加上些野蒜和从马食槽里弄来的一点盐，那烤鸡和烤刺猬，就成了我爸爸和老郭最香甜美好的食物了。

我记得，天气渐渐转凉了。虽然伙食很差，但我爸爸和郭大个子互相支持着，没有倒下去。十月的第一个星期，我爸爸做了一个疖子切除手术，没有麻醉。农场的医生切开疖子引脓时，我爸爸疼得咬住了一块破布。手术成功了。

看守给了我爸爸五天的休息时间。他感到每天身体都在好转。他到处闲逛，在图书室看杂志，很悠闲。而且，他从老熊的墓地表格上，看到又埋葬了一些新的死者。因为墙上那个表格的很多小方格，是最近被填满的。

十月十三日，我爸爸在野地里放猪。这时，那个说我爸爸口粮太高的老头走过来，告诉我爸爸说，看守在找他。我爸爸赶紧回到院子，看到在看守办公室门前，停了一辆木制马车。郭大个站在那里等着。他在微笑，这说明，是好事情。

看守宣布说："因为你们两个劳动积极，态度端正，现在，上级要把你们转到第三农场去。立即出发！"我爸爸和郭大个子转场了！这是很罕见的事。据说，到元宝村的人一直是有去无回的，只有我爸爸和郭大个子是个例外。

在第三农场，郭大个子和我爸被派去挖水渠。没有干多久，爸爸遇到了一个机会。

那是一个多云的下午，我看到，看守集合了全体囚犯，去大礼堂开会。那个大礼堂已快完工了，舞台四周都是醒目的标语口号。我爸爸坐下来时，看到一些陌生面孔，大约有一百多人。清河农场王副场长站在那里，他大声说："今天，我要告诉你们一个好消息，你们要到东北的兴凯湖去建立一个新的农场。你们这些人是专门被挑选出来的，将担负为国家生产更多粮食，提高人民生活水平的光荣任务！"

坐在爸爸边上的一个人说："赶快鼓掌！"大家拍起手来，掌声雷动。

"过几天，政府将发给你们棉衣，"副场长继续说，"你们可以给家属写信，如果愿意，还可以让他们到这里来看你们。你们在四天内就出发。这是大喜的日子，你们要自愿参加，但不能都去，要经过审查，看谁合适谁才能去。"人群骚动起来，大家都充满了希望。

其实，在那么短的时间内，任何人都不可能见到家属。开始报名了。我爸爸随着人流，涌到一个拿着钢笔的看守面前，他自愿报名去兴凯湖，他一定想起了《水坝》那场戏。我知道他原先的想法改变了，饥饿感和粮食匮乏，让他重新萌生了前往东北农场的心愿。

接下来的几天里，我听见大人们都在谈论着，说东北的粮食很丰富，随便往地里撒点什么就能长成庄稼，那个很大的兴凯湖里满满的都是鱼，在长白山和大兴安岭的树林里，有很多野猪、野鹿、野鸡，还有能吃的浆果。而田野上长满了大豆、玉米、高粱和稻子。

但我爸爸想起来去过那里的人说过相反的话，那里的冬天最冷时气温会在零下四十度。一旦冬天降临，不管你穿什么样的靴子，脚都会被冻坏，在冬天当地人要穿用“乌拉草”做的草靴，那是一种特殊的草，要把乌拉草衬垫在草靴里，用它吸收潮气，就可以防止冻疮。在兴凯湖，到了夏天，硕大而凶猛的蚊子满天飞舞，人们要戴着面罩和手套去田里劳动，否则会被蚊子叮死。比如，上厕所的时候，即使点一把草熏蚊子，凶猛的蚊子还会把屁股叮肿，晚上没有人敢光着身子睡觉。好在黑油油的土地很肥沃，不需要怎么伺候，就可以长出庄稼。在那里，四月下旬才开始解冻，十月就上冻了。这期间的几个月，要抓紧时间种稻子和大豆，只要在田里撒下种子，就行了。

我爸爸通过了审查，他很高兴。一九六〇年十月二十四日，我爸爸他们一千七百人挤进很多辆大卡车，被拉到茶淀火车站。我也很高兴，在空中跟飞。在这段二十二公里的路上，我曾和爸爸在太阳底下艰难地走过。

当大家上了列车，火车开动，呼哧呼哧地向北驶去。离开清河农场时，我爸爸在内心里欢呼。再见，元宝村，他庆幸自己没有成为墙上方格里记录的死者。

我很兴奋，我和爸爸一起出发的旅程开始了。我在列车上的每个人的脑袋上飘荡。我往下看，看到他们每人都带着一个铺盖卷，里面装着胸前有扣子、腰间有带子的黑棉袄，一条黑棉裤，一双用绿色橡胶和帆布做的长棉靴和一顶带有护耳的皮帽。火车上没有暖气，渐渐地，火车越走越冷，郭大个子和我爸爸打开包裹，穿上棉衣。

火车到达沈阳后停了二十分钟。然后，继续前行。第二天早晨，天刚亮，火车就到了北方的大城市哈尔滨。火车在那儿停了两个小时。透过烟囱冒出的烟雾，在灰蒙蒙的晨曦中，我和爸爸能看见远处的一座俄式教堂的洋葱形屋顶。

终点站是一个小城密山县。火车到站时，我看见有四五十辆带帆布顶篷的军用卡车已经等候在车站外面。大家排队挤进卡车。每辆车的后面都坐有两名警卫，荷枪实弹，表情严肃。我看到，每隔五辆卡车，就有一辆吉普车跟随，吉普车上坐满了带枪的士兵。

一路上，我能看见乡村和田野飞闪而过。晚上八点，我爸爸他们到了转运站。这时，天色渐渐昏暗，空气凛冽而清新，可以清楚地看见星星了。这地方的一切都给人以充满活力的印象。在半明半暗的阴影里，只见一排排对称的大帐篷里都点着油灯。在明亮的厨房帐篷里，笑嘻嘻的厨师慷慨地给来客端出两天以来的第一顿热饭——一盆难忘的面条。啊，我和爸爸，还有郭大个子都很惊喜地看到，面条上面堆满了煮黄豆！虽然犯人们冻得直打颤，但这时所有人的精神都振奋了，人人都感到兴高采烈。

他们住进了宿舍帐篷，钻进铺在夯实的土地上的草堆里，满意地睡着了。

第二天早上，当铁锤敲打铁轨作为唤醒的铃声时，天还像黑墨水一样黑。炊事员给他们盛了掺着洋葱的玉米粥，这可真是美味啊。郭大个子和我爸爸几口把粥喝完，却仍然站在木桶边，想不到啊，炊事员从桶里又给他们盛了一碗。这一次，我爸爸真的吃到了第二碗！这是几年来的第一次！我都为此欢呼了。

那天，他们一直沿着新修的土路往北走。这时，我看到，他们早已身处广阔的农场范围之内。可以看到耕地、营房、瞭望塔、村庄和正在干活的人。在还没有被完全收割的菜地里，我爸爸从来没见过有那么多的大白菜，一切都井井有条。我发现，这里的警卫并不呵斥我爸爸他们东张西望地乱看，也不禁止他们谈话和抽烟。看来在兴凯湖，只有劳动才是最重要的。

我爸爸他们在下午四点钟才到达了农场。新近完工的砖房，看起来坚固而舒适。下了卡车，我爸爸惊异地看到，人们已经安排好了欢迎仪式，大条幅上写着：“欢迎我们的新同学！”眼前都是微笑的脸和热情的招手。他们喊着，敲着小鼓和嘈杂的铜钹在欢迎。我爸爸确实被感动了。过去，他们是令人唾弃的人，现在受到了英雄般的欢迎！一桶桶热水和泡好的茶上来了，有人递来香烟，还有人主动帮他们扛铺盖卷。

我爸爸满意地喝了一杯茶，被分配好了营房。之后，大家又被集合在一起，去听一个身材粗壮的干部讲话。

他身穿羊皮大衣，头戴棕色皮帽，帽上佩有一颗红五角星，大声说：“我姓黄，是这里的场长。我办公室的门总是敞开的，如果你们有思想问题需要找我谈，什么时候来都可以。这里是第九农场，这个地方比较特殊，它位于兴凯湖最差的地段，是为那些愿意格外努力劳动的人建立的。我们已经修建了菜地、果园和大豆加工厂。我们还饲养猪和其他家畜。我对你们的唯一要求是，要遵守规定。你们需要休息，明天不劳动，你们要利用这个时间，为后天开始的劳动做好准备。”

黄场长讲完话，我爸爸他们吃了一顿令人更加难以忘怀的饭：黄豆烧猪肉，还有洋葱和浓稠的白菜叶玉米粥！看来，真的来对地方了，我爸爸和郭大个子互相赞叹，十分高兴。

第二天，专门用来学习如何在这里生活和劳动。老犯人在给大家讲解，但我爸爸已经有心理准备了。再说，我爸爸他们住的砖房都能够传热，砖房的墙与墙之间，留有生火过烟的空隙，冬天就不会冷。

第三天的劳动很是轻松愉快，我爸爸他们把将要收割的大白菜散开的叶子捆起来。没有规定干活的指标，只求大家凭良心辛勤劳动。这里减少犯人口粮，只是因为他劳动态度不好，而不是因为产量低。我爸爸他们全身心地投入劳动。

在田里干了几天，我爸爸为能生活在这荒凉的土地上吃得饱、穿得暖而感到由衷的高兴。

半个月后的一天，忽然有人通知我爸爸去见黄场长，说有要紧事通知。

我爸爸到了场长的办公室。他看上去很严肃："我要通知你，你和另外两个人，现在有很大的麻烦。我现在不能告诉你是什么问题，你先回去好好想想。明天，北京来的人要同你谈话。"

我爸爸十分惊慌："是我过去的一些事吗？"

"不，是你被逮捕以后的事。你明天要老老实实地回答，不要隐瞒。"黄场长说。

我爸爸回到宿舍，看到郭大个子和另一个姓秦的犯人也被叫走了。到底是什么事呢？我爸爸一夜不得安宁，想解开这个疙瘩。但他怎么想，都想不明白。我帮我爸爸想，也想不出来。

第二天上午，有两辆吉普车来接我爸爸、郭大个子和老秦，他们都紧张得要命。车子直接来到了第九农场场部。警卫把他们推进候客室。我看见，室内有一个铁炉子，墙上挂着毛主席像和一张中国地图。

十分钟后，一个警卫把我爸爸带进一间房子，里面有个身穿蓝色制服的干部，他坐在桌子后面，浓眉下的一双眼睛审视着我爸爸。黄场长和他坐在一起。他们叫我爸爸坐下，穿呢制服的人说，“你是一个法国人。为什么从清河农场转移时，你没告诉他们？”

原来是为了这事，我爸爸放心了：“我以为清河方面会告诉他们的啊，我是自愿来的。”

“我们并不责备你自愿前来，但你应该先和看守或监狱长说明这个情况。”

我爸爸很委屈，“五个月以前，我从第一监狱转移出去时我就告诉过他们我是法国人。他说，国籍没有用，所有的犯人都得听从命令。”

“国籍当然很重要，”他打断了我爸爸，“送你到这里来，是错误的。到房间去把你的东西收拾好，准备回去吧。”

我爸爸得知，郭大个子和老秦也受到了同样的处置。因为，他们都是华侨。后来，我爸爸明白了，那时候，兴凯湖在中苏边界，那是一个很微妙的地方，是不允许外国人或华侨进入兴凯湖的。

我记得是十月二十九日，几个人在警卫护送下，垂头丧气地乘火车南归了。老郭、老秦和我爸爸，还有两个警卫战士一起乘火车回清河农场时，占用了整整一节车厢。大家在旅途中保持着沉默。到了茶淀车站，有一辆吉普车在等候。

回到农场，爸爸看到，除了天气变冷了，别的同他们离开时一样。三个人被送到第三分场，编入由姓杨看守领导的临时大队。

在接下来的三天里，我爸爸做了杂七杂八的打扫卫生工作。接着，我爸爸被编入第五大队第一小队。小队里有十六个人，差不多各种人都有，尤其是有海外关系和血缘的。

郭大个子被指定为室长，这对我爸爸很有好处。每个人都信赖他。郭大个子还负责伙房，管理和分配口粮。那年冬天，当粮食变得异常紧缺时，他为我爸爸吃到东西想了很多办法。

我爸爸发现，食油对人的营养是最重要的。食油给人以力量，没有油，人就不能干活。在那个困难时期，食物只有粮食和青菜，几乎吃不到肉。一个农民杀了一头猪，如果被发现，就会从农场直接送到劳改营来。

一九五九年红薯大丰收，一分钱就能买到一斤红薯。报纸上连篇累牍地赞扬红薯营养价值高，热量超过大米，蛋白质超过小麦，还有各种食用方法的建议，有红薯面包，红薯薄饼以及红薯点心。有一次，我爸爸吃了太多的红薯，结果腹泻了，病倒了两天。到了一九六〇年，清河农场红薯的收获也很糟糕，连红薯都没得吃了。

那一年年尾，我爸爸一直在搬运砖头，直到严寒降临。他只有身上薄薄的衣服，因为过冬的棉袄在兴凯湖被收回了。他只好在屋子里休息。

我爸爸就用这段休息时间阅读和学习中文。一天下午，他觉得烦闷，就去探望专门住了老人和病人的房间。虽然里面生了火，实际上是没有希望的囚犯牢房。一些人躺在草席上在等死。我爸爸记得，一个衰老的牧师像小孩一样在吮吸着糖果。他存有一点糖果，整天数来数去。他从许多包糖纸中拿出干净的一张，举到眼前透过玻璃纸来窥视我爸爸。

郭大个子给我爸爸弄到了一些衣服。第二天，我爸爸就能去劳动了。他有了一条右膝有块大补丁的裤子，有了这条裤子和一件旧棉袄，我爸爸的服装就全了。

我记得，这年冬天，我爸爸他们的粮食供应情况越来越糟。由于歉收，粮食根本不够吃。找食队早就建立起来了，他们找到的野菜，干得像一堆干草，成了主要的口粮。把它们掺在汤和窝头里，虽不能增加营养，但至少增加了体积。过去常吃的玉米粥成了只在节日吃的奢侈品。我爸爸每天的伙食是发黑的红薯馒头，有时掺上豌豆面或粗糙的连皮磨成的小米面。好一些的日子，汤里有一点生胡萝卜块或白菜。

最艰苦的劳动，是用两轮车运砖，两人一辆车，绳子很容易磨破薄棉袄。我爸爸用剩下的旧帐篷做成了帆布鞋罩，可以防止小石子进入靴子里。帆布还能做成手套，爸爸用绳子紧紧地扎住袖口、裤脚管和腰部，把宽松的衣服密封住，千方百计防止身体上的热量散失。

十一月里，有一段时间，我爸爸被派去打扫马厩。与猪相比，马闻起来简直像喷了香水。一袋盐放在马厩后的贮藏室里，我爸爸从马的眼皮底下偷一把盐时，马也从来不吭声。我爸爸还发现了一个很大的甜菜窖，他把甜菜藏在棉袄里带回房间，吃起来又甜又辣。

我记得，一九六〇年的冬天特别冷，冷得我总是想躲到爸爸的怀里。农场供应的食品仅仅维持了人的基本生存。收割白菜的那几天里，大家被全体动员起来，到寒冷、泥泞的地里，赶在下雪之前把白菜都收回来，搬进地窖。

在地窖里，每当警卫不注意，我看到包括我爸爸在内，大家都把自己的脑袋钻进肥大的白菜里，像小兔子一样把菜心啃掉，四周都是喀嚓喀嚓的声音。

一九六〇年十二月，我爸爸已经熟悉了清河农场的生活规律，成了一个很内行的囚徒。他懂得了怎样在肉体和精神受到考验的环境下，顽强地生存下来。

我爸爸的确生存下来了。恶劣的气候、艰苦的劳动、精神上的屈辱、由于削减口粮造成的半饥饿状态，这些我爸爸都能承受。但是，疾病和虚弱的侵击，我爸爸却无能为力。

临近圣诞节，每年的这时都要给田里施肥。劳动的班组天天变化，完全取决于谁有力气能出去干活。

那段时间里，我爸爸被叫去同另一个牢房里的老邵合作，把肥料运到田里。老邵身体很强壮，他新中国成立前是个三轮车夫。老邵的视力好，人们管他叫“雷达眼珠”，因此，他成了清河农场拣香烟屁股的冠军。他能发现别人扔掉的香烟屁股，即使别人已经搜寻过，他也能找到。冬天里，香烟同食物一样稀罕，发现一个烟屁股，不仅可以当作交换其他物品的货币，对于吸烟的人来说，也是难得的享受。

圣诞节那天，北风大作，天气干燥、晴朗。老邵和我爸爸把肥料撒在麦田里，从早晨干到下午。差不多到下午四点钟，他们蹒跚地走到避风的田埂歇息，仰卧在地上，沉默着注视着天空。

然后，老邵开口了：“菲利普，你们外国人的大节日，是在元旦的前一个星期，对吗？”

他的问题让我爸爸很意外。看来，老邵不知道圣诞节这个名称。我爸爸说：“你计算得很正确。怎么啦？”

这时，老邵从黑棉袄中掏出一个用报纸包好的小包，递给我爸爸：“这是给你的圣诞节礼物。”

我爸爸十分惊异，他有些疑惑不解，打开来一看，里面是一支一英寸长的、令人喜爱的香烟屁股！我爸爸很兴奋，问他要不要一起抽。

他不要，说："这可是专门给你的节日礼物。"

那天晚饭后，我爸爸就是抽着那支美妙的香烟庆祝了圣诞节。

虽然处于大饥荒时期，我爸爸他们过新年的时候，竟然还有会餐。

十二月三十日那天晚上，郭大个子从伙房回来，对大家说："好消息！大家要准备过个好新年了。据说，每人会有一块年糕，蒸熟后，足有一公斤重。每人还有二两肉、一些菜、二两糖和两块饼！"

这一回，新年的会餐果真是郭大个子说的那样，汤里有带肉的骨头。我看到我爸爸用牙齿仔细地嚼碎后，全部吞下去，再用一勺水冲在碗里，把带着油花的水也喝了。当晚，我爸爸回去睡觉，感到接近饱食的无上幸福，而且，明天是元旦，肯定会有更好的一顿饭。

人吃饱了，是多么幸福的事情啊！我爸爸躺下去，他满脑子都在这么想，我知道他是在这么想。

第十二章　1968 年 5 月 11—15 日

警察逮捕了玛丽，我听说了之后，就去警察局交涉。第二天，也就是 5 月 11 日的下午，迫于某种压力，玛丽被警察放出来了。我和她回到了家里，神情都很疲惫。这个时候，我爸爸和芭贝里正在焦急地等待我们。玛丽一进屋子就歪倒在沙发上，疲惫已极。看到我们回来了，爸爸非常高兴："你们没事就好。不受伤就好。那么混乱，要学会保护自己。你们没有任何对付那种大型运动可能带来伤害的经验。"

我知道我爸爸是经验丰富，要不然，他绝不会活着回到法国。在中国，他经受的磨难可够多的了。"爸爸，你放心吧。"我抱起沙发上的玛丽，进了我的屋子。在屋子里，我们拥抱，接吻，然后，我们窝在沙发上继续睡觉。这一觉睡得好长好长，等到我们再次醒过来的时候，已经是 12 日的早晨了。时间就这么一下子过去了二十多个小时，而我们就像一下子跌到了时间的表盘之外，对此毫无感觉。

面对从窗外洒进来的晨光，朦胧的光线里，恢复了健康和美丽的玛丽搂着我："菲利普，我一直都在做梦。前天晚上发生的，也都像是一场梦。大家都疯狂起来的梦。没有主角，或者，所有的人都是主角。那么多的火，催泪瓦斯，街垒，口号，警察的皮靴，奔跑，鹅卵石的反击，流血，监禁。我现在想想，感到了后怕。”

我说：“你一直都是既害怕又坚强的。在警察局里面，他们没有对你们动粗吧？”

“没有，我们被抓进去的人很多，各个大学的学生都有，还有一些司机和小商贩，社会上各种人都有。警察给我们做了登记，拍了照片，就把我们放出来了。”

回想起来，是的，5 月 10 日那天晚上，一切都显得那么混乱和没有秩序，什么都是自发的。即使有全国学生联合会的组织，但整个街头爆发的运动，都是混乱不堪的，也是不堪一击的。后来想想，和警察的对抗中，警察发射催泪瓦斯，还是克制的，没有开枪打死人，没有死一个学生，这真的是奇迹了。也不知道哪个国家，可以像 5 月 10 日的巴黎街头那样，有一个这么自由表达和宣泄的时刻。在这个时刻，大家其实都是乌合之众，但就是这些乌合之众，铸造了一个“街垒之夜”。

可这个事件是怎么酝酿到后来爆发成街垒之战的呢？就是由于当局拒绝释放 5 月 3 日被捕的学生。谈判无法进行，学生领袖就举行了大规模的游行示威。然而，当局并不妥协，也不想答应学生的任何要求。示威的学生们发现，5 月 10 日的下午，塞纳河上所有的桥梁都被警察封锁了。学生被激怒了，学生领袖发出了“占领拉丁区”的口号，因为，是警察先占领索邦大学的。就是这么回事。

我的头疼得厉害，不知道是为什么，记忆的底片有时候是不显像的，是模糊的，充满了斑点的。记忆的屏幕上，那些光斑在不断地闪动，就像蝴蝶在扇动翅膀一样。蝴蝶羽衣上的粉状物轻盈地散开，早晨的光线穿越了青草的顶端，微风将植物吹得摇摆不定。我感到头晕，感到呼吸急促。何况，我的怀里还有玛丽。

我说："玛丽，事情还在发展中，运动已经像野火一样被点燃了，停不下来了。"

玛丽说："那会向何处发展呢？最终会演变成什么样子？学生们到底要什么呢？"

是啊，玛丽说得对，学生们到底要什么呢？前天晚上，街上的人们，用树枝、铁丝网、铺路石和汽车，把它们堆积起来，构筑成街垒，到底想干什么呢？抵御警察的突击？警察为什么突击学生？这之间的对抗是为了什么？是反对政府吗？从任何角度看，那些街垒都毫无价值，不堪一击。后来的情况也证明了这一点。警察只要奋力冲击，这些街垒就没有什么抵抗力，街垒不过是象征，象征学生能够在大街上和警察以及警察背后的权力对抗。这就是街垒之夜的象征意义。

玛丽说："我估计前天晚上我们建立的街垒，现在都不存在了。你说呢？都被他们铲平和清理掉了。"

我说："肯定啊，警察十几分钟就可以完全破坏一个街垒。我记得，盖-吕萨克路和附近地区的街垒，虽然看上去很大很复杂，却抵抗不了警察的催泪弹和放火焚烧。"

玛丽说："而且那些街垒紧密相连，四下都是死路，把建造它们的学生也包围在里面了，弄得大家无路可退。这就是警察后来抓住了不少人包括我的原因。"

我说："我是躲到公寓的走廊里了。和你失散了。我看到有一个街垒甚至建在一条死胡同的入口，也不知道是谁这么干的，一点退路都没有了。这些傻瓜。"

玛丽想了想，说：“这些傻瓜里，难道没有你和我吗？”

我笑了，说：“我不是傻瓜。假如时间充分，在营造街垒方面，我有自己的主意会贡献出来。”我站起身，从我的书架上取下来一册皮面装的历史书，“玛丽，你看，在一百多年前，巴黎人民搞革命的时候，对抗的可是敢于杀人和开枪的军队啊。那个时候，他们营造的街垒很坚固，可以从军队的眼皮底下正面反击和抵御骑兵的冲击与包围，最后还能突围而出。那时的街垒是很讲技巧的。你看，这些街垒是很专业的人建造的。巴黎人中间有高人。”

玛丽：“前天晚上的那些街垒，是不是在形式上和十九世纪的巴黎公社建立了某种联系？让人想起了法国大革命的时代？可我知道，没有人希望发生内战，即使是那些官僚的各个派系，也不过是想取得政治上的胜利而已。”

我说：“对呀，亲爱的玛丽，你对眼前的事情分析得很透彻。那些简陋的街垒，的确唤起了人们对巴黎公社的历史记忆，也使眼前的事情和当年的历史找到了对应的关系：戴高乐派变成了凡尔赛宫里的保守势力。”

玛丽说：“我很想知道，昨天白天和今天的现在，巴黎又发生了什么。我们这一觉，睡得实在是太长了。”

我去打开了收音机。我们听到了最新的消息：

一夜之间，法国已陷入社会危机之中。医院和警察局旁边都是找不到他们孩子的家长。戴高乐的反对派的报纸，正连篇累牍地登载谴责警察暴行的评论。最重要的是，法国两大工会联盟—法国总工会和法兰西劳动者民主联盟，决定在5月13日星期一，也就是戴高乐总统就职10周年这一天，举行一次全国范围的罢工和游行，以抗议政府对学生的残酷镇压。而刚刚从阿富汗出访回来的蓬皮杜总理，试图做出一些让步来息事宁人。

比如，他允诺将重开索邦大学，同时撤离驻扎在校园里和拉丁区的警察。但是，显然，目前的情况是：一切都太晚了。

我说："你听，玛丽，事情搞大了。现在，工人要参加进来了。有好戏看了。法国总工会和法兰西劳动者民主联盟他们一旦动员起来，就会有上百万的工人都起来。"

玛丽说："5 月 13 日，就是明天啊。明天，我们去看看，大街上到底会发生什么。你父亲还会阻止你上街吗？你还会和你父亲争吵吗？"

我说："吵归吵，但我知道他在想什么。他就是觉得眼前发生在法国的一切，他是那么熟悉，就像是人人陷入到了一种精神的癫狂里，不知道自己要的到底是什么。他就是对任何形式的群众运动都不感兴趣了。这来源于他在中国的'右派'经历。他是受过磨难的人，他想忘记他经历的一切。我们要理解他。"

5 月 13 日这一天，我和玛丽来到了大街上。由两个法国工会发动的大游行如期进行，这是谁都阻止不了的。

这一天，在巴黎，庞大的游行队伍塞满了巴黎的大街小巷。如果你可以飞到空中，你会看到，巴黎到处都是人，大概有一百万人参加了这次声讨政府的游行。5 月 10 日的街垒之夜，激发了法国人藏在内心的悲愤的声音：反抗这个冷酷专横、等级森严的阶级统治的社会秩序！这一天，还有左派的政治家密特朗、罗卡尔、孟戴斯－弗朗斯和瓦尔德克•罗歇，走在队伍的最后。

学生领袖达尼埃尔•科恩－本迪则走在队伍的最前面，这激怒了总工会的领袖。我们跑过去，和他打招呼。达尼埃尔•科恩－本迪很开心，他现在是新闻人物。他对我说："对我来说，引领着游行队伍，把那些斯大林主义的垃圾们甩在后面，可真痛快！"

这一天,“条子”们都隐藏起来了。据说,警察局长格里莫动用了八千名警察,守卫总统待着的爱丽舍宫和其他有可能被学生冲击的地方。游行队伍和这些警察宪兵彼此都很忍让,没有发生剧烈的冲突。结果,5 月 13 日的游行示威十分的平静,这是谁都没有想到的。

玛丽说:“你看,那些街垒都不见了,真的不见了。”

“不可能还在,因为,政府如果还不清理掉,就说明学生让他们屈服了,说明学生的力量强大。他们必须不露任何痕迹地消除那些街垒。”

人越来越多,我和玛丽陷身于游行队伍里了。我观察路边出现的那些警察,在面对一百万游行大军的时候,他们的表情是畏缩的,只是远远地躲着,并不前来阻止。政府似乎也没有新的应对举措。

在法国,游行一向类似于一个集体节日,游行是大家在街上漫步,打出来表达想法的横幅,或者高声地喊几句口号,就这么非暴力不合作。游行,真的没有什么可怕的。当然,催泪弹的滋味我也尝过了,也没有那么可怕。我和玛丽跟着的这支游行队伍,很快来到了埃菲尔铁塔下面一个古老的阅兵场—五月广场上。

忽然,我听见有人高喊:“政府让步了,安全警察已撤出了索邦大学!”

这时,人群顿时激动了起来,一些人高喊:“向索邦大学进军!”

我拉着玛丽的手,也跟着游行队伍向索邦大学而去。我们走到了校门口,看到了校门大开,警察果然撤退了。有两万到三万人挤了进去,大家拥在学校古老的庭院和教堂台阶上。每个房间都坐满了人,大剧场里也充斥着辩论的声音,人们对法国面临的政治问题畅所欲言。我的脑海里出现了共时性的画面,类似古代希腊和罗马的那些课堂上,哲学家和政治家在那里辩论,所有的嘴巴都在说话，可谁在听呢？

几小时的时间里，我看到索邦大学的墙壁上就贴满了振奋人心的革命标语，那些标语是“政府无能，让它垮台！”“工人和学生在一起！”“戴高乐去养老院吧！”“我们都是一小撮！”等等，在挂满了鲜艳的旗帜的墙上，和旗帜一起互相映照出人们的心里在想什么。条子们都不见了，他们真的像蓬皮杜总理所承诺的那样，撤离了学校。那么，运动会往哪个方向走？蓬皮杜采取缓和态度并答应学生要求的举措，会终结刚刚兴起的运动，还是会纵容这个运动继续向前？我的脑海里出现了很多的疑问。

在索邦大学，我们在人群中和教室里穿梭。我看到，这里成了一个革命活动的中心，也是一个嬉戏的广场；是一个狂欢的殿堂，也是一个巨大的剧院。学生们为重新占领索邦大学而兴奋。索邦大学里有一个圆形大剧场，可以容纳五千人左右的观众。那天晚上，在学院里的这个大剧场里，学生们举行了一次全体大会，选出来一个由十五人组成的占领学院委员会。占领学院委员会！听听这名字，就知道有多么无政府了。我不禁哑然失笑。

有意思的是，这个十五人组成的委员会的权力，只有二十四个小时。因此，一天之后的第二天晚上，全体大会继续重新选举占领委员会，如此类推，这样就不会产生任何官僚独裁。有趣的是，大剧场里的气氛总是那么紧张热烈、不同凡响。开会的时候，人人都可以进来，人人都可以发言。有关于革命前景的辩论的，有要求加强各派系之间的团结的，有要求学生宣誓继续革命到底的，有要求富有斗争精神的工人无论工会领袖说什么，都坚决支持学生运动的演讲的。

我还发现，在索邦大学的阶梯教室和报告厅里，在学院的那个大剧场里，所有人都可以自由发表意见，参与公开讨论，传单、海报以及涂鸦到处都是。而每天进行一次的选举选出的工作组，则围绕一些论题进行讨论，并发表讨论报告。我听了听，他们的论题各种各样，比如有拉丁美洲的反帝斗争、大学学科的重新界定以及膳食、婴幼儿托管、女性职责等五花八门的问题。他们关心的问题可真多啊。

声音太多了，也会让人心烦意乱。过于热闹了，有时候想念的就是清静。玛丽拉着我的手，在索邦大学里穿梭。她这时开始情绪高涨了，她是慢热的，就像每次我要抚摸她很久，她才会兴奋起来一样。

索邦大学里挤进来了更多的人，到处都插满了红旗，贴满了标语。在每一间教室里，甚至在楼梯的平台上或走廊中，各个“行动委员会”都在商讨下一步的行动方案。这些委员会现在负责革命运动的各项事宜，从与工人保持联络的小分队，到负责食品医药的保障，应有尽有，简直是巴黎公社的翻版。大家像过节一样兴奋，像野马一样奔腾在校园里。学生们无论是白天还是晚上，都很兴奋。尤其是晚上，大家更加兴奋，到处都是人，他们一点都不觉得疲倦，而是兴奋得两眼发红。

我记得，我听到的一次达尼埃尔·科恩－本迪的精彩演讲，就是在深夜两点开始的。当时，那个类似古代罗马斗兽场的圆形剧场里挤满了人。达尼埃尔·科恩－本迪站在那里，他说：“为了反抗资本主义制度，只有用这种方式，包括在大街上直接行动的方式，才可以表达我们的诉求。号召工人全面罢工，是推翻资本主义和资产阶级的武器，我们必须和工会一起行动起来。法国警察用美国人在越南的方式镇压我们，我们将在不久之后，建立一个人民法庭，来审判国家警察局！”

大家为他的演讲鼓掌叫好，不管他说的有多么空泛和煽情，大家都会叫好，而不会动脑子想一想，这会不会真的实现。所以，场面十分激动和混乱。

接下来的演讲者，是一个典型的青年革命激进分子，他穿着套头衫和一条黑裤子，有一头蓬乱的长发，眼睛中流露出疲惫和兴奋交织的情绪。

“这次革命，”他指着身后的旗帜说，“是为了树立社会主义和工人国家的红旗而进行的，也是为树立无政府主义和个人主义的黑旗而进行的。你们觉得是不是这样？”人群立刻爆发出赞同的欢呼声。

我忽然想起来了，这个演讲者，在5月10日那天晚上，和我们战斗在同一条街的街垒上，当时我看见他勇敢地将一枚瓦斯手榴弹捡起来，又扔回去了。等到他演讲完毕了，我和他说了几句话，但他很疲惫，一阵猛烈的咳嗽，表明他感冒了。

我问：“蓬皮杜总理答应了学生的要求，政府缓和了矛盾，那么，这次运动就无法继续下去了，或者，没有什么理由继续下去了，对不对？”

他笑了：“恰恰相反。我们要给法国的资产阶级政府，给戴高乐政府以更沉重的打击。这个任务才刚开始。我坚信，法国现存的社会制度已经腐朽不堪，并已腐朽了很多年，我们要在社会彻底腐蚀我们这些年轻人之前，来改变它。”

我说：“我们真的能改变这一切吗？”

他很有信心，“能，就从五月份这几天巴黎人的行动中，就可以看出来。戴高乐的铁桶政权已经出现裂缝了。这么多年来，人们首次感觉到有机会可以表达他们的思想，有地方表明他们的观点了。”

那些天，不光是索邦大学的大剧院成了开会、辩论、演讲的中心，三千多学生和工人，还占领了拉丁区的“奥德翁”音乐堂。

听到这个消息，我感到心情复杂。我和玛丽去那里看了看，果然，无论是前台、观众席，还是后台的更衣室和走廊里，到处都是人。年轻的学生和工人在工作着、讨论着、计划着。在礼堂中，一场辩论正在进行着。比起索邦大学，这里的听众文化层次低一些，小资产阶级和中产阶级思想比较多。因此，讨论就经常变得吵闹不已，大家各说各的，很难说服对方。但是，这里的政治活跃氛围是一样的。

玛丽说："你看，索邦大学的大剧场和被占领的奥德翁剧院一起，在这场运动当中成为思想的发电厂和行动的指挥部。"

到处游走，我们是巴黎肚子里的游鱼，自由自在地到处跑，玛丽比我还要兴奋。到了觉得肚子很饿的时候，我开始怀念芭贝里的厨房手艺了。在外面，捞上一顿就吃一顿，到处都可以找到吃的。当然，每个人要想办法自己解决肚子问题。革命不是请客吃饭，是要自己管自己的嘴巴的。

我们就回到了家里。那时，我爸爸他们从花店回来了。看到了我和玛丽，我爸爸说："怎么样？"

我反问他："什么怎么样？"

"外面的情况，大街上的情况。"

"您不是也从大街上回来的吗？情况是，蓬皮杜总理重新开放了索邦大学，我们又回到了索邦大学，里面的人很多，就像过节一样，大家都在辩论、演讲、说话，十分热闹。"

我父亲说："可那又怎么样？我给你说了，不要再去和他们搅和在一起。这不是你的革命，和你无关。等到和你有关的时候，就是警察找上门，就在他们在大街上把你抓起来的时候。"

"我可不会轻易让他们随便抓住我。我比你想象的狡猾，爸爸。"

我爸爸笑了："别吹牛，法国警察虽然不如中国警察恪尽职守，但也不是乌合之众。学生们，包括要搅和进来的工人，才是一盘散沙。"

这时，芭贝里走过来，她穿着低胸的衣服，露出了深深的性感的乳沟。那里一定是我爸爸最喜欢流连的地方。当然，每个男人都喜欢流连女人的胸部，那里是丰腴的土地，是他们的童年记忆。她说："你们父子俩一见面就要吵架，可是，我们的肚子都饿了，玛丽，是不是？"

玛丽说："呵呵，肚子饿坏了。再怎么革命，首先要吃饱啊。如果吃不饱，怎么革命呢？我们在大街上就很想念你的手艺，那些你的妙手做的饭菜，实在太好吃了。"

芭贝里很高兴："那就让他们两个男人继续去争吵吧，我们去厨房，做一顿让他们忘记争吵的饭菜吧。"

玛丽跟着芭贝里去厨房了。

我爸爸看着我："你也要好好调教玛丽，女人学会做饭，是很正确的事。要是芭贝里的手艺不好，那我就和她处不下去了。食色性也，中国人常常这么说。"

我说："不见得。你还喜欢她的其他好处呢。"

我爸爸迟疑了一下，他在看着我，看看我是开玩笑，还是真的。他笑了，"当然，我喜欢拥抱着她，白天晚上都是如此。可是，现在的问题是，你参加着外面的革命，而我对此一点兴趣都没有。我们好不容易才从中国来到了法国，这里的空气自由，没有劳改营、没有看守、没有思想汇报，一句话，没有人去强迫你做任何你不想做的事情。因此，剩下的，就是去好好地享受生活，去改变自己的生活状态，而不是受人的蛊惑，跑到大街上建造街垒，和警察对抗。"

我说："爸爸，你已经没有理想了。我想，总有一种更好的、更理想的生活和社会面貌吧？法国有很多问题需要改变，年轻人是改变社会的力量。有问题的社会总应该改变吧？而我们，就是为了法国能变得更好些，才走到了大街上。"

他说："学生们要的东西，政府永远都不会给你们的，政府很流氓。而学生呢，毕业之后，一部分人也进入到政府里，靠政府吃饭。所以最后是不了了之，常常什么都不会改变，甚至还会后退。这就是我的观点，我重复了好多次了。"

我说："你怎么变得这么保守？真的不像是我的父亲。"

"可我就是你的父亲，在中国当了七年右派的父亲。"

"爸爸，你的血液里，不像流着在科西嘉岛长大的爷爷的血。他的故事，还是你讲给我听的。我爷爷还是一个冒险主义者，是一个永远不满足现状的奋斗的人，你呢，爸爸？"

我爸爸说："我对我现在的生活很满意。你们革命的结果会破坏我现在的生活，导致我的女朋友的花店被破坏，玻璃被砸，生意受影响。"

"可巴黎市民都是支持我们的！"我很不服气。

"假如你们继续闹下去，最后导致巴黎的面包和咖啡涨价，市场里的什么东西都涨价，那他们就不会支持你们了。人性都是利己的。很多人不过是趁机凑凑热闹，或者给自己捞上一把，一旦没有他们的好果子吃，他们就马上收手了。"

"爸爸，你在中国被关了七年，我在中国度过了贫困和屈辱的童年和少年，可是，我们的差别怎么就那么大呢？无论是中国，还是现在的法国，都是不完美的世界。在法国，资产阶级正在把法国引向僵化保守的死胡同。而兴许我们能从中国发动的群众运动中，找到解决法国问题的办法。相反，中国人还在继续着他们的革命，为他们自己的未来寻找着道路。”

他诡异地笑了笑：“不可能，法国人不可能从中国的群众运动中得到教益。因为，他们的革命模式，那种激进的、破坏性的革命，就是从法国输出的，根源就在法国大革命，这一点，你知道吗？你们可以改良社会，但不要想着打碎社会，重建社会。中国人寄予的希望，就是以一场把一切都打碎的革命重新建造一个新社会。但是，实际上，这样的社会是不存在的。历史是相互联系的，甚至是借尸还魂的。”

我说：“爸爸，法国的警察很克制，5 月 10 日夜晚，在巴黎的街垒之夜，没有死一个人。这说明政府也不愿意彻底扑灭革命的火焰。戴高乐将军一定知道学生们在想什么，他在考虑怎么应对我们。”

“他想的只是他自己的权力不要受到损害。你不了解政治家，他们想的唯一的问题，就是权力的稳固。你不要再去街上了。其实，你和学生们在一起，我只是担心你的安全，橡皮棍子也是可以打死人的，催泪瓦斯会让人窒息而死，反正，街上很不安全。再说，你还有一个女朋友，玛丽她很好，她很适合你。你们好好上学，毕业，工作，然后，结婚生子，人生就是这么一天天地过去，就是这么回事。其他的，都没有什么意思了。”我爸爸的声调低了下来，可能连他都开始不相信自己这么萎靡了。

“爸爸，”我安慰他，“安全问题我一定会注意。因为，你的儿子我，菲利普，很机敏。没有人会伤害到我，我会注意的。”

“你注意就好。我就你这么一个儿子一不过，你还有个姐姐，你可能都忘记了，我有时候也忘记了，她出生没有多久就去世了。因为，那个年代，在中国，医疗条件和社会环境都很糟糕。要是她活下来，和我们一起来到了法国，该有多好啊。”他叹了口气。

我说：“我从来都没有见过我的姐姐。我真心希望她还活着。”

“她一直活在我的心里。她一直在我心里……说到革命，”爸爸站起来，走到书柜那里，从最下面的柜门后面，拿出来了一本书，“这本书，我倒是想让你看看。这是俄罗斯的无政府主义革命者巴枯宁和涅恰耶夫两个人编写的，叫作《革命者教义问答》。”

“这是一本什么书？”我很诧异爸爸拿出来这么一本书。

“我从中国回来之后，就一直在思考，为什么法国、俄国和中国，从过去到如今，都陷入激进革命的魔咒里。人们打着革命的名义，干下了多少血腥的、伤天害理、摧残生命的事情。我给你念念这本书里面的一些话：

> ……革命者是注定灭亡的人。他既没有个人的利益，也没有事业、感情、依恋、财产，甚至姓名。他身上的一切，都被唯一的兴趣、唯一的思想、唯一的热情—革命所吞没。他与社会习俗、整个有教养的社会及其全部准则、通行的礼仪规范和这个世界的道德观念彻底决裂。他是这个世界不共戴天的仇敌，如果他仍生活其中，就是为了有力地毁灭它。革命者蔑视任何尊严，拒绝和平的科学，把它留给未来的一代。他只知道一种科学，那就是毁灭的科学。

“这本书会告诉你，什么叫残酷的革命。来，儿子，你来接着念下去。”爸爸把翻开的书递给了我。

我照着折页继续念下去：

革命者蔑视社会舆论，凡是促进革命胜利的一切都是道德的，凡是妨碍革命胜利的一切都是不道德的，有罪的。家族的温情、友情、爱情、感激甚至荣誉都应被对革命事业的热情所压倒。对他仅存在一种欣慰，一种奖励，一种满足—革命的成果。他脑子里日夜都必须有一个思想—无情的摧毁。冷静地、不知疲倦地达到目的，他必须准备自己死亡并用双手扼杀妨碍达到目的的一切。革命组织必须制定被消灭者的名单，首先消灭对革命组织最有害的分子。革命者必须把有钱有势的人骗入他们编织的网里，把他们变成自己的奴隶。

“爸爸，这是疯子写的书吗？”

我爸爸说：“不是的，作者是著名的无政府主义者。后来，这个涅恰耶夫到俄国搞革命，建立了一个革命的秘密组织，分成等级，上一级对下一级有着绝对的领导权，甚至可以随时牺牲掉下一级的生命，只要达到目的。他在一所大学发展了几百名革命者，但当一个叫伊万诺夫的同学质疑他的时候，他就让其余的革命者杀掉了这个无辜的人。这个事情暴露之后，涅恰耶夫逃跑了，陀思妥耶夫斯基就根据这个案件，写了小说《群魔》。而前些年赫鲁晓夫执政时期，披露出来在斯大林执政时期发生的恐怖的大清洗，他们杀死了成千上万的人，还建立了很多劳改营。你好好看看这本书吧，连同那本小说《群魔》。这是一个镜子里的两种映像。”

我说：“但年轻人总是热血的，没有错，我们靠知觉行事，我们就是要反对当前的法国资产阶级政权。我们不搞流血的革命，只想表达自己的想法，推动社会进步。”

这时，芭贝里从厨房里端着一个大盘子出来了，里面的冰块散发着凉意，冰冻海鲜拼盘里什么都有，牡蛎、扇贝、龙虾和大虾，还有三文鱼以及鱼子。“听见你们谈革命，革命，多么可怕的话题啊，我们开餐了！”玛丽跟在她的后面，端出来其他的吃的东西。

我爸爸打开了一瓶白葡萄酒，“这几年，法国美食和葡萄酒，真是让我特别满足。这是人生最大的享受了。”

我看到，芭贝里穿着一件法国厨娘穿的带皱褶的裙子，胸部活跃地跳动着。玛丽和她相比，简直是一个小可怜。芭贝里太性感了，胸大、腰细、屁股翘，我爸爸其实最享受的，就是她的身体，而不是葡萄酒。我从玛丽手里接过盘子，在餐桌上摆放好。这肯定是非常愉快的一顿饭。

吃完了饭，我们继续喝红酒。芭贝里给我们斟的是红酒。我们在沙发上看电视，电视里有关于法国社会状况变化的新进展。电视上说，戴高乐离开了法国，前往罗马尼亚进行为期五天的访问。他可能已经意识到，他的权威受到了质疑，但他很难直接面对这一困境。蓬皮杜总理目前处理学生问题。他在电视上露面，他说，一定会避免让大学生流血的悲剧发生。法国不会采取屠杀青年人的方式来维护社会稳定。

从 5 月 14 日开始，学生运动由法国工人罢工接了过去。法国南特地区的南方飞机制造厂的年轻工人宣布罢工，并占领了工厂。他们前一天还参加了学生的游行。电视画面显示，那些年轻的罢工工人准备整夜坚守工厂，支持者为他们拿来了毯子和食物。

5 月 15 日，雷诺汽车厂的工人也宣布罢工并随后占领了工厂。雷诺汽车工厂坐落在巴黎郊区的布伦 – 比朗格，该厂的四千名工人在被他们占领的工厂里度过了第一个夜晚，他们的妻子和孩子聚在周围，给他们带来了卧具、食品和饮料。

这是一个很重要的情况。在法国，素有“雷诺厂打个喷嚏，法国就感冒”的说法。因此，这家不受法国总工会控制的工厂也罢工了，事态就更加严重了。也许，是法国先患上了感冒，雷诺厂才决定打这个喷嚏，但是，接下来，没有人不会受到这个喷嚏的冲击力影响。

于是，就在我们一家人吃完那顿丰盛的餐食之后的四十八个小时，罢工占厂运动一下子席卷了法国全境。看来，这场社会运动的目的，不仅仅是为了提高工资，而是要反抗工厂的整个体制：管理机构的专权独断，机器对人的奴役。一个工会领袖在电视镜头面前向人们宣布：“学生的斗争是为了把民主带进校园，工人的斗争，则是为了把民主带进工厂，二者的斗争，具有相同的性质。”

法国总工会对学生运动以及学生表达出想和工人罢工联手的愿望保持了戒心。电视上说，从拉丁区到雷诺工厂去准备支持工人罢工的很多学生，被总工会派出来的人挡了回去。我想，工人和学生也许是一场运动中的两张皮。

“工人一旦动起来，那么一切就变得很难收拾了。他们的力量比学生大多了。”我爸爸感到了忧心忡忡。

我拿着一份报纸，“爸爸，不光是工人们，知识界和文学界的那些名流，也表现出对学生的压倒性的支持：你看，共产党员作家路易·阿拉贡，表态站在学生一边。而新小说派的作家、教授米歇尔·布托，还率领一队作家占领了法国最大的作家工会的办公室。他平时可是一个很君子的实验小说家啊。我倒是希望我根本就看不懂他写的是些什么东西的那个人，叫阿兰–罗布·格利耶的小说家出面，去占领一些大牌的、反对新小说派的出版社。”

玛丽接着读报纸：“著名导演让–吕克·戈达尔和其他一些人冲击了戛纳电影节，竟然使电影节草草闭幕了。”

我爸爸问："啊！那个激进分子！他的电影糟糕透顶。作家、哲学家让-保罗·萨特呢？他的态度很关键。他是一个真正的大人物。"

我说："报纸上说，让-保罗·萨特前往了索邦大学，明确表达对学生们的支持。"

我爸爸忧心忡忡地说："看来，法国真要乱上一阵子了。这些家伙全都是在火上浇油。不信，你们走着瞧。"

第十三章　庚子年

前面我说了，我父亲、你的爷爷在一九〇〇年那一年来到北京，他惊异于这座帝都的破败和灰暗。这时，大清国皇室已经向西边逃跑，慈禧太后下达命令，剿杀那些作乱的义和团团民。她这么做也是为了给自己与西方列强讲和创造条件。翻手为云、覆手为雨是政客最擅长的把戏，不论哪个国家的政客都是如此。实际上，把整个局面搞砸的，就是慈禧太后自己，是她的自私和权力熏心导致的结果。

北京大清王朝的皇权是由来自中国东北的满族人在十八世纪创建的，一开始的几个皇帝励精图治，还扩大了版图。那时，大清帝国是世界上幅员最为广阔的帝国，比现在的美国面积还要大。但两百年之后，一代不如一代的清朝皇帝，将这个国家逐渐带向了衰落。

起因在于外部世界的变化。在欧洲，英国、德国、法国、西班牙等国家在工业革命之后，利用航海和蒸汽机技术，四处远征，越来越强大。他们需要更多资源，就开始将目光投向中国。传说，这里有黄金、白银、香料、丝绸、瓷器和大米。什么好东西都很多很多。贪婪的西方人就来了，拿着枪炮和鸦片来了。

而此时的大清王朝，以专制方式统治国家，导致内部腐朽不堪，危机重重。这个国家皇权的核心问题，就是权力更迭与交替。当有谣传说，慈禧太后即将被西方列强废黜，他们要重新扶植被软禁的光绪皇帝上台执政，那慈禧太后的情绪就爆发了。结果，导致了围攻使馆的事件。于是，我父亲、你爷爷就作为平息这场排外战争的远征军的一员，鬼使神差地来到了中国。

所以，看起来，任何事情都是有因有果的。有的事情就是很神秘。表面上看，互相之间没有任何联系，可实际上，彼此的内在联系是那么深切。

比方说，我后来在中国的命运，与我父亲就分不开。我似乎在替他偿还他来到这个国家所作所为的债务，尽管我父亲的手上没有多少中国人的鲜血，他不过是一个士兵，他有责任服从命令，向企图杀死他的对手开枪。

一九〇〇年八月里的那些天，多国联军占领北京之后，在四四方方的北京城，大街小巷都是空的，人都跑光了。在街上活动的都是从教堂里跑出来的教民，和参与搜捕的多国联军士兵，他们暗中进行抢劫。

每个国家都划定了自己的执勤范围，把守着相关区域的街道关卡，但由于不断的抢劫和杀戮，引起了列强之间的互相排斥。结果，他们再次达成协议，要求增强巡逻，并互相监督，减少侵害北京市民的行动，对抢劫平民的行为予以制止。

但是，对那些反对西方列强进入北京的任何人，都要进行抓捕。不管你是王朝的王爷、贵族、大臣，还是市民、士兵和商贩。整个八月的后半月，我父亲记得，在教民的指认下，到处都在抓捕攻打使馆、教堂，残害教民的人。

报复，是对待敌人的基本手段。联军士兵喜欢进入那些富丽堂皇的大宅子。他们洗劫了支持义和团反对列强的几个王府，像庆王府、端王府等等，还有一些主战的大臣的府邸。专门有内奸带路，他们都是北京人。这些狗一样的家伙，让我父亲看到了人性的卑劣和软弱。他们只想活下去，于是做了带路党。

我父亲看到了报复的可怕后果。根据命令，他也参加了一些搜捕行动，他对我说：

“当时，我跟随了一队法国士兵，参加了一些搜捕行动。有一天，我们去抓捕一个曾经起劲鼓噪攻打使馆的大臣。我记得，他的宅子富丽堂皇，到处都是东方式的、精美的亭台楼阁。可是，大宅子里却静悄悄的。等到我们进入到里面，我看到的却是一幕惨剧：整个大宅子空无一人，在大厅里的房梁上，用长长的白色绢带上吊自杀的那个大臣的尸体还在那里晃悠。他的死状非常可怕。此前，我没有见过上吊的人，这一次，我近距离看到了上吊的死人的面相。他的舌头吐出来很长很长，眼睛可怖地上翻，露出了眼白，发黑的舌头上嗡嘤着很多苍蝇，表情痛苦、绝望而又有些茫然，显示了他自杀时的不解和死不瞑目。他的头发披散开来，很长，就像是女人的头发，在他穿着整齐的官服上披散着，但并没有遮住他的脸。这个大清帝国的重要大臣一定没有想到，他还会有这样的结局。最要命的是，他的尸体在那里静悄悄地旋转着，旋转着，一圈，又一圈，然后不断地让我看到他的脸，就像鬼一样可怕。我惊呆了，手里拿着抢到的一件瓷花瓶，顿时掉落在地上碎了。”

“我要是看到了吊死鬼，我也会很害怕。”我惊恐地对父亲说。

“是啊，我转身就跑。等我跑到了院子里，我的同伴发现，在院子里的水井里，也塞满了女人和孩子的尸体。有一个孩子还在井里呼救，等我凑过去往井里看，很快，他的声音没有了，估计是死了。看样子，孩子是被扔进去的，而年轻的女人害怕遭到士兵强奸，就跳井自杀了。”

“那井里满了，你们当时也不把尸体捞出来？”我问他。

“那可是中国人自己应该去干的事，那些天，我们可没有精力来做这个。我们重新进入每个屋子进行搜捕。可我们发现，每间屋子里都有死人，都开始发出臭味儿了。那么大的宅子里到处都是尸体，多么可怕！每间屋子的地上都是凌乱一片，屋子里的摆设全部倒了，像是被谁洗劫过一样。很可能这里被教民先抢过 次，接着，又被联军士兵和盗贼再抢了一遍。”

“太混乱了，战争太可怕了，我实在想象不出，北京还能落到这个境地。”那时已经是民国时期，北京改名叫作北平了，我已经成年了，听到父亲这么说，我还是非常害怕。

“是的，我也害怕了。在这个大臣的家里，那些水井里、客房里、花园里，到处都是死尸，那些死尸都是他的家人和随从。女人自杀的也有，被杀的也有，场面惨不忍睹。我记得，我进入到一间女人居住的房间里，看到有两个妙龄少女死在那里，身上有刀伤。显然，是大臣亲手杀了她们，他不想看到她们被强奸。那么，强奸事件在那一阶段是不是很多？一定是这样。北京被攻占，随后的几天里，报复性的追捕、杀戮过程中，我想，不知道有多少女人，会被占领军和趁机作乱的人强奸与凌辱。就像历史上任何与北京沦陷这一时刻相似的时期一样，这是肯定要发生的事，尽管后来多国联军企图掩盖自己的罪行，矢口否认。要知道，军人都是些血气方刚的男人，那些被占领国家的女人，不可能在敌人面前保有安全。”

“兽性是在人性中潜藏着的，兽性有时候会突破人性爆发出来。”我对父亲说。

我父亲、你的爷爷还沉浸在对一九〇〇年的往事的回忆里，“我们在那个大臣的家里没有抓到一个活人，就开始抢劫他家的东西。这个帝国大臣家里，好东西太多了。有人发现了藏着财宝的箱子，里面有金子和银子，珠宝和其他宝贝。还有专门装绫罗绸缎的箱子和柜子。只要是士兵们能够装进口袋里的，他们都会拿走。这就是法国军人在北京干的事情。我当时心情很复杂，因为，我是被迫来到了这个国家，我又是桀骜不驯的科西嘉人，和法兰西人是离心离德的。所以，在那个大臣的家里，我就拿了一些金砖和银锭。后来，我做生意，把金砖和银锭都变现了。”

“爸爸，那你是从这个国家抢到了好东西。你抢到了金银，它本来就不属于你，但你得到了。”

我父亲、你的爷爷感到了羞惭。“是的，我也是一个强盗。可那几天的情况非常混乱，在追剿义和团的过程中，士兵们普遍存在滥杀无辜和抢劫的情况，各国占领军之间还发生了摩擦，抢劫风潮迅速败坏了我们的名声。在大英使馆里，甚至还举行了拍卖会，有人专门拍卖到处抢来的东西。这引发了各国列强们彼此之间的嫉妒和愤恨，本来他们就互相不服气。为了改变这一状况，各国占领军首脑聚起来开了一个会，要求立即制止士兵的抢劫行为，尤其是针对普通北京市民的抢劫，并以军法约束。各国部队的指挥官加紧了对士兵的约束，惩罚了一些人。这样，北京的秩序很快就稳定下来。”

那年八月，虽然一开始，占领军首领和外交官们一起商议出结果，不要占领大清国的皇宫紫禁城。但是，他们最后决定，还是要在紫禁城里举行一次象征性的阅兵和游行。这么做，是对大清帝国的一次警告和羞辱，然后，联军将关闭这座象征着大清皇室已经完全颜面扫地的皇宫，派士兵看守，等待慈禧太后回来，派人与他们谈判。

西方人知道，只有等慈禧太后寻求讲和，谈判代表回到北京，坐在了谈判桌前，各国列强的要求才会以合约的方式，完全得到合法的满足。因此，要是对皇宫进行了毁坏，或者像一八六〇年的英法联军那样焚烧圆明园，造成的后果会很严重。于是，紫禁城的大门被严加看守，任何国家的士兵都不许从前门进入。

这是各国的如意算盘。但为了预先演练这次阅兵，后来，联军部队却从北门进入了皇宫的后花园一带，在偌大的、空空荡荡的紫禁城的空地上，开始进行操练。

我父亲对我说：

“各国远征军和外交官联合首脑会议决定，在一九〇〇年八月二十八日举行阅兵。那几天，为了准备那场阅兵，我们列队整齐，每天都在紫禁城北门里操练队列。阅兵那一天到来了，进入皇宫紫禁城午门的仪式开始了。我看到，各个国家的士兵，还有外交使团的全部人员，都举着各国的旗帜和标示，分为不同的队列，鱼贯进入到那大门被打开的紫禁城。我当时在队列里，儿子，当我从紫禁城的南门，穿过了压抑的和黑洞洞的大门洞的时候，我的内心里是非常激动和惶惑的。这是一个古老的国家，一个和我毫无关系的国家，他们一个个的王朝延续着存在了几千年，可是，在这一时间，我来到了这个国家，而且，我的身份是占领军，那种古怪的感觉别提有多复杂了。这是世界上最伟大的皇宫了。那时，我感觉连风都静止了，是的，我印象里，一九〇〇年八月二十八日这一天的上午，空气都是静止的，只看见我们这些人鱼贯而入，大家听从着指挥官的号令，迈着整齐的步伐，进入空寂无人的紫禁城。”

儿子，我父亲、你的爷爷在一九〇〇年八月二十八日那一天的感受，他后来给我讲过很多次，我也能想象到他当时复杂的心情。我后来当然也有机会进入到皇宫里，因为，一九四九年之后，皇宫变成了可以对外开放的一处公园。但你爷爷、我父亲当年进入的皇宫，还叫作紫禁城，是除了皇室成员，任何人不许进入的。

我父亲接着对我说：

“我听说，那天一共有两千多名士兵参加了紫禁城的大阅兵。这次阅兵，主要是想在心理上给予大清帝国以震撼，让他们知道，现在谁是世界上真正的强者，他们必须要低头。然后，不要再想着报复我们，除了赔偿和服软，他们没有任何其他的选择。这就是这个强盗世界的逻辑—谁的拳头硬，谁就说话算数。当午门接着打开，我们这些不请自到的‘客人’全副武装，耀武扬威地进入偌大的皇城里，我的感觉，首先就是震撼。啊，皇宫太巍峨了，太广阔和浩大了。这使我感觉到为什么这个帝国的疆域一定是辽阔的，要不然，怎么可能有这么宏大的皇宫？那红色的高墙，假如不借助梯子，是绝对不可能攀爬和翻越的，在高大的宫墙所围拢的广场上，面对空寂无人的太和殿，我们都惊呆了。在我眼前，高大巍峨的太和殿出现了，那是从明朝到清朝的皇帝在那里接见来使和处理公务的地方。这么宏大的皇宫现在只有我们这些占领军，我忽然感觉到大家的情绪变得紧张了。我们这些占领军虽然是耀武扬威的，可内心里还有些虚弱。当我们置身于偌大的皇宫的时候，虽然人数有两千多人，而且个个都是荷枪实弹，但我们发现，我们就像是被撒进汤锅里的芝麻一样，完全不显眼。皇宫把我们稀释了。

“是的，我们被稀释了，我们太渺小了，在这森严壁垒的皇宫中，我们感觉到了害怕。大家本来还有说有笑，可这个时候却安静了下来，不再说话了，而是四下张望，小心地听从指挥官的命令。而且，我非常担心那空寂的一个个大殿里，会忽然冲出来一些清军士兵朝我们开火。或者，在两侧那些排列开来的长廊边上的房子里，会冲出来很多人，把我们迅速包围，然后把我们一个个都杀死。我们的人数实在太少了，我们不过是一群小蚂蚁。但是，我的这种担心显然是过虑了，我们继续行进，进入到中和殿、保和殿，一个个的大殿全都被我们穿越，那空寂无人的皇宫里只有我们这些外来人。我们渐渐心安了，想象中的埋伏和袭击压根儿就没有出现，我确信，是的，我们全体官兵都确信，这座皇宫里现在只有我们，只有我们这些雄赳赳的占领军在进行着穿越游行。”

我父亲、你的爷爷就这样，在一九〇〇年，在中国的历法里叫作庚子年这一年，进入了紫禁城。这年发生在北京的战乱，最终以多国联军在皇宫紫禁城里的大阅兵，而达到了高潮。这不仅是对大清国的羞辱，也是对文明世界的抹黑。由于我父亲他们占领过紫禁城，很多年之后，我觉得，中国人一定会反击欧洲人，欧洲人一定会为此付出代价。我后来坐了中国人的监狱，在监狱里待了七年，也是我替我父亲付出的代价。

我这么说，儿子，你可能不理解，在这个时候，我最想和你说的，已经不是我父亲的故事，而是我对时间的理解。是的，是对时间的理解。说到这里，我要和你谈谈人生和时间了。

人生是什么？我们每个人来到这个世界上，等到心智成熟之后，都会有这个疑问。我的答案是：人生显然是一个时间流逝的过程。这一回答是不是非常简单和平常？是的，看上去平常，但这句话“人生是一个时间流逝的过程”，里面包含的意思却非常残酷和无奈。

首先，人一出生，所要走的路，就是最终面临死亡。一个人无法选择出生的家庭和社会，还有他所处的时代和时间。人就是时间的囚徒，当一个人出生了，这个人要面对的，就是他现在的身份、性别、民族、国家、时代，这些都是无法选择的，都确定好了！你只需要去适应，或者去顽强面对就好了。没有真正让一个人满意的出生的。那么，一个人的一生就是挣扎在他的时代里的过客、被封闭在时间琥珀里的昆虫，这是一个个体生命最无奈的事情了。

我后来在中国的遭遇，你回到法国的情况，都是这样。这是我们谁都无法阻挡的。所以，你爷爷在一九〇〇年进入皇宫紫禁城之后，他所见到的一切，也是他所无法预料的。那不过是命运的金手指的一次美妙的指挥，就让你的爷爷、我父亲来到了那个时空。

我接着说。一九〇〇年八月二十八日，你爷爷跟着其他士兵，列队进入紫禁城。在前面带路的是一些神色慌张的太监和宫人。他们很害怕自己的行为受到惩罚，也担心皇宫遭到抢劫。一开始，阅兵的队列十分整齐，在前进过程中，没有发生任何事。队伍很快就抵达了皇宫的北部，那些太监和宫人的神色放松了。

一开始，新鲜感、空茫感弥漫在你爷爷、我的父亲心头，但是，很快，这座巨大的、空洞的皇城就不再让他们感到害怕了。他们继续前进，到达了御花园附近。我父亲看到，那里的一处空地上，停了一排大炮。多国联军在皇宫的北侧花园附近摆放了武器，还将一些房间作为了营房，用以防备来自北面的可能的袭击。就在这时，他还看到有很多使馆外交官的夫人和家眷，在那里打着阳伞观摩。按说是不允许这些女人进入皇宫里的，她们怎么进来了？你的爷爷、我的父亲感到十分诧异。

这个时候，阅兵结束，队伍就开始解散了。大部分人从北门出去了，前面就是一条护城河和一座小山。那座山叫作景山，上面生长了很多树木花草，完全是堆垒起来的石头小山。我父亲跟随队伍出来，在护城河边散开，面对景山，他发现有不少俄国军官和士兵，以及一些英国人又悄悄返回了皇宫。他跟着他们从北门进去了，发现他们是进去偷东西的。

是的，事情很简单，中国的皇宫紫禁城现在在占领军的手里。他们刚刚还在这里进行了一场带有羞辱性的阅兵，穿越了整个皇宫，这个消息一旦传到了西边流亡的慈禧太后和她的侄子皇帝的耳朵里，对他们的打击是非常大的。可是，对于一个个人来说，在这个时候从皇宫里拿到一点纪念品，是千载难逢的机会，甚至是一个人一生再也不可能碰到的机会。作为一个科西嘉人，我父亲敏感地认识到了这一点。他想，我能够进到凡尔赛宫去拿到一件纪念品吗？绝对不可能，法国凡尔赛宫的护卫一定会砍了我的头。可是，现在，我就在中国的皇宫里，我还犹豫什么呢？

不光是我父亲、你的爷爷当时这么想，刚才穿越了整个皇宫的很多人，那些杀了不少义和团团民、手上沾有中国人鲜血的士兵，都在打着这个主意。但是，在中国皇宫里趁火打劫，抢掠皇帝宫殿里的东西，和去北京城的官宦与贵族家去搜查罪犯，是完全不一样的。因此，要小心从事。

我父亲返回了皇宫紫禁城，沿着西侧的长廊匆匆行进。他看到有不少英国人、日本人和俄国人也在那些地方鬼鬼祟祟地行走，手里拿着、衣服里裹着不知道是从哪间屋子里偷的东西。根据包裹的形状看，有的是瓷器，有的是金银器。总之，这些散兵游勇不会拿不值钱的东西。在中国皇宫里，皇帝使用的每一件东西，都是中国最好的东西，都是各地进贡来的，随便拿一件就价值不菲，这是没有问题的。

这一时刻，似乎上帝都松懈下来了。阅兵结束了，很多人散布在紫禁城里。在皇宫的北部，分布着很多的房屋，那是皇帝的后宫，是王后、嫔妃和女仆们居住的房间，密密麻麻地、峰回路转地连接着，一些过道、长廊将这些房屋连接起来。巷子很深，红墙很高，没有人能进来，飞鸟也逃不出去。

我的父亲决定以最快的速度取到他喜欢的东西。他一个人在里面，和那些心怀鬼胎的士兵碰面，彼此都是心照不宣。在高墙里随便地走着，他身处何处，他自己察觉不到。一些外国女人也穿行在皇宫里，她们都没有见过中国皇宫的奢华和辉煌。他拐入了一条小巷道，忽然碰到了几个俄国人，他们正在砸开一件锁着的屋子，然后，砸开之后，他们走进去了。

我父亲跟着几个人冲进了屋子，他们都惊呆了。在他们面前呈现的，都是无比精美的瓷器，大大小小的各种器形的瓷器摆放在屋子里，在多宝格里呈现出静美的姿态。俄国人愣了一下，就冲过去抢瓷器，他们彼此还争执起来，然后，就有瓷器掉在地上，发出了令人惊心的声响，瓷器碎片迸溅开来。啊，瓷器，中国，在英语中的发音是一样的。中国就是瓷器，瓷器就是中国。可现在，这些瓷器—中国，俄国人一碰就碎，就掉到地上完蛋了。这简直就是一个象征。我父亲感到了恼怒。野蛮的俄国人。

我父亲对瓷器一点兴趣都没有。他不想和这些俄国人待在一起，就转身出去了。

他继续沿着长廊走。然后，他就走到了更加开阔的、刚才占领军列队走过的地方。在那一座座大殿里，中国的历代皇帝就在那里办公。他走进去，看到了专门供皇帝坐的巨大的龙椅上，空无一人。有些士兵在龙椅附近说笑，走上去，随便坐在上面拍照。这一时刻是那么的寻常和轻松，而实际上，假如一个中国人看到了这一场景，不知道会做何感想。他们会吓尿了裤子。

你想想吧，儿子，一个科西嘉岛上的渔民，你的爷爷、我父亲能够跑到中国的皇宫里，面对龙椅，这是多么具有传奇色彩啊，多么的不可能啊，可就那么的发生了。他也坐上了那张龙椅，然后笑着让随军摄影师拍照。

我最喜欢端详你爷爷的一张照片，就是他坐在那张龙椅上的照片。在那张黑白照片上，我父亲十分年轻，他穿着法国军装，坐在紫禁城里那张只有皇帝才能坐的巨大龙椅上，对着镜头得意地微笑。那一刻，他的心情，就像在云端一样，飘飘忽忽，轻松自在。他沉入了遐想，以为自己是在凡尔赛宫里，坐在了法国皇帝坐的椅子上。

后来，我父亲才听说，在中国有个忌讳：皇帝的龙椅，普通人是绝对不能随便坐的，如果坐了，厄运就会像乌鸦的影子一样跟着他一辈子，变成一个诅咒。

但你知道，我父亲的胆子一向很大，他就敢坐那龙椅，他也坐了。后来，他的命运真的就开始走下坡路了。当然，这是后来的事情，当时，后来的事情还没有发生。我的父亲坐在那张龙椅上，他就感到十分开心。没有比能坐在皇帝的宝座上，让一个普通人更开心的事情了，是不是？

坐过了龙椅，他感到了心满意足，但也有一种空虚感。这时，传令官前来要求士兵们尽快离开皇宫。他就沿着左侧的长廊向御花园方向走去。走了几百米，又来到了刚才那几个俄国兵砸开的一间屋子的门口。他看见，那里肯定是遭到了偷窃，不不，不仅是偷窃，而且是洗劫。在过道上有不少瓷器的碎片，那些精美的、价值不菲的瓷器肯定是在争抢中被打碎的。刚才满架子的瓷器都不见了。

他走进去，又看到旁边有一道侧门，他推门进去。里面还有房间，但门是被铜锁锁着的。他对那些封闭的房门很有兴趣，就砸开了一间。

他走进去，再次愣住了。

从外面看，这间屋子毫无特点。但一走进去，屋子里非常喧闹，他看见的，是一个欧洲钟表的世界，而且，这些钟表大小不一，形状各异，却大都在走着。显然，这些钟表在计算着时间，在刻画着分分秒秒。

啊！我父亲的眼睛睁大了，惊呆了。他可以想象，每一个钟表都跋山涉水、漂洋过海，每一件钟表都是时间的象征，欧洲文明的象征。这么多的钟表都在滴答走着，叮当响着，嗒嗒跑着，吧唧吧唧地说着话，叮叮当当敲击着我父亲的心灵。钟表是活的，不是死的。这些欧洲钟表，肯定都是欧洲的皇家贵族、达官贵人，或者是传教士送给中国历代皇帝的。几百年来日积月累，就有了这么多。现在，这些钟表全部在那里走着，不管这个国家的气数将尽，它们依旧在计算着永恒的时间。

我父亲、你的爷爷面对那一屋子的钟表，真切地感受到了时间的力量。他静静地站在那里，好久都没有再说话。然后，他伸手取出一件小型挂钟，用一件白布裹起来。就在这时，有一枚挂钟里突然伸出来一只鸟的脑袋，咕咕地鸣叫着，大声报时，把他吓了一跳。他就赶紧离开了那个房间。

我想，他当时一定是感受到了时间的力量。时间，是个巨大的存在。他那时想到了什么？他那一刻是不是觉得神秘的东西在攫取他？他返身而走，是觉得这里已不能再停留，还是觉得那些钟表都会说话？它们都是有生命的，在谴责他，在嘲笑他，在逼视他？这是他看到那些钟表的感觉。

我想，他必须离开了，否则会有大难临头。

从皇宫的后门出来，他出了一口气。皇宫的北门外，很多联军的士兵都有斩获，包括那些使节及其夫人和家眷，他看到，他们都没有空着手。在皇宫里拿点纪念品，在一九〇〇年八月，这个机会稍纵即逝，但不少人都抓住了。

他松了一口气，眼前那些钟表还在滴答，还在叮当作响。时间的力量，在这一刻蔓延在他的全身。

第十四章　一九六一年

时间过得好快呀！转眼就到了一九六一年。我感觉到自己越来越轻，越来越透明了。没有人能看见我，我能看见所有的人。他们有的人因为饥饿，身体也在变薄，变透明，但不可能像我一样，透明到不存在。

现在，我爸爸已经适应了环境，他也相信看守说的话：国家目前虽然面临巨大的粮食困难，也会尽力保持囚犯的口粮标准。

我知道，爸爸还是觉得饥饿。食物越来越匮乏了。我看到，一些人早晨吃一半窝窝头，把另一半保存下来作为晚上的加餐。可笑的是，我看见有人把食物装在小口袋里，用一根线串好，挂在脖子上，口袋上还绣有他自己的名字。

我发现，聪明的囚犯会把筷子头削尖，去戳遗落在桌子上的大米粒或窝窝头碎片，遇到节日，还可以戳到遗落的肉渣，一扎就准，然后放到嘴里慢慢咀嚼，脸上流露出满意的表情。

我爸爸一直用一把铝勺，这是我妈妈探监时带来的。爸爸的同号里，小鲁最会制作勺子。他能用碎玻璃片把一截长长的竹片削平、磨光，做成一把精巧的两用餐具：一头是小刀，另外一头则是勺子。小鲁用他的这个餐具进食时，先用小刀切窝窝头，再调过头来用勺子送进嘴里。

我爸爸看到，眼睛就亮了，他也渴望有这样一把勺子，但小鲁的要价是六支香烟，因此，我爸爸只得作罢。直到有一天，小鲁知道了他叔叔和我爸是教会学校的同学，于是，他花了二十个小时，专门为我爸爸削了一支刀匙。我爸爸很高兴，这件餐具十分精美，他都舍不得用，成为仅次于汉英词典的他的第二件宝贝。

我爸爸有自己的准则，他不愿意在田里找食物，更不像有的人那样，去偷食物。他的身体更虚弱了。我趴在他身上，虽然没有什么重量，但我觉得，爸爸都有些经不住了。那段时间，他的两腿像棉花一样软，走路不稳，呼吸短促，头晕的次数越来越频繁。他开始掉头发，指甲也变得脆软了，很容易掰断。

一天早上，我尖叫着，因为我爸爸晕倒在田里，老郭送他去找吴大夫看。吴大夫检查了血压后，叹了口气："菲利普啊，你的情况很不好，我要给你开长期休息的假条。"

我爸爸吃了一惊，这肯定要削减他的口粮了，爸爸请求他不要开。

"你的血压很低，你去找过食物吗？"

"我不怎么找食。"我爸爸说。

吴大夫透过深度的眼镜片注视着他："你有尊严，菲利普，但你应该灵活一些。有些人已经很难挽救了，我可不愿你像他那样。"他指给我爸爸看一个人。那是一个四十多岁的汉子，勉强支撑着，坐在角落里看报，似乎毫无痛苦，然而，他的脚和腿肿得变了样。"这是因饥饿而大量喝水的结果，他可能永远都不能走路了。"

我爸爸害怕了，决心去田里找食。第一天，我爸爸从田里带回来的，只是两根干瘪的萝卜和几根白菜帮子。小鲁见了，大笑："菲利普，才找这么点东西啊！我得帮你一下，你跟我来。"

小鲁抓住他的小推车车把，直奔温室。我爸爸胆战心惊地跟在后面。他把小车停在门旁边，敏捷地环顾四周，然后拉着我爸爸走进潮湿的温室。

"我们是不准到这里来的。"我听见爸爸傻乎乎地低声说。

"没关系，我们不是刚倒掉一车粪吗？快，你自己去拔一棵萝卜。"

那里种着一长排鲜嫩的萝卜。我爸爸找了一棵，看来很不错，拔了起来。真是好运啊，那棵萝卜又大又白又壮。他赶紧塞进棉袄口袋里，就离开了。

当晚，老郭嘲笑我爸爸丧失了思想纯洁性，我爸爸不理会他，像个兔子那样啃着那个萝卜："味道可真好。"

"好吃吧？"小鲁很得意，"菲利普，你要记住，你还要为下雨天留一点口粮。你看我的储存。"说着，他打开他的口袋，拿出来他找到的东西，有萝卜、菜叶、一些黄豆，还有一小瓶蒜头。

我爸爸开始学习找食了，他开始有了新收获。只要你有善于发现的眼睛，你就能发现能吃的东西。这是他的体会。

那一年，我感觉好像什么东西都缺。而爸爸他们的劳动丝毫没有减少。犁田、整地、建造梯田、搬运石块、填土、挖修灌溉渠等等，我爸爸每天都在干活。

三月初开始，冬季作息时间表就开始变成每天劳动十小时，恢复了老样子。人们因为营养不良、疾病而显得虚弱无力，很多人都招架不了，我爸爸就是其中的一个。

监督生产的看守姓林，他是个冷漠的、长着罗圈腿的农民。他经常提醒大家："将来的口粮配给标准，是与你们工作的好坏有直接关系的。大家现在的工作，将决定小麦和大米的收成。"

为了激发劳动热情，我看到，他将大队分成几个人数相同的小组，进行劳动竞赛，用食物作奖品，鼓励小组与小组之间展开竞争。在每个宣传黑板上，他把各个小组编号，并用火箭、飞机、汽车、自行车、牛车、乌龟的图形来标记各组的名次。

为了不当落后的乌龟，这年春天，我爸爸他们就拖着沉重的平地器，在稻田中来回奔走。我觉得这很好玩，这是东方独有的一种农活，稻田必须保持平整。在春季，每一处稻田都得重翻一遍。在清河农场，两个人就能代替牛和马的各自作用，他们拖拉的平地器，是一块又宽又厚的木板，木板上压着六十磅重的砖块。

我爸爸和另一位伙伴拉着木板两端的绳子奔跑，尘土飞扬，那样子真的很好玩。我就飞在他们的上方，看他们来回地奔忙。可我知道我爸爸有多累。

有一天，一位姓迟的囚犯偷窃粮食被发现了。老迟约莫五十岁，一九五一年就被关在清河农场，他曾是有名的"劳改积极分子"，但现在却偷了粮食：一名看守在他的物品中发现了一袋玉米，这还是仓库里的玉米种子。那天下午四点钟，包括我爸爸在内的全体犯人，都被召集到礼堂。

林看守大声训话："你们当中有人偷了国家的财产。你，给我站起来！"坐在前面的老迟慢慢地站了起来，头低垂着。

林看守说："大家到这里来，你们好好瞧一瞧这个人。老迟过去曾经表现很好，一直是个积极分子，学习认真，进步很大，他也经受住了最艰苦的考验。

但在目前暂时的经济困难时期，正是大家应该表现得更坚强的时候，他竟然偷了一袋玉米种子！”林看守说到这里，停顿了一下，“一袋玉米，能值多少钱？没有多少钱。但是，一袋玉米种子，却能生产一亩地的玉米，足够整个小队吃上一年的粮食！这个人严重影响了粮食生产，他是在搞破坏。这是不可饶恕的犯罪！”这时，站在林看守旁边的监狱长走向前来，宣读了他们早已决定的处罚：“我宣布，延长他五年刑期。”

很快，这一年的“五一”国际劳动节又到了。我爸爸他们每人都吃上了一碗大米饭，还有一碗漂着几片肉的汤，真带劲儿！他们还看了一场电影。

五月初，吴大夫开始让我爸爸吃病号饭。因为，我爸爸的身体明显地在变坏，尽管天气渐暖，但他的病情仍不见好转。到了麦收季节，我爸爸再也无法完成自己的工作定额了，大个子老郭不得不决定：将我爸爸的口粮标准降到乙级。因为一些人对他不能完成工作量肯定有抱怨。我爸爸失去了甲级口粮标准。

我很着急，但无能为力。我爸爸的健康状况继续恶化，郭大个子只好把他抬到医院去。爸爸的主要症状是拉痢疾，还伴有贫血和低血压。这些都是营养不良和身体虚弱的表征。老郭安慰我爸爸：“别担心，我们不会让你倒下的。照医生说的去做，你就能站起来。”

“当然会的，老郭。”我爸爸回答。但他已经筋疲力竭，什么都顾不上了。

我看到，医院的病房是夯实的地面，地上铺着稻草，边上围着两排砖块。老郭把爸爸的铺盖放在另外两个病号的中间，扶他躺下来。房间有两个没有玻璃的窗子，冬天用纸糊上，现在完全开着，让风吹进来，我也可以自由地出入。

我飞过去，看到其中一个窗子的外面是沟式厕所，另一个正对着大厨房。每天清晨两点，厨房里就有人开始干活，嘈杂声使我爸爸无法入睡，而排泄沟里的臭气又让我爸爸恶心呕吐，难以忍受。就连苍蝇也在肆无忌惮地侵扰他。好在医院里的伙食要比普通犯人的好，有面条、馒头，有时还有红豆粥，但我爸爸病情很重，吃不下任何东西。

住院第一天的晚上七点钟，小鲁来看我爸爸，他身穿蓝短裤，脚穿草鞋，头戴草帽，脸庞晒得黑黑的，显然是刚下地回来："好些了吗？"

"不好，仍不见好转。"我爸爸吃不下任何东西，甚至也不感到饥饿。

"坚持下去，"他说，"不要泄气，我们要你活着出去，懂吗？"

我爸爸累极了，就答应他说："好，我一定努力！"

"我明天再来看你，现在，你拿着这个。"小鲁的手里拿着三个鸡蛋。这真是令人难以置信！因为，鸡蛋是我爸爸很久以来没有吃过的东西了。

我爸爸的眼睛亮了："你从哪里搞到的？"

"已经煮熟了。如果我是你，我会连蛋壳一起吃掉，不仅补充钙质，还可以不留痕迹。"说完，小鲁就大步走了出去。我爸爸知道，只有在看守的鸡棚内才可以拿到鸡蛋，小鲁肯定冒了极大的风险，才从那里弄来的。

第二天晚上，郭大个子来看我爸爸，他手里拿着一个大搪瓷杯，杯中盛着炖煮的野菜和青蛙肉，以及一点米粒。这汤又黏稠又热乎。他一匙一匙地喂我爸爸。为了调味，他还在菜肴里加了一撮在马厩里弄来的盐。我爸爸流着泪吃完了，他们心照不宣，没有说一句话。我也流泪了，谁都看不见。

就这样，老郭带领我爸爸所在的小组，利用各种办法，寻找所有可能的食物，对他精心照料了三个星期。到了七月中旬，我爸爸就能在地铺上坐起来了。当他刚刚能趔趔趄趄地走路时，爸爸就马上请求林看守让他返回原队，到田里干活。

他自认为身体比过去好多了，对待在医院里感到十分厌烦。他想念同组的同伴们。

林看守沉默了一阵子，说："你要是能照照镜子，就不这样想了。你现在走到外面，连风都会把你刮跑。你的态度很好，但现在，我要让你在医院里，先把身子养好。"

我爸爸就又在医院里住着。每天，太阳升起前，我爸爸躺在草铺上，总能听到在高音喇叭播放的乐曲声中，队友们情绪饱满地列队出工，在为夺取夏收而努力奋战。他心里向往着，却无法参与其中。于是，他就收拾病房，帮助厨房干点杂活。这样能使他感到自己还有点用。

一九六一年八月，一个细雨绵绵的日子，一位姓刘的看守来看我爸爸他们。他穿着白衬衫、土黄色短裤和凉鞋，显得精明能干。他记下了大家的姓名，询问了病历，说话了："我们一直很关心你们的福利。这里是生产单位，没有人有能力照顾病人。我们决定送你们到一个更合适的地方疗养，那里叫五八五营，是专为病号犯人设立的。你们去收拾一下东西，马上就走。"

我看到，大家当中能走的，像我爸爸，就是自己爬上卡车，走不了的人，被人抬上了车。卡车在泥泞的田地里颠簸了好几个小时，最后停在了一个院落门前。这里有几栋粉刷过的红砖建筑物，周围圈有泥筑围墙，入口处钉着一块写着"五八五"字样的大木牌。

大家下了车，这时，我爸爸意外地看见了过去的一个独臂看守。他的出现使我爸爸确信，这里一定是更大的元宝村了。独臂看守还记得我爸爸，由于这一点，我爸爸竟然成了这群病囚的头儿。

那天下午，大家都忙着迁入一间粉刷好的牢房，了解自己会吃到什么样的口粮。大家很快相互熟悉了。我爸爸看到一些来自元宝村的老熟人。他们说，元宝村不存在了，那里已经被征用为农田了，因为，农学家发现，在那一带种植的农作物，都长得特别茂盛。

我爸爸忽然想，是不是那里埋葬着病饿而死的人，使得土地肥沃？他不敢往下想了。

我爸爸发现，这个“五八五”营，的确是一个让老、弱，病、残集中的地方，都是其他生产队多余的人。全营总共有四百人，一天吃两顿饭。我爸爸看着那些漫步觅食的犯人，心中充满了无望和被遗弃的感觉。

第二天，天仍下着蒙蒙细雨，大家没有工作任务，没有劳动定额，唯一的事情，似乎就是等着吃饭。到了下午，独臂看守把我爸爸叫到他的办公室：“你就要离开这儿了。”他漫不经心地宣布说，“你要立即返回第三农场去。快去收拾东西吧！”

我爸爸真是惊喜万分，对未来突然又有了希望。他当时根本不知道这是怎么回事。后来，他才了解到，就是这个独臂看守向上级报告说，我爸爸是“五八五”营不要的人。看来，他是想救我爸爸的命。

就这样，我爸爸又回到第三农场了。这绝对是一个例外。这一次，他虽然被安排到医院，但给他的伙食标准是丙级，只是一个普通工人伙食的一半。

但我发现，从“五八五”营回来之后，我爸爸的生存意志强烈多了，他康复得很快。这归功于吴大夫的治疗、小鲁和郭大个子的补充食物，也因为他害怕再被送往“五八五”营去。我爸爸很快能同其他人一起下地干活了。

那时，我爸爸要干的农活，就是给稻田除草、给幼苗松土。我和爸爸都很高兴，在田里劳动，最大乐趣是抓捕青蛙。我不太明白，为什么自然灾害那么严重，青蛙却还有那么多。青蛙多，无疑是大家的福气。青蛙又比较容易抓到，它们甚至会径直跳到我爸爸他们的腿上。让我吃惊的是，他们当场就将青蛙剥皮，先从青蛙的嘴巴处开始剥，然后再连头和脊椎一起剥掉皮。有经验的人把剩下的肉放到搪瓷杯中，加点水，放在太阳下煮汤，或者制成青蛙肉干，再放上点盐，味道就很鲜美。

插在枝条上烤制的青蛙肉干吃起来，味道就像烟熏肉一样香。夏天里，田野上还有很多野菜，我爸爸他们就能做出各种各样炖青蛙的菜肴了。

在那个麦收时节，我记得，我和爸爸亲眼目睹了一桩自杀事件。当时，他们正坐在树荫下喝汤，吃窝窝头。忽然，一个身穿破旧白衬衫、蓝裤子的中年人，出现在他们身边的田地里。他发疯似的嗷嗷叫着，像一片飘摇的风筝那样向正在田里作业的一个大型收割机奔去，大家还没有反应过来，他已经扑到了收割机飞速转动的刀刃下，转眼被收割机切成了碎片。

我爸爸他们惊呆了，一直不知道他为什么要这么做，竟然以这种方式，结束自己的生命。

九月初的一天，我爸爸正在稻田干活，下午三点钟，同号的老陈慢慢走到爸爸身边："菲利普，你跟我来。"他说，"不要太拼命，干得再多，也不会有什么好处，我们抽支烟吧！"

这时天气燥热，田野里看不到看守，小麦已经收割完毕，水稻的长势也很好。我爸爸他们俩在田野边的公路一侧坐下，脱下草帽，掏出一小块报纸，各自卷了一支卷烟，抽了起来。沉默了一会儿，老陈用手指着田野说："菲利普，你看，那边的景色真好吧？"

我和爸爸都往他手指的方向看，不明白他说的是什么意思。因为，那边的景色确实十分美丽，简直就像是电影的画面一样，碧蓝的天空中飘浮着巨浪般的、厚厚的云层。一眼望去，阡陌纵横的广阔田野向地平线延伸而去，一望无际。一长排刺槐和白杨树并立在公路两旁，田野间，田埂和小道星罗棋布，井然有序地延伸着。大自然的美是永恒的。而且，满眼看去，到处都是人，大概有千百人，有的光着膀子，有的穿着黑色衬衫，都在弓着腰干活。他们人人都沉湎于自己的劳作中。

“这农场的风景很美，是吧？”老陈问，“可是，所有的人，包括我，谁也不可能走出去了。我们可能都要交给这里了。而你，菲利普，总有一天，你会走出这里，因为你是一个外国人。你是将来唯一一个能向别人述说这里的事情的人。这就是大家希望你活下去的原因。”

那一刻，我爸爸非常感动，但也不那么乐观：“我不知道，我能坚持多久，我会坚持下去的。”我知道，爸爸这样悲观，是因为八月份以来，大饥荒已经使我爸爸所在的大队减员四分之三。要么死了，要么被送到“五八五”营去坐以待毙了。

老陈坚定地说，“不用担心，只要你留在这里，你就能活下去。如果你被转送到别的农场去，那里肯定会有和我们一样能照顾你的人。你是我们的‘宝贝疙瘩’，老伙计！”老陈一边流着泪，一边又大声笑着，摇摇晃晃地，重新走回了风景如画的稻田。

我爸爸呆住了，他的眼睛湿润了，他不知道怎么表达，他的手紧紧地抓住了地上的青草。然后，我看见他无声地哭了起来。

玉米收割季节一到，我爸爸他们就能偷一些玉米吃了。这真是好日子啊。但他们一次只能偷到一根玉米，因为警卫很狡猾。每天，当大家收工回来时，排好队，警卫就让他们一对一地互相搜身。这样警卫还可以节省时间，免得一个个去搜。他们非常清楚，大家最怕他们会重新搜身。但后来，小组很快学会了在每次搜查时都能“发现”一些玉米棒子，而当天犯偷玉米错误的人，都是事先定好的。只要认错态度好一些，做做样子，就可蒙混过关，就能继续偷到玉米吃了。

一九六一年十月一日国庆节，我爸爸他们美餐了一顿。饭菜中有包子、一大碗蔬菜汤、大米饭和猪肉丁白菜。尽管我很讨厌爸爸抽烟，但抽烟能让他忘记饿肚子，这也很好。可烟草匮乏，爸爸他们就发明了各种代用品，大多数是用树叶制成的。

于是，那些口袋里有真正香烟的人，就被看作是富翁了。有人自愿用他们的半顿午饭，去换一支真正的烟抽。我爸爸也动心思了。有一天，他听说另一个组的蒋爱文收到了包裹，里面有六十张高级烟叶。这使我爸爸激动不安，他越不去想它，结果就越想，最后我爸爸按捺不住，就到他那里问他的交换条件了。

蒋爱文很精明：“菲利普，你消息很灵通啊。我是有烟叶。那我们来个公平交易吧。我们都有对方想要的东西—用你那本《罗热词典》来换我的烟叶，怎么样？”他真会讨价还价啊，他会讲一点英语，那本辞典显然会变成他的宝物。

我爸爸沮丧了。他提出用别的东西来换。

但是，蒋爱文说：“要么，用辞典来换，要么，就不换！”

“滚你的。”我爸爸用英语骂他。

“那好，随便你，”他冷漠地说，“你什么时候想换了，这个条件还有效。”

此后好几天，每当看见有人吸烟，我看到，我爸爸就流口水，就像有什么东西在他嗓子眼搔痒痒似的，十分难受。一个星期后，他又去找蒋爱文。

“我的烟叶没多少了，”他警告说，“看见这个毛毯了吧？我只用四片烟叶，就换到手了。”

我爸爸很想教训一顿这个乘机发横财的家伙，但同时又乞求他换烟抽。

蒋爱文接着说：“好吧，我可以用十五片烟叶来交换你的词典。烟叶可以由你随便挑，只要你喜欢，要大的要小的，都行。”

我爸爸屈服了，交出了《罗热辞典》。他很自责，但他觉得抽烟的滋味真是妙极了。

我记得，那年十月的末尾，有一天我妈妈带着我弟弟东东来探视爸爸。这是一年半以来，我和爸爸第一次见到我妈妈和弟弟。这时，我们互相已经感觉有些陌生了。我爸爸不敢肯定我弟弟东东还能认识他，东东害羞地回答爸爸的问题，就像在老师面前一样。

在看守的监视下，爸爸和妈妈只能说一些空话。他们带了一些糕点，三个人就一起默默无语地吃着，我在一边看着。

我爸爸注意到，我弟弟也很饥饿。爸爸问他：“午饭你吃的是什么？”

他说：“有红薯、白菜和大米饭。”

妈妈补充说：“政府对我们很好，从没有人向我收过吃饭的粮票和钱。”

其实，妈妈根本就没有多少钱。街道一般会照顾犯人家属的生活，她和弟弟仅能勉强温饱。我妈妈找不到任何工作，她只能在邻居家做家务，去医院照料病人，每月挣十五元人民币。那天，他们在那里主要靠目光交流，语言在这时是多余的。我看到，爸爸和妈妈的情绪都很漠然了。长期不在一起，难免感情会疏远，即使夫妻也是一样。我很难过。

那天晚上，他们没赶上回北京的最后一趟火车，林看守将他们安顿在一间客房住下。

第二天早晨，我爸爸陪他们走到劳改营大门口，与他们道别，心情复杂。

十一月底，我爸爸在思想上碰到了一个麻烦问题。这是有关苏联的问题。当时，中苏关系忽然恶化了，这对于我爸爸和所有的中国人来说，都十分震惊和困惑。过去，这两个国家关系很好，但报纸上最近说：北面那个“老大哥”国家，实际上是一个万恶的骗子。在清河农场，他们定期学习《人民日报》，大家从报纸上得知，赫鲁晓夫恶毒地攻击斯大林，甚至下令把斯大林的遗体从列宁墓旁挖出来迁走。

这样，所有的中国人，包括我爸爸这些犯人，都得修正思想。在那段时间，人们最害怕的是说错话。长期以来，大家觉得靠说一些警句和语录，就能应付任何新情况。现在，好像每个人都被抛入一个充满危险的海城，都得小心谨慎了，大家都害怕因失言而招致加刑。我爸爸牢记着中国的一句老话：“少说为妙。”他尽量保持了沉默。

林看守鼓动大家谈想法。两个星期过去了，大家都没有怎么对苏联进行批判。那段时间里，大家的生活条件一点儿也没有改善，口粮只够维持生命，瓜代菜仍然是口粮的一部分。

冬天再次袭来，我祈祷爸爸能安然度过寒冬。进入冬天以后，在号子里，大家既发愁食物，又关心天气变化。

我记得，在北京的冬天里，孩子们喜欢唱歌谣：“一九二九不出手，三九四九冰上走。五九六九河边看杨柳。七九河冻开，八九燕子来，九九加一九，耕牛遍地走。”三九和四九天是最冷的，温度通常在零下二十度左右。按规定，这么冷的天，我爸爸他们可以不出工。有很多回，我爸爸穿好衣服躺着，盖上被子，心存希望：温度下降一二度，就可以免于出工了。就在那时，忽然，一个犯人积极分子爬上挂着一段铁轨的梯子，用锤子敲了九下，声音很大，停一会儿，再敲九下。

“出工！出工！”一个看守就会大喊。

我爸爸失望极了，大家就挣扎着起来，勉强出去集合列队。他们的工作是给田里送肥料。爸爸他们要把秋冬浇水沤熟了的大堆肥料，分散送到田里，两人一辆车子，一人铲肥，一人拉车。一些田地离堆肥处有三里多远，每辆车至少要装满二百四十斤肥料，警卫要检查，不准弄虚作假。每个人的定额是每天必须跑六趟。

宣传鼓动黑板上用彩色粉笔写了标语：“多装，快跑，快卸。”

我爸爸发现，从堆肥处到田里的所有道路都是上坡路，只好是强劳力拉车，弱劳力装车，以便取得最佳效果。前一天晚上，大家学习了一会儿，专门研究送肥的技术，就及早就寝了。第一天竞赛，连号手都没有达标。原因是任务太重，时间太少。

林看守就要大家早点起床。在以后的九天里，大家在日出前到地头，运第一趟粪肥时，天色尚黑，等空车奔回来时，才见晨曦初露。

就这样，我爸爸他们在圣诞前夜那天的中午完工了，不剩一块肥料。田里已做好春耕准备。我爸爸得到的奖品，是庆祝元旦的每人一斤大米，炖肉代替了菜汤，还有一场电影。看电影的时候，在黑暗里，在我爸爸周围，可听到囚徒们嘎吱嘎吱吃白菜叶子的声音，那堆白菜正巧存放在礼堂的另一角。

不久，我爸爸他们第五大队解散了，合并到了第四大队。我爸爸当时并不知道，他很快要与郭大个子、小鲁以及其他号友分别了。

爸爸在清河农场的最后一次不寻常的记忆，是夏神父的圣诞弥撒。

夏神父原先是教堂的神父，他从别处转到了我爸爸这一组。十二月，爸爸的大部分时间在从事零碎的农活，为稻田划界、清理灌溉渠、修枝条等。

圣诞节的早晨，天气晴朗，气温接近零度，还刮着五级西北风。我爸爸带着十几个人，正在二十三号稻区内为稻田画线标。这是一块已全部翻犁过的稻田，约两里多长，一百二十米宽。他们要将这块地划分为六十片，立上标桩，然后另一组人来修筑灌溉系统。

我爸爸他们共分成五个小组，每组三人，余下的三个人派去捡碎木柴，用来点火取暖。

九点半左右，我爸爸看见一个孤零零的身影穿过稻田走了过来。虽然相距很远，但从走路的姿势，我和爸爸就能认出，那是夏神父。他头上那顶破旧棉帽的两个护耳在风中飘舞，褪色的军大衣和黑棉裤上溅满了泥土。

他用礼貌的口吻问我爸爸，能否让他去休息几分钟。我爸爸说，大家完成任务的期限是中午以前，能不能等到午饭时再说呢?

夏神父难为情地低头看着自己的鞋，一边心神不定地玩着手中红白相间的画线标杆："你难道忘了今天是什么日子吗，菲利普？"他用英语问我爸爸。

这时，我爸爸才恍然大悟："是的，我想起来了。你去办吧，神父。但千万要小心。"

他感激地一笑，然后，急匆匆地走下沟堤，在一条干沟内，有一堆木柴正在燃烧着，他蹲在一个避风的地方，举行圣诞弥撒。一刻钟后，我爸爸看见远处有一名看守骑自行车过来，就急忙跑到沟旁，用大声咳嗽向夏神父报警。当时，我站在爸爸肩膀上，从沟堤上朝下看，夏神父刚做完弥撒。

他站在选作圣坛的一堆冻土前，从事全世界牧师圣诞弥撒的传统仪式。不过，他所用的弥撒祭服是一件破旧不堪的工作服，圣餐杯是一个有缺口的搪瓷杯，圣酒是临时挤的一点葡萄汁，而圣餐则是他早餐剩下的一小块窝窝头。我爸爸看了一会儿，深深感到这是他所见过的最为虔诚的一次弥撒了。爸爸溜下沟沿靠近牧师，点了一堆火。

当看守骑车经过时，只看到他们两个人在那里烘手取暖，别的什么都没有发现。

两天以后，我爸爸就从这儿转移走了。那天早上，林看守把我爸爸从集合上工的队伍中叫出来，命令他返回号子。他担心很可能是把他送回“五八五”营去。

我爸爸忧郁地拨弄着炉火，静静地等待着。

不一会儿，几个来自另一个大队的朝鲜人来了。他们同我爸爸一样不明就里。十点钟，林看守才告诉大家实情：“政府决定将你们送回北京。你们别忘了，无论被送到哪里，你们都还是在服刑。所以，要继续努力工作。”

我爸爸问他能否与大个子老郭他们道别，他点了点头，同意了，这使我爸爸惊喜万分。郭大个子看上去十分沮丧。从一号监狱开始，他们两人一直在一起，现在，就要离别了，我爸爸心里十分难受。

“你离开这儿了，我很高兴。”郭大个子摇着我爸爸的手，“我会代你向小鲁他们道别的。”

“谢谢你，老郭！”我爸爸流下了眼泪，“谢谢，谢谢你。我不会忘记你们。”

“不许哭！”警卫厉声说道。然后，他挥手结束了这场告别。

我看到，一辆卡车来接他们。车上除了我爸爸，其他几个都是朝鲜人。我爸爸明白，这次转移出清河农场仅限于外国人。卡车在结冰的田野上颠簸着。当我爸爸看到卡车驶向“五八五”营的路上时，不禁产生出一种恐惧感。卡车开进那个他所熟悉的大门时，他害怕到了极点。还好，原来，卡车来这里，是为了接走另外几个人。接着，卡车掉头向茶淀火车站开去。晚上七点钟到达车站，这时太阳已经落山。车站月台上小候车室内挤满了黑压压的、紧紧裹着衣服的囚犯，爸爸听说，其中大部分都是来自东北的劳教人员，有好几百人。

大家排着队领晚饭，每人一碗茶和三个窝头。在月台上，爸爸与朝鲜人坐在一起。朝鲜人的头头是个人物，他姓金名永俊。熟悉了之后，他就给我爸爸讲述他的经历，他是我爸爸见过的最聪明，也是胆子最大的家伙。

晚上十一点半，运送他们的火车终于在月光下徐徐进站了。他们的小队被安排到紧挨车头的车厢内，我爸爸与金永俊和其余六个朝鲜人坐在前排。

警卫告诉他们只能小声说话，以免影响他人睡觉，未经许可，不得上厕所。

第二天早晨五点钟左右，列车到达第一站。那时候，我看到爸爸一直在打瞌睡，但他发现，那几个朝鲜人老是往厕所跑，他想，他们大概是水喝多了。第一站是离北京不远的丰台站。爸爸看见车站上一个食品亭正在出售烧鸡。他通过上锁的窗子悲哀地盯着看，做着白日梦。这时，火车又猛地一下开动了。

到了早晨七点半，阳光灿烂，火车终于到达了永定门火车站。他们走出车厢，来到一个阴森冷清的站台。一排身穿草绿色军大衣、面无表情的警察在等待着，他们个个面戴口罩，口罩后面发出沉闷的命令，大家排好队，准备出发。

我爸爸坐上一辆汽车，心情愉快。车子通过北京繁华的街道。这时，他看到，商店已开门，家庭主妇正在自家的门前点燃煤球炉，等它冒完烟后再搬回屋里去做饭。一些摊贩正在出售水果、蔬菜和馒头。街道上都是骑自行车的自由人。

然后，汽车驶出了市区。爸爸的心凉了。他眼前出现了一片稻田，然后是一个工业区，那里的高炉正在炼钢。大约九点钟，汽车终于停在了一个四周围有高墙，上面设有瞭望塔和电网的红砖建筑物前。

这显然是一座工厂。大家下车，在建筑物前冰凉的地上坐着等待命令。这一次，没有人训话，只有一个和蔼的年轻看守，领着大家走进其中的一栋楼，来到四层又长又宽的通道。看守将我爸爸和朝鲜人安排在靠楼梯左侧的第一个房间里。

我看到，这间屋子十分简陋，水泥地光秃秃的，四周墙壁没有粉刷，一半的窗户都没有玻璃。我爸爸在地上铺上稻草，然后用两排砖头将铺位的稻草围起来。搞好铺位后，又找了一些纸，将敞开的窗子糊起来。最后，他们背靠墙坐在草铺上，等着吃午饭。

不一会儿，传来了消息：大家要等到晚上才能吃饭。爸爸感到又冷、又累、又饿，浑身不舒服。我爸爸感到这次转移看来不是个好兆头，他发着呆，尽量什么也不想。

“你饿了吧？”金永俊问话的声音，使我爸爸回过神。

“我可没心思跟你开玩笑，”爸爸很烦躁，“难道，你不饿吗？”

金永俊把手伸到衬衫里，拿出两个小馒头，递给我爸爸。

我爸爸惊呆了！“别人有吗？”我爸爸问。他看到另外几个朝鲜人也在嚼着东西。馒头是用面粉做的，非常好吃，只有在节日才能吃到这样好的东西。

我爸爸吃完馒头后，金永俊又说：“抽支烟吧。”这一次我爸爸什么也没说。金永俊从裤兜里拿出一张真正的烟叶。我爸爸就像在观看一位魔术师的表演一样，心花怒放。

“你别担心，”金永俊得意地说，“还多得很呢。”

“我不是想瞎打听，”我爸爸语无伦次地说，“但是，这究竟是怎么回事啊？”

说到这里，我看到，我爸爸突然闭嘴了。因为，犯人之间的规矩是，从不打听别人的事。不过，金永俊却得意地说：“你还记得我们在火车上老是上厕所吗？是这样的，我们有人在紧挨厕所的车厢里，发现了一个食品柜，里面有一袋馒头和一堆烟叶。我们就全部偷来，藏在裤子里。火车上有那么多人，即使发现丢东西了，他们也不会知道是谁偷的。”

第十五章　1968 年 5 月 16—23 日

脑袋里似乎有一团空气在四下奔窜，头疼。记忆模糊了……各种声音在汇聚，又一点点地远离我。印象是缭乱的，鹅卵石纷飞，人群在涌动，大街在颤动，空气里都是花粉和催泪瓦斯的气味。五月的阳光是强烈的，但有时候有雨，大雨倾盆，会把前一天所有的痕迹都冲掉。

我还能想起来什么？我绞尽脑汁，我想啊想啊，是的，我什么都想起来了，我能想起来，尽管我的脑袋很疼。那些天，巴黎乃至外省，甚至整个法国，都变得乱糟糟的，有一种过节、休假和革命混合的奇怪气氛。这种气氛弥漫在我们每个人的心里，市民、学生、小偷、妓女、工人和警察，可能都是这种感觉。

5 月 16 日之后，学生的游行示威虽然继续在小规模地发生，但是，法国社会的真正力量—工人阶级登场了。他们在法国的各个地方掀起了罢工的浪潮。这是学生运动引发的，但不受学生支配。

于是，那些天，整个法国陷入一种规矩被打破、权力被蔑视、自由被高扬的时期。我看到，跟前几天一样，街上到处都是人，除了学生、市民，还有很多社会边缘人，那些无业青年们也成群地在街头出现。这可能不是一个很好的兆头，显示了局势正在不受控制，沉渣在泛起，有人在趁火打劫。我也发现，法国警察其实一直是克制的，到目前为止，5月已经过半了，但街头的冲突再多，也好像没有死过什么人。听说，他们在外省打死了两个工人，还有一个中学生为了逃避警察的追赶，不慎掉到河里淹死了—这甚至还不能怪警察，只能怪这孩子不小心，慌不择路。其他的伤害事件，目前还没有听到什么。就连很多警察的孩子也在游行队伍里，在街垒的后面和他们的警察父亲对抗，这是报纸报道的。一些部长和高级官员的孩子也在我们的队伍里，看来这是整整一代人的事情，而不是某个人的事情，某个阶层的事情，是一代法国人在表达他们的想法。

“可是，你们到底想要什么呢？”这是我爸爸对我的诘问。

我们到底要什么？我语塞了。我无法回答得那么具体。我想，这么多人，每个人想的都是不一样的。他们要的也许都是不一样的。我试着回答他：“爸爸，恐怕有几种人。一种，是那些左派，也就是毛派、托洛茨基派和列宁派。他们想的是，用阶级斗争的方式，从法国资产阶级手里夺取政权。还有一种人，就是那些工人，想的是自治。这些人主要在统一社会党里。学生的诉求也是不一样的，无非是大学更加开放。至于我，准确地说，我是那类要求文化自由的人。我觉得，当前的法国社会伦理、生活方式、价值观都有问题，我喜欢的是性解放、课堂解放和自由。一句话，就是改变我们的生活。现在，您又不是不知道，学校里太沉闷了。”

“因此，你就喜欢看这些东西，《现在时》《剖腹周刊》之类的玩意儿？难道你赞同同性恋、妇女解放和反对精神分析？你赞成环境保护和动物保护，你赞成各类独特的甚至是变态的生活方式？”我爸爸问我。

“爸爸，你要是这么说，我是不反对的。我就是赞成这些。我就是一个喜欢以冷嘲热讽的方式，自由表达主观意志的人。”我和他针锋相对。

我爸爸说：“可你们已经很自由了啊，对吧，除了乱伦和犯罪，现在的法国年轻人，你们什么没有干过呢？法律又禁止你们干什么呢？”

我无言以对了，我感觉到我和他之间的确有代沟了。我和我爸爸的对话到此为止了。

隔了一天，我和玛丽说起我爸爸说到乱伦这个字眼的时候的那种痉挛的表情。

“但菲利普，你爸爸自己也是个色情狂，他从中国回来之后，每天想的就是食物和女人。他不想别的。是不是？我觉得。我每次都可以感觉到，你爸爸在我背后盯着我的屁股看的热辣辣的目光。是你爸爸自己，兴许有着乱伦的梦想，比如，把儿子的女朋友，我，抢过去搞一搞。”玛丽半开玩笑地说。

我看着她，觉得这也许是匪夷所思的话，也许就是精神分析那一套最流行的玩意儿。但肯定不是萨特的存在主义。存在主义告诉我们，他人就是地狱。当然，加缪和萨特不一样，加缪认为人是有责任去选择和反抗的。

我对玛丽说：“兴许你说得对，我爸爸除了反对社会运动，现在，他就是一个饕餮狂和色情狂。就像是你观察的那样，自打他 1964 年回到法国之后，很长时间里，他最关心的，就是吃，就是各种食物。可能他在中国饿坏了。但我当时也饿啊，我怎么就对食物没有那么大的兴趣呢？人跟人不一样。后来，他的食欲满足了，我想，他的性欲还没有满足。他开始跟各种女人约会。他发现法国女人太好搞了，因为法国女人跟中国女人的禁欲状态恰恰相反。法国女人是性开放的，他简直是如鱼得水啊。当然，太瘦的女人不合我爸爸的胃口，他喜欢丰满的女人。后来，他找到了芭贝里，这是他的福气。他很满意她，因为，我想她在床上很让我爸爸满足和兴奋，她还会做好吃的，这样简直让我爸爸欲仙欲死。”

我想起来芭贝里的大胸，我想，也许就在我和玛丽在街头出生入死地和巴黎警察干仗时，我爸爸的下巴却正在芭贝里的乳沟里来回摩挲呢，也不知道他们有多快活。

我忽然感到了恼怒，我看着玛丽：“你真觉得，我爸爸想过勾引你？”

“他倒没有明显地表示出来，但我可以感觉到他的性意识，他看到我时的那种性意识。你知道的，不过是一种感觉。弗洛伊德的那种联想而已，也许连他自己还没有意识到呢。”

“要提防着他啊，我爸爸可不是省油的灯。”我放心了点。

“其实，你说的这一套，你想要的改变法国社会这一套，最对他的胃口。你是在为他闹革命呢。虽然，我看他和你争辩，不同意你，可我觉得，你是另外的一个他。这一点，是他感到满意的。”

我点了点头。我觉得玛丽对我爸爸的分析很有道理。

那些天，我们累了，就回到家里吃饭，睡觉；醒了，精力充沛了，就一起出去上街，在人群中呐喊，散发传单，和警察对峙。

我爸爸带着他的女朋友芭贝里，除了去照看他们的花店，就是回来做好吃的，再就是躲到他们自己的房间里寻欢作乐。

我和玛丽的活动时间刚好和他们不一致。他们回来的时候，我们出去了，上街了。我们回来的时候，他们又不在家。但是，他们留下来的气味，厨房里、客厅里，甚至卧室里的气味，都可以让我判断出来，他们干了什么事，做了什么吃的，喝了什么酒，抽了什么烟，放了什么音乐，以及，我爸爸不小心射精射到床单上所留下来的气味。

我和玛丽自然也要做爱，在他们不在的时候，我们更疯。我们可以把身体连接在一起，几个小时都不分开，因为，玛丽的身体十分柔软，可以翻转出任何体位，都不让我们连接的那个部位分开。

我还记得，玛丽告诉我一件事，就是在那个街垒之夜，就在前几天，她被关在那所废弃的医院里—那是警察拿来当作甄别中心和看守所的场所，那一个晚上，她回来所告诉我的事情。她说，她碰到一个衣衫不整的女孩，那个女孩子告诉她，她被警察拉到了一辆车里，四个人轮奸了她，然后才把她拉到了那里。她说，自己一定要把这个事情报告给所有的人，让法庭审判那几个警察。可是就在昨天，她在索邦大学的校园里，又碰到了那个女孩子，她正和一个男孩子在一起，亲热地走动，“就跟什么都没有发生一样。轮奸事件对她没有任何影响，或者说，也许是她向我撒谎了，她根本就没有被警察轮奸过。那不过是她夸大自己的想象罢了。”

我沉吟了一会儿，说，“玛丽，也许你说得对，我估计她是胡说。甚至，我想，”我看了一眼玛丽，“被警察强奸可能是她的想象。这女孩，我估计她给你说这事的时候，还会有快感呢。”

当街道上的对峙越来越强烈，空气里的瓦斯气味越来越浓烈的时候，玛丽有时候就要求我以暴力的方式撕破她的衣服，将她猛地按到床上，压住她的下半身，把她的双手紧紧地摁在那里。然后，我那勃起的棍子顶住她的小腹，然后强行进入她的身体。这时，我发现她的小玫瑰早就张开了，湿润了，我完全是滑进去的，丝毫没有一点干涩。

爽完了，我们就来到街上。巴黎的街头，这个5月里，到处都是欢乐的人群在游行或者无所事事地走动。他们已经很久没有这么解放的感觉了。可是，他奶奶的，我们很快就感觉到生活发生变化了。这是在工人进入持续的罢工状态之后，16 号，17 号，18 号，法国各地的工人罢工，占领工厂，囚禁厂长，占领办公室，在工厂里开音乐会，等等。于是，巴黎的公共汽车、地铁、火车都面临半瘫痪了。没有准点了。你要是堵住了一条街道，那公共汽车自然就开不过来。地铁也是，火车也是这样。

城市交通一旦瘫痪，城市就瘫痪了。最重要的，是加油站没有汽油了。外面的运不进来，很多加油站关门了。加不了油，汽车就无法发动。好了，以往一些法国人惯于当贼，他们发明了从别人的汽车油箱里偷油的办法：用塑料管子从他人的汽车油箱里，利用虹吸原理偷油。我就看见有人这么干过。汽油在黑市上涨百分之五十了。妈的，革命的副作用开始显现了。这是始料未及的。

不光是汽油涨价了，大米、白面、面包、白糖和咖啡，都紧缺起来了。幸亏我爸爸的女朋友芭贝里聪明绝顶，她已经提前准备了很多食品，囤积起来，在厨房里装满了一个大柜子。这就是那个女人的长处，我真的喜欢她。现在，要是去银行取款，每次最多让你取出来一千法郎现金。因为，很多银行职员也罢工了。罢工迅速影响到了我们每个人的日常生活。但巴黎市民还有东西吃，因为法国工人组织的大同盟，法国总工会拒绝罢工，因此，保障了巴黎的食品供应。

那些天，法国高层都在干什么？我们不知道，只知道罢工在巴黎和其他地方持续地进行着，参加人数由两三百万上升到了五六百万人次。戴高乐总统感到了紧张，他中止访问，从罗马尼亚回来了，他对蓬皮杜的妥协处理方法感到了不满意。传说他下令要对索邦大学和奥戴翁剧场进行清场，赶走占据那里的各色人等，因为这两个地方已经成了整个“五月运动”的两个指挥中心和策源地了。不知道为什么，这个命令又解除了，没有真正下达和被执行。谣言很多，在这一时期。

我和玛丽去看过了。只要是你到了这两个地方，你就会看到，在索邦大学校园里和奥戴翁剧场里热闹非凡，简直是无政府主义者的狂欢之地，是新的巴黎公社的翻版。到处都是标语、旗帜、演讲、辩论和边缘性的表达。

在国家广播公司，新闻编辑、播音员和新闻撰稿人宣布，他们将不再听命于内阁部长和任何政治党派，他们自由了。

一些作家占领了作家协会，一些医生占领了他们的同业协会。前面我说了，在法国戛纳电影节上，突然有人强行中断了电影节的举行，几个法国的著名导演，让•吕克•戈达尔和特吕福等大导演，企图在电影节上制造出革命的效果。阿兰•德隆策动演员工会，投票宣布罢工。戛纳电影节的技术人员也参加了罢工，导演们则纷纷撤出他们的影片，用来表示对学生运动的支持，当年的电影节因而基本破产。

巴黎戴高乐机场关闭了，火车、汽车、地铁也都停止运营。煤矿上再也听不到机器的轰鸣声，城市垃圾也没人清理了，臭味开始弥漫在街头。五月的这场学生运动，眼下已经升级为更广泛的社会运动，并蔓延到了整个法国。

19号，我听说巴黎郊区的工厂里，又有两万名工人参加了罢工。第二天，我和玛丽回到了索邦大学校园，这天是星期一。晚上，和前几天一样，校园里非常热闹，甚至要更热闹：著名作家、哲学家让－保罗•萨特今天要来到学校啦。消息传到了我们的耳朵里，我们很兴奋，都想一睹这个大作家的风采。

“让－保罗•萨特是一个什么人？”玛丽问我。

“一个矮子，还有一只眼睛有问题，或者，总之看不清楚别人。他主要依靠他的大脑去看清世界。关于他，有很多的传说了。他是一个天才，6 岁就开始写作了。之后他写下了大量的文学和哲学作品，还对法国的现状和未来不断地发言。一个公共知识分子，一个左派，支持学生运动的激进派，介入者。”

玛丽很失望，“一个矮子和瞎子，却是个大名人，我很失望。”

我呵呵笑了：“矮子倒是个矮子，但瞎还算不上。我看报纸上说，这个矮子大师的女朋友，是另外一个哲学家、作家西蒙娜•波伏娃，他们同居了，一直没有结婚。”

“一直没有结婚？同居很时髦。不知道今天她来不来？从杂志上看，他们俩总是形影不离地定时出现在塞纳河左岸的那家咖啡馆里，就像现在咱们俩一样。我看小报上说，她竟然能容忍萨特和别的女人乱搞。”玛丽说。

“呵呵，那是他的对手在诽谤他。那些小报就想诋毁他。我崇拜他，你要是看看他写的小说《恶心》，你就知道他有多棒了。”

“《恶心》？没看过。这么恶心的书名，都写了些什么？写让他自己恶心的呕吐物吗？”玛丽有时候真的很烦人，她的问话让我觉得很繁琐。

“他写一个存在主义者的存在感。一个感到生活无意义的人的存在感。存在主义，就是表现人的存在境遇的。”

“可我们每个人都有存在感啊。他还说，‘他人就是地狱。’这话是什么意思？我难道是你的地狱吗？”玛丽看着我。

我看着玛丽粉嘟嘟的嘴唇，脸上白皙的皮肤下沁出来的一些细密的汗水，觉得她傻乎乎的，又很可爱了。我揽着她的腰，“你肯定不是我的地狱。这不过是一种说法，就是说，人和人之间的关系，可能不会那么好，最终是排他的，是一种排斥的关系。他人是地狱不过是一个形容。哎呀，我也说不清楚。反正，等一会儿他来了，你可以让他回答你的这个问题。我回答不明白。”

“那你说，我是你的地狱，还是天堂？”玛丽依旧不依不饶的。她又开始烦人了。

“你？玛丽，你肯定不是我的地狱。你是我的天堂。我可以在你这个天堂花园里，纵情采集蜂蜜和花粉。”

玛丽感到了满意，她不再说话了。我们在人群中走动，来到了教室里。索邦大学里到处都是青春和自由的气息，学生们占领了这所有几百年历史的学校，过去的著名神学院，现在的索邦大学，自由了，革命了，他妈的到处都是自由自在的人。

根据路线指示，我们在索邦大学最大的那个阶梯教室里等待萨特的到来。阶梯教室里人满为患，人头攒动，大家都期待着大作家和哲学家来给我们指点迷津。场面很热烈，空气在屋子里开始变得污浊。人一多，气味就混杂。忽然，门口喧哗声起来了，在比较前排的位置上，我回头看过去，看到了，那个矮子大师，萨特，来了！他是一个人，穿着一件小开领、有些皱巴巴的灰色西服，手里拿着一个烟斗，在很多人的簇拥下，像个国王一样穿越了人群纷拥的通道，来到了讲台上。

我们热烈地鼓掌。他环视四周，半天之后，才挥手叫我们停下来：“同学们，谢谢你们的欢迎。据说，你们在这里上着一种特别的课程，是不是啊？”

大家笑了，的确，这个5月，在这所校园里，连同农泰尔学院，我们正在上着一堂别致的课程。5月的革命的课程。

“我知道，你们首先就想问我对这个5月的运动，对你们正在上的这堂课怎么看，对不对？”

大家又鼓掌，有人喊：“对！是的！”

萨特看上去比传说的要高一点，一只眼睛也没有那么瞎，至少远远地看上去，这是一个随和的伟人，一个有亲和力和凝聚力的大作家，一个敏锐的当代法国人。我很激动，因为他来到了我们的中间，而他来到了我们的中间，就是在声援我们。准保到了明天早上，大报小报上都是他来到索邦大学，来到我们中间的消息。这对很多法国知识分子是一个很大的影响，因为，萨特讲究介入，他介入到我们中间来了。

“可惜，西蒙娜•波伏娃没有来。”玛丽说。

“你等下可以问问他，她为什么没有来。”

萨特双手撑着讲桌，“很简单，孩子们，你们没有头脑发热，你们在进行一场精神的反抗！”

大家鼓起掌来，声音特别热烈。“最近十多年，法国的确取得了各个方面的进步，但是，法国的政权，政府和那些制造这个体制的政客们，没有跟上国家的脚步，也没有跟上你们的脚步！”

学生继续热烈地鼓掌。萨特是一个天生的演说家、鼓动家，一个有着古代希腊或罗马哲学家魅力的智者，“而且，你们不赞成任何形式的暴力，对不对？”

“对！”震耳欲聋的回答。

“你们不想和那些警察进行殊死搏斗，只要他们不向街垒冲过来，挥舞着他们手里的棍子打向你们，对不对？”

“对！是的！”学生们感到萨特很棒，这样的气氛很好。

萨特满意地点了点头，他测试了一下自己在眼前这帮学生心目中的位置。显然，他是满意的。“制度、社会环境和文化，必须跟上你们的步伐，年轻人，你们要的就是这个。如果你们要的这个被说成是革命，那么，眼前就是革命了。孩子们，你们绝不是虚无的一代，你们想改变现状，只有法国改变了，你们才可以获得生命的新价值。我想，很简单，现在的大学体制必须改变了，学校应该向全体劳动者开放。可以考虑建立工人学院，让那些青年工人和青年学徒也进入大学学习。大学城，应该变成青年城！”

又是一阵狂热的欢呼和掌声。

“萨特先生，您是不是我们的精神导师？”一个学生大声问。

“我不试图做任何人的导师，我只是一个独立思考的人。我觉得，你们没有必要去寻找和依附任何一个导师，相信你们自己吧！”

这次，鼓掌的声音更大更热烈了。

玛丽有勇气了，她大声问：“为什么你的伴侣西蒙娜•波伏娃没有来？她在面对我们的时候，和你是不是有分歧啊？”

大家哄笑了起来。这个问题肯定只有女人才会提出来。

萨特说：“碰巧她有别的事情，不在巴黎。要不然她会来的，而且，会站在大家一边，会乐意回答你们的任何问题。”

“您能告诉我们，您的《恶心》写的是什么？”玛丽又问他。

“《恶心》？写的就是恶心。”萨特的回答让大家都很兴奋。这是一个善于应对人们的人，一个反应十分敏捷的人，我很兴奋地参与着这一时刻。

“自由和限制，哪个重要？”有学生问。

“自由和限制是不可分割的。我们不注意到自由，我们就没有对自身境遇的不满，只有不满，文明必须被不满改变，这就是文明和不满的关系，没有不满，就没有改变。而只注意到了自由，没有注意到限制，最终，你会失去自由，随后到来的限制也会更加具体。”萨特时而激动，时而十分理性。

我听到他的嗓音有些嘶哑，但却具有魅力。他安慰了我们这些躁动的大学生的心。他和学生的会面持续了一个多小时，之后，他在众人的簇拥下离开了阶梯教室。

“不要走！萨特先生！”有人喊。萨特朝大家挥手，走了出去。

一个学生领袖对我说：“现在，萨特要以《观察家新闻》记者的身份，去采访达尼埃尔•科恩－本迪了，咱们一起去看看。”

我很兴奋，拉着玛丽跟在他们后面。我有一阵子没有看见达尼埃尔•科恩－本迪了。其实，他就在索邦大学院子里的一间被学生占领的小教室里。

我们跟在萨特和他的五六个助手的后面，加上一些学生领袖，十多个人一起来到了那间小教室。我看到，萨特和达尼埃尔•科恩－本迪握了握手，然后围绕一些椅子散乱地坐下来。我和玛丽也坐在后面。

达尼埃尔长发披肩，显得有些疲倦。“萨特大师，您近来可好？”达尼埃尔问好。

“不太好，因为，现在法国出现的情况，让我焦虑和激动。我今天是作为《观察家新闻》的记者来和你这个学生领袖对话。”

“您的观点，是代表知识分子里面的左派吗？”达尼问他。

萨特抽着他的烟斗：“《观察家新闻》带有左派观点，他们希望当前法国各种左派的声音，知识分子里的，学生里的，政府的，都能够得到交流。”

达尼埃尔•科恩－本迪说："好。说起来，这次五月运动的目的，我想，我们这些学生没有去搞什么空想社会主义，也没有想去革命。革命是要掉脑袋的，因此不适合现在的法国。这更像是一场狂欢式的派对，而且，大家彼此都很克制。我们不过期待一种改变而已，这种改变，是眼下僵硬迟滞的法国最需要的。"

萨特问："你这么明确地说法国不需要革命，是不是不需要推翻戴高乐政权？或者，你们的学生里大部分人都是这么想的，对吗？"

达尼埃尔•科恩－本迪说："是的，您想想看，本来只是学生对僵化的教育体制感到了不满，最后，在政府无能的应对和压制下，自发演变成了这一场声势浩大的'五月运动'。工人也起来了，以罢工的方式支持我们，知识分子占领了各类行业协会，宣布罢工，为什么？这是怎么造成的呢？就是因为学生引发了大家都希望改变的愿望。"

萨特点点头，"戴高乐政府已经知道你们的诉求是要求改变。可怎么改变，谁也没有一个具体的办法。你有吗？"

这一个问题很要命。达尼埃尔•科恩－本迪甩了一下他的头发，"一下子根本改变法国的社会结构，我认为是不可能的，相反，会导致更严重的社会动荡、大罢工和严重的经济危机。这是我们不愿意看到的。而且，现在似乎还没有到这个地步，虽然现在全法国持续的罢工浪潮风起云涌。可能有人希望戴高乐政府垮台，但没有必要希望资本主义爆炸。我没有很多人想象的那么激进。"

萨特微笑了："说得有意思，'没有必要希望资本主义爆炸。'那你们怎么向资本主义、资产阶级政权来表达意见？"

达尼埃尔说："我们触动的，当然是法国的资本主义，而且，我们的行动，就是在全面抗议资本主义社会。但革命还没有提上议事日程，学生运动不是去抢夺权力，即使工会以罢工的方式支持我们，我们也不要政府的权力。”

萨特说：“那是否可以这样说，你们不夺权，不使用暴力，也没有知识分子那样的野心，对不对？”

达尼埃尔•科恩－本迪说：“是的，整个‘五月运动’是自发的，不是政变，我们也不想像占领冬宫那样，去占领爱丽舍宫。我们一点都没有在市政厅的阳台上举行晚会的打算。我想，学生们和罢工的工人们不希望任何一起死亡事件发生，只是希望有更好的生活。尤其是，拒绝内战的发生。虽然学生们和工人们梦想革命，但眼下，他们不希望法国发生真正的革命。”

萨特说：“我明白了。你们掀起了反对父亲的社会运动，但你们不想去杀害父辈，是这样的吗？”

达尼埃尔•科恩－本迪：“对，正是这样。”

这场对话很精彩，我们在场的人都很高兴。后来，对话结束，萨特满意地离开了。

5 月 21 日，正当我们传阅《观察家新闻》上萨特对达尼埃尔•科恩－本迪的采访对话的时候，达尼埃尔•科恩－本迪却因为领导参与五月运动，而被法国内政部长富歇下令驱逐出境。因为，他持有的是德国护照。

这道驱逐令让我们大跌眼镜，因为，他和萨特的那些刊登在《观察家新闻》上的对话，明确说的是学生运动不是抢夺权力、不是革命、不是想推翻戴高乐政府，不是杀害父辈的运动。可就在这个时候，政府的驱逐令来了。达尼埃尔•科恩－本迪本来要去一家罢工的工厂去给工人演讲，临时中断了。

“你怎么办？”我们问他。

达尼埃尔·科恩－本迪说：“我当然要先回德国，既然内政部驱逐我了，那么他们就会执行的。可是我身无分文，连回家的路费都没有。”

一个学生领袖说：“刚好《巴黎竞赛画报》的摄影师想跟踪采访你，你可以坐他们的车子先回德国，这样就解决了路费问题。”

达尼埃尔·科恩－本迪说：“太好了，我可以在摄影师的镜头之下，回到德国了。”

很快，我们看到了《巴黎竞赛画报》租用的一辆老式的雪铁龙轿车来了，将达尼埃尔·科恩－本迪带上，离开了巴黎。他们打算从福巴克附近的边境进入德国。

达尼埃尔·科恩－本迪临行时和大家握手：“我被驱逐是他们干的一桩很傻的事情，你们可以借此继续游行了。而我会很快回来的。”

我们回到了家里，和父亲、芭贝里一起吃饭，喝酒，聊天。我对我爸爸说：“这次内政部对达尼埃尔·科恩－本迪的驱逐令很笨，这样会让事态继续恶化。”

我爸爸说：“法国政府现在的确是尽办砸锅事。驱逐他有什么用？本来，工人进入全面罢工之后，学生运动就失去了原动力，达尼埃尔·科恩－本迪也在失去其重要性。这下好了，他马上显得重要起来了，而且，学生们可以借机继续游行了。你们找到了最好的理由—你们的领袖被驱逐了。还有比这更能让学生们骚动的吗？”

我说：“爸爸，你说得对。驱逐他，适得其反。”

我爸爸说：“潘多拉的盒子打开了，魔鬼都出来了，让他们尽情表演吧。

什么事情都有完结的那一天。”

回到我的房间里，我和玛丽拥抱，接吻，做爱。我吻她的膨胀起来的乳房，粉红色的乳头还是那么的饱满生动，乳晕的颜色很浅，一圈圈逐渐地过渡到没有。但玛丽今天的激情似乎没有前几天那么高。我和她做爱的时候，她似乎在想别的，只有在高潮来临的时候，她才叫了出来。

事后，玛丽说：“我喜欢萨特，喜欢他沙哑的嗓音，抽烟斗的姿态，和达尼埃尔•科恩－本迪对话时的敏锐。这个人很有激情，很有魅力。他不矮，他很高大。”

我多少感到了一丝嫉妒，“你对成年的男人似乎比对像我这样的男生更有好感，你是恋父情结在作怪，是不是这场运动让你体内的恋父情结滋生出来了？”

玛丽说：“瞎说什么呀。我就是觉得萨特有魅力。萨特很好，不像你爸爸，是一个沉湎于食物和性的废人。”

22日，《巴黎竞赛画报》记者跟踪达尼埃尔•科恩－本迪回到柏林，在布兰登堡门前拍摄的照片，刊登在巴黎的多家报纸上。配合照片的文字标题是：“我还要回来！”

果然，因为内政部下令驱逐达尼埃尔•科恩－本迪的命令执行之后，学生们继续行动，巴黎拉丁区就爆发了大规模的抗议示威游行。

这次游行示威，是巴黎的学生领袖们发起的。达尼埃尔•科恩－本迪在法国居留权的被剥夺，激起了学生们的愤怒。学生们决定22日晚在圣米歇尔广场上示威。学生们还和法国总工会联系，希望总工会一起联手举行游行示威。

法国总工会主席塞吉的答复是："我们怎么可能为了一个德国无政府主义者在法国的居留权而组织抗议示威？你们在开玩笑！如果你们干了，那我们会组织一场反对你们示威的示威游行！"

学生领袖们很生气，他们发现了自己和总工会之间的鸿沟。这简直是决裂啊，学生和工人的代表工会的决裂，这就是丑闻了。

我参加了那天晚上的游行示威。一直到23日凌晨。在学生们中间，我看到，大概有五六千人在学生领袖的带领下，登上了蒙帕纳斯高地，然后向国民议会大厦进发，最后在波旁宫旁边的栅栏边举行了集会和演讲。

这天晚上抗议达尼埃尔•科恩－本迪被驱逐的游行示威，诞生了一句十分响亮的口号："我们都是德国的犹太人！"

"我们都是德国的犹太人！"响彻大街。

在人群中，国会议员克洛德•埃斯特也来到学生们中间，表达了支持。这天晚上，忽然下起雨来了。没有任何游行队伍喜欢下雨，因为，雨水会让学生们的旗帜、标语和身上的衣服都湿透，从而显得垂头丧气。于是，几千人慢慢地散开了。

当一拨狂热支持戴高乐政府的人群占据了学生们散开留下来的位置，在大街上开始发表支持政府的演讲时，我们又回来了。一些学生开始和这些人展开对抗，互相投掷矿泉水瓶子和小石块。

雨停了，更多的学生听说了，就赶了过来。人越聚越多，气氛开始变得越发紧张了。

第十六章　庚子年

我父亲、你的爷爷在中国农历庚子年、鼠年，公历一九〇〇年记忆最深刻的，是这年的十月份，德国元帅瓦德西来到北京的情景。我父亲回忆，进入十月之后，北京的天气由燥热很快变得清凉了。他看到，包括法军在内的多国联军，也从不适应北京的炎热天气所导致的焦躁情绪中走出来，放松了许多，心情大为舒缓。

自这一年的八月十四日多国联军攻入北京之后，一直到十月中旬瓦德西元帅抵达北京，这一段时间，在我父亲看来，是北京的局面逐渐由混乱到安定的过程。实际上，就在九月上旬，由意大利的贾西奥尼上校率领的一支八千人的增援军队也抵达了北京，是多国联军占领北京、持续增援的最后一支部队。这样，在北京的联军部队就超过了三万人。

而在天津的塘沽，以及从天津到北京之间的铁路沿线布防的联军，加起来，还有三万人。这么多手持先进火器的多国部队士兵来到衰朽的大清帝国，他们是当时世界上战斗力最强的部队了，没有人有力量与这样的士兵相抗衡。

那八千多意大利佬排队进入北京城的时候，我父亲、你的爷爷当时就在场，在城门附近看到了这一入城仪式。意大利人着装整齐、花哨，他们扛着枪，拉着大炮，浩浩荡荡地进入了北京，架势非常大。而且，他们精神饱满，显然，是因为他们知道北京已经没有仗可打了，他们几乎就是来游玩和抢劫的，所以，这帮意大利佬才那么精神焕发。问题是，他们一定不知道，在北京，能抢的东西基本都抢完了，剩下的就不好抢了。

那些日子，逃难出去的北京市民，又回来了不少。在一些街巷胡同里，活跃起来的都是些小商贩。人总是要生活的，即使都城被占领了，可人终究是人，每天要吃饭、睡觉，过正常生活。多国部队士兵军纪败坏和松弛的现象得到了纠正，联军加强了军纪约束，在执勤各国划定的区域里严格执法，绝不能随便抢劫老百姓了。有些联军士兵违反纪律，抢劫或者强奸，受到了严厉惩罚，关禁闭之后，被遣送回国。

十月中旬，瓦德西元帅抵达北京，受到了非常隆重的欢迎。他率领的德军的装束更加华丽、繁复。我父亲觉得，他很喜欢德国士兵的钢盔，他们的钢盔上有穗子，还有一个尖尖的装饰物。他很想要这样一顶钢盔，但是一直无法如愿。

瓦德西元帅是德国皇帝威廉二世亲自点名要他来到中国，指挥联军行动的。他还负责与各国使节一起，与大清帝国政府进行谈判。法国人、俄国人和英国人对此心怀不满，但是他们也无话可说，不敢公开反对，因为德国人在这次围攻使馆的战斗中损失惨重。公使克林德被大清帝国的士兵杀死，成为最让欧洲人震撼的死亡事件。因此，瓦德西当然地被各国联军推举为统帅。虽然，他这个统帅的到来已经很晚了，而且他的傲慢自大的姿态也让很多人私下里很讨厌。

瓦德西在北京的一处大宅子里住下来，那里也成了他发号施令的司令部，有德国士兵严格把守。他来到北京之后，立即加紧了对义和团团民和政府军的清剿和清算。他认为，死亡是他带来的唯一惩罚方式。

于是，在他的部署下，多国联军部队开始频繁地出击。在天津、直隶、北京郊区和山东、山西等地，凡是有义和团的地方，多国联军都进行了清剿。

在庚子年下半年发生的最重要的战事，就是对义和团的追杀。可那都是一些十多岁、二十多岁的无知的农民罢了。义和团团民大都是一些因为干旱导致的颗粒无收而绝望的农民，再有就是仇恨教民的农民。那些在前一段时间里饱受摧残和打击的教民也活跃起来，他们熟悉当地情况，反过来参与到剿杀义和团团民的行动当中，十分得力。

我父亲告诉我，那段时间，在北京街头，尤其是一些道路的交叉口，常常可以看到悬挂着义和团团民的脑袋。那些脑袋悬挂在城门上，使经过那里的市民都感到恐惧和惊慌。这是最好的警告：与多国联军为敌，你的下场，就是掉脑袋。

那些脑袋挂在那里，显得很渺小，即使很血腥，可我父亲并不害怕。他后来向我描述了他看到的情景：

> “远远地看过去，我真的没有想到，人的脑袋会是那么渺小。一旦从身体上砍下来，似乎不如在肩膀上扛着的时候显得更大。这可能是因为视觉的关系，也可能是这些脑袋失血过多，起码是脖子的部分没有全部砍下来连起来，因此就显得小很多了。很多中国人也凑过去看，他们内心和外表都很麻木，似乎对占领帝都的联军并不仇恨，要知道，这些脑袋是联军砍下来的啊。我走近去看，这些脑袋上，都还梳着辫子。这些脑袋的眼睛是半睁半闭的，似乎很茫然，似乎他们很委屈，他们都不知道自己是为什么掉了脑袋。他们一定很诧异：太后不是一直很支持我们吗？太后不是很支持我们前去攻打使馆，去抓捕那些可恶的西方白人妖魔和可恶的教民吗？怎么如今变成了我们被砍了脑袋呢？我看着这些

死去的义和团团民，内心里其实涌动着怜悯和悲剧感。这是一个国家的悲剧，一个时代的悲剧。没有人能从这种悲剧感中逃脱。”

我对我父亲说：“确实，根据后来的资料显示，一些教民也很坏，倚仗教会的势力欺压中国人。”

我父亲说，“是的，我忽然看到，有一个脑袋的眼睛，正在看着我，我惊呆了，这个脑袋还没有死！他当时就告诉我：‘你！你这个白人，法国人，你说，你告诉我，就是那些教民，他们是不是欺负中国人自己也很凶恶？难道我们攻击他们就有错吗？为什么？你这个白人，告诉我！你来这里是干什么来了？就是为了砍掉我的脑袋？我们一开始起来是扶清灭洋的，可什么时候风向就突然变化了，我们就要掉脑袋了呢？我很疑惑，我很委屈，我很愤怒，我想不通。’我看到他在这么对我说，我傻眼了，赶紧逃走了。”

“爸爸，那可能是你当时心理的活动吧。”

“是的，肯定是我当时替他那么想的。但这些义和团和其他被称为暴民的中国人的脑袋，挂在北京城门楼子和交通要道的树杈上、木杆子上，带给我的感受还是非常刺激。死亡没有让这个帝都的中国人警醒，他们很麻木，但却让我内心十分难受，我发现我受不了了，我开始反思自己为什么来到了这个陌生的国家。即使是因为命运，也是因为阴差阳错，可我毕竟是一个占领军，是在人家的国家里，站在人家的土地上。后来，远远地看到有脑袋挂在那里，我就躲开了，我不想再靠近，我开始闻到死人脑袋的血腥味儿了，这让我难受，而密集的苍蝇在团团飞舞，也让我感到更加恶心。”

我父亲说，联军对中国人的残酷杀戮还在持续进行，而在瓦德西来到中国之后加快了频率。隔几天，他就能看到，南城菜市口一带，成队的义和团团民被抓回来，被当众就地正法。让我父亲不解的是，一些大清国的正规军士兵，竟然是执行砍头任务的刽子手，什么时候他们和联军达成了共同对付义和团的协议了？我还在疑惑呢，又看到了在刽子手边上，站着的也是清朝士兵，正在监督执行着行刑。看来，他们现在达成了某种媾和。

他告诉我，东方人很早就发明了各种针对敌人的刑罚，死刑的办法有很多。我曾经翻看过一本专门介绍这类刑罚的书籍，里面的行刑办法让我瞠目结舌。比如车裂和凌迟，这两种死刑是最让人恐惧的了。

砍头相对而言，还算是文明的，对于囚犯来说，还不算是很痛苦的。脑袋掉下来，留个碗大的疤，这是中国人自己经常很豪迈地说的话。脑袋掉了，人很快就死了，肉体的痛苦很短暂，没有被折磨很久。但这一行刑的过程依旧是残酷的，附近往往都会聚集很多的北京市民，他们表情麻木，略带兴奋，因为砍头不是随时都可以看到的。即将被杀的义和团团民到了这一刻，肯定觉得自己受了欺骗，他们都不再相信他们有可以抵御子弹和砍刀的神奇功力了。在被砍头的一刻，恐惧和迷茫是他们主要的反应。

砍头有时候是慢慢地割头。有一刻，我父亲看到，大清国参与行刑的士兵，一把揪住一个义和团团民的辫子，拉直了，然后，另外一个清军刽子手上前，用手里的长刀慢慢地割那个团民的脑袋。慢慢地割掉一个人的脑袋，这个过程也就几分钟，但看到的人都睁大了眼睛，张大了嘴巴，看着那刽子手的长刀在刺啦刺啦地割着一个人的脑袋，砍瓜切菜一样，脑袋掉了下来。他们欢呼了起来。

他看到，这一行刑过程也被有些外国记者拍摄了。啪嗒一声，镁光灯一闪，大家吓了一跳，一股烟雾腾起，一张照片诞生了，记录了那个时刻。

你问那些被处以死刑的人当时怎么反应？我父亲看着我惊愕的表情问。

是的，他们难道就那么束手就擒吗？他们就不反抗吗？他们就不挣扎吗？

我感觉很憋闷。

父亲说，是的，他们当然有反应。那个被行刑的团民当时在哭泣，这一刻，是他生命的最后时刻，他连痛楚的反应都没有的话，就太憋屈了。可是，还有些人被砍掉脑袋的时候，的确是没有发出声音，很沉默地就死去了。

我对父亲说，兴许他们是被割掉了舌头。

我父亲说，这也有可能。关键是，我看到了围观的人，大部分都是中国人。他们喜欢看热闹，这使他们很兴奋，可他们觉得这死刑和他们无关。这一点，我就觉得很纳闷了。这些被处死的人怎么和他们无关呢？被处以死刑的，今天是这个人，明天，难道就不会轮到他们头上吗？那么，他们还高兴什么呢？他们还兴奋什么呢？难道他们不知道，他们和被杀死的人都是一样的？今天，他们是看客，明天，他们也许就要上断头台，

我对我父亲说，这一点，他们真的不知道。他们就是这么傻、这么愚昧、这么的麻木不仁。

那么，这个国家还有希望吗？我父亲看着我说，当时我就在想着这个问题，这个国家必须要经历这些痛楚，才可能走向新生？

就这样，作为一个亲历者，你的爷爷、我的父亲在一九〇〇年一边观察，一边在痛苦地思考着。那些日子，北京城内外到处都是杀戮。西方强权已经占领了这个国家的都城，强权下令，还让占领军进行了一次在皇宫紫金城里的阅兵和游行，包括我父亲在内的占领者，耀武扬威，穿越了那空落而巨大的皇城，给了他们最大的羞辱。一些人趁火打劫，抢劫、强奸、掠夺和偷窃这个国家的好东西。他们想要的更多的好东西，还在后面，他们还在等待着这个国家的愚蠢的统治者最终回到谈判桌前，然后，列强就要张开血盆大口，向这个肥沃但

已经无比虚弱的巨人索要东西了。

我问我父亲，当时，他们想要什么？金子，银子，丝绸，珠宝，香料，粮食？

我父亲说，除了这些，他们还想要这个国家的大片土地。俄国人现在不在北京闹腾，这里是英国人、法国人、德国人，总之是些欧洲强国主导着话语权，他们就跑到东北满洲地区去抢土地了。这是当时的英法美德等国的外交人员最忧虑的事了。

法国人怎么看待当时的情况？我问他。

父亲看着我，法国？法国的身份将给你带来好处，也带来坏处，这是今后的事情了。现在，国民党眼看就要败在共产党的手里了。你的命运，我看不清了。在当时一九〇〇年，法国人的利益也要得到保证。法国在大清国的利益得到的太少。英国人有香港，还有整个长江流域以及很多沿海的开放口岸。英法联军在一八六〇年进攻中国，没有白干，得到了一些东西，但一九〇〇年这一次，除了赔款，估计得不到太多的东西。一群秃鹫围着一块肥肉，谁力气大谁占便宜。所以，法国不是力气最大的，自然不会有很多便宜占。

我父亲开始认为西方占领军是强盗，也是在那个时候。强盗总是欲壑难填的。在一九〇〇年的下半年，他看到了那一年北京的剧变。被外国占领军占领，肯定是对这个国家的羞辱。但这毫无办法，当时世界的法则就是弱肉强食。谁让你衰落，谁让你的武器不如人。自从瓦特发明了蒸汽机，这个世界就开始改变了，蒸汽机改变了全世界的进程。帆船让位给有蒸汽轮机的大船，火器的发展，使长枪和大炮成了冷兵器的克星。而擅长冷兵器的国家—中国，具体说，现在是大清帝国，他们的不堪一击，就是必然的了。

在那段时间里，到郊区看到的，也是凋敝和残忍的景象。有一次，我父亲前往运河的边上，发现正有一队俄国士兵在处死他们认为是义和团的人。德国人抓到了十几个中国男人，把他们的衣服都扒光，然后杀了他们，并开始侮辱尸体：他们在一根横倒着的树干上，摆放了几颗人脑袋，还将那些没有头颅的尸体，摆放出各种姿势。这些家伙在干这惨无人道的事情的时候是笑嘻嘻的，可见，他们的杀人如麻是常态了。

这些复仇心切的德国人在瓦德西元帅的指挥下，捕杀了不少被认为是义和团的人。他们还抓获了据称是杀害克林德公使的凶手、清军下级统帅恩海。那是一个大清国的军官，抓到他之后，我们都去观看。

那个家伙长得黑黑的，皮肤很粗糙，人也很瘦。他被戴上了手铐和脚镣，无法移动，但却骂不绝口。尽管我父亲和士兵们听不懂他在骂什么，可他们听出来，他肯定是在骂人。这是一个无所畏惧的军人，不像义和团的团民，一旦被抓住，有的就变成了胆小鬼。

一九〇〇年的情况是很复杂的。我父亲说，中国这个国家还不是一个现代意义上的国家，她的人民尤其如此，愚昧是其最主要的特征。皇权专制导致了上层社会很少有人具有独立思考的能力，无法做出具有相当视野的判断，下层的老百姓又都是相信有神灵帮助的穷苦人。那些穷苦人被慈禧太后利用后，反过来又遭到了联军和清军的捕杀，这是最带有悲剧性的结果。

我父亲把这一切看得很清楚，他感觉，大清帝国的气数已尽。但哪一天完结，还不好说，总之，是快了。

在一九〇〇年的冬天即将来临的时候，德国元帅瓦德西为了显示他的权威和胜利者的姿态，决定在紫禁城天安门前举行一次对德军的阅兵。

我父亲记得，瓦德西阅兵这一天，是一九〇〇年的十二月二十七日。我父亲他们前去观摩了阅兵过程。他看到，在紫禁城午门外的那片广场上，参与阅兵的德国部队，虽然人数不多，但都排列成了纵队和方队，他们分为步兵、骑兵和炮兵，完成了准备。德国士兵的武器装备是联军中最好的，他们穿着过冬的大衣，手里拿着长枪。

在那一天，为了炫耀和留下纪念，瓦德西元帅特地骑着马，在天安门城楼前让记者拍摄照片留影。很多摄影师，其中包括了一名随军而来，专门给他拍照的德国摄影师，在金水桥上，以天安门作为背景，给骑在马上、马头向西、威风凛凛、志得意满而又有些老态的瓦德西元帅拍照。有两个荷枪实弹、穿着大衣的德国士兵一左一右地站在他两边，与他的马距离是两米。他们都穿着斜襟的皮大衣，很暖和。他们脚上是厚厚的毡靴，戴的帽子是德国皇帝威廉二世亲自选定的那个有帽徽的帽子，船形帽。

留影结束，瓦德西元帅就对他的德军部队进行了一次他认为十分必要的阅兵。阅兵是一种重要的、能够带来心理上的震动的活动，主要是展示实力。此前，在一九〇〇年八月二十八日，我父亲他们就先期参与了一次阅兵，到了这一年年底的十二月二十七日，瓦德西元帅进行了一次象征他率领的联军平息了北京事件，西方最终胜利的阅兵。

我父亲说，那一天，身材高大的瓦德西元帅骑在马上，他的表情则是冷峻的，尽管他压抑不住内心的喜悦。他来到北京已经两个多月了，在他的指挥下，到处都在平息叛乱、恢复秩序。

负责和平谈判的大清国的首相李鸿章，在十月份就与他指定的谈判代表进行了第一次见面。这一场谈判注定将是漫长的，因为，所有的大清国的指示，都是从藏身在遥远的西安的老太后那里传达过来，需要很长时间，即使是快马相送，也需要好多天。瓦德西胜券在握，他以阅兵的方式，庆祝了联军行动的有效和胜利。

阅兵仪式过了几天，德国人就把恩海拉出去砍头了。我父亲前去观摩了，他总能在那一年的很多现场出现，他看到了很多历史的细节，他在时间里穿行，成为那一年他自己的记忆的囚徒。

行刑场面由德国将军冯•特罗塔监督执行。只见恩海戴着死刑犯的手铐和脚镣出来，在行刑场所，前一天晚上，刚刚下了一场雪，薄薄的白雪覆盖了地面，恩海听到了他的死刑判决，感到十分愤怒。有很多人观看，他后来大笑，大喊一声，我的死值得了！然后，刽子手一声大喊，他的脑袋就被砍了下来，骨碌碌滚了好远，在雪地上滚出来一道殷红的血痕。

恩海的这颗脑袋，被德国人立即装到了袋子里，作为一件战利品，以最快的速度送到了天津塘沽，在那里，又被送上了土库曼号轮船，跨越大洋，送到了德国，展示给了德国皇帝。

我父亲听说了这件事，他的眼前浮现出这颗恩海的头颅，漂洋过海被送到德国，会是一个什么样的效果。德国人在医学方面十分发达，也许，他们使用了防腐技术处理，使恩海的这颗头颅不至于腐烂败坏，运到德国的时候，应该起码是完好的，装在巨大的瓶子里，在防腐溶液里浮沉。德国皇帝威廉二世带着他的王后，还有那些对北京的战事很关心、对克林德爵士的被害十分恼怒的皇室成员以及德军指挥官，一起观看恩海的脑袋，是个什么心理？他们是不是就觉得，只有如此才能缓解内心对中国人的仇恨，甚至还有一种洋洋得意的兴奋感？面对一颗仇敌的脑袋，他们感到的是恶心，还是害怕，或者是快意？一些皇族女人们手里拿着折扇，会不会香汗淋漓，或者，胆小的就此晕倒？这些情景，就没有人知道了。

恩海的脑袋是运到了德国，再也没有回来了。他就这么身首分离了。

德国人除了把恩海的脑袋运到了德国，他们还把北京观象台的中国古老的天文仪器，一个巨大的浑天仪的圆球，以及其他东西都拆卸下来，运到了德国。

我父亲还听说，紫禁城里的不少铜狮子被意大利人运走了，他们打算运到意大利献给自己的国王，让他们欣赏这些来自古老中国的宝贝，并且享受占领者的喜悦。

而在对文明的欣赏方面，还是法国人的品位最高。在法军指挥官的指挥下，我父亲他们悄悄地从紫禁城和一些大臣以及皇亲国戚的家里搜出来不少中国古代的艺术品。这些东西有绘画、玉器、佛像、古玩、瓷器和金银制品，它们价值连城，珍贵异常。法国人不像俄国人，想的是去占领更多的土地，法国人想的就是把这些艺术品带回去，敬献给自己的国王。但法国人的行径败露了，立即遭到了其他列强，尤其是英国人的激烈反对。事情曝光了，意大利人和法国人想运回欧洲的中国宝贝，被勒令还给了北京。

瓦德西元帅在北京很快就有了新故事。据说，有个中国很有名的交际花和他打得火热。那个女人叫赛金花。男人不行的时候，可能要依靠女人才能实现目标—传说，赛金花阻挡了瓦德西元帅对紫禁城的摧毁，救了整个北京城。交际花赛金花，带给了他东方女人的温存和安慰，他现在绝对是志得意满了。

我父亲当时也听说了这件事，他觉得很滑稽。德国人是非常顽固和保守的，瓦德西元帅除了复仇，他那脑子里什么都不会想。他想的，就是把所有攻击过使馆和教堂的中国暴民的脑袋全部割下来。他怎么可能在一个妓女的怀里忘记自己的初衷呢？这是傻子都能想到的事情，他肯定是一边操着赛金花，一边想着怎么割掉中国人的脑袋的。

我父亲就这一点敢打赌。他血气方刚，正是身强力壮的时候，难说在北京没有去后来很快就兴旺起来的、前门外的八大胡同找妓女。战乱中和战乱之后，女人肯定是最好的俘虏和消遣。占领军最喜欢的，先是拍卖抢来的东西，而后去女人身上把钱都花完。于是，很多联军士兵把抢来的东西卖掉，在那个逐渐加深的冬天里，又把钱都花到了妓女身上。

到了一九〇一年春天，惨淡的中国春节过后，北京的局面已经完全稳定了。占领军全部都感到了疲乏和无聊，而躲在西安的慈禧老太后还不回来，使得瓦德西十分焦躁。世界舆论发生了变化，起因在于，列强们的利益是不平衡的，不平衡，就会发生冲突，于是，各种不利于对手和其他竞争国家的说法开始流行。法国人捣英国人的鬼，英国人捣德国人的鬼，意大利人捣法国人的鬼，俄国人和日本人觊觎满洲地区，他们互相警惕、暗中使坏。于是，占领军的名声开始变得糟糕了。再说，在这个已经谈不上有正常税收的国家里保留几万人的占领军，每天都需要花钱，而军费不能长期依靠抢劫。所以，迫切地需要就此达成一个协议，有一个合约。而这个合约，却需要在双方彼此保留一定颜面的情况下签订。

大清国的首席谈判全权代表李鸿章，是慈禧太后挑选的她最信任的人。他是一个老谋深算的汉族大臣，现在由他出面，与多国联军组成的谈判代表团进行谈判。一向反对与多国交恶的、温和的满族大臣庆亲王也作为谈判代表，双方开始了漫长的谈判。谈判的地点设在西班牙驻华使馆，葛罗干大使作为使团的团长负责谈判。

这场谈判进行了好几个月，一直到一九〇一年的九月七日上午十一点三十分，才最终签订了合约。这时，我父亲记得，德军元帅、联军总司令瓦德西已经离开北京有三个月了。

这个合约后来叫作《辛丑条约》，主要的内容是：中国需要向多国赔偿白银四亿五千万两，计算的方法就是每个中国人赔偿联军一两白银。其他的条约内容，包括给克林德立牌坊—那个中国牌坊后来在克林德被杀的地方立起来了。但过了一些年，也就是一九一七年，第一次世界大战德国战败之后，这个在总理衙门、哈德门附近修建的牌坊才被中国的民族主义者砸毁了。老德国使馆里的克林德那面象征耻辱的墓石碑也被拆除了。

《辛丑条约》中还写明了如何处置一些当时鼓噪攻打使馆的大清国的大臣，如：判处端王载漪、辅国公载澜斩监候，判处庄亲王载勋、都察院左都御史英年、刑部尚书赵舒翘、左侍郎徐承煜立即正法，砍了他们的脑袋。大学士徐桐等人，因为自尽已死，追夺原来的官职。大清国派特使前往德国和日本，专门为克林德和日本使馆书记官杉山彬的遇害宣慰，当面向该国首脑和死者家属道歉。其余还有很多丧权辱国的内容，我父亲也说不清楚了。

总之，一个战败的国家，除了签订这样的充满了羞辱的条款之外，没有别的选择。

条约签订十天之后，所有联军全部撤离了北京。他们从天津塘沽登上了返国的轮船。又过了两个月，主持谈判的李鸿章在羞愤和抑郁中孤独地死去。此时，那些在一九〇〇年夏天被围困在使馆里险些丧命的驻华公使和外交官们大都已经离开了北京。新的外交官来到了新的使馆区，新使馆区比过去扩大了不少。在使馆区东侧，还有一个专门守卫使馆的驻防区，一切变化都非常大。

但我父亲、你的爷爷却留了下来。当初，《辛丑条约》签订之后，法军指挥官想让他回到印度支那去。但我父亲哪里也不想去了，他就想留下来。一九〇〇年的北京那场让他大开眼界的使馆战事，满足了他的冒险和贪婪的欲望。现在，他内心安静了许多。

我父亲一直是一个脾气暴躁的人，和别人很难相处，和指挥官的关系也很不好。他没有得到升迁，又不想像抢到东西的法国军人那样急于回法国去，他对法国很厌恶，觉得他从来都是科西嘉人。所以，一九〇〇年的乱局过后，他就决定留在法国驻中国使馆，当了一名小武官。他把自己从搜捕行动中得到的东西都变卖了，靠着变卖这些东西，弄到不少钱，在中国就那么待下来了。他想着他见过的皇宫里的钟表室，他觉得自己可以在北京开一家钟表店，也许是很好的生意。

第十七章　一九六二年

日复一日，年复一年，我都陪伴在爸爸身边。一九六二年年初的这次转移，我爸爸被转到了良乡监狱。

他们到达之后的第二天早晨，一位姓蒋的监狱长向新人介绍了情况。他说，这里对外叫作“新首都电子机械厂”，主要生产铝制品，也就是锅碗瓢盆之类的炊具。之所以必须生产这些炊具，是因为在“大跃进”时，很多家庭将自己的炊具都投进了炼钢炉。现在，他们迫切需要新炊具。

监狱长说，“你们给家人写信的时候，不要说是在良乡监狱，或者在新首都电子机械厂，信封上的地址写上北京二六五信箱就可以了。”

这里的环境似乎比较宽松，我爸爸他们到达之后，连着好几天，这里也没有给大家安排工作。我爸爸同这里的老囚犯聊天，消磨着时光。

在聊天中，我爸爸得知了这里的伙食也不好。他感到了失望。大饥荒使这个北京郊区的工厂的生活条件，比清河好不到哪里去。这里的厂房一年前才仓促地建起来，宿舍也是新建的。我爸爸住的房子还未完工。

晚上，我听到了火车呼哧呼哧经过这里的声音。我飞出去，看见了一条长龙消失在了黑暗中。原来，良乡监狱位于京广铁路线一旁。

我爸爸很快就对新环境熟悉了。厂区里的两个宿舍区被人们称为东楼和西楼。西楼住着自由的工人，东楼住着劳教人员。四周的围墙很高，四个角上都建有高高的看守塔。正门是一个巨大的两扇门。在西楼后边，是警卫人员的宿舍和食堂。

大楼前面是一个篮球场，旁边有一个温室菜园。从外表看，工厂有一个巨大的屋顶，覆盖在大约两亩地的上面，里面放满了生产厨具的设备。

离监狱大墙不远的地方，有一条与围墙平行的白色宽线，这就是警戒线，对任何胆敢冒险走到警戒线外的人，就会严惩。到了晚上，有人会在宿舍楼的通道上巡逻。

看守人员允许大家熄灯睡觉。我爸爸这间号子里，除爸爸之外，还有金永俊等七个朝鲜人和两个日本人，被称为“外侨组”。开始时，他们生活得十分轻松，在被分配正式的轮班工作之前，我爸爸他们吃的是最低档的口粮标准：每月三十三斤。

一月三日，我爸爸正在那里发呆，一个穿着旧军装、戴着鸭舌帽和卫生口罩的高个子，走进我爸爸的囚室。他说，他叫黎大友，是监狱的医生。他正在给每个新来的人进行仔细检查，要核对每人的病历。

他来到我爸爸跟前，翻看爸爸的病例，觉得很诧异，问他：“你是外国人？”

“我是法国人。”我爸爸有点骄傲地说。现在，他很在乎自己的法国身份，这将最终决定他的命运改变。

黎大友反唇相讥："我怎么看你都不像一个法国人。我去过法国，你看上去像一个叫花子。你没用镜子照照你自己吗？"

我爸爸认为这个黎大友大夫简直是在侮辱他。他的话太粗鲁无礼了。我爸爸非常生气，他压抑住自己的愤怒："我告诉你，说话客气点，我来这里是接受改造的，看守告诉我，政府人员不许污辱犯人，包括你们这种大夫。"

看着我爸爸正色说道，黎大友一点儿也没有生气，他哈哈一笑说："我不是政府工作人员，我嘛，是一个刑满就业人员。伙计，哎呀，别生气，刚才，我是跟你开玩笑的。我也是在这里学习的，同你一样。我真的同你一样。我只是看着你长着一张中国人的脸，就觉得很好奇，你怎么会是一个法国人——"

他们不打不成交，他详细检查了我爸爸的身体，给他开了对症的药，我爸爸的身体迅速好转起来。

后来，我爸爸发现黎大友这个人可以交，他人很不错。黎大友原来是卫生部的一个工作人员，他曾经跟随一个中国代表团访问欧洲。在一次会议期间，他没有经受住东欧某国一个女人的诱惑，被引诱上了床。但这件事情很快败露了。回到北京以后，他被批判了。但他认为，自己遇到了爱情，而且是跨国的，何况，那是一个社会主义兄弟国家。但最终上级证实了那个女人是一个间谍，他上当了，黎大友给那个女人泄露了机密。

就这样，黎大友被判了三年有期徒刑。刑满释放后，他在这个厂子里当了一名大夫。这就是黎大友的经历。

黎大友给我爸爸和另一个得了肺结核的朝鲜人一起开了几天病假。病假对我爸爸很重要，我觉得他最需要的，就是睡觉，休息，休息，睡觉。

爸爸的病假休完后，他想要个小花招逃避工作。此时的外面天气寒冷，待在房间里则舒服多了。于是，他告诉号长，他的身体仍然很虚弱。但号长命令我爸爸，必须到外面同工友们一起干活。

我爸爸别无选择，只得服从了。第二天早晨，我爸爸闷闷不乐地走下楼，随其他犯人一起穿过院子。我看到他走到一个工具棚里，拿了一根结实的杆子、一条长绳和一捆脏麻袋。爸爸跟在其他人后面，来到一个屋顶很低的棚子里。

“下来，菲利普，你到这儿来！”那个号长一边喊着我爸爸，一边自己猛地跳进一个地窖。我爸爸小心翼翼地跟着跳了下去，现在，他发现自己正站在一大堆白薯上。他们的工作是把这些白薯搬运到厨房去，而那些白薯，他们可以随便吃。

爸爸为自己早先的小聪明向号长道歉。

号长挥了挥手，“你呀，别吃得太多了，”他说，“你得慢慢吃，否则，这东西会造成消化不良的。”

我爸爸就坐在冰冷潮湿的棚子里，我蹲在他的肩膀上，看着他和其他人像老鼠一样，嘎喳嘎喳地咀嚼了半个小时白薯。然后，他们才开始搬运白薯。

这一年的二月五日，农历新年来到了。

我爸爸他们得到了优待，每人可以买五包香烟，每包人民币一角五分。我爸爸翻看着烟盒，感到很兴奋。这是一种“勇士”牌香烟，深受广大群众的喜爱，烟盒上有一位赤手空拳打死老虎的传奇英雄武松。

朝鲜人金永俊一直很狡猾，在良乡这家工厂，为了得到特殊照顾，他说他是一个穆斯林，这使他能够在这年的春节享受清真饮食。

他冲我爸爸使眼色，“嘿，菲利普，你知道我不是穆斯林，”他兴致勃勃地说，

“不过，我的确不喜欢吃猪肉。”

晚饭开始时，他的那一份牛肉要比别人吃的猪肉炖粉条明显丰盛得多。这一次，主食不再是过去的那种窝窝头，而是掺杂着杂粮的馒头，成分不是玉米面，而是精细磨成的小麦面粉了。这说明，大饥荒正在逐渐过去。

晚饭后，金永俊和那几个朝鲜人聚集在过道里，唱着他们伤感的民族歌曲。当充满思乡之情的歌声在我爸爸周围回荡时，爸爸变得烦恼和沮丧起来，不由得想起了自己的家庭。我知道他在想念我妈妈和我弟弟东东。

可以想象，在一九六二年的新年，我妈妈和弟弟的年肯定过得不好，他们也一样缺衣少吃。妈妈曾经给爸爸来信说，她把粮食定量的配给供应本给弄丢了。有半个月，她和我弟弟只得靠在住处周围捡拾青菜叶子来勉强维持生活。我爸爸很生气，写信埋怨她笨，请她在新年过后的第一周的探亲日前来探监。我爸爸眉头紧皱，我知道，他现在对妈妈的感情越来越淡漠了。

我记得，大年初一那天晚上，那几个喜欢偷鸡摸狗的朝鲜号友，在金永俊的带领下，采取了一个大胆的行动，增加了号子里的食物供应。

其实，他们已经准备和观察了好几天。我经常看到他们几个人互相配合，贼眉鼠眼地观察着看守。这一天晚上，等看守回家去与家人团圆、别的号子组成的巡逻队走过我爸爸他们的号子之后，他们就急奔厨房，安排几个人担任警戒，其他人立即开始了早就谋划好的行动。

我看到，有一个脸上有疤的朝鲜人，迅速将其他几个人每人一节地藏在衣服下面带来的五节竹竿连接起来，然后，他在竿头上系了一个结实的铁丝钩。不知道他要把这东西拿来干什么，我很好奇，就飞到了食堂厨房的窗户上。那里留着一条小缝，是来散发蒸气的。我看到厨房的案板上，放着一大堆新做的豆腐。

呵呵，原来，他们要去偷取那豆腐。几个人早就准备好了水桶。被卤水点过的豆腐既新鲜又结实，铁丝钩一钩，就钩住了一块，那个人小心地从桌子上收取竹竿，将豆腐挑了出来。接着，这家伙还钩了一些白菜叶子和一整捆粉丝。

豆腐、白菜、粉丝都有了，可以做很好吃的白菜豆腐粉丝汤了。几个贼准备收手，但是，金永俊说，没有酱油等调料，就算不上是豆腐美食！于是，他将喝水杯拴在了铁丝上，将杯子伸进案板上的大酱油罐中，舀了三满杯酱油出来了。

我真是服了这些家伙了。他们回到号子之后，用一个脸盆在过道的炉子上加热，炖了一大盆白菜豆腐粉丝汤，还有新鲜的酱油加进去，这顿饭真是丰盛呀！这个年是我爸爸最难忘的新年之一了。我看到他在喝着豆腐汤，一边说："好吃，好吃。"

二月十一日那天的探亲日，我妈妈和弟弟东东果然如期来探监，看望我爸爸了。他们在正门一边那道白石灰画的警戒线旁的一张桌子边，相对坐着谈话。

警卫的监视很严格，不能乱说乱讲，这是这里的规矩。于是，我爸爸和妈妈喊着口号，说着我根本就听不懂的话。我弟弟也很焦躁，他都十多岁了，可是瘦得像个豆芽菜，也不懂事，对我爸爸不热情。我很烦他不懂事。他起码应该问候一下我爸爸，可是他咬着手指头，什么都不说。

他们说的话，都是陈词滥调，但我爸爸能听出来，我妈妈和我弟弟东东过得很不好，处境糟糕。还好，临别时，我弟弟东东庄重地递给我爸爸一小包饼干。我看到爸爸愣住了，他接过来，根本没有想，其实我弟弟更需要饼干吃。

他们临走时，我爸爸问胡看守："报告！我能不能从自己的零用钱里拿三块钱给他们？”看守还没有说话，我妈妈却拒绝了。她说：“我什么也不需要。大家对我们照顾得很好，你不用操心！”然后走了。

这次探视结束后，我发现爸爸比见面之前明显消沉了。但探亲过后十天，我妈妈写来一封信，告诉我爸爸，那个胡看守在送她出去的时候，偷偷地从自己兜里拿出三块钱塞给了她。

我爸爸马上到胡看守那儿去感谢他。

胡看守表情严肃，他并不承认，也不否认，而是严肃地说：“菲利普，你感谢政府的唯一办法，就是努力地好好工作。”

我知道爸爸愿意努力工作，但是他却力不从心。因为他的肺结核病复发了。这使他经常头晕。于是，黎大友大夫让爸爸接受了更多的检查，他在我爸爸的右肺上发现了一个明显的空洞。黎大友帮助我爸爸，请求看守把他安排到干轻活的大队去。

黎大友成功了。两天后，我爸爸离开了金永俊等几个聪明狡诈的朝鲜人号友，搬到了楼下，与其他那些病号住在了一起，开始从事比较轻的活儿了。

我爸爸在楼下的号子里发现，由于两年来的大饥荒，号子里生病的和虚弱的人越来越多。这些人是不能劳动的，所以，管理者想出了一个解决办法：保外就医，允许那些病入膏肓的人回到家中，或在家里送终，或在家里缓慢康复。第一批保外就医了一百人，他们在三月份的一个星期六下午离开了。

但我爸爸是一个外国人，不能保外就医。

不久，我爸爸发现，轻活大队的号友们，都住在院子里距离厕所不远的帐篷中。三月之后的大部分时间里，我爸爸他们都在干杂活，比如，用一块碎玻璃刮树枝上的皮，然后再由其他人用那些树枝编篮子。

我爸爸所在的帐篷共有二十个人，号长姓关，是一个满族人。他整天哼着《科罗拉多河上的月光》的调子，简直要使我爸爸发疯了。

大家的工作量减少了，自然要相应降低口粮标准。我爸爸的口粮已降到二十八斤半，每月换算成一百四十二个半窝头。这个标准不会让我爸爸饿死。

但作为一个法国人，我爸爸从一个刚颁布的新规定中得到了好处：每顿饭配给他两份菜。这是因为，管理者发现，外国人没机会接到家中寄来的食物。尽管如此，我爸爸仍然常常感到饥饿。有时候，我觉得他吃了不少东西，可是爸爸还是觉得饿。

于是，在轻活大队的那个帐篷里待了一个月后，我爸爸强烈要求返回原来的大队，干正规的工作。只有那样，他的口粮才会增加到三十三斤。

“你要听从政府的安排，”胡看守说，“我们会照顾你的，你不要着急，把你的口粮标准的问题留给政府去决定。其实，你的事情，我们说了都不算，有一天，需要你离开这里时，你就得马上走，不管你愿意还是不愿意。”果然，几年之后，我爸爸最终离开了大墙内的生活。

这年的五月底，东楼完工了，我爸爸他们搬进了一间新号子，这是爸爸在监狱见到的最好的号子了。确实，号子的房间是石灰粉刷的墙，有一种新鲜的石灰水的气味儿，虽然让我头晕，但是爸爸很高兴。有高高的天花板，还有两个采光很好的窗子，以及暖气设备和日光灯等。在地板上还有二十个草垫子，一边十二个，另一边八个。

我爸爸负责擦窗户。他擦窗户的时候小心翼翼的，先用湿报纸擦亮玻璃，然后，再拿一个锋利的小木棍将窗户缝隙的尘土弄干净，最后，用一块干布擦干净玻璃。他每天早晨都要检查窗户是否有灰尘落下来。

北京很干燥，怎么可能没有灰尘呢？我觉得爸爸的想法很奇怪，但爸爸却越来越固执，最终使窗户很明亮。

在号子里，大家的书、水杯、牙刷和其他东西，都必须严格地放在规定好的位置上。看守要求大家把木质地板擦得能照出他的影子。果然，有人做到了。当看守来到这个房间，他低头看到了木地板上自己那拉长的影子。他笑了。

那个时候，良乡工厂里开始了每周的虱子大检查。我爸爸觉得这是很有效的，但抓虱子的办法，则有些荒唐可笑。我也觉得特别可笑。那一天，我看到初夏的微风在吹，囚犯们一个个一丝不挂地待在号子里，两个人一组，互相检查，睁大了眼睛，把对方身体上的虱子捉出来。

我爸爸和一个老年囚犯凑了一对儿。那个老头的眼神特别好，他一下就从我爸爸身上发现了虱子，然后用粘着唾沫的指头一摁，就粘住了，往自己的嘴里一放再一咬，咔啪一声，一个虱子就被他消灭了。

我爸爸目瞪口呆。他发现对方身上的虱子的时候，却不敢咬死虱子，而是用指头捏死。但虱子很狡诈，早就蹦跑了。于是，他更要很小心地进行检查了，因为谁要是窝藏了虱子，就会被指控他蓄意散布病菌，和虱子一样坏。

六月中旬，一种紧张空气忽然笼罩着良乡工厂。有一种说法，说是国民党准备利用群众因为大饥荒而产生的不满情绪，在沿海省份反攻大陆。

反攻大陆！这简直是一个疯狂的口号。然而，国民党人打错了算盘，他们是天生的笨蛋，期待的群众暴动没有发生，结果，在厂子里，变成了批判他们企图反攻大陆的罪恶行径的运动。我爸爸他们专门开了批判会，会场上，照例是群情激奋的演讲、口号和举起来的拳头。

一些潜在的危险被重视了，我爸爸的通信特权被中止了，要命的是，探亲权也被取消了。这可真倒霉。

而且，每次的学习会，都要集中讨论台湾国民党的狼子野心。厂子里还要求加强晚间的安全保卫：从黄昏到第二天早晨太阳升起前，监狱的每一扇窗户，都必须严严实实地关上，挂好窗帘。

我爸爸猜想，这可能是为了防止让人们互相传送和接收信号。

六月，是北京最热的日子，这对爸爸来说，是一个可怕的考验。他有时候比怕冷来说，还更怕热。

旁边号子里的一个人，在这时惹了麻烦。那些天，天气炎热，加上门窗紧闭，在闷热难忍的屋子里难以入睡，有一个人就半夜爬到窗子旁，他想等待早晨的第一缕阳光。我听到了响动，我爸爸还在熟睡，我飞过去，看见他将窗帘拉开了一点，透过一条小缝向外张望。大约是凌晨五点钟，当他发现东方渐渐发白，他猛地打开窗户，欣慰地舒了一口气，然后，自言自语，但却人人都能听见："谢天谢地，白天终于来了！"

第二天是一个星期六，每周的生活检讨会开始了，一个管思想的看守出现在号子里。他让那个犯人站起来，彻底交代自己的坏思想，如果交代得全面彻底，会对他宽大处理。看守说完，就转身大步走回自己的办公室，而那个可怜的家伙目瞪口呆地站在那里。

"快点交代吧，"号长冷冷地说，"你已经听见看守的要求了。"

"我不知道他的意思啊，交代什么呢？"那个可怜的家伙大眼瞪小眼，觉得不明就里，十分无辜。

“你好好想想吧，”号长提醒他，“你想一想，你最近思想上有什么问题。”

“我没有任何思想上的问题。”那个人坚持着自己的观点，不说话了。这个生活检讨会无法开下去了。

大家唉声叹气，觉得这个人简直太傻了。因为人人都听见他说什么了。

可大家都陷入了沉默。这是一出戏，关键看怎么演。最后，号子里的另外一个人—显然，他是一个告密者，站起来了，他说：“你忘记了？星期六的早晨，你站在窗户边上说：白天终于来了。你是什么意思？你是在盼望着国民党反攻大陆！因为，国民党的旗子就是青天白日旗！你要是不这么想，那天早晨，你为什么那么欣喜若狂？每天的早晨都会到来，怎么你现在倒关心起白天的到来了？”

那个被指控的人觉得这种指控匪夷所思，他极力否认自己脑子里有这样的想法。但是，那些天正在开展打击坏分子的活动，所以，号长、看守都拒绝接受他的态度，认为他不老实。

于是，我爸爸他们开会对这个人批斗了三天。他还很顽固，就是不承认期盼国民党反攻大陆。批到最后，他感到厌倦了，疲乏了，就低头认罪，承认说：“好吧，我的确盼着国民党打着青天白日旗回来，反攻大陆。我思想有罪，你们惩罚我吧。”

七月里，我爸爸的命运出现了转机。卫生部派来的一个X光医疗小组，确诊我爸爸患有肺结核后，他又一次搬家了。

这一次，他搬到了良乡这家工厂的一个专门的病囚号子里。

最让我和爸爸吃惊的事情发生了：当我和爸爸走进新号子，发现这个新号子的号长不是别人，正是聪明狡诈的朝鲜人金永俊时，真是惊呆了。我爸爸愣了一下，然后两个人相视而笑了。爸爸不清楚金永俊这家伙是怎么混进来的，他诡计多端，一定想出了比偷火车上的馒头和厨房里的豆腐更加巧妙的办法。

当天晚上，金永俊很诡秘地告诉我爸爸，他是怎么骗取了大夫的信赖：用牙膏皮来达到逃避劳动、住进病房的目的。

办法很简单，从牙膏筒上撕一小块铅皮，粘贴在胸脯上。这样，X 光在照射的时候，就会断定他患有严重的肺结核病。这样，我爸爸又与金永俊住在一起了，他们俩作为老朋友，都对此感到高兴。

金永俊塞给我爸爸一包香烟。他说："这是我利用在清河农场学到的针线活手艺，帮别人干活，从其他人那里换来的报酬，给你作为见面礼。"

金永俊这家伙适应能力非常强，脸皮厚，狡诈，在特殊时期就能存活下来，不像我爸爸，很傻，很笨，总是被自尊心给绊倒，什么事都做不了。金永俊的针线活很棒，他心灵手巧，能为同号们，甚至是看守缝裤子和上衣，他还会用号子里的人想方设法弄来的旧布，做出一顶顶布帽子，很好看，又暖和。我在他干活的时候飞过去，看他那双手，精致，白皙，灵巧。这个金永俊的一双巧手，真是无所不能。

我发现，病囚室的生活是相当的好。根据新规定，像我爸爸这样的外国人不仅每顿饭能够额外多得一份菜，而且，一个月还发给他三百克烟叶。对于我爸爸这个烟鬼来说，抽烟是他最好的安慰。

我爸爸号子里的另一个人，他姓文，是一个北洋军阀时代就行医的著名大夫，后来又成了国民党的军医。有时他就在医务室帮忙。他最擅长中医治疗了，对使用草药和针灸治病非常在行。但那个时候，中医受到批判，一些人见到他，嘲笑他是“蒙古大夫”，这是对江湖医生的蔑称。

老文并不在乎屈辱，他忍受了各种嘲弄，还以德报怨地给那些家伙治病，自告奋勇地宣称，他的针灸技术是非常好的，能够治疗各种病。但人们很害怕那种长长的银针扎到身体里，自愿接受他治疗的人特别少。

我见到了他的高超医术。有一天，一个看守牙痛得十分厉害，吴医生给他开的阿司匹林止痛片毫无效果，在无计可施的情况下，他把老文叫来，给他扎针灸。

我知道我爸爸曾患过牙痛，也是老文大夫用针灸治好的。最传奇的是，他治疗一个癫痫病人的方法。当这个病人发病时，他就将许多银针扎在那个病人的上嘴唇和脚趾上，每一次都能使他平静下来。中医真令人不可思议。

文医生很高兴，对看守说：“解除牙疼，非常简单，针灸就是治疗牙痛最有效的办法之一。”他给看守扎了几根银针。一个小时之后，看守的牙痛就停止了。

老文一下子成了号子内外的英雄。从那时起，很多人来找他治病，身上都扎着各种银光闪闪的银针，他们不再害怕那种长针了。

时间真快啊，我都感觉不到时间的流逝了，但时间确实是在流逝，而那些相同的日子，我也无法记住了。

到了九月份，金永俊被查出身体非常好，不能再住在病号室了，尽管他要尽了花招，还是没有奏效。他的号长位置被一位姓周的人替代了。

那些日子，我爸爸开始打听外面的消息，他很关心刑满就业工人的生活情况。因为，一个刑满就业工人的生活，要比一个正服刑的人好一些。

“你知道重新回到社会意味着什么？”周号长说道，“对我来说，它意味着从一座楼搬到另一座楼，而吃饭，反而要付钱了。”

我爸爸愣了一会儿，听明白了。

在良乡监狱这家工厂另外一边，住着刑满就业工人。他们同我爸爸一样，也编成几个大队，和其他人同一个时间起床，干同样的工作，同样，有每天的学习会，每周的自我检讨会，以及每一季度的思想总结会。

当然，和我爸爸他们不一样的是，那些工人一个月可以探两次亲。

周号长告诉我爸爸：“如果他们出现思想错误，跟我们一样，也会被关进禁闭室。他们每个月的平均工资为二十元人民币，其中，要有十五元花到吃饭和抽烟上，其余的钱，还要花在衣服、电费等各个方面，最后，就剩不了多少钱了。菲利普，你虽然每个月的钱比他们少一半，但你吃饭睡觉穿衣理发，什么都不花钱，政府全管了，你说说，到底怎么样更好？傻子都能算出这笔账来。”

我爸爸点点头。但他发现，那些人和他还是不一样：在放电影的时候，前十排的座位是要留给他们的，与后排的囚犯不一样，他们是很神气活现的。

我爸爸在良乡工厂期间，夏神父成了一名刑满就业人员，和爸爸巧遇了。但夏神父年纪大了，不能为社会做贡献了。一天下午，我爸爸下楼去洗衣房时，在楼梯上碰巧遇见了他。他现在搬到这栋楼的一个角落里，那里住着一些不能参加劳动的老人。他和其他九个人一起，住在一个非常大的房间里，这是良乡工厂的“老年公寓”。

“夏神父！你看上去比我们上次在清河农场见面时好多了。忘不了你的圣诞弥撒！”我爸爸欣喜地说，“活着就好！感谢政府！”

“年轻人，菲利普，”见到我爸爸，他并不激动，他用英语说，“一切事情都不会好到哪里去，也不会坏到哪里去，它该是怎样，就是怎样。我想把我的知识贡献给这个国家，我愿意去教学或从事翻译工作，但他们不需要。我现在每月靠十五元钱、三十斤口粮生活。我觉得这很好了。当我省下一点钱时，我就进城美餐一顿，看一场电影，或者买一本书。你愿意的话，可以来我这里借书看。我们还可以一块儿说说英语，或者法语，尽管我的法语并不好。我才不管他们说什么呢。”

夏神父什么也不在乎了，他已活了这么大的岁数，再也不怕任何事了。几个月后，当我爸爸正在擦窗子时，我和爸爸都看见一个看守正将夏神父的胳膊扭向背后，推着他，向禁闭室方向走去。

我爸爸不清楚他犯了什么罪，但估计肯定是有关宗教思想方面的问题。

金永俊后来对我爸爸说，“夏神父的问题是他的宗教思想中毒太深，他是顽固的，改不了了。所以，必须被关几天禁闭。”

接着，第一场雪就下来了。我记得，一九六二年就这么很快结束了。

第十八章　1968 年 5 月 24 日

距离 5 月 3 日的时间，一晃就过去二十天了。我们的神经有些疲惫和麻木。我们的行动到底是在争取什么？说是要改变，可改变什么，谁也说不清楚，大家都在抗议着政府的麻木和讲话，蠢笨和退缩，但所有的示威都缺乏真正的目标了。法国到底该往哪个方向走？我们是返回课堂，还是采取更加激进的行动？

这个时候，有的学生提出来，要更加激进，比如，为什么我们不可以占领市政府？于是，很快，消息就散布开来了，说我们要占领巴黎市政府，巴黎市政府和巴黎市议会感到了惊慌。有人建议内政部长富歇动用坦克车来保护市政府。他们果真有所防备了，警察局长格里莫下令，在塞纳河边布置了一些警察小分队。他还亲自给全国高等教育工会首领打电话：“有一个说法，说你们要和学生一起，占领市政府？”

教育工会的布格罗说：“攻占市政府？我们占领那里干什么呢？让你们再把我们赶出来？”

然后，两个人在电话里哈哈笑了。这是报纸上报道的。

我记得，5 月 23 日的巴黎依旧一片热闹和混乱。这一天，有 10 万工人在罢工。如果你能快速地在空中飞，有一双带着你飞行在法国的翅膀，你飞起来，飞越那些工厂、码头、油田、铁路、机关、银行、商场、邮局、政府大楼、中学、大学，你就会发现，这些地方全部陷于停滞状态，许多地方都被游行的学生和罢工的工人占领了。在工厂大门上，你可以看到飘着鲜红的旗帜。

那么，有没有支持戴高乐政府的游行示威呢？也有的，每天，街上也有反对罢工的人，他们叫嚣着，要戴高乐政府对罢工的工人和引起社会动乱的学生立即实行铁血政策。于是，对垒的两方人互相开始攻击谩骂，并投掷矿泉水瓶子。

玛丽一直对美术感兴趣，她在画画。我们就来到了巴黎美术学院。在美术学院，这场五月运动带来的景象是，画面感非常强烈的各类图像作品，成为让人眼花缭乱的视觉盛宴。五月以来，我看到，文人画家荟萃的拉丁区的墙壁上，到处都贴满了海报和宣传画，鼓励着营造街垒的反抗志士们的行动。由于美术作品简单明快，那是人类最早的艺术表达，和哀歌歌唱、大声呼喊与岩石上胡涂乱抹作画一样古老的艺术表达，因此，是那么的直接和有鼓舞士气的强大作用。

但有的话也很空泛，比如，我看到这样的标语："资产阶级艺术完蛋了，人民教育人民的艺术力量在壮大！"这句话在雄辩中，多少显得有些盲目和张牙舞爪。

五月里，口号这种新型的、极富创造力的简洁表达方式，顷刻间就传遍了巴黎的大街小巷。在雄伟的、透露着巴洛克式奇异风格的巴黎美术学院里，每天晚上都有大批的学生、工人、建筑师、美术家、设计师以及激进派人士聚集在一起，讨论着时下的政局，探讨这一天晚上宣传画的主题、思想、设计和口号。待到清晨，参加完讨论会、研习会的人都过来了。他们大都抱着满怀的宣传画，准备在晚间贴出去。黑暗中，有人站在各个路口把风，防止警察前来，有人拿着大桶的胶水和排刷在墙壁上粘贴画纸。

在破晓之际，这些闪烁着新鲜思想的画纸就贴满了大街小巷，格外耀眼。

在美术学院，我真的是开眼了！连美术创作作品都要投票，这完全是集体艺术了，个人消失不见了，创作街头美术作品，需要很多人参与，而不是一个人，艺术家是创作的主体。在一间白色的画室里，石版印刷室的大门口贴着一张告示，上面写着："这里是—人民的画室，这里不是—资产阶级的画室！"

我看到，当他们的投票结束后，一个美术方案被确定下来，真正的工作就开始了。有人将一块丝绸布帘在工作台上摊开来。着色上漆之后，整张画布便和着墨水、石油溶剂油和亚麻子油的气味，以及一个晚上的香烟味一起飘散开来，接着，这幅画被装裱起来。一个人呼哧呼哧地将油墨涂抹在布帘上，另一个人拿起固定布帘的边框，边上两个人将还很湿的画布挂起来晾干。

我看到，画家们画的招贴画和宣传画，大都构图简单明了。有的画着戴高乐总统的黑影子，长着纳粹的翅膀还在滴血。有的画着一个演讲的人后面有一个巨大的、全副武装的警察的黑影子，警察脚踩在学生倒地的身体上，手里的盾牌上写着白色的"SS"，这个字母的意思就是德国党卫军。还有画着戴高乐总统捂住学生的嘴的，以及警察背影上的标靶的圆圈，鼓励你去向他们射击。

这些宣传画的意思太直接了。我和一个画家聊天。我说，"你们画的这些东西，你很准确地理解了吗？"

他说："我们从不确切地解释这张招贴上的意思，很简单，它指出了问题所在，和我们未来前进的方向。

我问："我们要革命，还是要改良？"

他说："改良的含义是，基本的原则不动，只是需要改变一部分。我们不满于现状。现状是什么？现状是法国的资产阶级艺术和文化统治着一切。"

我问："你理解，什么是资产阶级文化？"

他说："资产阶级文化是统治阶级用以压迫人民的工具，是统治阶级给予艺术家特权地位，使其和其他群众相脱离的手段。特权，恰似一座无形的监狱，将艺术家囚禁于其中。让艺术家生活在幻想的自由之中。我们要打破这些东西！"

玛丽说："艺术家做的是自己想做的事；他们认为什么都是可能的；他们只对自己或艺术负责。这难道不对吗？"

他说："文化给了艺术家这种特有的地位，从而将他们置于一个不能产生负面作用的位置。他们在资产阶级的社会体系中充当着安全阀的角色。这就是我们每一个人现在的处境。我们都是资产阶级的艺术家。除此之外，我们还能是什么？我们要反抗。"

玛丽说："我明白了，于是，你们就写上了'人民的画室'，这不可能只是一种改进，而是一种根本性的、方向性的变革。"

他说："是的，这意味着，我们决心要改变我们在社会中的地位和角色。我们的意图是要加强艺术家和其他行业的人，比如，与工人建立起更紧密的关系，打开他们的眼界，让他们看到其他工人的状况，亦即这个世界的真实现状。"

我和玛丽点了点头。

后来想一想，从达尼埃尔•科恩－本迪被下令驱逐出法国、学生打算联合工会举行示威游行遭到了拒绝之后，学生们知道，他们和法国总工会之间，存在着巨大的不同。

五月运动的一开始，示威的学生都非常克制，是警方介入到索邦大学里，关闭学校，控制拉丁区的学生运动，因此，暴力手段完全掌握在政府手里。可是，当 5 月 21 日内政部下令驱逐达尼埃尔•科恩－本迪之后，情况起了变化，在学生的脑子里，开始萌发出暴力对抗的想法。

从 5 月 22 日起，每一天都有声援和支持达尼埃尔•科恩－本迪的游行示威发生。而警察的戒备和监视明显增强了。到处都是和警察的对抗。5 月 23 日这一天，由于消防队的车辆经过游行区域，发生了冲突，警察在这一天里拘捕了二百多个示威者，有 188 人受伤。戴高乐政府下令禁止广播电台进行直播报道。

这一天，我和玛丽走在人群中，看到人们的情绪变得不可控制了。似乎有火焰在地底下埋藏，假如遇到了一点火星，就会点爆。

我对玛丽说："今天的气氛很怪异，恐怕要出大乱子。"

"那我们还是回家吧。街上总是乱的。"玛丽说。

可是，一旦你上街了，那么的自由自在，那么的无拘无束，多么的开心啊。五月里，不用上课，连平时经常和我对抗的父亲也管不了我了，多么的幸福自在啊。我是很享受这样的状态的。我摇了摇头。

在 5 月 23 日晚上，全国学联、法国高等教育工会和"三•二二"运动的学生领袖商议，在 5 月 24 日、星期五这一天，在预定的戴高乐总统讲话之后，进行一场游行示威。

总工会的人和学联的领袖商议后认为，号召大家到里昂火车站集会比较好，那里空间大，人来人往效果好。

但是，占领了奥德翁剧院的“三•二二”运动的代表，一个短发青年学生说：“我们应该建立突击队，去冲破守卫塞纳河桥的保安队的防线，这是一。二、我们应该吸取5月10日街垒轻易被攻破的教训，建立修建街垒的专业小分队。”

工会代表问：“建立专业的小分队？有这样的人在学生中间吗？”

那个短发青年信心十足：“有，我们已经物色了一批人，他们大都是北非和葡萄牙来留学的家伙，都有摩托车，方便在拉丁区各个街道来回移动。我们给他们配备了撬路面和拔路牌的专门工具，用来快速修建街垒。”

全国学联的负责人说：“不行，这样会导致警察迅速展开镇压。不能破坏街道设施了。有可能他们还会开枪。我们要确保不死一个人。”

但是，激进的“三•二二”运动领袖说：“可眼下必须采取激进措施，才会有效果，不要娘娘腔，要的是拳头和石头。最好是能冲击并占领巴黎市政府，要知道，后天就是巴黎公社纪念日。必须以牙还牙，以眼还眼。”

但学生领袖们想来想去，最后决定，“不能攻击或者占领市政府，那样的话情况就会非常复杂，就不好收场了，还给警察血腥镇压提供了口实。但可以选择替代性目标，比如，资产阶级和资本主义的象征—巴黎股票交易所。集会地点放在里昂火车站，那里是警察允许的集会场所，但那里也不准游行。”

学联领袖的意见得到了大多数人的同意。我看到，示威的队伍从几个方向向里昂火车站进发，浩浩荡荡的队伍如同松散的长龙，从巴黎的四面八方，从巴黎的郊区大学，向火车站汇合。很快，在火车站就聚集了3万多人。年轻的工人和学生一边游行，一边挥舞着手绢高唱：“再见，戴高乐，再见，戴高乐。”

下午 3 点多，我看到了一个人，我熟悉他的脸，他就是文化部长马尔罗。他来到了青年们中间，出现在了里昂火车站。他的那些小说和艺术史著作，我都读过。比如《无墙的美术馆》，他是一个传奇人物，在二战的时候，他曾经驾驶飞机和德军作战。

眼下，他也来到了我们的中间，成为声援我们的著名人物。有人大声说："请马尔罗先生演讲！"

马尔罗点了点头，站在高处："你们中间，不光是有大学生，还有工人和农村来的青年，对不对？"

人群中发出了欢呼和应和声。

"我和你们一样，对法国走向未来的道路，感到了担心。我和你们一样，对资产阶级和资本主义保持着批判，我和你们一样，热爱着法国和法兰西文化，我和你们一样，现在站在这里集会，希望表达出改变的心声！"

人群在欢呼，他们觉得，马尔罗这个温厚的长者出现在这里，简直太好了。这和萨特出现在索邦大学是一样的。

我发现来示威的人群中，相当一部分是从郊区农村来的青年，和一些罢工的青年工人。游行示威的人群结构在这一天发生了变化，不仅仅是大学生了，而是有更多的法国青年参加了进来。

蓝领工人们穿着篮球鞋，手里拿着各类的旗帜和防止瓦斯的手绢，有的人口袋里鼓鼓囊囊的，显然，里面装了不少鹅卵石之类的东西。

不光这些青年有所准备，我看到，在里昂火车站，示威者这次组织了一批头戴钢盔和防瓦斯口罩的突击队，排在队伍的最前面。显然，一场不可避免的冲突将在今天晚上发生。

不久，学生和警察与保安队的第一次冲突，就在巴士底广场展开了。学生向警察投掷了鹅卵石、螺钉和其他东西，警察过来驱散了企图靠近的示威者。

这时是 5 点钟，已经是傍晚了，我拉着玛丽向拉丁区而去。传说达尼埃尔•科恩－本迪在这一天偷偷地入境，并将在索邦大学出现。但当我们到达索邦大学的时候，那里的朋友告诉我，达尼埃尔•科恩－本迪不会在这个时候回来，他还要等待时机。我们在索邦大学等待着，等待着有更多消息传来。

5 月 24 日晚上 8 点，戴高乐通过电视和电台向全国发表讲话。而此时的法国，已经陷入了瘫痪，罢工工人多达几百万人，巴黎的公共交通全部中断，市区几乎没有汽油供应。人们都是通过步行和骑单车来通行。

戴高乐的讲话糟糕极了。他先谈到了眼前对他威胁最大的罢工。对解决工人的诉求，他提出了“参与制”，意思就是劳资合作，通过劳资合作的办法，让工人分享企业的利润，并参与企业的管理。

我发现，在他心目中，工人罢工的威力才是巨大的，而学生，不过是情绪激动的小毛孩子而已。

他还说，对国家的教育是个经济制度问题，他希望以全民表决的方式，来测试法国人是不是真的对眼前的制度不满，需要彻底改变。如果法国人投的是否决票，他就立即辞职。在结束演讲的时候，戴高乐重申了自己的个人权威，这恰恰是罢工者和学生们所不愿意听到的。他还真的以为他依旧是那个领导法国战胜纳粹的、受人爱戴的将军呢。

他讲完了话之后，整个巴黎的人都在说：“等待了三个星期，他出来只讲了五分钟；而他又准备在一个月内，完成他十年都没完成的事情。”

玛丽和我站在索邦大学后门处的一家商店里，看电视上的戴高乐讲话。大家的反应是他的讲话很不合时宜，有人说：“好像他能在全民表决中获得信任票似的。很奇怪，我觉得他真的是一个不合时宜的老人了。”

戴高乐的讲话催化了学生们的愤怒。这是晚上 8 点多，天色完全被夜幕笼罩了。警察很快封锁了一些出口，堵死了几条街道。

警察们采取的策略是，将塞纳河左岸的桥都封锁起来，只准许人们在右岸行走，这样示威者就不可能聚集到拉丁区了。或者，即使拉丁区有示威者，但得不到更多的支援了。而这一招据说是总理蓬皮杜想出来的，他的目的是让示威人群向西分散，而巴黎的西边就很难聚集起人群来，向西，人群会自动地分散开来。

等到我们转到学校外面的拉丁区，我看到气氛变得紧张了，我熟悉的一切，在 5 月 10 日晚上发生的事情，在拉丁区又出现了。

示威者又开始修建街垒，这一次，他们果然干得更专业了—砍倒了路边的树，横倒在街道中间，大量的铺路石被撬了起来，填充到了树干中间，路牌也被拔起来，堆放在街垒前面。不明职业的人，有年轻的职员、漂亮的姑娘、无所事事的青年，在街上排成了长队，秩序井然地传递着撬起来的铺路石。

人人都有一种欢乐的、过节的表情，好像他们要迎接的不是战斗，大家不过是在玩一场成人游戏而已。

在夜幕中，我的确看到了“三•二二运动”领袖说的专业小分队。他们骑着摩托车，几个人一组，来到了主要的比如圣米歇尔大街上，用电动钢锯快速地把路灯柱子锯倒，用大斧头把街边不太粗的悬铃木砍倒，然后就马上走了。接着，上来一些人迅速地将这些东西再分解成更小的部分，填充到街垒当中。

在人群中间，显然有很多经验丰富的成年人，年龄在四五十岁，指导着年轻人修建街垒，这是 5 月 10 日的街垒之夜不曾发生的。

一个 40 岁的男人匆匆在街垒边走过，传达来了最新的消息："你们要把街垒修建得更加坚固一些，因为，警察局长格里莫准备了推土机和消防车。"

听到他这么说，我走过去，和几个人一起掀翻了一个电话亭，然后把这个长方体的家伙运送到街垒上面，起到加固的作用。

收音机里传来各个街道的冲突现状。警察看到街垒构筑成功，就突然发动袭击，人们对抗了一阵子，就四下散开了，街垒被攻破了一个。人们开始在一百年前去世的建筑师豪斯曼规划设计的巴黎大街、社区、小巷之间来回窜。豪斯曼是拿破仑三世任命的巴黎规划设计总工程师，他把当年肮脏拥挤的巴黎，规划成不同阶层居住的地区，让街道变得宽阔，同时把激进的工人阶级规划到了外城，让资产阶级和小资产阶级住在内城中心区，这样居住在俗称"红色地带"的工人阶级很难在内城迅速造成破坏性影响。

这天晚上的气氛十分紧张。在里昂火车站，两个警察派出所遭到了示威者的攻击，我旁边的一个人手里拿着的半导体里，传来了电台记者的现场报道：

> 雨点一样的鹅卵石以及螺钉，还有燃烧瓶，都投向了派出所。但训练有素和早有准备的警察立即进行了反击，他们反击投掷向示威者的，是催泪弹和瓦斯弹。瓦斯弹爆炸，泄露出来的气体让示威者不得不后退，因为很多人被瓦斯熏得倒在了地上，而小型手榴弹的碎片也让很多示威者受伤。有一家武器商店被一群示威者攻击，他们企图闯进去抢夺武器。但是，不仅有警察在反击攻击者，连学联派出来的纠察队也阻止了这部分激进青年的行动，那个武器商店眼下在警察的保护下。现在是晚上 10 点，示威者化作了小分队，然后开始在拉丁区的各个街垒那里，和警察对抗。

我让玛丽待在一条街角那里，不要随便动，然后，我跟着一群拿着短木棍和垃圾桶盖子的人，跑上了大街。这群人看着实在太滑稽了，有的人脑袋上戴着不知道从哪里弄来的钢盔，甚至有的就是德国士兵当年投降之后留下来、被某个家庭作为纪念品保留下来的，也被戴在了头上，有的则在脑袋上蒙上了防毒的纱巾。看着像是一群乌合之众，又像是从历史深处走出来的罗马帝国时期的农民起义军，衣衫不整，但激情澎湃。

学生领袖热斯马尔在我的身边，他大声地喊："去交易所！去股票交易所！"

在两天前的会议上，当占领市政府的提议被否决之后，攻击股票交易所这个资本主义的象征目标，就得到了肯定。

我看了一下表，这时是十点半钟。跟在热斯马尔的身后，在我的身后，还跟着几十个人。这几十个人的背后，又跟着几百人。

我们来到了股票交易所，这里过去是布龙里亚宫，石头房子那么的坚固，但我们却没有发现门口有一个警察，也就是说，门口连一个警察都没有！太好了，那帮穿黑衣服的看门狗，根本就没有预料到我们会到这里来。

"翻进去！"热斯马尔振臂一呼。横挡在我们面前的，是一人多高的、尖端类似直竖的铁枪的黑色铁栅栏。这铁栅栏怎么能阻挡我们呢？我们一些人敏捷地翻越了过去，跳到了院子里，外面的人用石头砸铁门。

最后，铁栅栏门被砸开了，几百人蜂拥而入，我们如入无人之境，而且晚上这股票交易所里面的确一个人都没有。

朦胧之间，我一回头，看到了玛丽跟着我们，我有些担心地说："你怎么跟来啦？这里不是你来的地方。"

我生气的语调让她感到了不解："怎么我就不能跟着你呢？我一直和你在一起的啊。"

我耸了耸肩膀，不再说话。这个时候，我看到我旁边的人开始行动了。他们开始掀翻桌子，举起那些椅子砸到地上。脆弱的椅子发出了支离破碎的声响，是那么的过瘾，又是那么的痛快。桌子的抽屉被倒空了，里面都是纸！纸上写满了、印满了数字，那都是资产阶级喜欢的数字！

我们要扔掉这些东西，砸它个稀巴烂！人们都疯狂了，在各个房间里面乱窜，他们有的拿着手电筒，有的点燃了手里拿的一把扫帚，像拿着自由女神的火把一样在各个屋子里来回奔走。

就在这个时候，有人从外面汽车的油箱里弄来了一些汽油，他把汽油倒在地上的那些纸张上，然后，点燃了它。

火焰一下子就蹿起来了，几乎蹿到了屋顶。火焰照亮了股票交易所的内部，也让我看清楚了在现场的每个人的脸。后来，想起来那时的情景，我记得，这些人的脸都是那么的年轻，长头发的，短头发的，有稚气的胡子的，有深陷的眼窝的，这些脸上都洋溢着节日般的狂喜，不知道他们也许身陷危险的境地，不知道他们行走在死亡镇压的边缘。

人人都喜气洋洋，觉得这把火点得好，这是无政府主义之火，是青年的反抗之火，也是匪徒的造孽之火，无知者的盲目之火。当然，这是我后来才领悟到的。但在现场，每个人的情绪都是狂热的，谁都停不下来。

火焰熊熊地燃烧起来，把桌子、椅子、纸张都投入进去！有人喊，但这时，有人却制止了别人这么做："这里是布龙里宫，这里的房子是石头做的，已经有很多年了。"

火势因此没有迅速地蔓延开来。但屋子里的火焰外面完全看得到，而且，滚滚的浓烟从窗户里冒出去，如同黑灰色的龙一样，逃向了巴黎黑暗的天空。

“警察来啦！”有人从外面冲进来喊。

热斯马尔说：“撤退！撤退！”

我们立即往外面冲去，而这时，沿着塞纳河封锁线，冲过来了一股黑色的警察和保安队的旋风，在他们的旁边，还有呼啸着拉着响笛的消防车。

我们的突击队员迎面就和警察冲撞到了一起，杂色的人群和黑色的人群立即胶合在一起，宛如大海之上泄漏出的一股原油和浪花以及洋流在互相激荡。喊声，橡皮棍子起落的声音，示威者手上当作盾牌的垃圾桶盖子被砸翻滚落的声音，以及人的痛苦和激越的喊叫此起彼伏。

我担心玛丽被警察打伤，我说，“快，玛丽，你往那边跑，往圣米歇尔大街那边跑！我马上就追过来！”

我看到她跑过去的身影一下子就消失在了人群中。

我放心了，啊，这是战斗的夜晚，是热血的夜晚，也是血肉横飞、不分青红皂白的夜晚。有人打着黑色的旗帜，在夜晚里那旗帜就显得更黑。红色在晚上也是黑色的，没有光线，红色就等于黑色。我们投入了和警察的对抗，向他们扔过去鹅卵石和螺钉。我们边战斗边向后面退却。

消防车停下来，消防队员紧急冲进了股票交易所里面灭火。一些学生被警察打伤了，被抓起来了，扔到了警车上，就像被抓获的野狗。有一个女孩子被两个警察拖住了，其中一个警察狠揍她的屁股。这么性感和痛快的揍法，不知道是警察快活还是那个女孩子更快活，叫声里竟然有着欢欣的性感色彩。

我们退却到歌剧院，警察跟着过来了。热斯马尔和我在一起，他下达了我们撤退到大本营—拉丁区的命令。

在拉丁区，有多少我们的人？不知道，我们穿过了狭窄的和平街，穿过了旺多姆广场，我一抬头，看见了司法部四楼上，司法部长路易·罗克斯正打开窗户，看着我们这些草寇们匆匆而过。法兰西第五共和国的这一天晚上，司法部长您在想什么？他确实在若有所思，他在想，这样的一个夜晚是不是还有法律的夜晚？

我不知道他会怎么想，我们打算去拉丁区和更多的人会合。

就在这个时候，有人喊："我们去攻击爱丽舍宫！"

热斯马尔愣了一下，但旋即有人说："那边有宪兵拿着武器把守，会开枪的！"

我们走到了拉丁区。在拉丁区的各条街道上，眼前已经是一片混乱了。很多大树被锯断了，然后构筑成街垒的主体部分，街面完全被撬起来了，街道指示牌横七竖八地躺在街垒前面，凌乱地斜指向了天空。

我看见，圣米歇尔大街的街垒已经被点燃了，熊熊的大火把附近的房屋映照得如同白天里的游乐园。我看到警察施放的瓦斯弹爆炸，巨大的瓦斯云升腾了起来，如同小型的蘑菇云，在各个角度，都有催泪弹、鹅卵石和小型手榴弹飞过来，形成了抛物线。街道是那么的笔直，而眼前的场景没有任何的秩序。我惊呆了，这几乎是我见识过的最壮观的战争场面了，我从来都是听说和在电影屏幕上看到战争，可我眼下似乎就在战场里左冲右突。汽车被推翻了，然后，有人点燃了汽车，汽车如同巨大的甲虫，翻了个身子在那里熊熊燃烧。热气扑面而来，照亮了一个个人肮脏的脸。街道上已经变得坑坑洼洼，完全不像是巴黎的道路，倒像是乡村的坏土路了。人们跌跌撞撞，四下奔跑，因为警察的攻击时紧时松，示威者的抵抗有时候顽强，有时候松懈。

忽然，我看到一群类似流氓无产者的家伙，他们手里拿着铁镐头、扫把、锤子和石头，穿着牛仔裤、黑褂子，戴着有穗子的特洛伊头盔，沿着街边奔走，一边跑，一边砸碎商店的橱窗玻璃，然后翻进去抢劫商店。他们抢劫衣服、面包和各类东西，他们继续掀翻汽车，点燃汽车。他们是暴力的信奉者。

我忽然有些茫然了，我觉得我和他们不是一类人，我上去阻止他们："不要干抢劫者的事！你们是暴徒！"

他们正在打砸得痛快，看到我阻挡他们，感到很生气。我和一个手上抓了一把珠宝的小子扭打在一起。场面特别混乱，我在阻挡他们的时候，看到警察围过来一下子包围了我们，他们冲了过来，而我还看见了玛丽也在向我跑过来。

忽然，我的脑袋被谁猛地击打了一下，我的眼白忽然上翻，头晕目眩，我就什么都不知道了。

第十九章　壬寅年之后

我父亲、你的爷爷就这么在北京待下来了。他不想去别的地方，比如，印度支那的西贡那个他的伤心之地，还有，回到法国马赛，或者故乡科西嘉岛，都不是好的选择。既然已经走了这么远，那就留在北京，才会有更多的可能性。

他敏感地察觉，大变化就要来临，他将目睹一个东方帝国的崩溃、瓦解和新生。

一九〇一年之后的大清帝国，似乎在加速崩溃。这个国家的内部，积累了太多弊端和不满。一八九四年，大清帝国在甲午海战中，竟然败给了海岛国家日本，签订战后条约，大清帝国给日本国赔款白银二亿两。日本人后来就靠着这笔大钱，开始拼命发展自己的军事工业，飞速发展起来。日本人觊觎着中国这个大陆国家，因为她幅员辽阔，资源众多，图谋继续得到更大的好处。这一次的一九〇〇年庚子年的战争，导致《辛丑条约》的签订，大清国要给西方强国加上日本，赔偿多达四亿五千万两的白银。也就是说，每个中国人，即使你还是襁褓中的小孩子，你都要支付给列强一两白银作为赔偿。这会在中国人的内心里产生强烈的屈辱感，促使这个国家走上自我革新之路。

我一直在想，为什么我们祖孙三代人，都和中国有一种说不清、道不明的关系？这原因就起始于你的爷爷、我的父亲，是他来到了中国，将一种不可知的命运带给了我和你，他的儿子和孙子。

我可以想象，早在一九〇〇年的八月二十八日，当他第一次进到那高墙围拢的神秘皇宫紫禁城中，我们三代人的命运，就决定了。你想想，一个科西嘉岛上生长起来的粗野的渔民，我的父亲、你的爷爷，哪里有进皇宫的机会？所以，进入皇宫紫禁城，看到那巍峨的宫殿，还坐上了那巨大的龙椅，在龙椅上狐假虎威地向大殿外面看去，他看见的，是从岁月深处走来的我和你，我们三代菲利普的命运，都将和这个国家有了某种联系。

我父亲他们这些来自欧洲的文明人，骨子里也是野蛮人。他们进到皇宫紫禁城里，被东方文明大国的那种骨子里的辉煌、腐朽、璀璨、糜烂、威严、华丽、僵硬、高贵、肃杀、绚烂交织的气息所震惊、所折服了。虽然他们中间有人像贼一样从皇宫里偷了些东西，可是，多少年之后，他们都要把这些东西还给中国人的，偷走的东西，早晚都要还的。不管你是以什么方式，总是要还回去的。欠债还钱，天经地义，你别管是什么债，都得偿还，我的命运和你的命运，就是还债的一部分，这是我后来才领悟到的。

那一年的年末，我父亲、你的爷爷最无法忘记的，就是他在皇宫里误闯到那间装满了欧洲钟表的屋子里的情景。我总觉得是钟表，这记录时间的机械，在被他看见之后，改变了他对很多事物的理解。那些钟表经历了几十年、上百年的历史，却全部都在走动。一屋子都是钟表，没有一个人，只有那时间的计算仪器，那种感觉太奇特了。

这是他在科西嘉无法看到的，在马赛也没有见到过的。我父亲、你的爷爷好奇心一向很强，他觉得，今后，他的生命注定要和钟表联系起来。那些模样古怪，或笨重或灵巧的自鸣钟、挂钟、摆钟，都在计算着时间。可时间是什么？我父亲思考着，时间是什么？我和时间的关系是什么？我身处什么样的时间？时间和时代的关系呢？时代是时间的一部分，时代和时间，决定了我的命运。

他一定是百思不得其解，瓦德西元帅阅兵之后，就离开了中国。一九〇一年年底，很多人也走了，我的父亲菲利普经过了深思熟虑，决定留在了中国。

接下来，一九〇二年的一月，北京城内第一次出现了喜庆气氛。这是故意营造出来的，为的是欢迎从西安回来的慈禧太后。据说，一月七日这一天，是最吉利的日子，适合返回首都，算命的大师给老太后的建议是，必须要在这一天下午的两点前回到宫中。

一切都是按照这一建议进行的。可慈禧太后回到北京，并没有使她颜面扫地的局面有所改观，这个帝国的人民已经不再相信她了。所有的人都期待着改变，也等待着改变，也相信这个国家一定要改变了。

中国纪年从辛丑年进入到壬寅年，应该是二月八日。那个时候，几个欧洲强国都想从遭受屈辱的大清国占到便宜，最好是能像英国占了香港那样，占上一片土地，或者，有个势力范围，能够自由地做运来鸦片、拿走白银和丝绸的好生意。那么多人都来抢中国这块大肥肉，没过几年，气息奄奄的大清国就灭亡了。

大清国政权倒台的那一年，是一九一一年，距离一九〇〇年庚子年、鼠年的使馆被围之战，也已经过去了十一年。这说明，这个国家真的是气数已尽了，的确要完蛋了。

我父亲、你的爷爷告诉我，一九〇一年之后，他主要的身份就是法国使馆的保卫队士兵，最后他还当上了副队长，后来又从事文职工作。

他学会了说中国话，还做一点生意。他从东北满洲地区、蒙古地区进货，都是些皮货，然后卖给北京的皮货店铺，赚了不少钱。他用这些钱，又从欧洲进了一些钟表，在北京的王府井开了一家钟表店。这可能是北京很早的一家钟表店了。店面不大，但钟表都是最新型的，从欧洲运到中国的。

就这样，我父亲、你的爷爷成了一个精明的商人和使馆的雇员。

一九〇八年，掌权的慈禧太后在自己病死之前，还把她那个不听话的侄子光绪皇帝先给毒死了，第二天，她自己才死掉。这是一个多么歹毒的女人啊。

我父亲说，新立的皇帝溥仪只有几岁，是一个乳臭未干的小孩子，根本就无法治理国家，权力落在了几个满族皇亲国戚的手里。占这个国家人口大多数的汉族人发现，要想真的改变，就必须搞革命。革命就是掉脑袋，以暴力方式推翻一个政权。非如此不可，非如此不足以推翻腐朽的大清政权。

一些中国人掉了脑袋，洒下了鲜血，制造了不少事件，成立了同盟会，以现代政党的方式领导革命。手里有枪的人先获得权力，一个皇帝没有了，大大小小的军阀出来了。他们在一九一一年建立了中华民国，和法国一样，有了总统和总理，还有了议会。大清帝国的政权延续了二百多年，就这样倒台了。

当时，我父亲看到中华民国建立了，跟他预料的一样，世道在迅速变化，法国驻华使馆的命运也有变化。他从使馆里出来单干了。他得到了一笔钱，用这笔钱在北京继续做生意。此时的北京，是北洋军阀统治时期，军阀手里有兵有枪，推出代理人当总统。利益分配不均的时候，总统几乎是三月一换，他们互相打来打去，在议会里打，在外面的旷野里打，热闹得很。

一个习惯了皇帝发号施令的国家，突然没有了皇帝，混乱一阵子是肯定的。军阀派系林立，今天你上台了，明天他下台了，政局总是不稳当。

而在故宫里，虽然大清帝国的皇帝被推翻了，中华民国作为一个国家的政体也建立了，那个末代小皇帝溥仪还住在皇宫里。一九二四年，军阀冯玉祥进入北京，将末代皇帝溥仪赶出了皇宫紫禁城。这是那一年里发生的大事件。再后来，日本人把他请到了满洲地区，让他在那里当了一个傀儡皇帝。日本人想利用他来侵占满洲，而他也想借助日本人的实力光复祖宗的荣耀。

我父亲开始投身商业，因为，在这个国家，他越来越如鱼得水了。无论是谁打仗，都是有生意可做的。

为了保护自己，他娶了一个中国人做老婆。那是我父亲的第一个老婆。这是一个小脚女人，她的身体很弱，而我父亲的身体很好，婚后她很快怀孕，不久就小产了，没有保住孩子。这使得她的身体更糟糕了，几年之后，她就去世了。

所以，你的奶奶、我的妈妈，还不是这个女人。

我的父亲说，他娶的这个中国女人，她的脚很小很小，穿的绣花鞋子也很小。我后来长大之后，看到一些中国女佣人的小脚，觉得很诧异，不知道她的脚为什么会这么小。后来长大了，我才明白，原来，中国男人把女人的脚从小时候就包裹起来，残酷地搞成小脚，是为了让男人性兴奋。这真是一种奇怪的癖好——那些男人觉得，女人的脚越小，女人就越可爱，小脚女人在走路时的那种颤颤巍巍、小心谨慎、歪歪斜斜，竟然让男人很动情，萌发巨大的性冲动。而且，女人有小脚，无法奔跑，就不能逃跑，易于掌控。女人是男人重要的私人财产，专属的繁殖工具。

我爸爸专门收集了一些小脚穿的鞋子，绣花的，漂亮得很。中国男人在和女人做爱的时候，喜欢把玩女人的小脚，一边做，一边摸小脚，还闻，甚至去舔，也是可能的。于是，他们就格外地性兴奋。真是一种难以理解的怪癖。

那么，你会问，既然不是这个小脚女人，我母亲、你的奶奶到底是谁呢？我父亲有一次在去满洲地区进货时，从东北带回来一个大脚女人。她是一个满族女人，喜欢抽烟，泼辣能干。她和我父亲彼此看对眼了，就这么，我父亲和她结婚了，生下了我。我出生的时候已经是二十世纪二十年代了。这时的中国发生了很多变化。中华民国政府里的首脑，还是经常变化。背后都有军阀和其他政治势力起作用。

我父亲、你的爷爷很喜欢他娶的第二任老婆。两个人的感情很好，我就是他们俩生的。说到这里，你就听明白了，你的奶奶是一个满族女人，她有着两只很大的脚，与你的爷爷娶的第一任夫人的小脚，形成了鲜明的对比。大脚女人，走路就很稳当，但也有缺点，脾气大。她和我父亲吵架，还打架。他俩在那条布满了店铺的街上打架，也是一道风景。忽然，有人会说："那个法国人，和他的老婆，又打起来了！"

然后，大家都跑出来看，大家就能看见我父亲在前面跑，我的母亲、那个满洲女人在后面拿着菜刀追。一般出现这种情况，肯定是我父亲在外面拈花惹草，被我母亲发现了。或者，他干脆就去了前门外的妓院潇洒去了，花掉了不该花的钱，被我母亲发现，这才有了追打他的一幕。

出现了这样一幕，一般都很难收场。热战之后是冷战。最终的收场，是我母亲有一天忽然失踪了。

的确是这样，告诉你吧，我母亲、你的奶奶最后就这么失踪了。她生气了。不知道跑到哪里去了。人海茫茫，根本就没有办法去找，是真的失踪了。她受不了我父亲、你的爷爷的花心，她就跑了。

这是一个刚烈的女人。她跑了的时候，我还不到八岁呢。

我父亲试图去寻找她，但一直没有任何关于她的讯息。她跑了就是为了不让我父亲再找到她。所以，我后来长大了，对我父亲说，爸爸，你是没有女人缘的啊。你看，女人跟了你，要么死掉，要么逃跑。

可不是吗，就是这样啊，扳起指头细算起来，和我爸爸有关系的一个个女人的命运，都不好。包括那个印度支那女人秋兰。在中国人看来，我父亲就是克女人的男人。

那些跟着他的女人基本都是倒霉的，就像我的母亲，你的奶奶，我后来关于她的印象一点都没有了。

所以，你要是问我你奶奶、我母亲的事情，我无法回答你，我对她只有一点点的印象，那就是她身上的烟味儿。她喜欢抽烟，喜欢抽那种满洲地区的男人和女人都喜欢的大烟袋。此外，她身材丰满，奶水很足，我吃她的奶一直吃到了三岁。她的脚很大，说话声音也很大，和我父亲吵架时男人根本无法招架。

她跑了之后，我发现，我父亲、你的爷爷明显地消沉了下来。他的情绪很长时间里都不好，变得沉默寡言了。他对钟表感兴趣，日益沉迷于钟表的世界里。他不断地从欧洲购进新的钟表，然后，摆到他的钟表店里。我记得，小时候，在我的头顶，都是那些能够发出声音的钟表在走动。

在王府井，他的钟表店生意不算好，因为，外面的世界非常混乱。我父亲告诉我，自从大清帝国结束，建立中华民国，他们一直在调适，在寻找自己的道路。中华民国总统或者议会、总理之间的权力界限都不清晰，这一体制的运作非常不顺。保皇党、君主立宪党、革命党、逍遥派都有，结果，内部的分裂在加剧，地下汹涌的岩浆在奔涌。这个国家的贫弱状态并没有改变，因此，就像是一座活的火山。是火山总会爆发的，即使火山会沉默一阵子，这是规律。

外部世界可不给你喘气的机会。那个时候，世界由列强说了算。工业革命后，诞生了欧洲几个强国，日本经过了明治维新，加速追赶上来了，成为在亚洲出现的、能和欧洲强国分庭抗礼的现代国家。中国，这个古老的、如同老牛拉破车一样缓缓行走的皇权专制国家，还在缓慢地行进着。

当时，这个国家有一些敏感心灵的人，他们在思考着，在想着自己国家和民族的命运。此前，这样的人在皇帝的专制统治下，连喘气的机会都没有，现在，这些人，包括了一些遗老和贵族，教授、记者、作家、知识分子，都出来了。他们对这个国家的命运一直在思考。出现了新的政党、组织、新思想。所以，中华民国时期的北京，也非常有意思。我父亲就是那一时期的外国人，可惜的是，他没有留下什么日记，或者其他著作。他文化程度不高，不怎么会写文章。

即使皮货、钟表生意不好，我父亲、你的爷爷也不管，他赚的钱继续花在从欧洲购买新型钟表上面。不断地有新的钟表从欧洲运到了北京，每到一些新的款式、样式，他就要琢磨这些钟表，沉迷在钟表的世界里。

钟表的世界，就是时间的世界，我想，他沉迷于钟表世界，是因为他对时间本身发生了兴趣。钟表是刻度时间的机械，它的原理就是来计算时间的流逝的。人活在世界上，其实就是活在时间里，对不对，我的儿子？每一代人都比上一代人延续着对于时间的记忆，每一代人与上一代人的时间感都不一样。比如说，我对时间的理解和感受，一定与你不一样，所以，我很能理解父亲对钟表的痴迷，这间接地影响了我。后来，我对钟表也发生了兴趣，对钟表的原理也懂得了很多。

我父亲在皇宫紫禁城里看到的那些欧洲钟表，都是欧洲各国给大明和大清帝国的皇帝赠送的礼物。从明朝的皇帝，到清朝的康熙皇帝、乾隆皇帝，一直到后来的清朝末年慈禧太后当政，一直有欧洲人持续地来到北京，他们就带来了钟表。

这些人里，有传教士、欧洲国家特使、外交官、商人、冒险家等等，他们通过各种渠道，希望建立和大明与大清皇室的关系，于是，他们就给大清皇帝赠送了很多钟表。那些钟表以挂钟为主，还有些摆钟、腕表、怀表等等。在我父亲看到的那间屋子里，那些钟表并没有沉睡。但皇朝自己沉睡了，皇朝自己崩溃了，皇朝自己瓦解了。所以，时间本身拥有的力量，钟表也还拥有。皇朝没有了，钟表还在，时间还在，记忆还在。

我父亲一直在研究钟表的历史。他找到了很多资料，他发现，人类对时间的感受自古就有的，时间，或者说钟表的起源是人们对历法的建立。有一段时间，他专门阅读了这类书籍，然后给我上了好几课，专门讲解人类对时间的理解。

我记得，他给我说过很多关于时间的知识：

几千年以前，人类就对太阳的移动和月亮的潮汐产生了兴趣，经过详细观察，发明了太阳历和太阴历。这是两河流域的美索不达米亚人发明的。古希腊的天文学家对此也有贡献，他们将太阳的移动雕刻在一块金子上面，用以标明时间的移动。于是，一年十二个月，每个月二十九天或者三十天，就在那个时候被确定下来。

人们使用的公历的来源，最早要追溯到公元前46年，罗马军团统帅儒略•恺撒所颁布的儒略历法。他将一年进行了平常年份和闰年的区分，月份也分成了大小月份，有二十九天，也有三十一天。因为古代罗马人不喜欢偶数，他们觉得偶数会带来厄运。

因此，现在的公历，是由意大利人阿罗伊苏斯•里利乌斯根据儒略历法，进行了稍许改革，由当时的罗马教皇格里高利十三世颁布的，这一年是一五八二年，这是如今通行世界的历法。

中国人创造历法，归功于他们的祖先黄帝。传说，在公元前 2637 年由黄帝本人亲自创立，中国人就称之为“黄历”。他们的嘴里经常说到“老黄历”，指的就是过去的事情，很久以前的事情。这是引申的意思。

后来，大概在周代，就出现了农历，并且中国人以天干地支的方式，以六十年为一个轮回，来计算时间。既然有年的概念，那么，月份和日子的概念也有了，每天就被划分成了 24 个时段，也就是二十四小时。

计算时间的工具，最早的，就是日晷。日晷的来源，是原始人观察立在地上的树木，在太阳移动过程中阴影的变化，于是，发明了日晷。日晷最早就是由石头制成，后来，逐渐出现了铜制的日晷，越来越精美，也越来越复杂。

星盘也是这一时期出现的，也是用来标明时间的。

早先的古代希腊和罗马人，对时间和日子的理解比较粗放，他们将每天划分成简单的上午、下午和夜晚等三四个时段，这样就很满意了。这是那时的人们对时间的把握，还不会精确到小时和分、秒。

日晷的出现，使人类对时间的理解增强了。后来，又出现了水计时器和沙漏。这样人们就把白天划分成一个个的时段，夜晚也划分成一个个的时段，这样就出现了小时的概念。

中国人对于时间仪器的发明也很早。一三六〇年，中国的元代，有一个叫作詹希元的人，将齿轮原理和沙漏原理结合起来，发明了五轮沙漏，用沙漏的力量推动五个齿轮的转动。齿轮每转动到一个整点的刻度，连接的木头人会击鼓报时。

这可以说是一种相当早期的钟表类型了，因为，这已经用上了机械原理。

以上的人类计时的历史十分漫长而复杂，这些现象，在人类中的聪明种族，先期文明的几个发祥地，埃及尼罗河流域、两河流域、中国的黄河流域以及古代希腊罗马时代，都有不同的发明创造。这些文明的人类对时间的理解是逐步加深的，然后慢慢地，现代机械表原理就出现了。

早在公元九世纪，意大利某位主教就发明了一个计量修道院的时间的钟表，挂在了修道院的墙上，因此，被称为是第一个机械钟表。后来，很多教堂的钟楼上都出现了巨大的圆盘钟表，用以报时，并且还有钟声作为整点报时的提醒。

是伽利略、克里斯蒂安、惠更斯等人将摆锤引入钟表机械制作的。随后，现代意义上的机械钟表才真正诞生。冶金技术的精细化，也将钟表制作，特别是发条制作技术提升了。一五七七年，一个瑞士人制作出了分针。分针的出现，将钟表计时的准确性提高了很多。钟摆就与分针的变化结合起来了。

在欧洲的中世纪及其以后的一段时间里，钟表的制作工艺发生了很大变化。各类大大小小的钟表被制作出来，大型的被挂在了公共建筑的外面，比如教堂、钟楼、车站、广场建筑等等，醒目，实用，巨大。

在这一时期，钟表小型化也在持续发展，能够摆放和挂在家里，是钟表走进家庭和人们的日常生活的一个要点。一些欧洲有钱人，特别是各个国家的皇室，最先拥有了装饰华丽、制作精良，甚至镶嵌了很多宝石珍珠金银的钟表。

我估计我父亲在紫禁城里看到的，一定是欧洲人过去制作钟表的代表作品。比如，有荷兰海牙制作的摆钟，镶嵌银饰，有缪斯女神在弹琴；还有立式的、有太阳时和恒星时的长箱双钟，这是英国人的杰作；还有来自法国宫廷的银镀金珐琅贝雕钟盐器；带狮子的法国座钟；德国产的、形状很像教堂模型的座钟；

以及瑞士产的带有报时鸟的座钟；英国人进献给皇帝的天文座钟等等。

我父亲按照一些材料，画出了图片，详细核对，一一指认了这些宝贵的钟表，在那个年代里。他肯定惊呆了，我能够想象他当时的心情。那些钟表漂洋过海，来到了中国，齐聚在一间大屋子里。如今，制作工匠不见了，送它们到这远隔万里之处的人也不见了。它们的主人—皇帝消失了，剩下了那么多的精美的钟表。在那间屋子里，钟摆在走动，时间在流逝，皇朝在崩塌。

这种奇妙的感觉弥漫在我父亲的心里，该是一种什么感觉？我不知道你，我的儿子，现在能不能想象出来。你是没有见过你爷爷。你出生的时候他就死了，所以，关于他的事情，只有我来告诉你。

你爷爷留在了北京，他喜欢这个城市，尽管这个帝都一下雨就烂泥遍地，没有公共厕所，当地人还随地大小便。中华民国时期之后，这一切都在改变，现代大学在创办，大量的报纸和杂志在创办，新思想和新观念在涌入，年轻的学生不再简单地仇视外国人和外国文化，他们如饥似渴地了解着外部世界的变化。

那时候，日本人已经发动了一九三一年的“九一八”事变，占领了东北。张学良的部队不抵抗，还退出了东三省，让出大片国土，进入关内，被蒋介石收编了。

我父亲曾经租有一个骆驼队，常年从蒙古地区和满洲地区运来皮货和药材。东北被日本人控制之后，与关东军打交道比较麻烦，他就不怎么去东北了。

就是在我父亲、你的爷爷沉迷于钟表的世界里的时候，外面的世界每天都在发生变化，日本人在加紧部署侵略中国这个衰弱巨人的准备。

这一点，你爷爷、我父亲看得很清楚，他并不喜欢日本人，他觉得他已经是一个北京人了。一个来自法国的北京人。

第二十章　一九六三年

一九六三年来了，我和爸爸都感觉到，大饥荒过去了，情况有很大改善。我爸爸在良乡工厂的伙食开始变好了。

他的思想有了很大进步，看守任命他担任副号长，这是很高的荣誉了。

我爸爸虽然还是营养不良，没有完全康复，但他已适应了这里的生活，内心里也感到有幸福感了，尤其是在他吃到好的饭菜，获得了工厂奖励的时候。

我记得，就在这年年初，有一次，前来探监的我妈妈，第一次向我爸爸转弯抹角提出了离婚。

离婚，应该是我妈妈当时获得新生活的唯一机会。的确，嫁给了一个外国人，无论如何都没有希望。她在外面的自由社会里，走的是一条道，我爸爸在监狱里走的是另一条。

我爸爸从她的话里听出来了，他其实内心里也希望我妈妈能找到一条摆脱贫穷和屈辱的路，这条路的前提可能就是离婚。

一九六三年的春天没有故事，一切和往常一样，时间是叠加起来的那样。我对这年的春天没有多少记忆。

很快，夏天来临了。我爸爸他们的生活条件有了改善：每周至少能吃一次大米饭或小麦面条，还有肉渣。作为一个长期的慢性病患者，我爸爸的工作很轻松：他需要从溶渣堆中拣金属渣，从铝铸件中清扫沙子。

按照看守的要求，我爸爸积极投身于自我批评中，投入到对美帝国主义、苏联修正主义和为人民服务等话题的讨论中。作为副号长，开讨论会时，我爸爸必须多说一点。

他也有一次不好的表现，那是给驻北京的法国领事代表写信。

我知道，我爸爸心里有个情结，只要一想到法国遗弃了他，对他不管不问，就像有根针扎在他心里似的，直痛。当然，他也不是什么重要人物，不足以让法国外交部门为他做什么。但令他痛心的是，法国似乎已将他抹掉了，而他持有这个国家的护照，以这个国家的国籍身份在中国服刑。

算起来，自从爸爸被关进监狱，已经六年了，他收到过来自法国代表处的两条香烟、一点儿钱，其他什么也没有。法国领事代表很早就认识我爸爸，虽然，这时法国与中国没有外交关系，但领事一般被看作是法国的代表。

我爸爸决定给那个代表写信，这样做，我爸爸就违反了狱规。他请一个行动比较自由的美籍刑满就业工人艾瑞克再去北京城的时候，向代理法国利益的法国驻华领事，替他转交一个便笺。

那是要冒很大风险的事情。当时，我看到我爸爸在厕所里，将便条偷偷塞到那个美籍刑满就业工人艾瑞克的手里，便条上用法文写道：

我仓促地给你写了这封信，艾瑞克先生冒着很大的风险，将它转交于你。你已从我的妻子那里知道，我被判了十二年劳改。请你放心，中国当局给了我应有的照顾。但我家庭的境况不好，我要求不高，希望你能给我一些衣服和一个月两元零钱，帮我度过困难。先感谢你。菲利普。

艾瑞克毫不犹豫地帮助了我爸爸，他欣然带上它，准备出去时交给法国人。

然而，他携带的便条被发现了。在前门附近的外交机构区域，艾瑞克被警卫挡住，搜了身，结果发现了便条。

当我爸爸被叫去见江看守长时，他还不知道发生了什么事。

“菲利普，你知道吗？你犯了严重的错误，这本来应该避免的。”江看守长说，“你认为你真心拥护政府了吗？”他大眼瞪小眼地看着我爸爸，希望我爸爸自己说出来。

看守们从不直截了当地说出自己的话，喜欢通过一些提问，转弯抹角地将话题引到真正的问题上来。

我爸爸现在很聪明，他立即猜到了原因。但他还想再装一会儿糊涂。因为，一个人如果很快认输，就会丢面子，而对于江看守长也是如此。

所以，应该允许大家都把这出戏演完，每个人扮演好自己的角色。我爸爸心照不宣地笑了：“报告看守长，我真心拥护政府的所有政策和举措。”

“可是，政府从来不会没事找事，自寻烦恼，直到一些人自己跳出来，”江看守长继续说，“我们总会知道你所犯下的新错误。”

“看守长，我真不知道我犯了什么错，我什么也想不起来了。”我爸爸狡猾地说。

绕了五六分钟大大小小的语言的圈子后，江看守长决定直奔主题了："菲利普，长话短说吧，犯人是不能随便与外界联系的。你知道给外面送便条，特别是，用外语写的便条的处罚，会是什么吗？"

我爸爸脸色煞白。这一半是装的，一半是真的，我清楚这一点。爸爸把一切都坦白了，他认错了。

那天晚上，扬声器里传出高声说："我厂有两个人，犯了一件非常严重的错误。他们企图给一个帝国主义国家的代理人传递情报。他们一个是美籍刑满就业工人艾瑞克，另一个，是囚犯菲利普。多亏警卫的警惕性高，使他们的阴谋破产了。现在，立即将这两个人关进禁闭室，单独监禁！"

可怜的艾瑞克，这个无辜的送信者，他被单独禁闭了四天。我爸爸却很幸运，医生检查了他的身体，告诉江看守长，假如我爸爸被立即关禁闭，不见得他还能活下来，很可能肺结核爆发而死去。

他们只好将我爸爸送回了号子。

"你知道，世界上没有谁会像我们这样宽大和仁慈，"江看守长对我爸爸说，"这就是我们的政府如此伟大的原因。菲利普，你要好好感谢毛主席。你给我写一份报告，把事情交代清楚。"

我爸爸用五张纸的篇幅，叙述了整个经过，后面附上了他偷偷递给艾瑞克的便条的中译文。然后，就等待着被处理。

几天后，我爸爸被叫到了一个新看守的办公室，这位新看守主管思想教育，他身高体壮，留着胡子，穿着军官服。

他看着我爸爸，说："你的交代虽然不够深刻，但还过得去。你把这个便条翻译出来，很好。我看到，当你要求法国人帮助你的时候，你并没有攻击我们的人民政府。不过，你想想，如果他愿意帮助你，他早就那么做了，他也知道你在什么地方。我们认为，你的动机是无可指责的。我们决定，对你宽大处理。”

我爸爸非常高兴，他感激涕零地站起来，但看守示意他坐下来。

“从现在起，如果你有什么困难，就来找我们，而不必再求助于别人，比如那个艾瑞克。如果我们能帮你解决，我们将尽力而为，如果我们解决不了，我们起码可以向你做些解释。你要相信我们。”

“政府为我做得够多的了，”我爸爸说，“我不能再企求什么了。那个法国领事从法国政府领取薪水，就应该帮助法国公民，所以，帮助我是他的义务。”

“你可以采取别的途径试一试。”他启发我爸爸，“还有别的途径的。”

“可是，别的途径，我也想过，但都不会给我带来任何好处。”我爸爸说。

“那么，好吧，现在，你还有什么要求呢？”

“我想，请允许我再给那个领事写一封信。”我爸爸乘机说。

“你知道监狱的规章，只能允许犯人与他们的直系亲属通信。但我认为，你可以要求你作为特殊的例子，写一个申请，先交给工厂的厂长，然后我们再来研究。”

我爸爸考虑了好几天，觉得这个看守不是在欲擒故纵，他才开始写那份申请。重要的是，这份申请既要提出要求，又要合乎正确的思想逻辑，这样的话，信件才能起到作用。我爸爸写了一个报告：

给工厂厂长的报告

第七大队第四小队犯人菲利普，敬向厂长提出以下申请：

近来，参加了一些学习会后，我为一系列思想问题所困惑。这些思想问题如果得不到解决，将会对我正在进行的改造带来不好的影响。正因为我完全信赖政府，所以，我现在将自己内心深处的想法暴露出来。我希望政府对这个报告给予充分考虑，并帮助我解决这些思想问题，对我进行必要的教育，以再次纠正我的错误观点。

从有关被印度扩张主义者非法关押在集中营的中国侨民所受待遇的报道（《人民日报》一九六三年八月十二日和二十八日）中，我得知，印度扩张主义者禁止中国领事馆官员与侨民之间通信，不让他们进行看望并为侨民提供所需要的物品。并且，这些被关押的中国人每月只准给中国领事馆写两封信，而且只能用英文写。由于印度扩张主义者强加的无理限制，使被关押的侨民现在正生活在极不安宁和穷困的环境中。

我对这些可耻的事情的最初反应是愤慨和震惊。不过我必须承认，这种反应很快被另一完全不同、非危险的想法所代替。换句话说，我开始产生了一些不好的思想。我问自己，“为什么中国政府指责别人所做的事情，而自己也在做呢？”说得更具体一些：中国政府指责印度扩张主义者不许中国领事馆官员看望被非法关押的中国侨民，或为他们提供必需品，中国政府谴责印度扩张主义者在通信问题上实行不人道的限制，中国政府的这一立场是正确的、值得赞扬的。它反映出中国对自己人民的关心。但中国自己又做得怎样呢？

几个月前，我要求准许我给法国领事写信，寻求一些物质上的帮助。虽然领事并没有被中国政府承认为一个正式的外交官，但他负责照管法国及法国侨民在中国的利益。过去，我曾得到了他的一些小小的帮助，而且，政府也允许这样做。如果你仔细查查我的档案，就会注意到，那个领事在一九五九年三月曾送给我一条“前门”烟，十二月又送来一条。一九六二年十月，送来总计十五元。可我提出给他写信的要求，至今还未得到答复。中国的难民每月还允许写两封信，而我连一封信也不允许写。中国难民必须用英文写信的事实已引起中国政府的抗议。同样地，我的所有信函都要求用中文写，而中文并不是我的母语。这样，我被严重的思想问题所困扰，又有什么奇怪的呢？

中国的一句成语是“以身作则”，但是在政府要求别人做他自己不愿做的事时，我怎样能按政府要求的去进行改造呢？我完全清楚我在这儿表达的想法是错误的，同时也清楚这些想法是对中国政府的诋毁。

不过，这些想法存在于我的心中，如果我对政府隐瞒这些想法，那我就是对政府不忠诚。我的目的是将这些想法在这儿暴露出来，以接受必要的教育加以改正。我特此要求上级对我的思想状况给予一些考虑，给予我迫切需要的帮助。

我爸爸的这封信写得言辞恳切，据理力争，很难辩驳。这封信交上两个多星期后，他们有了反应。显然，我爸爸的特殊情况被公安机关反复研究了。

他被叫到一位负责管教的薛看守的办公室。从他的态度上，我爸爸马上感觉到，事情并不太坏。这个薛看守人比较随和。他说：“菲利普，你很有胆啊，在劳改期间还发表贬低政府的言论。你意识到这样做的后果了吗？”

我爸爸恭顺地回答：“知道，薛看守。但我希望把自己的错误思想暴露出来，成为诚实的人。我想，犯人如果对政府暴露自己的想法，不管正确与否，都不是犯罪，也不会受到处罚。”

薛看守发现我爸爸变油滑了，他说："是的，你说的对，菲利普，政府很乐意倾听你的意见，很希望帮助你解决问题。可你想从法国领事那儿，得到什么呢？"

"我想要一些物质上的援助。吃的、穿的、用的，他们应该帮助我。"

"这些我们都满足你了啊，我们正在照顾着你的物质需要。"

"我知道。但我希望，法国人也能够帮助我的家庭。我还有妻子和一个儿子。"

"对他们，你不必担心，"他用慈父般的口吻说，"现在，已经是新社会了，人民的困难，就是政府的困难。他们会得到帮助的。"

"我只是想减轻政府的负担，我觉得，法国对此有一定责任。"我爸爸固执地说。

薛看守很满意我爸爸的这个说辞："嗯，你的态度是正确的，很好。但还是让政府作出决定吧。现在，我们重点谈谈你在报告中所写的事，我们并未拒绝你给这个法国人写信的请求。我们只是正在研究这件事。你表现出来的急躁情绪，是不应该的，我们将在适当的时候解决你的问题。如果你愿意，你可以给这个领事写信。"

我爸爸很激动，但他说："我有些担心，因为，你一方面说我可以给领事写信，同时又说不会有什么结果。我不知道这是否意味着，我的信不会被邮寄出去。"

薛看守笑了，"菲利普，你很诚实，但疑心太多。你放心吧，你的信会被邮走的。因为，我了解法国资产阶级的本性，所以，我怀疑他们是否会帮助你。但不管他了，你先试试吧！"

后来，我爸爸一共发出了十八封信，但是，那个法国领事代表一封回信也没有。

我爸爸的希望渐渐冷却了。的确，就像薛看守说的那样，法国资产阶级的虚伪性，是一贯的，不可信赖的。

在监狱里劳改了六年，我爸爸已经很善于讲解学习材料了，他渐渐成了这方面的明星。只要看守要他讲什么，他就能讲什么。

我爸爸的能言善辩使他很受看守的欢迎，他们给我爸爸起了一个外号“故事家”。能与我爸爸一起引导大家学习的，还有一个人，那个人叫马明，他们叫马明“理论家”。马明曾是解放军的上校政委，理论水平很高。一个“故事家”和一个“理论家”配合在一起，这学习会、批判会就会很有意思了。

于是，在学习会上，我爸爸的发言有声有色，很会讲故事，马明作为一个理论家，则能随时插进马克思、列宁、毛泽东的话和诗词。

我发现，在监狱里，我爸爸一直运气很好，他总是有幸能与比他更有经验和知识的人做朋友，如郭大个子、大下巴戴、老陈和小鲁、金永俊、小蒋，这些人给了他深刻的印象和难得的友谊。他在这里的最后一个朋友，就是马明了。

由于我爸爸在思想上进步显著，他被派去教育五十名落后的文盲。

那些人在一间特殊的号子里，他们是文化水平低的人，大都是农民、体力劳动者和智力低下的人。在学习会上，他们不是睡觉，就是无精打采地呆坐着。显然，他们脑子里什么也没有装进去。

江看守长给我爸爸三个月的时间，用来改造他们。江看守长说，他们改造的结果，将被看作是对我爸爸的考验。

我爸爸明白，挑战来了。当他第一次进入这个上课的号子时，“学生们”

热情地欢迎他。我爸爸以为他们能听懂那些报纸上天天都有的政治词汇，结果是一团糟，他们的眼睛就像死鱼眼一样呆看着我爸爸。

我爸爸必须更直截了当地讲了。“你们知道赫鲁晓夫吗？”爸爸问。

“那是什么东西？”一个人问道。

我爸爸想，这人连赫鲁晓夫是个动物、植物还是矿物都不知道。他不得不解释说，赫鲁晓夫不仅是个人，他还是苏共中央的第一书记。

“啊，”他们发出恍然大悟的欢呼声，“原来，是苏联老大哥啊！”

这时，该是我爸爸启发他们的时候了：“不，他不是老大哥，”我爸爸把语调放慢，坚定地说，“赫鲁晓夫是个坏蛋！”

这一下，他们有了反应，表示出怀疑、困惑或愤怒的表情。

一个胆子大的人要我爸爸在谈到苏联的时候要小心点。但我爸爸对赫鲁晓夫骂得更厉害了：“他还是个叛徒！”

这些人开始窃窃私语，然后，纷纷激动起来了：“我们警告你，菲利普，你再这样说，我们就汇报你。”他们已在磨刀霍霍了。

我爸爸又骂了一句，“他是个坏蛋！”

整个房间爆出了一片叫喊声和抗议声。这时，有一半人在叫看守。没有多久，看守就来了：“怎么了？你们是这样学习的吗？吵吵什么？安静！安静！”

“报告看守，”其中一个人代表大家说，“对不起，是菲利普在这里辱骂中国的老大哥赫鲁晓夫！”

看守一听，立即举起了右手，整个房间顿时静了下来："听着，"他慢慢地说，"赫鲁晓夫，不仅是个坏蛋，他还是世界上一个最大的坏蛋！"

看守说完，转身回到自己的办公室去了。我爸爸内心的得意，别提有多高了。五十名学生抬头看着他，目瞪口呆地张着嘴，一句话也说不出。

我爸爸小心地、一点点地将他能想起的细节，绘声绘色地讲述了到底是怎么回事。就这样，到了一九六三年底，没有一个人不恨苏联的了，大家全部纳入正确的思想轨道里了。我爸爸的考核合格了。

不过，在我爸爸的这些学生中，有一个人却始终感到困惑。课程结束时，他告诉了爸爸：一九五六年他被捕入狱，就是因为当时他批判了苏联。他翻来覆去地想，总觉得不对劲儿，难道他现在不应该被赦免么？

我爸爸立即将他的情况报告给江看守长。

江看守长却说："菲利普，你看，这个人是在一九五六年出的事，那时，他攻击我们对俄国人百依百顺。如果他只是攻击俄国人，他就不会被判刑了。他说的话，现在看来，可能是进步的，但在一九五六年，他说的那些话都是反革命的宣传。你懂了吗？"

我爸爸懂了，他接受了这个解释。这时，他已经是个地道的模范犯人了。

在江看守长手下，我爸爸的改造比较迅速，因为，我爸爸敬佩江看守长的人道主义和诚实。他像第一监狱的周看守一样，能够看透犯人的脑子。

这里的生活条件在一九六三年里逐渐有所好转，江看守长就按照每个人的需要，来增加犯人的口粮。他从不用口粮作为威吓犯人的手段。大家以忠诚报答他的宽待，他管教的犯人被关禁闭的很少。

我爸爸记得一件事：一九六三年十月，天黑之前不久，江看守长将大家全体集合起来，五人一排，叫大家走向大门，在距离大门二十米的地方停下来。

然后，他爬到一个凳子上说："我听到一个谣言，说你们中间有些坏分子，鼓动大家逃跑。现在，警卫，请打开大门！既然有些人想逃走，现在，你们可以走了。你们还可以走大门，不会有人拦阻你们的。"

他走下凳子向主楼走去。走了几步，他转过身说："在离开前，最好先想想，今后你们能到哪里去吃饭。"

没有一个人走出去。大家顺从地列队回到了号子，感到有饭吃，真是幸福。

这一年十一月初开始，我爸爸被分到一个小号子，号子只有五个人。这时，他已经不算病号了。

我爸爸的情况显然在转好。最近，工厂看守表现出一些善意。在圣诞节前的几个星期，还出现了一次试探。这次试探对我爸爸来说，是一个重要的转折点。

十一月底的一个下午，我看到爸爸被叫到监狱长老贾的办公室去。爸爸去了，看到那里还有四名看守和他在一起。

我爸爸胆战心惊地在凳子上就座。

贾监狱长说："你用不着老低着头。"例行的询问姓名、年龄、罪行之后，贾监狱长说："今天，有一件很重要的事和你商量。这关系到你的改造进程。"他停下不说了。然后，是长时间的沉默，贾翻着几页纸，问："材料上说，你是一个法国公民。你到过法国吗？"

他想干什么？他完全知道我爸爸从来没有离开过中国的土地。"没有。"我爸爸嗫嚅着说，声音很低沉。

“你结过婚吗？”又来了，这是他知道答案的问题。

“报告政府，我有一个中国籍的妻子和一个儿子。”爸爸回答。

那我呢？我算什么？我是爸爸你的女儿呀。我不存在，我就不算吗？

他看来对我爸爸的回答很满意，“菲利普啊，按理说，你可能是个法国人，但实际上，你是一个中国人，对吧？在你的血管里，流着来自你母亲的中国血液。你生在北京，长在这里，你是吃中国粮食、喝北京的水长大的。你的妻子和儿子也都是中国人。你看上去也像中国人。在你身上，哪里有一点法国人的影子呢？”

这是他谈话的要点所在。他又进一步说：“菲利普，我没有感到法国人为你做了什么。按我看，他们甚至看不起你。法国人是种族主义者，你认为你是法国人，但是，他们真会这样认为吗？对法国人来说，你只不过是个混血儿。你看，法国的领事始终没有给你回信，我听说，你给他写了十八封信，还没有回音。他会这样对待一个百分之百血统的法国人吗？他不会。”贾监狱长打中了我爸爸的要害。法国领事那种胆小、没有良心的态度，是我爸爸永远不能原谅的。

为了辩护，我爸爸说：“可能是他没有收到我的信。”

贾监狱长说，“菲利普啊，这就是你不对了。我们政府给你吃的、喝的、穿的，甚至还给你零用钱。你犯了罪，但政府还是从各方面优待你，而你自己的国家，他们却根本不管你。你想过这些吗？你想过还有什么理由，要坚持你的法国国籍？这有什么好处？我们知道，你想和你的妻儿在一起。你的罪行给他们带来了麻烦。你现在是他们的沉重负担，但你有一条出路。你还有一个机会。”

我爸爸既兴奋又害怕，他仔细地听着。他觉得，可能会有一个陷阱。

贾监狱长说："我们只能根据你的行动，来确定你是否改造好了。如果你真的有悔改之心，你应该向政府证明这一点。你是真的想过新的生活吗？如果想，你就应该与你的过去决裂。你应该决定，现在，你是仍然与帝国主义法国保持联系呢，还是走到光明的地方来？我的话你听懂了没有？就是说，你的法国国籍，要保留，还是怎么样更好。我们可能最大限度地帮助你。"

我爸爸听明白了，但他一点都不傻。

监狱长继续说："如果你做出了正确的决定，就没有理由将你留在这里了，你就得到了很好的、彻底的改造。像你这样的懂外文的人，我们很缺乏，你出去了，可以找到好工作，有不少外国人在为我们的政府工作，他们的生活条件很优越。但是，我们只能向你指出一条路。我想强调的是，主意还是要你自己拿，我们绝对不强迫你做任何事。一切都是你的自愿。"

"我不知道放弃我的法国国籍，是否正确。"我爸爸假装犹豫着说。

"我们还没有要求你这样做，"贾监狱长说，"我们只是将事实摆在桌面上，要你考虑。现在不用说行还是不行。回到你的号子去，你先考虑考虑。"

谈话结束了。我爸爸站起来准备走了。贾监狱长突然又想起来了什么，他叫住我爸爸，叫他到桌子旁边的镜子里去看看自己。

镜子里，我爸爸看上去像一个憔悴的流浪汉。

"你的刑期多长？"他问。

"十二年。"

"你服了几年刑？"

"六年。"

“才一半，”他说，“你想过没有，你能熬过下一个六年吗？”

他们把我爸爸送回号子。我爸爸神情沮丧，感到很为难。如果他们说的是真话，看来只要爸爸放弃法国国籍，就有一个改变命运的好机会。不管怎样，他得权衡各方面的情况。

促使我爸爸下定决心的是马明。他告诉我爸爸：“答案非常简单，没有什么可考虑的。菲利普，你和我，还有在这里的其他人，我们是什么人？”

“我们是犯下了罪行，被劳动改造的、已判刑的犯人啊。”

“是的，你说得再具体点。”马明启发我爸爸，他可是个理论家。

“我们是人民的敌人。”我爸爸说。

“对了。你记得有一次我对你说的话吗？他们认为，任何阴谋诡计，都是达到目的的手段，对待敌人，他们可以使用威吓和允诺。即使他们让你出去，不论你走到哪里，你的档案也总是跟着你的，你是有劳改的污点的。只要你再犯错，你就会再次回到这里来，那时你就永远也别想出去了。但是，你有法国国籍，你就与我们有差别，你就有出去的希望。放弃那张国籍纸，你就是最普通的犯人了。你懂了吧？”

“我懂了，老马，”我爸爸说，“谢谢你。”

“不用谢我。另外，还有一点，他们不喜欢背叛的人。叛徒是最可耻的，尤其是，背叛祖国的人。”

就这样，我爸爸没有放弃国籍。他对马明感激万分。没有他的忠告，我爸爸现在不知道会是什么结局了。

第二十一章 1968年5月29日

……我看见了光圈里有很多的人影，这些影子在恍惚着闪动，人影都是扭曲的，倾斜的，有的还在生长。我看见了光晕在迅速变化，亮度时强时弱。我看见了我在旋转，快速旋转，我的头很晕。

我在哪里？我不知道，谁能告诉我，我在哪里？没有人告诉我，爸爸，玛丽，芭贝里，你们现在都在哪里？怎么我谁也看不见，你们都跑到哪里去了？很奇怪，我似乎跌到了一个黑暗的、吸食光线的深渊里了。

我的四周，都是一片片绵软的黑暗。不，是灰色的黑先弥漫开来，然后，是浅黑色逐渐到深黑色的深渊，我在下坠吗？等等，忽然，光线又亮了起来，就仿佛我从大海的深处浮了上来，看到了水面的太阳光线，越来越亮，可我就是无法像飞鱼和大鲸那样，一跃而出。我感到憋闷，我无法呼吸，我看不到具体的影像，或者说，我看到的都是模糊一片的东西。忽然，我看到了，我看到了那些颜色，红的，绿的，橙黄色，紫色，白色，蓝色，以及粉色等等。各种颜色在我的眼前变化，形成色波和色的谱系，让我看到了世间万物本来的颜色组成，比大海里面的生物身上那千变万化的颜色还要来得生动，来得自然。啊，那么多的颜色，我的眼前都是带有颜色的光束在散开，在模糊成各种光谱，在散布开来。

我到底怎么了？我不知道，我的语言还可以组织起来，啊，我听到了声音，我还记得那些标语和口号：

“同学们跑吧，旧世界就在你们身后！”

“不要解放我，让我自己来！”

“我们都是德国的犹太人！”

“把你的愿望变成现实！”

“让想象夺取政权！”

“生活就是心不在焉！”

“海滩就在铺路石下面！”

“当最卑劣的官僚主义者和最后一个斯大林主义者的肠子缠住你的脖子的时候，我们还会有难题吗？”

“足够的行动，足够的词语！”

“自由包含所有的罪过，它是我们十全十美的武器！”

“商品是人民的鸦片！”

“社会是一株食人花！”

“严禁禁止！”

“我越干革命就越想做爱，我越是做爱就越想干革命！”

还有人的说话声在我的耳朵边：

“你看，他虽然昏迷了，可是他的那个东西却很硬，把裤裆顶起来了。”

“是啊，真的，奇怪的勃起现象。人昏迷了，可还有性欲望，是不是？”

“我为他感到害臊。不知道他脑子里在想什么。因为，他现在完全是昏迷状态的。”

“医生，这是怎么回事呢？您能告诉我们原因吗？”

“原因？原因就是他是一个男人，他当然有权利勃起。就像你们这些年轻人有权利革命和做爱一样。”

“我们把他带回家吧，在医院里他并不舒服。他只有回家才自在，我是知道的。”

“那我们把他带回家。在家里他可能苏醒得快一些，是不是，亲爱的芭贝里？”

“让玛丽好好照顾他。让他好好睡觉，既然他现在就在睡觉。他会苏醒的，亲爱的，你不要着急。我想，他会苏醒的。”

“听说24号晚上的示威行动死了两个人，在巴黎死了一个，死得很奇怪，好像不是警察干的，他可能是因为心脏病突发，死在街垒后面了。他的家人也发了通告，告诉那些示威者，不要借他们儿子的死大做文章。”

“那另外的一个死者呢？终于死人了，那么这场运动还好收场吗？”

“另外一个死者在里昂，是被一辆汽车撞死的，还死了一个警察分局的局长。”

“啊，警察死了！那就麻烦了，他们一定会报复。现在呢？现在，蓬皮杜总理在干什么？”

“他在会见工会领导人呢。他想通过收买的方式，尽快结束罢工。”

“收买？怎么收买？”

“他的办法是，轮流把每一位工会领导人带到一个小房间里，直截了当地问他到底想要什么，并许诺会让他如愿以偿。”

“是谁让他这么做的？戴高乐？戴高乐可不是一个容易妥协的人，他是解放者，法国的大将军。”

“听说，蓬皮杜和工会的头子们谈得很好，双方都显得如释重负。他们达成了一项协议：工人只要结束罢工，就给他们大规模增加工资。”

“好是好，可是，现在工人起来了，工人会答应那些官僚吗？我觉得现在政府的让步会导致更大规模的罢工。”

“你知道结果吗？结果是，罢工的工人拒绝接受协议。总工会主席在雷诺汽车工厂宣布谈判结果时，遭到所有工人的起哄：他们需要的绝不仅仅是金钱。”

“那他们到底要什么，他们知道吗？”

“他们示威的目的，要比涨工资重要得多。比如，他们想成为工厂的主人。”

“疯了！这是不可能的，资本主义制度就是资本家说了算。谁出钱，谁说了算。就这么简单。这些工人疯了！”

我不知道是谁在我的耳朵边说话。这些话灌入到了我的耳朵里，他们到底要的是什么他们知道吗？这些人真的疯了？

我们到底要的是什么，我们知道吗？父亲问过我好几次，我也问过别人。也许，这些农泰尔学院的学生要的，一开始很简单，只不过是男生可以自由地去女生宿舍的权力而已。结果，后来，事情搞这么大，弄得所有的人都不知道自己到底要什么了。现在，其实我不用去女生宿舍，因为玛丽都搬到了我家里住了，我们随时都在一起。我们都不需要去女生宿舍了，学校的那条规则完蛋了，早就完蛋了。

我现在在哪里？我在家里，对不对？我不知道，我闻到了某种熟悉的气味。那是芭贝里和玛丽这两个女人身上散发出来的气味。芭贝里的气味十分浓郁，她喜欢喷洒香水，就如同她的身体那么饱满和丰富一样，宛如起伏的群山，横亘在我的面前，让我觉得无力攀爬。而玛丽，就像是一朵清新的夏日月季花一样。她们俩带给了我和我爸爸不同的感受。

是的，是家里的气息，我已经回到了家里。还有父亲身上英国烟草的味道，奶酪的味道，芭贝里在阳台上种的那些花草的味道，还有皮草衣服的樟脑味道，肯定是芭贝里在夏天里整理她冬天穿的那些皮草衣服的时候，散发出来的樟脑气息。家里还有什么味道？旧照片的味道，从床头柜最下面一层的那个抽屉里，散发出淀影液的味道。那些旧照片，是我爸爸从街上买来的，都是几十年前的东西。1964 年，我父亲从中国回到了法国，对一切法国旧东西都非常有兴趣，对新东西则不感冒。他以搜集法国旧东西的方式，来接近这个国家的文化和记忆。

“他不能吃东西，营养怎么办？是不是需要定期打葡萄糖？”

“不需要。只需要给他擦身体，给他翻身。等到他该醒来的时候，他就会自动醒来。我们对他醒来很有信心。”

“那他怎么一动不动，也在消耗着营养啊，他会不会身体垮下去呢？”

“短时间内不会的。他还不是植物人。”

“但愿……他千万不要变成植物人。”

我什么时候要变成植物人了？植物人能够像我现在这样勃起吗？植物人会像我现在这样，对一切的声音、味道和颜色，还有着渴望和辨别力吗？时间现在凝结在一起，纠结在一起，拧巴在一起。我能够感觉到一切，我的听觉、味觉、触觉、都是醒着的，但我睁不开眼，我的视觉发挥不了作用。

我爸爸说了，我们都是时间的囚徒，我们就像是时间琥珀里的小动物一样，被时间封存了，我们超越不了我们的时间和时代，甚至，我们都超越不了所在的空间，就是巴黎的这套房子，我们都走不出去。

是的，芭贝里的味道，玛丽的味道，我爸爸的味道都是不一样的。我的视觉现在是朦胧的，是五彩颜色的世界。我的听觉非常敏锐，房间里，蚂蚁、蟑螂、潮虫和多足虫、蜗牛、鼻涕虫的爬行声，我都听得见。我对味道也很敏感，但我的舌头是不能动的，我可以品尝到弥漫在我的嘴巴里的苦味，这苦味如果仔细地咂摸，还会变成酸甜辣咸。因此，我的鼻子成了我最发达的器官之一，我依靠我的嗅觉来辨别一切。我通过鼻子知道我周围的环境。我不能动，因此，我的触觉现在比较的死寂。也许，我可能被唤醒的时候，我的触觉会先苏醒。只要是他们，我的亲人们不断地触摸我，让我感到了亲情的鼓励，我就可以重新从昏迷中醒过来。

我是怎么昏迷的？我记不得了，谁还记得，请告诉我。我的脑袋受到了重击，这一点我是清楚的，只知道自己眼前一黑，就什么都不知道了。然后，听觉、嗅觉、味觉、嗅觉和触觉等等五种感觉，就苏醒过来，我虽然躺在那里，但我的感觉是可以复活的，让我以这些感觉来证实自己的存在。

“开饭啦，今天，我们吃法式蜗牛大餐，我们再开两瓶好红酒，要庆贺一下。”

“有什么要庆贺的呢，亲爱的？”

“庆贺我们在一起啊，一切都很好，庆贺今天的天气不错，庆贺街上比较乱，而我们的家里一切都好，庆贺我们，我和你，你儿子和玛丽，我们四个人在一起。”

“可他还在昏迷中。他什么都不知道，是不是，玛丽？你看到他动了没有？眼皮子动弹也算，他动了没有？”

“他一点都没有动，真的，但他的心脏在跳，就是这个。”

“啊，瞧瞧，你儿子那东西还竖着呢，一点都没有要软下去的意思呢。这个也是他生命顽强的标志，跟你一样茁壮，有什么样的儿子，就有什么样的父亲。”

“小声点，不要让玛丽听见了。我等会儿就会用我的肉棍子狠狠地揍你，戳你，搞你，让你嗷嗷叫。”

“色鬼，现在都硬了吧？我觉得你好像对玛丽更有兴趣吧？你习惯我的身体了，想弄你儿子的女朋友了吧？”

“你胡说什么呀，我我，我怎么可能—你也疯了。”

“怎么不可能？味道不一样，肯定的，我是无所谓，就看你自己的本事了。你总是偷偷从她背后看她，我早发现了。你喜欢她的翘屁股和小乳房，对不对？”

“咱们还没有喝酒，你就胡言乱语了。走吧，我们去吃饭。”

他们去客厅了，我躺在那里，我闻到了我爸爸身上散发出来的男性的骚味儿，也闻到了和我爸爸打情骂俏的芭贝里的私处散发出来的蜗牛和海螺肉般分泌出的黏液的味道。我去过学校附近的马厩，那是一些阿拉伯人看管的马厩，有的马只要是发情了，就会散发出来一种骚味儿，很远就可以闻到。现在，我的爸爸和他的女朋友身上就有这种味道。这两个人去客厅吃饭了，那种气味远去了。接着，美食大餐的味道飘了过来，进入到我的鼻子里，芥末，欧芹，胡椒粉，奶酪，甜辣椒酱，醋，冰块，一种味道偏厚重的红酒，这些气味都飘散了过来。我躺在那里，但他们在屋子里做什么，都瞒不过我。不知道为什么，我有些担心了。就像这个五月运动所想要达到的，性解放，性不再压抑的口号到处都在喊。男生要自由地到女生宿舍去，但男生去女生宿舍干什么？这就很简单了，就落实到了性解放的问题了。我爸爸回到法国之后，短短几年，他自己在食物和性方面都得到了很大的满足。他现在是一个饕餮之徒，那他会不会真像刚才芭贝里说的那样，对我的玛丽发生了兴趣呢？那么，在我的家里，性解放的程度，会到达什么样的结果呢？玛丽上次在游行的时候就告诉过我，我爸爸喜欢偷看她的背影。那么，背影是什么？首先，就是臀部和腰身的线条了，就是性的联想了。如果我爸爸搞了玛丽，玛丽也自愿被我爸爸干的话，那么，我能不能也干了芭贝里呢？想到这里，我感到我裤裆里的那根棍子就更硬了，一点都没有软塌塌下来的可能性了，这到底如何收场呢？

在客厅里，传来了收音机里最新的事态报道：

看上去，现政权已经打出了它的最后一张牌，那就是，部分地答应罢工者和学生们的要求。对工人，答应提高他们的工资和待遇，对学生，改革大学教育体制和一些规定，警察撤离拉丁区。

可是，谁以及哪个新的政权可以取代戴高乐呢？现在，法国已经陷入了真正的无政府状态。像南特市，与其说他们现在是在地方市政府当局的控制之下，不如说他们现在是由罢工委员会控制着。

大部分法国人完全生活在一种过了今天不知道明天是什么样子的氛围之中，他们中绝大多数人都有这么一种印象：“现在，一切皆有可能。”

这句话让人想起了前些天在拉丁区的街垒旁边的商店橱窗上写着的“使你的欲望成为现实”或“让想象力夺权”之类的新超现实主义涂鸦。

而这个时候，左派政治家开始行动起来了。社会主义者皮埃尔·孟戴斯－弗朗斯和弗朗索瓦·密特朗开始走上舞台的中心。孟戴斯－弗朗斯在道德上享有很高的声誉，因为，他一贯站在反对戴高乐政权的立场之上，并反对戴高乐那种把第五共和国的所有大权都揽在个人手中的做法。至于密特朗，他是从1965年开始反对戴高乐的。

孟戴斯－弗朗斯出席了全法学联和法国民主总工会的一次集会，集会于5月27日在拉丁区南边的体育场举行。这次集会非常重要，尽管孟戴斯－弗朗斯到场后没有发言，但他的到场本身就意义重大。正如达尼埃尔·科恩－本迪所说：“把所有寻求政治进步道路的力量结合在一起，是我们唯一的选择，而孟戴斯－弗朗斯就代表了这个选择。”

接着，密特朗在5月28日发表了声明，强调说，“5月3日以来，法兰西已经不再是一个真正的国家了，我呼吁组成另一个临时政府，来筹备总统的选举。我想成为这个临时政府的领导，同时，我相信孟戴斯－弗朗斯可能会与我一道竞争。”

密特朗的这个声明招致了一片指责声，因为它听上去给人的印象是密特朗在强迫国家首脑戴高乐总统和蓬皮杜政府下台，然后自己趁机夺权。

法国共产党总书记瓦尔德克·罗歇当天稍晚时候呼吁，法国共产党应该参加临时政府，现在正是时候。

夜幕沉沉，客厅里杯盘狼藉，葡萄酒散发的酒精的味道弥漫在整个屋子里。他们三个人都喝醉了吧？听上去，他们的说话声、笑声，都和平时不一样。我爸爸的声音显得比较的具有挑逗性，他在挑逗谁？玛丽吗？或者芭贝里？客厅里传来了女人们的笑声，多少是放肆的和有些尖利的。女人们喝了酒就会发疯，这两个女人也是这样。

我还闻到了什么？我闻到了餐桌上他们吃掉的那些鱼、肉、蜗牛和水果的气味。我嗅到了什么？烟，是我父亲在抽烟，是英国烟丝的那种典雅克制的味道。我的味觉呢？我的味觉就是我的嘴巴里，现在弥漫的是酸的味道。我不知道是不是从我的胃里面泛上来的，就是那种酸酸的味道。我不能动，我什么触觉都没有感觉到，只是感觉到我躺在床上，被子那么的松软，垫子那么的柔和。屋子里并不热，空气通畅的原因是芭贝里喜欢开窗通风，因此屋子里的空气很清新。

那么，我的听觉呢？我的耳朵很好。等等，忽然，我听到的不是他们三个人的声音了。好像客厅里没有人了，他们三个都不见了，他们跑到了哪里？很奇怪。这套房子有两个卧室，中间是客厅，厨房连着客厅，而两个卫生间都包含在两个卧室里。两个卧室彼此的距离都很远，分别在南北通透的这套房子的南边和北面。卧室当然是最私密的地方，因为男人和女人在卧室里要颠鸾倒凤的。他们三个，难道在酒精的作用下，都到了那边我父亲的卧室里了？现在，我能听到的，就是收音机里传来的最新的消息：

人们对现政权的维持几乎不抱任何希望了。运动已使学生和工人联合了起来，所有的左翼政党都要求戴高乐立刻离职。

今天，忽然间，戴高乐总统消失了，没有人知道他去了哪里。根据总统办公厅的说法，上午 11 点 45 分，戴高乐离开了爱丽舍宫，偕夫人一起登上直升机。人们都认为，戴高乐将军是要去他在科隆比的乡间别墅暂时休息几个小时。他也是这么告诉蓬皮杜总理的。有一个谣言在全法国散布开来：将军去了科隆比，在那里准备他的离职声明。

但几个小时之后，有消息称，他根本不在那里。于是，各种说法都出来，甚至内阁部长们碰头时，都猜测说将军很可能已经自杀了。

但蓬皮杜却保持着令人钦佩的沉着和冷静，他立即表示，他第二天要在电视上发表声明。那么，戴高乐将军到底去哪里了呢？这是一个谜。

我听到的就是这些，忽然，卧室的门被谁推开了，接着，我闻到了浓郁的香气和汗水混合的气味。啊，是芭贝里进来了。我想睁开眼睛，但是我根本就抬不开眼皮。即使有一个连的士兵帮助我，要我抬起我的眼皮，照样不行。是她，她进来了。即使我睁不开眼，我也可以感觉到，她是裸体的，光着身子的。她趴到了我的身边，毫不客气地、直接地解开了我的裤子，让我那一直挺立着的小棍子干脆钻了出来，骄傲地呈现在她的面前。

……

她的气息弥漫在我的身体周围，弥漫在我的身体上面，芳香的，浊臭的，女人的身体会分泌各种液体和散发出各种气味，这些气味复杂，生动，就像她本人一样。

“我不知道你还能不能醒过来，真的，虽然我们希望你能醒过来，但不知道你能不能醒过来，我们喝了很多酒，这个疯狂的五月里一切都变得疯狂了。就在刚才，就是在我们三个人吃了牡蛎、龙虾和海胆，以及奶酪和蜗牛之后，我们变疯狂了。你那么安静，什么都不知道，不会知道刚才发生了什么，现在发生着什么。怎么说呢，亲爱的，就是一切忽然都乱了，就像谁都不会料到这个五月巴黎会这么乱一样，我们都乱了。你们搞游行示威，其中的一项就是想要性的自由和开放，或者想要更开放，我们不知不觉就混乱了起来。怎么乱的呢？那是在我们吃掉了整盘的牡蛎、喝掉了所有的葡萄酒之后，忽然，我看到你爸爸注视玛丽的眼神很迷离。他盯着她看，而她也在盯着他看，根本就不在乎我的存在，那么的恬不知耻。玛丽是一个破烂货，而你还拿她当宝贝。我猜这个时候他们借着酒劲一定想搞那么一下子，我火了，我说，你们不要这么互相看了，咱们都到卧室去吧，我们三个人一起搞！你爸爸欣然同意了，他站起来，搂着我，也拉着玛丽往卧室里面走。我们三个人都喝得差不多了，我们的脑袋很晕，但我们其实内心里都知道自己要干什么。我们三个就跌跌撞撞地闯到卧室里面去了，我们三个就直接上了那张大床。”

她上下起伏着，我的肉棍子出入着她的下体，如同被套着的枪栓，或者是压力下面的冲击钻。她呼哧呼哧地喘着气，我感到肉体的活塞运动让我有拔出萝卜带出泥的感觉。我很舒服，就像她一样。

她加快了频率，她在我的胯骨上像骑马一样前仰后合。她翻身上马，又翻身下马。她面对着我俯冲，后背对着我离开。她现在以摧枯拉朽的节奏搞我，我在崩溃的边缘。快感正在像洪水一样袭来。

我感到那遥远的河道里闪闪发光，一股夏天的五月的洪水，从阿尔卑斯山的雪峰上冲了过来，类似无数匹马一样席卷了过来，猛地一个浪头就砸在了我的脑袋上。我晕眩了，我感到我体内的洪水在奔泻，我和洪水融在了一起，成为灭顶的一头悲哀的小野兽。这时，我感觉到了她的高潮同时来到，她抽搐着啊啊叫着，和我一起被狂风暴雨一样的闪电所席卷而去。

然后，我什么都感觉不到了，我的眼前，五彩的颜色消失了，重现的是一片真正的黑灰色，类似世界还没有被上帝创生的时候的那种混沌。

后来，我渐渐地恢复了听觉，我现在是一个人。也许，我刚才在做梦，我一直是一个人躺在那里，听到了客厅里的收音机在播送着新闻：

今天是 5 月 29 日，那时戴高乐将军没有去科隆贝，他正在距法国只有几公里的巴登，与法国驻德国的军队总司令马絮将军共进午餐。据说，将军吃了一个煎蛋，喝了两杯咖啡。但戴高乐对马絮说：“有生以来，我第一次感到非常虚弱，我对自己不再自信了。”

戴高乐一向把自己等同于法兰西民族，眼下他的确体验到了难以承受的背叛的感觉，而他也已经 78 岁了。戴高乐自打从罗马尼亚返回法国之后，几乎没有合过眼，可以说是心力交瘁。持续的学生示威游行和工人的罢工，就足以表明他与那些更年轻的法国人的距离是有多么的遥远。

马絮给戴高乐以支持，并使他重新振作起来，这让戴高乐在一个小时之内改变了主意。会谈中似乎并未提到军事介入的可能性。戴高乐“神秘之旅”的真正目的，无非是给在狂欢和恐惧两极之间摇摆的这个社会一个警告。如果法国还这么乱下去，那么，军队会让社会重新稳定下来，5 月 10 日和 5 月 24 日的街垒之战就此完结了。

在最危急的时刻，只剩下蓬皮杜还在支撑着宪法和政治都已经岌岌可危的大局，而在这种情况下，他就想在戴高乐撤他的职之前，宣布辞去总理之职。

然而，有人说，戴高乐 29 日的消失和 30 日的返回，乃是他了不起的成功策略之一。这样看来，巴登之行似乎是扭转乾坤的一招妙棋，戴高乐实现了“从神话到政治”的转变。五月运动忽然之间，就这么奇怪地要终结了。

我还是无法苏醒，我不知道我在做梦，还是一切都是真实的。我现在昏迷了，我的感觉忽然丧失了，我看不到、听不到、摸不到、尝不到、闻不到了。我陷入了黑暗的昏迷的深渊里，犹如在大海深处，那里，只有疯长的海草在飘摇。

第二十二章　乙酉年

听我父亲、你爷爷说，他很早就懂得，要把婚姻看作是一场交易。因为婚姻很大程度上是家族的联姻、财产的聚集、关系的建立和血缘的纽带。他的前后两次婚姻都不算成功，一个妻子去世，另外一个出走，使他很长时间里都是一个人。但后来，他决心为我，也就是他唯一的儿子缔结一门好姻缘。

我父亲、你的爷爷后来有一个机会回国。一九一四年到一九一八年之间，欧洲打了第一次世界大战。在那场战争中，法国取胜了，使馆人员告诉他，可以给他办理回国的手续。但你爷爷、我父亲那时痛恨战争，他觉得，自己回去面对的，依旧是战后的局面。此时，传来了消息，他的父母亲先后都去世了，他也没有什么留恋的。所以，他选择留在了北京。

不再担任使馆的雇员之后，他就在北京做生意，以生意人的方式谋生。自从清朝末年留在北京后，精明的我父亲、你的爷爷就发现，每次战乱发生，不管那些军阀是从哪里来的，不管他们有多么强横，在北京的外国人，一般都可以凭借自己的身份，互相利用和互相庇护。由此可见，外国人在很长的时间里，给中国人留下了位高一等、不好对付、必须尊重的印象。这也是自从英国和大清国打了两次鸦片战争、和日本人打了甲午海战、和多国部队打了庚子使馆之战后，他们内心的体会和心理上的阴影。

因此，即使他多么不愿意，身为法国人，或者说法国血统还是带给了我父亲、你的爷爷一定的便利。

当然，法国人的血统后来也使我遭受了牢狱之灾，而且时间长达七年之多。但我觉得，这是对我人生最好的历练。一个人无法选择他的时代，选择他所在的出生和成长的时间，那么，他就必须要承受住这些东西加在他身上的压力。

我承受住了，儿子，这是最关键的。我把这一切告诉你，就是为了你能承受住你面临的一切。你现在在法国，法国正处于一个在我看来特别奇怪的时期，似乎他们对东方中国的革命充满了理想主义的想象。其实，你和我都应该清楚，任何激进的事情，最终都会让大家倒霉。而法国人的毛病就是喜欢激进主义。

好了，我接着说你爷爷、我父亲的故事吧。关于他的故事，现在已经进入尾声了。关于他的生平，我也只能凭借一些回忆，包括当年他对我的讲述，还有我的猜测，逐渐拼贴起来。

其实，我现在发现，我给你讲述的我父亲、你爷爷的故事和他的生平，都是梗概、片段、印象和一点感觉。我似乎无法完全将他描述出来。最简单的，假如你问我，我爷爷是个什么人？那我就很难回答上来，因为，关于他的一切，我也是凭借着记忆。那么，我只好回答你：他是一个喜欢冒险的人，他喜欢新的生活，喜欢生活呈现出别的可能性。

他待在中国，就是他自己的选择。他为什么不像你，愿意回到法国去？我回答你，他待在中国，这就是他的命，是他的命运把他带到了中国。而且，在中国发生的一切使他感到了生活的可能性，使他萌发了对新世界浓厚的兴趣。

他愿意待在这里。他在这里感到自在，感到放松，感到这里有他生命的价值，感到了热闹，感到了中国的各种人和物都是那么的新鲜，所以，他就待下来了。

至于我为什么喜欢回到法国？那同样是因为我的好奇心。我有法国血统，可是，我却一天都没有在法国生活过。但就是因为我的法国血统，这法国血统是我父亲带给我的，我却因此而倒霉。说起来，法国欠我的，就必须补偿我。

我后来忽然意识到，我父亲是八国联军的一分子，是一九〇〇年侵占中国的人。他把我像一颗种子一样遗留在中国的土地上，让我在这里生根发芽，然后，就因为我的这个科西嘉人的血统，我在中国坐牢了。我为法国而受难，也是为我父亲的侵略行为—他虽然不认为他是来侵略中国的，但事实如此—付出了我的代价。

我为法国付出的代价太大了，可法国，我连影子都没有见过，法国是个什么？我根本就不知道，你说我有多么冤枉？我是不是应该回到法国去看看，我为她背黑锅，为她坐牢，帮助我父亲、你的爷爷还血统的债，历史的债，战争的债，可这法国是个什么？我必须要回到法国去，去看看法国是个什么东西，我就是为她倒霉的，法国欠我的。我就一定要在一九六四年中法建交之后回到法国。不知道这么回答你行不行，儿子？

你问我了，我父亲、你爷爷的结局如何？他是怎么死的？死在什么时候？好吧，我现在告诉你，他后来的事情，我记得比较清楚，因为我长大了。当然，那时候还没有你，但很快，你就会出现在故事里了。

你以后会出现在故事里，你的事情还是由你自己来说比较好。而我父亲、你爷爷的故事还是得我说。

那些年，北京政局比较乱。我在前面说了，大清国倒台了，一个皇帝没有了，大大小小的军阀又出来了。军阀们只要是手里有兵，就能够雄霸一方。东北有张作霖，西北有阎锡山、冯玉祥，山东有吴佩孚，其他每个省都有每个省的军事势力。他们掌握着这个国家的国土和命运。有复辟的袁世凯，就有支持复辟的军阀张勋，然后，就是议会、总统和总理之间的争斗。这个国家在建立一种新的政治制度的过程中，闹出很多笑话。后来，实权派、北洋军阀的首领袁世凯死去之后，南方的军人在孙中山和蒋介石的领导下，以同盟会为基础，建立了一个政党——国家民主党，简称国民党。还有一些人，在苏联革命的影响下，建立了共产党。

军阀势力不断地此消彼长，打来打去，打不出个结果。一九二七年，从南方的广东省，国民党军人开始北伐，他们秉承了新的建国理念，决定接管这个国家，创造这个国家的未来。最后，他们把北洋军阀—就是以天津为老巢的北方军阀都打败了。然后，盘踞在东北的军阀张学良宣布投奔中央军，改换旗帜，国民党就这么统一了中国。

国民党在一九二七年控制住局面之后，立即对受到了苏联支持的共产党进行了剿灭和捕杀。这一点，为后来的两党力量争夺对这个国家的控制权埋下了伏笔。从一九二七年到一九三七年，这十年是中华民国建立之后比较稳定的十年，虽然日本人在加紧对中国入侵的准备，而掌权的国民党也在加速建立管理这个前现代国家的体制。

他们干得很不错。经济繁荣，社会稳定，这短短的十年里，我父亲、你爷爷的财富也积累了不少，他在上海也开了钟表店、皮货店。有很多时髦的女人和养着她们的达官贵人需要高档消费。你爷爷、我的父亲就这样在上海赚了很多钱。那段时间，他在上海，甚至都不喜欢回到北京了。上海的生活是十里洋场的生活，在那个年代是世界上最繁华的城市，到处都是金子和美女。

他把我寄托给一个老朋友管，自己在上海居住。每次他回到北京，都要给我买很多东西。那个时候，我在教会学校里读书，完全是寄宿制的。他给我买来吃的，有的就是从欧洲直接运过来的。我的教会学校的同学都很喜欢，各类点心，还有一些玩具，画片，和各类东西，都是我父亲给我的。我在教会学校里学习，你的爷爷、我的父亲则在两个城市之间来回奔走。

上海是冒险家的乐园，自然也是我父亲、你爷爷这样的冒险家喜欢的地方。直到有一天，据说，他得罪了一个上海的流氓大亨，他才狼狈地逃回了北京躲债避风头。我估计他是得罪人了，他有理亏的地方。

他在上海生活了好几年，这一点他后来不怎么提，是讳莫如深的，很奇怪。即使我后来问他，他也是语焉不详。他在上海的那些年，我感觉一定与女人有关，与金钱和阴谋有关，与那个时候在上海滩横行霸道的黑社会有关。谁让你爷爷、我父亲是一个喜欢冒险、喜欢挑战的人？他不喜欢过循规蹈矩的生活，他总是对未知的生活抱有好奇心。所以，他才跑到了上海。

我就这样孤独地长大，在教会学校，我学习了英语和法语，跟着那些不辞辛劳地顽强地待在这个国家的传教士们学习欧洲的语言和文化。此外，还有一些志愿者，他们教给我们这些来源复杂的法国后裔以最可能的法语教育。

我在前面说了，国民政府在一九三七年之前，迅速整合了整个国家。但是，这个国家内忧外患，积弊太多，在短时间里不能恢复元气。

日本人看准时机，加紧了在东北满洲地区的侵占。一九三一年发生了“九一八”事变，将东北的控制者、军阀张作霖炸死，借机占领了东北。而此时的国民政府，还没有准备好去与日本对抗。

关于张作霖的死，现在还有一种说法，说他同样不想受到俄国人的控制，是俄国人炸死了他，嫁祸于日本人。而日本人将计就计，立即出兵将东北全面控制。

我还记得，“九一八”事件发生之后，在北京的外国人，谁都知道接下来日本要发动对中国的战争了。日本人的企图心，谁都看得清楚。只是不知道这一天要从哪一天开始。在欧洲，第二次世界大战前的阴云密布，欧洲国家之间还有很多问题需要解决，解决的办法后来逐渐只剩下了一个，那就是战争。战争能解决问题吗？谁都不知道，因此，每个人的心头都笼罩着一朵阴云。我父亲那段时间其实很关心这些。

对于日本人，我父亲一点也不喜欢。在中国，他清楚地看到，每一次中国这个国家刚刚遇到了一个好的机会，有很大的变革可能性的时候，日本人就赶紧出手，打掉这种可能性。从甲午战争、占领东北，到发动全面入侵，都是这样。但日本人的气量和体量都很小，他们这条贪婪的海蛇，打算吃掉中国这头衰弱的大象。可是，蛇怎么能吞掉大象呢？这是注定要失败的。

不过，一八九四年的甲午战争，日本打败大清帝国，得到二亿两白银的战争赔款，尝到了巨大的甜头，就有些狂妄起来了。他们就觉得，中国人不再是他们的老师了，可以随便欺负和侮辱了。一九〇四年，日本人在东北又打败了俄国人，就更加骄傲了，觉得欧洲白人也可以被他们打败，他们是东方最优秀的种族，必须由他们来统治亚洲。日本就想从中国抢夺更多的东西—土地、矿产、金银、资源。

日本人不再尊敬中国了？是的，过去，从唐代到宋代，他们以中国人为老师，虚心向中国学习。经过了明治维新，日本人觉得自己是亚洲人民的解放者。不过，他们打算用刀枪来“解放”亚洲，用强迫的军事手段占领亚洲。

这是日本人的企图，很多人都能看出来。日本人狂妄起来了。狂妄和骄傲必然导致覆灭，他们那个时候不知道。而我父亲知道，他说了这样的话给我听的时候，我才十多岁，日本人那时已经占领了北京。

日本人心想，宋代之后，蒙古人、满族人都能够在这一土地上建立政权，他们不是汉族人，既然在这一片土地上异族能够建立政权，那么，日本人作为从海上席卷而来的异族，东方优秀民族，怎么就不能成为大陆的主人？

卢沟桥战役打响之后，日本人制定了几个月就吞并中国的宏大计划，打起了全面战争。北京很快就被日本人控制了。他们的间谍非常多，早就对这座城市了如指掌。

中国军队撤出了北京。大街上出现了日本人，他们占领了重要的地点，控制了交通要道。我小时候记得这些情景。不过，日本人对外国人还比较客气，在北京不敢随便地欺负西方人。一时间，局势非常紧张。当时，我父亲、你的爷爷从上海赶回来，他要想新的办法来解决我的安全问题。

那一年，在上海发生了一场很大的战役，日本和中国的军队都投入了几十万人作战。结果，中国军队溃败，但也成功地阻挡了日本人的凌厉攻势，使他们没有能在两三个月的时间里，闪电一样占领中国。

我是我父亲唯一的儿子，现在，他需要给我找到更好的生存空间。淞沪战役把很多东西都打烂了，上海没有办法待了，他在上海的店铺也被战火毁掉了，他这次是彻底回到了北京。

过去，他就与北京一个很有权势的满族官员杨老太爷关系良好。杨老太爷在北京鼓楼一带拥有好多套四合院，这些四合院能够连接起来，每个院落都能够相通，就显得蔚为壮观，大大小小一共有二百多间。杨老爷子是一个传奇人物，在他的生活里，有商业欺诈、投资冒险、政治阴谋、女人、暴力谋杀。

因此，日本人占领北京的时候，拥有很多房产的杨老太爷，就很乐意让我父亲、你的爷爷，带着我住到他家里，还声明绝对不收房租。我父亲的店铺在上海毁于战火，他的财产缩水了大半。他立即接受了这个对双方都很合适的邀请，带着我去住在他家了。

我记得，在杨老太爷的那些四合院里，在一条条胡同连接起来的房屋之间，在胡同边上，有着一棵棵的大槐树。北京的槐树能够长很多年。树上有很多绿色的虫子，到了夏天，就带着丝线吊在半空，很有意思。我会捉了这“吊死鬼”，扔到小姑娘的脖子里，让她尖叫，哭泣，害怕。这样我就很兴奋。

我的顽皮在那段时间里，是非常突出的。

在钟鼓楼那片由一条条胡同构成的北京老街巷之中，白墙灰瓦，有些老北京人还喜欢养鸽子。鸽子飞起来，围绕着钟楼和鼓楼旋转，鸽哨发出一种类似某种飞机警报的嗡嗡声，听起来不大舒服。附近的人家都是多少和过去的大清帝国有权力的人有些关系的，他们与那些在中华民国时期盘踞与统治北京的北洋军阀之间，也有着千丝万缕的联系。所以，都能找到自己的活路。

我是后来才知道这些的。我们入住了杨老太爷的家之后，法国国旗也高高地飘扬在了杨老太爷家那连绵不断的四合院的屋顶上，时刻提醒着占领北京的日本人，这里，还居住着法国人，拥有不可侵犯的某种权利。

在那个被几条胡同连接、有很多四合院组合起来的迷宫一样的房子里，我和杨家的很多小孩子一起成长，一起玩游戏、捉迷藏，度过了美好的少年时光。

那个时候，我才十多岁，正是最调皮的时候。由于那片宅子非常大，很多套的四合院连接起来，穿越了几条胡同，就像是迷宫一样。屋子和屋子之间，院子和院子之间，高墙和矮墙之间，其实都是可以逾越的。对于孩子来说，任何障碍都不是障碍，都是可以翻越的。我就在那些房屋和胡同里来回穿梭。间或我抬头仰望天空，看到的，就是蓝天一片背景下衬托出来的钟楼和鼓楼。

钟鼓楼是北京城北部的一条轴线上的建筑。晨钟暮鼓，总是在那两座钟鼓楼上被敲响。但日本人来了之后，钟鼓楼上就没有什么声响了，或者是我不再听到了？是我的记忆出现了偏差吗？也许是的，起码，暮鼓似乎还是存在的，但暮鼓的声音听起来也很沉重，更加沉闷，因为，日本人来了。

我记得，每天，杨老太爷都穿着长衫和袍子，头戴瓜皮帽，在各个院子来回转。杨老太爷有四房太太，每个太太都给他生了一群孩子，因此，小孩子特别多。杨老太爷脾气古怪，他的经历很复杂，善于钻营，在官员和黑社会之间游刃有余。他出生于东北地区，是末代皇帝的一位亲信。大清的皇帝被推翻之后，杨老太爷已经积累了很多财富，不仅在钟鼓楼一带置办了很多房产，还是北京一家钟表馆的老板，生意兴隆。

我父亲继续游走在法国使馆、商店、钟表店之间。他的行踪不定，十分忙碌，也多少有些诡异。他和杨老爷子很早就认识，是因为他需要委托杨老爷子帮助他解决一些商业纠纷。在满洲地区，有一个人欠我爸爸的钱，我后来知道，是杨老爷子雇了人把钱要回来的。听说是出了人命，但对方是怎么死的，我的记忆里是影影绰绰的，不很清楚。我父亲、你爷爷的神秘、狂野和深沉，都是我无法想象的。

我后来想，我父亲、你的爷爷和那个杨老爷子建立了友谊，一定和他们之间的某些共通之处有关。

在我的印象里，杨老太爷既威风凛凛，又温文尔雅。我还记得，杨老太爷喜欢收藏和摆弄各类钟表的爱好来自我父亲。杨老太爷很喜欢和我父亲一起欣赏他收藏的钟表。这个杨老太爷家里的钟表，那些来自欧洲的钟表，估计都是我父亲卖给他或者送给他的。他们喜欢一起聊天，讲些我当时听不懂的话。他们之间到底有什么交易，谁都说不清楚。似乎是互相利用，但又不这么简单。

我跟随我父亲搬到了杨老太爷家里之后，我们的处境发生了很多的变化。首先，是我必须要跟这个大家族的很多人碰面。无论是吃饭，还是玩耍，这个家族里的人很多，每个场面都是人，连像我当时那么大的孩子都有二十多个。当然，也不是每个孩子互相的关系都很好。

我记得，每天，杨老太爷穿着长袍马褂走在院子里，后面跟着几个卑躬屈膝点头哈腰的跟班，在他居住的那个宫殿一样的房子里穿梭。每到一个房间，他就取下挂在腰间链子上的一串叮当作响的铜钥匙，一个钟一个钟地上发条、对时间，于是，那些西洋钟表就又开始嘎吱叮咚地响了起来。

在他家里居住，我很快就跟他的孙子、孙女辈的孩子混得熟悉了。其中，有一个叫杨瑾的姑娘，比我小一岁，我很喜欢她。那个姑娘很文静。一开始，顽皮的我总是不断欺负她，借此来获得接近她的机会。比如，槐树上掉下来的吊死鬼儿那种小虫子，我就是常常把这虫子放到她的脖子里，让她大哭不止，去告状，对我恼怒和愤恨。我就很开心。

少年的心理肯定和大人不一样，喜欢一个人，恰恰是去伤害这个人，然后，靠近她。她经常告状，也告到了杨老太爷和我父亲那里，但他们都没有怎么惩罚我。

不知道为什么，可能他们觉得孩子之间的事情，尤其是这类事情，都不重要。

过了一些年，日本人投降了，北平解放了，国民党人接管了北平。就这样，我在杨老太爷家里生活了好几年，一直到日本人战败。一九四五年，中国农历乙酉年，我父亲、你的爷爷忽然得了重病去世。

他的去世比较突然，某一天，他就不行了，然后，他就无法下床了，身体很快消瘦下来。在那些日子里，他常常和我说一些他过去的经历。就是前面我告诉你的那些事，他是怎么从科西嘉岛来到了中国，又是怎么留下的。他断断续续给我说了一些，我记住了这些事情。

他还告诉我，他在上海，实际上是以法国商人的身份，在帮助法国使馆搜集情报。看来，他的真实身份是商人、间谍和潜在军人。总之，我后来明白了，我父亲、你的爷爷其实就是一个不甘寂寞的人，一个充满了冒险精神的人，他的一生都在追寻一种新生活，那种生活必须是带来挑战的。他就当了间谍、密探、商人、使馆人员和军人，以及黑市生意人和钟表商人。他的身份是模糊不清的。

他去世之前，把我托付给了杨老太爷，还将自己的最后一些财产都交给了杨老太爷，算是委托他继续抚养我。虽然那个时候我已经很大了，大到可以照顾自己了，可是，毕竟把我委托给杨老太爷，我父亲就心安了。

他就这么去世了。他是得病死的。

我继续在杨老太爷家那个大院子里生活，和他的家族的很多人熟悉。其中，和杨瑾的关系越来越好了。她也很喜欢我，但我不知道，那是不是爱情。

在一九四五年、乙酉年之后那几年，国民党和共产党展开了争夺战。国民党政权失败了，共产党取得了战场上的优势。他们之间的战争打了三年多，一直到一九四九年，共产党打败国民党，建立了新的政权。国民党退缩到了台湾岛上，苟延残喘。

然后，天翻地覆，新的政权开始甄别和清除那些旧社会留下来的人，我这样有外国血统的人自然就会不被信任。很简单，在他们的脑海里，从一八四〇年英国人和大清帝国打的鸦片战争、一九八六年英法联军烧毁皇家园林圆明园以来，西方人、外国人给这个国家和民族带来的都是强横、野蛮的记忆。

自然，我有法国血统，我就会受到怀疑，我也就倒霉了。我就被抓起来了。这是后来的事了。

当然，这要看你怎么看了，儿子。我后来虽然在共产党新政权建立的劳教监狱里待了七年，一直到一九六四年法国和中国建交，我才被放出来，但我想，这恰恰是时间给我的馈赠。有时候，你觉得你倒霉了，可实际上，你是幸运的，你的生命还在，只不过经受了严峻的考验，体验到了这一时代强加在你身上的东西。

我们很难脱离我们的时代去生存，我们只能适应，然后努力地活出自己。人，是时间的囚徒，这不仅意味着一个人只能活那么几十年，还意味着，你无法脱离你的国家、民族、血缘，和那些大的历史性的变化。

我后来在中国这个国家所经历的，是我父亲、你的爷爷无法想象的。就像我无法想象他到底经历了什么一样，以及，你，我的儿子，你今后在法国将经历什么。时间将我们固定在琥珀一样的东西里，我们看不清自己，只有别人才能看清楚。但他们看见的，也不是我们，不是真实的我们。

好了，关于你爷爷、我父亲的事情，我知道的就是这么多。我的经历，你知道的很多了，也不用我告诉你了。

第二十三章　一九六四年

冬季的天空很少看到飞鸟。但当我看到有大片的野鸽子飞在远处的一片小树林上空的时候，我知道，一九六四年来临了。

我预感在这一年，很多事情都会有所改变。

一月十三日，我爸爸又被叫去见贾监狱长。这一次，有好几个看守和他在一起。其中，与贾监狱长一起坐在桌子后面的人，是我爸爸在草岚子胡同时的那个最初的审讯者。

"菲利普，坐下吧。"那个人不动声色地说，他的口气很友好。

我高兴起来了，估计有好的消息。我爸爸在小凳子上就座了。

"我偶尔听到你在这里，想来看看你进步的情况。一九五八年后，我就没有再见过你了。你吸烟吗？"他扔过来一整盒中华烟，这种烟可是高级干部抽的，"说说那以后你的情况。"

我爸爸点着了烟，抽了一口，觉得很放松。他详细地谈了自己思想改造的过程。我有些不满的是，在谈话中，他一共抽了五支香烟，到下午五点左右，他才说完。

“看来啊，你是在错误的时间，待在了错误的地方。”那个人将香烟摁灭，做了个鬼脸，“你给我写一个全面的思想汇报。我要了解你的思想。汇报应说明你当时怎样看待你的罪行，现在又怎么看，以及你对政府的判决是怎么想的。”

“这要花点时间啊！”我爸爸说。

他转向贾监狱长：“那就给他时间和材料来写。他可以不工作了。”然后，他转向我爸爸说：“继续好好表现，你不会后悔的。”

我爸爸明白，这份汇报极为重要。这就像是参加期末考试一样，需要答卷。

回到号子里，他开始写汇报。每隔一天，看守就给他一包香烟。我爸爸的汇报是用中文写的，这是他在清河和良乡学习的成果。

他花了四个星期来写这个汇报。他写到一半的时候，一月底的一天，扩音器里传出广播公报说：中国与法国建立了外交关系。为了强调，公告连续广播了两次。我爸爸抬起头，脸上流露出兴奋的表情。他明白，转机真的到了。

看守要我爸爸他们在晚上的学习会上讨论这个问题。我爸爸是法国人，就要他先发言。我爸爸说了一个小时，从法国第四和第五共和国的简史说起，说到了阿尔及利亚战争，一直说到中法烹饪及文化的比较，中国和法国两国都要摆脱超级大国的控制。

我爸爸说完时，江看守长把他叫去。他要我爸爸告诉他，我爸爸个人对中法建立关系是怎样想的。

“这在国际关系上非常重要。”我爸爸说。

“作为法国人，你就没有个人的看法吗？”他追问道。

“没有。”我爸爸很小心。我爸爸应该小心点，他学乖了。

“你是不是在想，你可能会获得释放？”他亮出了底牌。

我爸爸的脑子的确在这样想，但他不会承认：“我认为我的学习和改造，还达不到被释放的要求。而且，法国政府怎么会真正关心我这么一个中法混血儿呢？”

“菲利普，可以说，你改造得很好了。”他赞许地说。

第二天，我惊喜地发现，我爸爸的口粮定量一下子增加到了四十四斤，而同号们却只吃三十五斤。这意味着他中餐可以多吃一个窝头，晚上可以多吃一个半。

这种突然的变化却令我爸爸感到烦恼，因为，他必须更努力地工作，才能将获得释放的念头从脑子里赶走。

看守给了我爸爸一本阿尔方斯•都德写的《磨房书简》，要他将它译成中文。我爸爸知道那本书已经有中译本，现在，他们是想帮我爸爸恢复他的法文。

此时，似乎整个中国的生活条件都好转了，这种好转也反映在我爸爸他们的生活上：过分劳累的工作没有了，大家的口粮虽不丰裕，但已经够吃了。但是，奇怪的是，比以前更强调学习了。

那之后不久，我爸爸成了单身汉。我妈妈杨蓮与爸爸离婚了。

我爸爸是在与一名看守的匆忙会面中，得到这条消息的：“你的妻子比你进步，”他拉长着声音说，“她和你断绝关系了。你应该为你的儿子有这样一个母亲而骄傲。”

听到这个消息，我爸爸感到悲愤。在内心里，他因为她没有及时通知他而气愤。看守告诉我爸爸，离婚的法律手续在去年的十一月就办理了。

我爸爸昏沉沉地回到号子里，不知道生活为他安排的道路在哪里。他看到的只是一片空白，什么事都可能发生。

自己的婚姻就这么告别了？我爸爸在号子里热泪盈眶。我安慰他，我告诉他，他还有我这个女儿，这个看不见的女儿，但是他感觉不到我。

除了离婚消息是坏事，也有好事情发生。四月里，我爸爸被任命为号长。作为一个外国人，这很罕见，可见我爸爸的改造有了很大的进步。在那个草长莺飞的四月，他们中间的四分之三被派到一个新劳改营去了。剩下的，主要是老弱病残的犯人。

几个星期后，我看到，又有人被送到良乡监狱来了。

第一批是二百多名被军事法庭宣判的前军人，据说，这都是受到了姓彭的将军牵连的人。这些军人是坐一队大轿车来的，仍然穿着军装，但没有肩章和领章了。

他们跳下车，排成整齐的队形，然后整齐地走向号子，景象很壮观。他们始终不与其他犯人接触，虽然他们也是来劳改的。

这些军人安顿好后的第三天，又来了一批犯人。这一批人，我看到是乘平板卡车从第一监狱转来的。他们的面色灰白、神情憔悴。

到了五月份，保外就医的人都可以离开良乡工厂。我爸爸的一个同号，他叫盛解放，也离开了。盛解放的肺病很严重，他被列入二百人的保外就医名单。

他对我爸爸说，他要回到他从小长大的那个村子里去，但他又预感到很不妙，不知道他的家人会怎么看他。因为，他被捕后，家里人从没有给他写过一封信。

十天后，盛解放突然回来了，他出现在号子的门口。当时，我爸爸正坐在床上准备学习会。大家目瞪口呆，看到盛解放面目黧黑、灰尘满身、气喘吁吁，似乎完全崩溃了。他对我爸爸他们说：

“我受不了，我非回来不可。看守让我进来了。他说，我还可以吃我原来的口粮。”

原来，他回到老家的村子后，他父亲骂他是犯罪分子，叫他坐在大太阳底下的小凳子上，自己到派出所去核对他带的保外就医介绍信是不是真的。在家里的一个星期，所有的亲人都冷淡他，孩子们也戏弄他，村里人骂他，没有人接受他。

他这才发现，他唯一的家，其实是良乡监狱。一怒之下，他拿着剩下的钱，买了一张回来的车票，苦苦哀求江看守长让他进来。

江看守长特别宽大，让他回来了。而且，从此他再也不想家了。

八月份，我看到看守又交给我爸爸一本《礼仪大全》的书，让他翻译。这是一本讲礼节的法文书，讲的是法国人在正式场合的举止，在婚礼和葬礼上如何讲话，怎样吃饭、穿衣和通信等等。他们告诉我爸爸，他可以慢慢地译，别人会代他在菜地里工作。

我爸爸感到很困惑，仍然不敢很乐观。他译完了那本书，也熟悉了在法国社会中应该怎样行为举止。

八月三十日这一天，我爸爸的审讯者又来到贾监狱长的办公室。我是提前看到了他的车子进入院子，就跑到爸爸肩膀上等待的。

这一次，他没有假装是偶然来的，他对我爸爸说：“我看了你的思想汇报，你的汉语进步很大，现在已经很好了。但我关心的是你劳改的成果。我希望，你要经常想到改进你的思想。告诉你，法国大使馆几次要求来看你。我们还没有同意。这个地方不适宜他们来看你。我们准备将你转到靠近大使馆的地方。你要准备好接受法国人的探视。”

从那里出来，我爸出了一口气。天忽然变得更蓝了。

第二天一早，一名管思想教育的宋看守把我爸爸叫到办公室去，两个人随便聊天，看守很和蔼。谈话结束时，宋看守叫来一名积极分子，给我爸爸带来了一套新的蓝衣服、内衣、鞋子、毛巾和肥皂，还给了他十元钱。

我爸爸感到，自己的命运真的要改变了。下午四时，贾监狱长正式将我爸爸交给从市公安局来的两个便衣。他们带他上了一辆胜利牌汽车，这辆汽车比一九五七年逮捕我爸爸时看着旧多了。是不是还是那辆车？车上没有窗帘，也允许我爸爸往外面看。

汽车驶过北京郊区，进了城，最后，驶进第二监狱。这是一个新的地方，叫功德林。一名警卫带我爸爸穿过号子的迷宫，到了一个僻静的小号子。屋子里，墙角上有一个水桶，一张床和一张小凳子。我爸爸将他的包裹放在床上，开始整理他的东西。

过了一会儿，警卫带着一张床垫回来，问他饿不饿。我爸爸说，饿了。很快，他就带着一盘煎土豆饼、小麦面窝头和菜汤回来了。我看到我爸爸又吃不下。因为，他太紧张和心神不定了。

我爸爸忽然想到大个子郭和其他在清河的人，就觉得饿了。爸爸吃完后，警卫告诉我爸爸，到他睡觉的时候了。

第二天，我爸爸竟然有三顿饭吃！这地方简直像个舒适的旅馆。

下午，他们带他到操场上散步。他看到，在操场的另一端有一个外国人，像个美国人。这天晚上，一名医生来给我爸爸做检查。

“你会吃得很好的，”好像他很了解情况似的，“你需要长胖一些。”

就这样，在一个多星期里，我爸爸一直在单人牢房中，两眼发呆地坐着，看报纸，试着消除内心的莫名烦闷。多年以来，我爸爸总是习惯与几十个人一起居住在狭小的号子里，现在，虽然居住条件好了，但他却感到万般的孤独和寂寞。

等了十天，他受不了了，就给看守写了一封信，说：如果法国大使馆的人不来的话，最好将他立即送回良乡监狱。

但几天后的一个下午，我看到一个警卫打开我爸爸的号子，叫他去洗淋浴。等他洗完后回来，一位理发师正站在那儿，旁边准备了凳子、推子以及一把剪刀。床上还放着一套蓝色的制服、一双袜子和鞋子。理发师给我爸爸理发修面后，他穿上制服，非常合身。然后，警卫把他带到王监狱长的办公室。

王监狱长正坐在沙发上，指了指身旁的一把椅子让我爸爸坐。过去，他总是低着头，坐在拐角的小凳子上，现在，竟然这样与监狱长并排而坐了，这变化真是太大了！我都感到吃惊了。

王监狱长说：“几分钟之后，法国人就要来和你见面。你的谈话将被看作是对你的改造效果的直接反映。准许你说中文或者法文。有一台录音机将录下你说的话。所以，你要格外小心。去吧，菲利普。”

随后，两名警卫带着我爸爸来到了一个墙壁光秃秃的房间。我看见，在房间的中央放着一张桌子，在旁边放着两把译员坐的椅子，靠墙放着一套沙发。

我爸爸是从后门进入的，可以看到屏风后面的录音机已经开动了。

他在沙发旁边的一把椅子上坐下来。

不到一分钟，前门打开了，两个欧洲白人进了屋子。他们是法国驻北京大使馆的工作人员马克•梅奎和让•科隆贝尔。

马克•梅奎走到我爸爸面前，伸出右手和我爸爸握手，他热情地说："我们到这里来，是想让你知道，我们并没有忘记你。"

对我爸爸来说，这是个非常感人的时刻。当时，他的话听起来带着感情色彩，但这不是一句简单的问候。马克•梅奎面对眼前这个被囚禁的法国公民，用简单的一句话表明了法国的态度，也就是说，法国仍然关心着我爸爸。

他们俩是代表法国驻华大使吕西安•佩耶先生来看望我爸爸的。我爸爸觉得，他们更像是朋友来看他，而不是奉命行事的政府官员，这使我爸爸并不感到拘谨。

梅奎说："很长时间以来，我们一直想来看你，但他们直到现在才批准。"

我爸爸说："非常感谢你们的关心。"

"我们听说，你在生病。现在，你觉得好些了吗？你需要什么药品吗？"

"中国政府对我照顾得很好。"我爸爸说。

"伙食怎么样？你吃得好吗？你需要补充点别的食物吗？"

“我的口粮够吃了，我的伙食比警卫的还好。一日三餐，早晨八点，中午十二点，下午六点，都能准时吃饭。”

梅奎一边仔细地听我爸爸说，一边不住地点头。然后，他试图在限定的探视时间里，全面了解我爸爸的境况。“那么肉呢？你的饮食中有足够的肉吃吗？”

“我无法确切说我吃了多少肉，但以中国人的标准，足够了，我很满意。”

“牢房的光线够不够？有窗子吗？”

“有两扇窗子，一大一小，除了星期日和节假日，我每天可以锻炼一小时。”

“如果你想抽烟，可以抽吗？”

“在室外锻炼放风期间，只要我想抽，都可以的。”

梅奎满意地说：“那好吧，一切看起来都不错。你还有什么事需要我们做的吗？”

“如果能给我弄一本法汉或者英汉辞典，我将非常感谢！”

“我想，我们可以设法给你送来辞典和法国《世界报》《费加罗报》。”

“不，谢谢你，梅奎先生，这些都是资产阶级的报纸，我想看到最新的《北京周报》以及莫泊桑或巴尔扎克的小说。此外，我还想要几件暖和的内衣。”

梅奎不住地点头，科隆贝尔将我爸爸要的东西一一记下来。

临走前，梅奎向我爸爸转告了法国大使给他的口信：“菲利普先生，你千万别泄气，要继续像以前那样争取好的表现。我们听说，你正在学习汉语，并且收效很大。希望你能坚持学习，当你有朝一日回到法国时，你就能够做出自己的贡献。大使已经开始与中国当局商谈你的案子，希望能使你得到宽恕，免除你剩下的刑期。因此，重要的是，你要与我们通力合作，不要做任何可能有损大使阁下努力的事。我相信，你不会让我们失望的。”

梅奎临走前所说的这些话，使监狱方面知道了法国政府将尽一切可能，使我爸爸获得释放，我和爸爸十分宽慰。

回到号子后，我爸爸觉得异常的兴奋。那天晚上，警卫给他送来晚饭，另外还有两包高卢香烟、一条中华烟，一盒三五牌高级香烟以及十元钱。这种待遇对我爸爸来说是一个好兆头。

那个警卫还说，他们正在检查法国人送来的一些书籍和报纸，如果没问题，我爸爸很快就能拿到了。

晚饭后，我爸爸心里特别高兴，实在按捺不住，就喊了一声：“报告！”

一名警卫来到了囚室门的窥视口处，向里面观察。

“报告政府！我是否可以在号子里吸烟？”

按一般的规定，这是绝对不允许的，但既然我爸爸已经享受了特殊待遇，他想试一试，提出了这个非分要求。

警卫通过小窗口递进来一盒火柴：“那你注意点，不要把房子点着了。”他细心地看着我爸爸点着一支高卢香烟，然后，把火柴熄灭。这种烟的劲很大，我爸爸刚吸了几下就呛住了。这使他想起了兴凯湖的本地烟叶的浓烈气味。

吸完烟后，警卫告诉我爸爸，王监狱长叫他到办公室去。

我爸爸觉得，每次谈话都会有新的进展。他捋了捋头发，精神抖擞地出来了。

王监狱长说："菲利普，我们对这次法国人对你的探视情况非常满意，你确实改造得很成功，取得了不小的进步。你对那些试图使你落入圈套的问题所做的答复，都很好。不过，你认为，他们会继续帮助你吗？你认为他们会把你放在心上吗？你对他们说的会把你从监狱里弄出来，抱有幻想吗？"

这问题我爸爸现在是很容易回答的。他甚至连眼睛也没有眨一下："当然不是，"我爸爸郑重地说，"我很清楚，我绝不能依赖法国大使馆。如果我有这种想法，这就说明我依赖帝国主义者，就证明我没有改造好。我之所以在监狱，是因为我曾犯下了反对中国人民的罪行。任何人、任何国家都无权干涉中国政府的内部事务。"

这些话滔滔不绝地通过我爸爸的舌头说出来，他不知道哪些是真话，哪些是习惯用语了。有一点他可以肯定：他所说的，正是王监狱长希望听到的话。

王监狱长紧盯着我爸爸的脸，看了半天："菲利普，你真是这么想的吗？你确实是出于真心吗？"

"是的，监狱长，请你看看我的档案，你会发现，我的态度一直都是这样的。"

王监狱长沉默了好一会儿，他看来心情复杂。他说："好吧！"就叫一名警卫将我爸爸带回了号子。

十月一日，国庆节到了，第二监狱里的节日餐很丰盛。我爸爸看到，有牛肉、猪肉、饺子、面条、豆腐和一些蔬菜，他们还给了我爸爸一公斤苹果、半磅糖和各种糕点。

我爸爸拿到这些东西的那一刻，特别想念我妈妈和我弟弟东东。他知道，虽然我妈妈和他办理了离婚手续，但在心里，她和我弟弟还是他的亲人。他们远不及他吃得好，他提出要见他们的请求，都石沉大海了。

十月五日这一天，警卫告诉我爸爸，“他们来了，正在监狱接待室等着呢，去见见吧！”

我看到我爸爸兴奋了起来，他被带到中间有一个大桌子的接待室。果然，是我妈妈和弟弟东东在那里等待着。我妈妈一见到我爸爸就哭了，她说：“原谅我……”

我爸爸制止了她的哭泣：“没事，没事，我们的离婚对孩子，对你都好，我接受了这个事实。和我离婚，你会过得更好，这才是我想看到的。”

我妈妈渐渐平静了下来。他们把目光投向我弟弟。这是我爸爸一年来第一次见我弟弟东东。我也看着弟弟，觉得他很陌生。他已经十岁了，长成大孩子了。我爸爸痛心地看到，他穿着破旧的衣服。天气很凉，他脚上只穿着凉鞋，没有穿袜子。

他告诉我爸爸，他的袜子正挂在绳子上晒干，也许，我弟弟根本就没有袜子。爸爸问看守，能否给我妈妈十元钱买鞋袜。他说，可以。

探视结束的时间到了，宋看守对我妈妈说：“菲利普已有了进步，你应该感到高兴。但你应该告诉他，政府会照顾好你和你儿子，他似乎很怀疑这一点。”

“报告看守，我不是那个意思，”我爸爸说，“我只是想搞清楚我儿子为什么没有袜子穿。”

我妈妈马上说：“政府对我们的照顾非常好，你放心！”随后，会面就结束了。

回到号子后，我爸爸伤心极了。他觉得，和我妈妈离婚了，自己就不能为他们做任何事了，这可能是最后的见面，他至少应该有所表示。

后来的几天里，我爸爸将自己从良乡带来的小棉垫拆开，给我弟弟东东缝了一件短上衣。金永俊把自己的缝制技术教给了我爸爸。

那位看守我爸爸的警卫不仅不反对，甚至还为他提供了剪刀和针线。我爸爸的裁缝手艺很难像金永俊那么好，但他觉得，自己缝制的这件衣服至少能使我弟弟东东暖和些。他花了一个星期做好了这件棉上衣，让警卫拿给邮件处，转给了我妈妈。

与此同时，法国大使馆派人第二次来探视我爸爸。这一次，只来了科隆贝尔先生一人。他说，我爸爸的事情进展很顺利，他有获释的希望。我爸爸兴奋极了。

十月三十一日，我看到警卫打开号子，将两本书扔到我爸爸的床上。一本是汉英词典，另一本是成语词典。我爸爸听说，这两本书都是我弟弟东东送来的。他在监狱外面寒冷的大街上等了好几个小时，希望能允许他进来见见面。然而，没有事先办好一切手续，他绝对不能到监狱里来。不管怎么说，警卫还是很不错的，把书从东东那儿接过来转交给我爸爸。

这两本书，是他用爸爸给他的十元钱买的。

十一月五日早晨，宋看守又给我爸爸拿来一套衣服，叫他试穿。这次是一件灰色的毛料西服、一双皮鞋和一件白衬衫。他打扮得越来越像个人了。

第二天早晨，起床号吹过不久，警卫就打开门要我爸爸穿上新衣服。他带我爸爸到外面的院子里，两名荷枪实弹的警察坐在吉普车上等着，这一次，没有给我爸爸戴手铐。吉普车上了街，躲闪着自行车流，穿过北京的街道。

当汽车靠近人民大会堂时，我爸爸突然意识到，车子一定驶向了最高人民法院。那是一栋庄严堂皇的大厦，建筑物有许多雕饰，柱子顶部有个红五星。

下了车，他们果然走向了高等法院的台阶。

我飞起来，跟着爸爸的步伐。他们快步走上台阶，穿过天花板很高的长廊，脚步声在光亮的木质地板上噔噔地响着。间隔固定的黄铜痰盂像路标一样，引导他们向前走去。他们来到一间很大的、剧院般的法庭，墙上嵌有黑色檀木板，前面是高高的法官席。一幅毛泽东像挂在墙上。

我爸爸看见，台上除了法官外，还有一名助理法官、一名书记员。审问程序与往常一样："你叫什么名字？"

"菲利普。"

"请你拼写出来。"接着，法官又问了有关我爸爸过去的经历、国籍、罪行、刑期以及劳动改造的情况。最后，法官宣读了判决书："鉴于菲利普对自己的罪行有了确实的悔改表现，法庭决定，对你采取特殊的宽大政策，免除你余下的刑期，将你驱逐出境。你将在警察监护下被送往边境，移交给有关当局。宣判完毕。"

对我爸爸释放的宣判，就如同对他进劳改营的宣判一样简洁迅速。前后还不到十分钟。

回到吉普车里，一个警察要我爸爸抬起头，"菲利普，你再也不是一个囚犯了，"他激动地对他说，"你为什么还像犯人一样低着头呢？"

"我习惯了，"我爸爸内心百感交集地说，"对不起。"

一回到第二监狱，我爸爸马上就被叫去见监狱长。王监狱长握着我爸爸的手，满脸微笑。"菲利普，你自由了，有什么感觉？"他高兴地问道。

"要等到我走出监狱后，我才能知道。"爸爸的回答很巧妙，"我还要加强学习！”

“说得对。”他说，“好了，你很快就要出狱了。你的前妻要再见见你。”

我爸爸和我妈妈最后一次的会面，是紧张而不自然的，即使没有警卫在场，也是这样。他们相互都已非常陌生了，彼此也没有更多的话可说。我爸爸即将出狱并离开中国，是肯定的了。我内心很伤感，不知道能不能跟着爸爸走。妈妈这时也知道，她和我爸爸的命运最终分开了，他们即将形同路人。那次会面，我爸爸和我妈妈都很克制，他们欲言又止，他们心怀惆怅，他们互相埋怨，他们却都不说出来。这是揪心的，却显得那么平常，这是撕裂的一刻，却又平静如水。

我妈妈希望我爸爸无论到何处落脚，都一切顺利。我爸爸答应，即使他可能今后看不到她了，也会提供儿子东东抚养费。

会面结束，监狱用一辆吉普车送她回家了。我爸爸才抽噎着哭了起来。他哭了很久很久，我怎么安慰他，他都听不到，都无济于事。

王监狱长把我爸爸叫到办公室，要他做好离开监狱的准备。这时，我爸爸问他，能否把我弟弟东东接出中国。

王监狱长立即变得严厉了：“菲利普，如果你昨天这么问，你现在就不能出境了。不错，东东是你的儿子，但他是中华人民共和国的公民。他的前途在这里，是有保证的。即使他愿意，政府也绝不会让他生活在腐朽的法国资产阶级社会里！”

十一月十日下午，我爸爸离开了第二监狱。临走前，他们对他作了一次彻底检查，警卫叫他脱光衣服，仔细检查他的衣物。就是在这一次，小鲁在清河农场为他削的木质两用刀勺被扣下了。他们让他带走了我弟弟东东买的两本辞典和一本旧辞典。

警卫驱车把他送到北京火车站，送他上了事先预订的卧铺车厢。一个便衣警察正在车厢里等着，他来自市公安局，长着浓密的胡子。

“菲利普，你坐下，”他说，“抽支烟。”他为我爸爸点了烟。在他将我爸爸移交给两个护卫人员以前，他说，“我们的国家很年轻，因为年轻，所以常犯错误，但我们的政府是好的，即使你经受了一些磨难，你今天仍然活着，活得还很不错，这就是最好的证明。当你到了国外，如何谈论我们是你的自由，但我们希望，你能多讲积极的一面。”

我爸爸点头同意，他们热烈地握手告别。我爸爸离开中国的旅程就这样开始了。我能跟着我爸爸走，太好了。

巧合的是，护送我爸爸的警卫中，有一个正是七年前在我家替我爸爸戴上手铐的那个人。他们在我爸爸的对面坐下，默默地乘车前行，听着头顶上车厢里扬声器放出的音乐。

我爸爸没有什么话说，而他们也不想在我爸爸面前交谈。

火车开动后，我爸爸一直专注地凝视着窗外，希望能再看一眼良乡监狱。我爸爸知道，它就坐落在这条铁路线的右边。

啊，火车飞驰中，他果真看见了。怀着复杂的心情，最后看了一眼远处的那座红砖建筑物的屋顶。他将永远离开它了。想到那些永远也不会再见到的好朋友，小鲁、大个子郭、老陈、将军老林、金永俊、夏牧师，包括周看守，他觉得非常难过。

不久，一个梳着长辫子、面目清秀的列车员把头伸进车厢，问我爸爸是在这吃晚饭，还是到餐车去吃。

一个警察说，在这儿吃。服务员递给他一个菜谱，他们把菜谱转给我爸爸。这时，我爸爸灵机一动，放下菜单，“给我一碗汤和两碗米饭就行了。”

两个警察相互瞥了一眼，笑了起来。其中一个说：“你可以吃得好一些嘛。我们要照顾好你的。”

他们没有明白我爸爸的诡计。“不，谢谢你。我只要菜汤和米饭。”

“别担心，”另一个说，“你吃什么，我们都可以付款。你要什么都可以点。”

我爸爸脸上毫无表情，“我还没有赎完自己的罪，我怎么能吃好的呢？”

警察微笑着说，“过去的，已经过去了，政府已宽恕了你。一切都结束了，菲利普，都过去了！”

“我应该尽可能地减轻政府的负担，”我爸爸说，“你们肯定明白我的意思。”

其中一个想要反驳，但说了半句，他停下了。他们很尴尬，闷闷不乐地看着我爸爸，弄不清在面前的这个人，究竟是一个政治机器人，还是为了愚弄他们。但不管是哪一种情况，他们除了同我爸爸订一样的饭菜，别无选择。

那天晚上，我爸爸就这样在警察面前取得了最后一个小小的胜利。因为，一个新秩序的保卫者，怎么能让自己表现得比一个社会渣滓还要资产阶级化和追求奢侈呢？不能的。

那天，他们三个人每人吃了一碗青菜汤和两碗米饭，没有菜。

此后两天，去往广东的火车旅行一直安静无事。火车经过郑州、汉口，越过长江到达武昌，然后，穿越了湖南的长沙，一直到广东。不过，从那次晚饭后，两个警卫就轮流去餐车吃饭了。我爸爸则继续吃他的大米饭和菜汤。

十一月十二日的晚上，我爸爸是在广东省的监狱里度过的。监狱长对这种有辱我爸爸的安排表示歉意，他说，没有其他适合我爸爸住的地方。

有意思的是，他问我爸爸，与另一个人同居一室，是否介意？我爸爸耸了耸肩："无所谓。"

那天晚上与我爸爸同室的，原来是一位像他一样的中法混血儿。他名字叫鲁塞，年龄比我爸爸大，来自上海。他是从一个上海普通监狱释放出来的。他不喜欢与人同住一个房间，而且，这是他第一次受到这样的待遇。当他看到我爸爸的相貌时，就向警卫抱怨。但当他发现我爸爸同他一样是法国人时，才变得温和起来，把我爸爸当作一个朋友来欢迎了。

他们抽了两包高卢牌香烟，来庆祝新建立的友谊。

十一月十三日，星期五。这是我爸爸留在中国的最后一天。他和鲁塞同乘早晨的列车去与香港相邻的边境城市深圳。这一次，他们坐的是普通车厢，坐在一群混杂着从广交会返回的亚洲和西方国家商人中间。

我爸爸听见，旁边的几个英国人都说，中国确实已经有了很大的进步，个个看起来吃得很好，生活得很幸福。商店里货源充足，应有尽有。它也许将成为未来的模式。

我爸爸和鲁塞坐在那儿一言不发，扬声器播送着中国歌剧的乐曲。两个警卫小心翼翼地坐在车厢的一个角落里。

在深圳，警卫让他们与其他旅行者分开来办理出境手续，并再度被检查。边境警察说，爸爸可以写最后一封信，政府将免费邮寄。

他们俩都急忙写完，将不封口的信封交给他们。海关检查员用一根结实的纸绳将爸爸的三本书捆扎好，在上面打了一个红图章，然后，让他们进入餐厅。过了一会儿，他们才坐下来吃最后一顿饭，因为，这顿饭是安排在日程表上的。

我爸爸告诉服务员，他不愿意吃鱼，因为他吃海鲜过敏。

服务员点了点头，十分钟后，他端着一大盘摊鸡蛋回来，还上了鸡肉、猪肉、挂面和蔬菜，总共有八种。而他们只有两个人，而且还不饿。

我爸爸说，也许他搞错了。服务员十分生气："这些饭菜是谁订的？现在我们刚刚摆脱了困难时期，谁也不应该浪费粮食。这些饭菜足够六个人吃的！"

鲁塞向服务员指了指桌子边的便衣警察。服务员转过去向他们提出意见，但当他看到警察出示了北京公安局的证件后，就哑口无声了。"好吧，同志，"他说，"是这样，那我就没有什么可说的了。"

一九六四年十一月十三日，星期五下午，我爸爸出现在深圳边境检查站。这里是由陆地进入香港的入口。

在罗湖桥的另一端，有一名英国警察在站岗，他能看到对面穿制服的中国人在边境车站灰砖建筑物周围忙碌着。再过去，就是深圳货场，我看到蒸汽火车噗噗地来回运行在货运场内，车轮都漆成了亮晶晶的深红色，边上是白色的。车厢上贴满了中国大字写的标语，已经褪色了：

"总路线万岁！""人民公社万岁！""大跃进万岁！"

火车上挂着红旗，用以表示他们已经超额完成了工作定额。

我和我爸爸看到，这是一个晴朗、温暖、充满希望、阳光灿烂的日子。下午一点三十分，这名英国警察看到在桥的远端，站着他要接的那个人。他有一张典型的中国人的脸，接近四十岁的样子，戴着黑边眼镜，驼着背，步伐匆忙。他穿的灰色羊毛衫显然是政府发的，白衬衣的领子过于宽大了。警察知道他是一个法国人，名字叫菲利普，但他有着典型的亚洲人的外貌。

这名犯人就是我爸爸。他将带着口袋里的六元港币，去他的祖国法国，在那里，开始新的生活，虽然他从未到过那里。一九六四年是法国与中国相互正式承认的一年，我爸爸被特赦了。他这个拿着法国护照的公民，这一次被提前赦免，并被驱逐出境。此前，他在中国的监狱和劳改营内已度过了七年。

当他跨过了这座桥，在他后面，是他出生地的全部文化、所有的朋友和我妈妈—她为了她自己和儿子，不得不与他离婚，他可能再也见不到他们了。

警卫花了好几分钟给他们俩拍照片。当他正准备按快门时，另一个警卫叫喊着跑过来。他对鲁塞的帽子打量了一下，粗鲁地将其扔在地上。鲁塞生气地大声嚷嚷着。

他辩解说，这样会遮住鲁塞的脸。他说，那张照片将发到所有的中国边防站，以便防止他某一天重新潜回中国。我爸爸不知道他是在开玩笑还是当真。

当他们拍完了照，警卫说：“现在，你们可以走了。”

我爸爸拣起鲁塞的帽子，扣在鲁塞的脑袋上。他跟在鲁塞的后面，头也不回地迈开大步，跨过了罗湖桥。

我飞在空中，我忽然发现，我根本不能跟他跨过国界，我活着是中国的人，死了，我是一个透明的、谁都看不见的小鬼儿。我哭了，我再也见不到他了，我亲爱的爸爸！再见，我的爸爸！

第二十四章 1968年5月31日

东东，东东，你醒醒啊，你要醒过来。谁在叫我的中国小名？我听见了。我去找我的父亲，他在高墙之内。我给他送辞典，厚厚的两本很重。警卫不让我进去，我就在墙外面等。我很冷，穿着他给我缝制的棉衣，我感到了暖和。

东东，你怎么在这里？谁在对我说话？我在哪里？在索邦大学？没有人知道我的中国名字啊，不可能，只有我父亲知道我叫东东，不叫菲利普。玛丽也不知道。

我在高墙外徘徊，我就是想给我父亲送本辞典。我妈妈说，他要回法国了，我觉得很奇怪，回法国，为什么不带上我呢？我是他唯一的儿子啊，难道爸爸不要我了吗？

“过来，小孩！”一个警察对我喊。他问我来干什么，我说，我来给爸爸送书。我爸爸在高墙里。

监狱的警卫问我：“你爸爸？是谁？”

“菲利普，他叫菲利普。”

警卫的脸色缓和了，“给我吧，我认识他。半个法国人半个中国人，对吧？把书给我就可以了，我们转交给你爸爸。”

我把书交给警卫，半信半疑。但是警卫转身进入了高墙。一些灰鸽子带着鸽哨在空中飞翔。我眯眼看，但看不见爸爸。

“他醒了！”我听见玛丽在说。她在欢呼，但我是真的醒了吗？我睡了多久？现在是什么时候？

“现在，是 5 月的最后一天，31 号了。”

“你睡了整整 7 天，你现在醒过来了！”这是我爸爸的声音。

“好极了，他醒了，他醒了！”芭贝里说。

这些人的声音就像是在井里发出的一样，在我的耳边嗡嗡地响。

我睁开了眼睛，朦胧的光线里，我逐渐看清了他们的脸。

那么，我是做了一个长长的梦吗？这些天，都发生了什么？

“发生了很多事情，法国现在要重回秩序了。”我的爸爸说，“你的那些朋友，那些同学，都从大街上消失了，因为，戴高乐回来了。”

是的，就在昨天，5 月 30 日这一天，戴高乐返回了法国，并对全国发表了广播讲活，宣称法国受到了共产主义独裁的威胁，呼吁法国公民以行动来“捍卫共和国”。同时，他暗示将采取暴力手段来对付那些用街垒和暴力对抗政府的人。

就在戴高乐发表讲话的 30 日晚上，支持他的右翼人士在巴黎举行了大规模游行，占据了多个广场，以支持戴高乐的讲话，游行队伍阻塞了巴黎的很多街巷。

通向爱丽舍广场的大街被堵得水泄不通，人们边走边呼喊着：

“法国是法国人的法国！”

“科恩－本迪，滚回德国的达豪集中营去！”

现在，著名作家、写作有《蝮蛇结》的弗朗索瓦·莫里亚克，还有文化部长、写过《无墙的美术馆》《人类的条件》的安德烈·马尔罗也上街支持了这次声援戴高乐的游行。他们俩明确声明，作为文学家，他们不会跟着学生和工人罢工走。文化部长马尔罗和米歇尔·德布雷、皮埃尔·梅斯梅尔等其他官员走在游行队伍的前面。

事情就这么忽然开始转变了。人们所担心的法国变成共产主义国家的可能性并没有实现。右翼日报《民族报》说，走上香榭丽舍大街的游行者数以百万计，并且还报道说，有 30 万巴黎警察出动执勤。

“起来，戴高乐！”

“科恩－本迪，滚回达豪！”

这次游行的口号，是完全针对学生们曾经呼喊的“保安队—褐衫党”的口号来的。后来，法国其他省份也出现了支持戴高乐将军的大规模游行。

爸爸说：“这是戴高乐的反击，时间是 5 月 30 日下午的 4 点 30 分。戴高乐通过广播而不是电视，向全法国人民发表了这一周内的第二次讲话。他的这次讲话，唤醒了人们对戴高乐许多年前另一次广播讲话的记忆。那一次，是在

1940年6月18日，那是法国人沉沦到极点之后重新振奋的起点，那是一个特别值得纪念的日子。戴高乐在暂时流亡地伦敦，通过广播发表讲话，号召所有的法国人起来抵抗德国侵略者，以各种方式。而5月30日这一天的讲话，使法国人重新看到了这个老将军的力量，他不会对混乱视若无睹，他会恢复法国的秩序的。”

我真的醒了，现在，我就坐在我自家的客厅里，看着5月31日的电视，听着广播，翻着报纸，和爸爸、玛丽聊天，听见芭贝里在厨房忙碌的声音，闻到了从那里传出来的饭菜的香气。

我昏睡了一个星期。我被砸中了脑袋，是巴黎警察干的。但是我没有死，而是昏迷了一个星期。开始躺在医院里，后来被爸爸带回到了家里。

我险些成了植物人。

啊，现在，簇新的世界，簇新的白昼和黎明包裹着我，我感到活着是那么的美好。而我现在还活着。玛丽拉着我的手，摩挲着我的脸颊。“你在昏睡的时候，总是在念叨着我的名字，有时候，你好像做的是噩梦，你浑身在颤抖。你这7天的时间里，我们都轮流陪在你的身边，和你说话，陪伴你，希望唤醒你。你的爸爸还叫你的中国名字，东东，东东，东东……”

我感谢他们，这些我的亲人。我看着她，仿佛在看着一个新的人，我刚刚才认识的人。她是那么的清新美丽，就像一个我爱着的人儿，我们重新开始了我们的爱情。

“我爱你，玛丽。”我说。

“那么，这些天发生的事情，你明白了吗？”我爸爸走过来问我，“事情起变化了，戴高乐将军反击了。法国马上要恢复秩序了。”他很高兴。

我感到了茫然。我似乎丧失了一部分记忆。但是，在记忆的底部，那像海底一样黏稠的记忆深处，逐渐地泛起了一些波涛。我想起来了很多，是的，从农泰尔学院开始，3月22日的行动，一直到这个混乱的、激越的5月。然后，我的脑袋受到了重击，然后，然后，我睡了7天。醒过来之后，戴高乐将军出走之后，仅仅不到一天，他又回来了。

芭贝里从厨房出来了，照例是端出来了好吃的。玛丽在帮忙，我们是一个合适的、美满的家庭。那么，我们还需要别的吗？

也许，我们什么都不需要了。是的，我们已经很好了。可是，我们真的是很好了吗？我在疑惑中明晰，在明晰中不断地疑惑。

尤其是让我感到迷惑的是，我和芭贝里，我爸爸和玛丽，在这个混乱的5月，到底做爱了没有？是不是都是我昏迷时候的一个梦魇？我迷惑地看着他们，试图从他们的表情和动作中看出什么蛛丝马迹，但是，什么都没有，我什么都没有看到。一切都非常正常，我尤其看不出玛丽和我爸爸有什么。

他们现在关心的唯一的人是我，而不是他们自己。

那么，我真的就是做了一个性梦？我疑惑地看着我的裤裆的部位，我的那个小弟弟，还在倔强地竖立着。只是硬度有些变软了。没有像钢枪一样挺立了。

社会的骚乱是不是也起源于无法满足的性欲？3月22日从农泰尔学院开始的这场导致了5月革命的运动，是不是因为年轻人体内存在的弗洛伊德所说的力比多的过剩？是年轻人的人口过剩，还是大家有好日子不知道怎么过才导致了年轻人的激情发泄？

我是困惑的，就像我忘记了我是怎么睡过去的，又是怎么醒过来的。

我爸爸后来说，“四分半钟扭转一个国家，就是戴高乐的这篇讲话。将军5月30日下午的声音里充满自信，与5月24日那一次是那么不同。”我爸爸感到了振奋。

那些学生呢？学生们就此歇手了？会善罢甘休？

是的，无论是报纸上、广播里，还是电视机里，在5月31日，到处都是戴高乐的声音和演讲的文字记录。他的态度很坚定：

“我不会退让，因为，我受命于民，我要履行我的总统职责。法国发生了什么？现在，很清楚，这是一场有组织的群体胁迫行为和暴虐事件。如果这种事态继续下去，那么，我不得不采取有力措施全面出击。包括进行全国直接选举之外的其他手段。眼下的事件，是那些人利用法国国民的不满情绪而夺取权力的行为，这将把法国引向极权主义和共产主义的独裁。因此，我领导的共和国，不会拱手交出法国人民赋予我的权力，人民必将团结一致，进步、和平和独立将与自由一道取得胜利！我宣布，立即解散法国国民议会，于下个月底举行大选！”

戴高乐牢牢地抓住了短期出现的政治先机。这是我爸爸后来的判断。我爸爸在中国经历了那么多，我一直觉得他是一个犬儒主义者，由红色中国回到了法国，他堕落成了一个享乐主义者，沉湎于性爱和美食，葡萄酒和床榻。但是，就是在5月31日，我醒过来了之后，对我的父亲，我似乎忽然有了更多的理解。

戴高乐的这篇讲话，起到了稳定人心的重要作用。

5月24日街垒之战发生之后，巴黎很多人不愿意再看到街上的路牌、路灯被连根拔起来，不愿意再看到巴黎那美丽的悬铃木和枫树被锯断，像尸体一样挡在马路中间，成为丑陋的街垒。面包店的老板不愿意面包被一些游手好闲的匪徒抢走，所有拥有汽车的巴黎市民不再愿意看到自己的车子被推翻、砸烂，当作街垒的组成部分。他们不愿意周末的时候没有车子去郊区旅游，不愿意自己的汽车因为街头游行而加不到汽油，不愿意改变自己的生活方式了。

现在，他们内心里需要的是恢复秩序，他们不再喜欢那些街头游行的大学生了，他们也不喜欢他们的楼房墙面上和过道里被涂鸦，被写上空泛和让人心惊肉跳的标语了。混乱该结束了，秩序该建立了。他们抛弃了学生。

另外，戴高乐的讲话里还暗示了武装介入的可能性。如果还这么乱，那么军队就会出手。到时候就血流成河了。他的讲话里的这个暗示，也起了作用。

而科恩－本迪在5月31号从德国潜回了法国。有一种说法是，科恩－本迪是藏在雅克•拉康的美洲虎汽车行李箱里潜回的。

他出现在了索邦大学，还戴着假发和墨镜，当他把这些伪装摘掉时，引发了大家的一阵欢呼。不过，显然，这场运动就快到尾声了。

仔细地想想，整个5月的巴黎街头运动，虽然波澜壮阔，声势浩大，热闹非凡，但大部分只限于象征性行为。无论是学生、工人还是警察都非常克制，受伤的人多，而死亡人数却很少。

仔细地回想起来，无论是5月10日的街垒之战，还是5月24日的街垒之战，都和很多国家的骚乱与政府镇压骚乱所采取的措施完全不一样。这更像是一场成人之间的游戏，警察和学生之间，整夜在假装打仗。尽管战斗的双方森严壁垒、严重对抗，但每个人似乎都有一个默契，似乎都明白，有一个边界是不可逾越的，那就是，不能故意杀戮，不能死人，尤其是不能打死学生。

5月31日这一天，那些罢工的工人们已经得到了蓬皮杜政府答应的条件，提高工资，增加工会和资方协商的权力。工人们显然得到了他们想象中的最有利的回报，而学生呢？在这个过节一样的 5 月，一天天，从 5 月 3 号开始，游行、示威、街垒、对抗，一个月的时间里，学生们已经筋疲力尽。可是，忽然，学生们发现，自己的目标到底是什么，自己却不知道了。是叫教育部立即颁布男生可以随便到女生宿舍探访的条例？是改善学生食堂的条件？改善学生们的寄宿宿舍的卫生？

好像都是又都不是，那么，你到底要什么？

我不知道，但是我知道我们感到了不满。不满是情绪，需要发泄，现在，情绪发泄了，学生们累了。

而且，随着紧急状态可能被颁布，以及国家日常生活的瘫痪，在工人和学生之间，已经日益增长着一种厌倦感。由于汽油的匮乏，大多数巴黎人都感觉注定要郁闷地待在瘫痪的城市中，去度过圣灵降临节的这个本应该出去度过的周末假日。可就在这之前，戴高乐发表了他的讲话。

五月运动不再有自己的地盘了。就在圣灵降临节之前，按照惯例，巴黎人都要外出度假之前，紧急运来的汽油，纷纷加到了巴黎市民汽车的油箱里—这，就是法国秩序恢复的开始。

那么，5 月 31 日，我醒过来了。我睡了 7 天，现在，我醒过来了。在我的身边，巴黎这座伟大的城市，依旧在喘息，在躁动着，不过，事情已经朝另外的方向在发展了。

军方已经在巴黎周围开始了军事警戒，所有的预备役人员都被紧急动员起来。

我爸爸拿着一份《新闻观察家》，上面发表了哲学家和作家让－保罗·萨特对丹尼尔·科恩－本迪的长篇访谈。

我爸爸念着："萨特说，有趣的是，你们学生的行动，不过是在权力的宝座中植入了想象的空间。你们和其他人一样，都只拥有有限的想象力，比起前辈来，你们是有着很多的想法。可是，也不过就是一些想法而已。你们应该明白，什么是可能的，而什么是不可能的。比如，一个教授会说'让我们取消考试吧'一类的话吗？绝对不会。他有可能改变考试的方法，但绝不会取消考试本身！为什么？因为，他大半辈子就是在考试中度过的。所以，你们还需要回到学校里，继续接受考试。无论怎么革命，怎么骚乱，考试，就是一个基本的学校的状态。

"萨特接着还说：工人阶级经常发挥他们的想象力，来创造新的斗争方式，但它们总是为形势所迫的权宜之计。比如，在 1936 年，工人开创了接管工厂的斗争方式，因为这是他们保持团结、赢得选举胜利的唯一武器。你们则拥有更丰富的想象力，索邦神学院墙壁上的标语证明了这一点。在你们身上已出现了某种令我们的社会为之震惊、感到迷惑的东西，它批判了造成社会现状的一切因素。这就是我所说的可能性的延伸。请你们不要放弃。因为你们已经开始了。"

我爸爸看着我："但是现在，是该放弃的时候了，对吧，儿子？"

我觉得爸爸说的话有道理。是该放弃了，因为我们什么都没有得到。

法国一度走到了革命的边缘，逼迫戴高乐趁着夜幕的掩护，在 5 月 29 日离开了法国，飞抵西德巴登 – 巴登的法国陆军基地。很可能戴高乐说服那里的将军，一旦学生和暴民们联合起来，他们将率领军队越过边境，帮他解决困难。但是最终，他没有动用军队。

那么，接下来，又发生了什么呢？

全法学联喊出了"选举等于背叛"的口号，呼吁在 6 月 1 日进行示威游行，但是没有赢得多少人的支持。

自此以后，游行和占领活动的调子变了，似乎找不到方向了。局面在一种震荡中开始恢复。左边震荡一下，右边震荡一下，却在好转。

最坏的事情发生在6月10日，这一天，一个叫古尔•托丹的人为了躲避警察的追捕，跳进了巴黎附近的弗兰河，结果溺水身亡。他的死是整个5月运动以来最著名的死亡事件，把本来开始黯淡下来的运动，又推波助澜了起来。接下来的几天，爆发了最后一波群众示威活动和第三次“街垒之夜”。

不过，很快，由这个人的死导致的愤怒情绪平复了，事情就此结束了。

那些占领学院和剧院的占领者们，在6月14日撤离了奥德翁剧院。6月16日，占领者撤离了索邦大学。我到了学校里，看到了一幅类似郊外音乐会结束之后的场景，废纸、标语、旗帜、垃圾遍地，但却已经人去楼空。

6月17日，法国雷诺厂的工人在接受格勒内尔协定的基础上宣布复工，其他工厂的工人也立即效仿，纷纷停止了罢工。

6月30日，第二轮议会选举结束，戴高乐派获得了决定性胜利。在议会当中，右派在超过485席的总席位中，从左派那里夺取了一百多个席位。左派被打击和压抑了。

这个五月，我感到自己成熟了。不光是我昏睡了7天，我的世界观也发生了变化。我体内骚动的东西全部释放出来了，我不再是原来的那个我了。

多少年之后回想起来，巴黎的“五月风暴”已经定格成为1968年的代表形象：身穿衬衫和牛仔裤的不戴帽的学生、塞满大街小巷的路障、防暴警察以及飘浮在空气中的催泪瓦斯，成为弥漫在那一年里的记忆。

1968年的学潮，彻底打碎了二战后西欧是一个“歌舞升平”的神话。我记得，地铁沿线的墙壁上，贴满了各种各样的标语，其中随处可见的一条是—“地铁工人们，罢工！”而学生们造反的方式，则借鉴了法国悠久的革命传统。

的确，历史上人们曾不止一次地在这些相同的街道上堆放路障。先是在 1848 年的欧洲革命时期，后来，又在 1871 年巴黎公社时期。当时的巴黎工人们将象征着蛮横统治他们白天时光的钟表，全部扔到了大街上，到处都是砸烂的钟表的时针、分针和秒针在凌乱地颤抖。他们不想做时间的囚徒。

而法国 1968 年学潮运动的领导人，比如让右派痛恨的本迪，他对这些革命史了如指掌。就在 20 世纪的欧洲，还发生了一些其他的历史事件：1917 年俄国的“十月革命”，起义者攻占了沙皇的冬宫。1919 年，德国的柏林起义和慕尼黑暴动，同一年发生在匈牙利的苏维埃革命。二战期间在希腊、意大利和南斯拉夫的暴力抵抗运动，以及和我们同一时代的阿尔及利亚和越南的反殖民斗争。

这些事件都刺激了学生、工人和其他无产者，试图通过群众运动和街头运动，来达到诉求。

我爸爸把问题看得很清楚：“学生造反的最主要原因，其实就在于法国的内政问题：一个是战后法国僵硬、等级森严的社会秩序，在这种秩序里，服从成了最为崇尚的品格；二是戴高乐的精英主义和法国统治阶级对劳动人民还有你们青年一代的轻视。正是在这种社会背景之下，你们这些学生率先举起了反叛的大旗，兴起了学潮。学潮在同警察的冲突中不断升级，最终，酿成了五月里的一个个‘街垒之夜’。”

我的脑子里不断地出现了整个 5 月的事件，那一幕幕在回放。是的，警察在“街垒之夜”对青年们实施了暴行，结果令举国感到震惊和愤慨。忧心忡忡的父母把医院和警察局围得水泄不通，为的是要求释放几百名被抓捕的学生。

在这种情况下，法国总工会才举行了为期一天的总罢工和游行示威。而工会的这一举措，必将导致全面罢工和占领工厂，使整个国家处于瘫痪状态。

接着，罢工活动的蔓延，和占领学校、剧院以及广场的活动逐渐超出了学生的范围，而蔓延至全体法国国民。最后，从事法国支柱产业—汽车制造业和航空工业的激进的年轻工人接管了他们的工厂，这使得1968年的“五月风暴”成了一场震撼法国社会根基的运动。

戴高乐总统的助手们趁机向他大进谗言，说学生煽动了广泛的叛乱。听了助手们的汇报，这位统治了法国10年的老将军耸耸肩膀轻蔑地说：“这群臭狗屎。”

占领美术学院的学生们立即对这句谩骂予以回击，一夜之间，巴黎的大街小巷到处贴满了画着大鼻子戴高乐侧面轮廓像的海报，海报上的标语是：

“他才是臭狗屎！”

接着，危机还在加剧，有1000万工人参加了罢工，政府似乎对局势失去了控制。总理蓬皮杜和工会领导人通过谈判，达成一项协议，允诺给全体工人增加工资。尽管总工会的领导人表示愿意接受，但罢工的工人们却毫不犹豫地拒绝了这个解决方案，他们所抗议和要求的绝不仅仅是金钱那么简单。可是，随着时间的推移，这点成果让工人们逐渐意识到也是得来不易的，应该见好就收。

5月30日，戴高乐发表了讲话。5月31日，我醒过来了，从昏睡中被父亲唤醒，我那时还记得自己叫东东，不是菲利普。菲利普是我的爷爷，也是我的父亲，也是我。我们全家都是菲利普，被一种命运联系在一起。

我醒了，我看到了我的爸爸焦急的眼神，看到了我的玛丽在我的身边，看到了芭贝里也在那里，这就是我的家庭，这就是我的亲人。外面的世界在动荡，而我们仍旧要继续生活。我体会到了，我是那么的脆弱，那么的渺小。我试图努力地挣脱我所处的时间和时代，但最终我和爸爸一样，是时间的囚徒，就像我爸爸在中国被关了七年，当了那么多年的囚徒一样。我在这个 5 月，1968 年的 5 月里，成为时间的永恒的囚徒，有了我自己的记忆。

是的，不管我走到哪里，走到何处，我都被 1968 年的 5 月封闭在了时光的琥珀里，成为别人观看的对象。我，醒来了。

2010 年 4 月—9 月一稿

2012 年 3 月—7 月二稿

2015 年 7 月—9 月三稿于北京

后记

《时间的囚徒》这部长篇小说，是我的系列小说“中国屏风”之一。“中国屏风”系列一共有四部长篇小说，彼此独立，又有着一定的联系—小说的主人公，都是近现代以来来到中国的外国人。他们参与到了太平天国运动、庚子事变、解放时期的中亚局势、反右运动、法国的“红五月”等等，分为《单筒望远镜》《贾奈达之城》《骑飞鱼的人》和《时间的囚徒》。前面三部小说曾于 2007 年在人民文学出版社出版过。

《时间的囚徒》这部小说，我前后断断续续写了五年。现在，我终于完成了它，我这个“中国系列”算是有了四扇屏风。

我为什么要写这个系列呢？我曾在别的创作谈中说到过。那还是在 1998 年，我在京郊顺义万科花园买了一套房子。原来的房主是一个体操运动员，她嫁给了一个德国人，那段时间要移居德国，她就把房子卖给了我。很长一段时间，满屋子的家具都没有拉走。那些家具都是明式和清式的，有的是仿古的，有的可能是真的古旧家具，满满一屋子。我买下房子，拎包入住，倒也乐得方便。

最引人注目的，是在客厅里还装了四扇褐红色的木制屏风，风格是清代晚期的。原房主、那个德国人，一定是非常喜欢中国文化，要不然，他不会搜集一屋子古旧家具，包括这四扇屏风。他在屋顶安装了滑轮，屏风打开来，就会把客厅隔成餐厅和起居室，合起来的话，四扇屏风会紧紧贴在一起，靠墙而立。

我有时候打开几扇屏风，发现屏风上面雕刻了很多人物，他们栩栩如生，在屏风上活动。那些人物都是古代中国人，来自古代文化传说，他们演绎了一些道德劝诫的故事。我就按照记载，一一核对这些故事的来源。

也是在那段时间里，我的阅读兴趣转到了一些来华的外国人写的游记、日记、探险记等著作上。在明清两代，来过中国的外国人，他们有旅行家、作家、传教士、外交官、军人等等，都写了书。那些年也翻译了不少，我很喜欢读。以他者的眼光来打量中国，必是一个有趣的视角。读了几十本，我忽然萌发了写几本历史小说的想法。

我此前的写作，大部分都是“与生命共时空”的文字，写的都是当下的城市生活和内心体验，与个体生命的当代感受有关。但有时候，也想做一些题材的转换和调整。我常常在客厅里打开那四扇屏风，看着屏风上活动的人物，一边喝着葡萄酒或是威士忌，一边观赏，一边还读着那些外国人写的关于中国的书。于是，顺理成章，就有了“中国屏风”系列小说的写作。

《单筒望远镜》《贾奈达之城》《骑飞鱼的人》和《时间的囚徒》这四部小说，都依据历史上真实出现的人物，他们都写下了来华的传记或者见闻录。比如英国人伶俐写的《太平天国亲历记》、英国人普特南·威尔写的《庚子使馆被围记》，英国人戴安娜·安普顿写的《外交官夫人回忆录》等等，都是我这四部小说依据的部分材料。这四部小说的主要人物，分别是几个法国人和英国人。他们也都是欧洲人，在十九世纪到二十世纪这百年间，在不同时期，以各种方式来到了中国。于是，他们个人的命运都与中国发生了密切的联系。

这一历史时期，也是中国作为东方大国，和西方、主要是欧洲国家交往、碰撞最为密切的时期。大清帝国晚期的衰落与西方国家在工业革命之后的蓬勃发展、意气风发与昂扬进取形成了鲜明的对照。由此，也展开了中华民族在二十世纪百年里的艰难求索、寻找自我发展道路的曲折奋斗。所以，我写这个系列小说，也是为了探讨中西方国家之间的关系，在那些年里，是如何以个人的命运与中国命运发生了碰撞、纠缠和互相打量。

《时间的囚徒》这本书，是最折磨我的一本小说，前后写了五年多时间。

早在 2010 年，我就写了第一稿。在那一稿中，还只有两条线：中法混血儿“右派”的线索和 1968 年法国“红五月”的线索，两条线索交织叙事。我依据的材料，既有关于反右时期的很多历史研究著作，也有一些是关于法国“红五月”的史料和评论、亲历记等。我先是读到了 1976 年企鹅版的《毛时代的囚徒》，那本书的作者，是一个被打成了右派的中法混血儿，法文名字叫让•帕斯夸列尼，中文名字叫鲍若望。但我的英文不好，读起来很费劲。后来，有一天，我和著名编剧史航碰面，说到了我写的作品。他说，这本书翻译成中文了，然后他就找了一本送给我。我一看，大喜过望。果然，这本书是求实出版社于 1989 年 4 月翻译出版的，由田国良、何祚康翻译。这就省去了我不少事，为此，我非常感谢史航兄。因此，本书第二条线索，也就是中法混血儿被打成“右派”的这一条线索，就有了基本材料。2013 年春夏，我在写第二稿的时候，将中法混血儿右派这条线索进行了重述，我采取了亡灵视角的方法，将鲍若望的回忆录进行了大幅的裁剪、取舍，保留了我最感兴趣的一部分，也是与主人公命运最贴近的一些素材。这本书因此也是向那些来到中国，并受到了磨难的外国人的一次致敬。

完成了第二稿，我觉得还不满意，就把稿子放下了。

到了 2015 年春夏，我的工作发生了变动，繁忙的编辑工作变成了规整的文学教学培训工作，我就有时间写了第三稿。这一稿，我加进了第一代法国人的故事，他作为八国联军来到中国的奇特经历，从而使得这部小说具有了三个历史层次和时间叙述的层面。我写成这样一个祖孙三代法国人，分别经历了庚子事变、“右派”八年和法国巴黎“红五月”等重大历史事件，这部小说的故事和人物就比较有意思了。

为了写这部小说，我曾经借出访法国的机会，寻找法国“红五月”的踪迹，将“红五月”时期巴黎的一些学生运动发生的主场，比如大学校园、大街、剧院和工厂，都实地看了看，也阅读了几十本关于法国“红五月”的书。这些实地勘察和阅读经验，都化进了这本书里。

而中法混血儿“右派”这一条线索，我也实地去钟鼓楼片区、草岚子胡同、陶然亭第一监狱、良乡监狱旧址实地察看，感受历史的风云变幻。前些年，我有一次跟随中国现代文学馆的研究员傅光明，拍摄老作家从维熙的资料纪录片。从老师是我最为尊敬的前辈作家，我们私交一直很好。他曾经被打成“右派”，劳改了二十多年，后来成为“大墙文学”之父。那一次，我们一起去了从维熙老师劳改的天津清河农场。十多年以后，等我写这部小说的时候，我回想起从老师看到他曾在那里劳改多年的清河农场时的激动状态，这加深了我对那段历史的理解。我还去过兴凯湖，在那里搜寻过劳改农场的痕迹。

所以，写这样的小说，真是吃力不讨好，要消化历史材料，要使用别人的材料，还要实地查看，并编织成一个虚构小说的架构，来铺陈人物在时间和历史中的命运。

这本书有两种读法，因为是三代人、三条线，你既可以按照我现在的章节顺序阅读，可以感觉到不同时间和时代的差异，感受到历史变换的复杂感受。还有一种读法，就是将三代人的故事跳着读，读第一代人的故事，按照一、四、七、十、十三……的节奏来阅读，读第二代人的故事，就按照二、五、八、十一……的顺序读下去。可能会有不同的感觉。

至于本书要表达的主题，都在人物命运的叙述中，我就不再多说了。

2015 年 9 月 5 日